锦绣青衣

雨墨倾心 著

图书在版编目（CIP）数据

锦绣青衣 / 雨墨倾心著 . -- 南京：江苏凤凰文艺出版社，2024.9
 ISBN 978-7-5594-7290-8

Ⅰ . ①锦… Ⅱ . ①雨… Ⅲ . ①长篇小说－中国－当代 Ⅳ . ① I247.5

中国版本图书馆 CIP 数据核字 (2022) 第 209372 号

锦绣青衣

雨墨倾心　著

出　版　人	张在健
责任编辑	张　倩
责任印制	杨　丹
封面插画	计淳嘉
装帧设计	薛顾璨
出版发行	江苏凤凰文艺出版社
	南京市中央路 165 号，邮编：210009
网　　址	http://www.jswenyi.com
印　　刷	江苏凤凰通达印刷有限公司
开　　本	880 毫米 ×1230 毫米　1/32
印　　张	11
字　　数	310 千字
版　　次	2024 年 9 月第 1 版
印　　次	2024 年 9 月第 1 次印刷
书　　号	ISBN 978-7-5594-7290-8
定　　价	49.00 元

江苏凤凰文艺版图书凡印刷、装订错误，可向出版社调换，联系电话 025-83280257

目　录

第 1 章	001	第 25 章	091
第 2 章	005	第 26 章	094
第 3 章	009	第 27 章	097
第 4 章	013	第 28 章	100
第 5 章	017	第 29 章	104
第 6 章	021	第 30 章	107
第 7 章	024	第 31 章	111
第 8 章	028	第 32 章	114
第 9 章	032	第 33 章	118
第 10 章	036	第 34 章	121
第 11 章	039	第 35 章	124
第 12 章	043	第 36 章	127
第 13 章	047	第 37 章	131
第 14 章	050	第 38 章	134
第 15 章	054	第 39 章	137
第 16 章	057	第 40 章	141
第 17 章	061	第 41 章	144
第 18 章	064	第 42 章	147
第 19 章	068	第 43 章	151
第 20 章	072	第 44 章	155
第 21 章	076	第 45 章	158
第 22 章	080	第 46 章	161
第 23 章	084	第 47 章	164
第 24 章	088	第 48 章	167

第 49 章	170	第 76 章	257
第 50 章	173	第 77 章	260
第 51 章	177	第 78 章	264
第 52 章	180	第 79 章	267
第 53 章	183	第 80 章	271
第 54 章	187	第 81 章	274
第 55 章	190	第 82 章	277
第 56 章	194	第 83 章	281
第 57 章	197	第 84 章	284
第 58 章	200	第 85 章	287
第 59 章	204	第 86 章	290
第 60 章	207	第 87 章	293
第 61 章	211	第 88 章	297
第 62 章	214	第 89 章	301
第 63 章	217	第 90 章	304
第 64 章	220	第 91 章	308
第 65 章	223	第 92 章	311
第 66 章	226	第 93 章	314
第 67 章	229	第 94 章	317
第 68 章	232	第 95 章	320
第 69 章	235	第 96 章	323
第 70 章	238	第 97 章	326
第 71 章	241	第 98 章	329
第 72 章	244	第 99 章	332
第 73 章	247	第 100 章	335
第 74 章	250	第 101 章	339
第 75 章	254	第 102 章	343

第1章

叶知秋回桂花村的前一天只给母亲打了个电话，还特意嘱咐她不要声张。她只是想念父母，想回去看他们一眼。没想到，她拎着大包小包还没走到村口就听到锣鼓声，大红条幅上的一串白字明亮得近乎耀眼：欢迎艺术家叶知秋衣锦还乡。

看到这几个字，叶知秋愧疚难当，差一点儿扭头就走了。

"妞妞，妞妞……"

母亲王桂芝在高处瞭到一个熟悉的细瘦的身影，立刻断定那是自己的宝贝小女儿，扯着嗓子喊她的乳名。

她这一喊，锣鼓声更加响亮，老村支书带着一大群人浩浩荡荡地过来迎人。

叶知秋臊得满脸通红，扯起一丝比哭还难看的笑，硬着头皮朝他们走过去。

老支书脚步轻快，一把握住叶知秋的手，激动得眼眶发红："知秋啊，你可是咱们桂花村的骄傲啊！听你娘说你出息了，进了省城的剧团，马上就要进京演出了。桂花村的父老乡亲都为你高兴啊，难得你还能百忙之中抽时间回来……"

话没说完，王桂芝就拨开人群挤到老支书的身边，打断了他的话："老支书，孩子坐了十几个小时的火车呢，累都累死了，你就不要长篇大论了！马上就要开席了，有什么话席上再敞开了说吧！"

她拉住女儿的手，笑得眉头都舒展开了，原本佝偻的身板更是挺得笔直。这么多年，她王桂芝终于熬出了头，靠着女儿扬眉吐气了，看谁还敢看不起她！

叶知秋几乎是被村民们一路簇拥着进了自家院子，大家还你一言我一语的,把她夸得没边没沿的,她尴尬得无地自容,真恨不得找个地缝钻进去。

　　院子不大,整整齐齐摆了十几张桌子,凉菜已经摆上了桌,爆香葱蒜的香气飘得到处都是,有嘴馋的孩子围过去,叽叽喳喳地议论着接下来会炒什么。听到门口的动静,他们纷纷转过头来看,目光落到叶知秋身上时都是一惊。

　　即便是简单地穿了白衬衫黑裤子,她在喧闹的人群中依旧格外打眼,皮肤白,漂亮,苗条,就像是从电视里走出来的,和他们桂花村普遍黑壮的姑娘们格外不同。

　　"姐,你咋变得这么漂亮了?"

　　说话的是叶知秋二叔的女儿小楠,她拉住叶知秋的手摇了又摇,眼里满是羡慕。

　　叶知秋笑了笑:"你这丫头!小嘴抹了蜜了!"

　　没有哪个女孩是不愿意听到赞美的,叶知秋的不自在稍稍得到缓解,摸了摸小楠的头,目送着她风一样跑远了。

　　女人们稀罕叶知秋,还想跟着进屋,被王桂芝拦在了门外。

　　"让妞妞好好歇会儿,你们先入席吧!"

　　她一手叉腰一手撑着门框,说话的口气有点儿像老支书,带着说一不二的强硬劲儿,不过女人们并不介意,笑闹着转身走开了。

　　叶知秋一身疲惫,摸到了床直接趴了上去,连沾了泥的鞋都懒得脱。

　　"妞妞啊,你不怪妈吧?"

　　王桂芝坐到床边,微微俯身,说得小心翼翼。

　　原本叶知秋想抱怨几句的,可母亲这么一说,她倒不好再说什么了。再说什么都没用了,到了母亲这个年纪,就活个脸面,在乡亲们面前炫耀一下,其实也能理解。

　　她换了个姿势,双手枕在脑后,低声问:"我爹呢?"

　　"你回来得匆忙,你爹又想把宴席弄得体面一些,跑了两趟,东西还是没有买齐,和你两个哥哥又去镇上了。"

　　"大嫂二嫂呢?"

"你大嫂上班去了，说是请不下假来，得晚上才能回来。你二嫂这个人，你也知道，懒得很，怕过来得早，我使唤她做事，到现在还不见人影！你说你回来这么大的事，她都能不放在眼里，说到底，她压根没有把自己当成咱们叶家的人，你都不知道……"

王桂芝一条腿抬起来，盘在床沿上，眼看着就要滔滔不绝讲起二儿媳的不是，叶知秋无奈地叹口气，揉了揉太阳穴说："妈，我累死了，想睡一会儿！"

听闺女这么一说，王桂芝这才止住了话头，把被子拉过来盖到她身上，一步三回头地出去了。

脑袋昏昏沉沉的，可院子里实在太吵，哪里睡得着！叶知秋瞪着房梁，眉头慢慢皱紧。

十四岁那年，她独自一人去省城的戏校学京剧，一转眼，七年过去了。她年年第一名，大大小小的奖拿到手软，可真的毕业了，却连一份像样的工作都找不到。

她有多郁闷，偷偷哭过多少次，没有人知道。每次给家里打电话，她都是报喜不报忧，母亲几乎每次都问她工作有着落了没，问得多了，她烦得很，干脆撒谎说十有八九能进省城的剧团。母亲问她有没有进京演出的机会，她走了下神儿，随便"嗯"了一声。没想到，母亲转脸就把这事嚷嚷得全村都知道了。

一想起大红横幅上的"艺术家"三个字，她就羞得脸颊一阵阵发烫。艺术家这个称号，她怕是一辈子都配不上了。

没有唱戏的机会，为了生存，她必须得改行，可是除了唱戏，她还能做什么呢？这些年她一心扑在专业上，两耳不闻窗外事，怕是想到饭店当个服务员都没人愿意要她。

随着一阵爽朗的笑声传来，门帘掀起，一个慈眉善目、中等身材的中年女人走进来。

叶知秋立刻翻身下床，扑到那人的怀里，孩子似的撒娇："安老师，你都不想我的吗？怎么现在才来？"

安老师假装嗔怒："马上就要成角儿了，我这个启蒙老师也得上赶着来拜见学生喽!"

说完,她自己先绷不住,笑了起来,握着叶知秋的肩膀上下打量着她,满眼都是欣慰和自豪。

"安老师……"

听到"角儿"这个词,叶知秋只觉得嗓子眼里像堵了一团棉花,上不来下不去,想哭可又不敢哭,一张小脸憋得通红。

看她脸色变了,安老师有点儿慌了。是自己说错话了吗?只是玩笑话,她应该不会吃到心里才对。

叶知秋深深地吸了一口气,压下所有的情绪,勉强挤出一丝笑容:"我也想成角儿,可光是想想就觉得难如登天!"

第 2 章

安老师只道她是小姑娘家家的,有点儿多愁善感,于是松了一口气,道:

"你才二十一岁,这么年轻就进了省里的剧团,很快又要进京演出,终归机会更多一些。我当年第一眼看到你的时候就认定你是不可多得的大青衣,我对你有信心,你也要对自己有信心才对!"

叶知秋欲言又止,一肚子的话最终还是没有说出来。

窗外不时有人经过,她要是说了什么被别人听了去,那父母的面子可就丢光了。她后悔得很,好端端的,为什么要撒那样的谎。省剧团的门槛那么高,哪是她说进就能进的,更别说进京演出了,根本就是没影儿的事。

"安老师,我会努力的!"

她摆出一副笑脸,握了握拳头表决心,一本正经的样子把安老师逗乐了。

父亲和两个哥哥回来了,他们看到叶知秋,开心得不得了。

父亲叶国富一向寡言,只是坐在她面前笑眯眯地看着她,不说话。大哥叶知文和父亲有点儿像,只是问了妹妹累不累就没有别的话了。二哥叶知武只比叶知秋大两岁,两人性格又相像,所以凑到一起便有说不完的话。

叶知武对外面的世界很好奇,好不容易见到妹妹,问题一个接着一个。没过一会儿,叶知秋就听出来了,他想让她在省城给他谋份工作。

叶知武不是种庄稼的料,老想往外跑,叶国富老早就看出来了,只是不点破而已。他本想着二儿子娶了媳妇,心能安定下来,没想到这小子的心还是野的。不过这次，他没有像往常那样数落他。

"妞妞，等你在省城站稳了脚跟，就带你二哥出去见见世面。做一辈子农民也没啥出息，你二哥脑子灵，说不定能闯出点儿名堂来。等他把路探好了，到时候把你大哥也带出去。"

叶国富难得一口气说这么多话，叶知武看着父亲，心里很是感动。

爹把话挑明了，妹妹就算不愿意也得答应下来。

"站稳脚跟哪么容易啊，还是等等再说吧。"

她说话的时候没看父亲，低头摆弄着手指，很为难的样子。

叶知武很失落，忍不住嘟囔了一句："伸把手的事都不愿意做，摆明了就是怕我拖累你。我年轻，有一双手，怎么可能拖累你！"

"二哥，我什么时候怕你拖累我了？我刚刚毕业，工作上的事也是焦头烂额，你就不能再等一等？这么着急？"

"等？等到什么时候？我在这破村子里窝了二十多年了，一天都待不下去了！"

"二哥，你……"

眼看着兄妹两个就要吵起来，叶知文吼了弟弟两句，把他赶出屋去。他和叶国富都不太会安慰人，反反复复地说叶知武不懂事，让她别往心里去。

叶知秋心里很不是滋味，烦躁得很，越是这样院子里的声音就显得越吵。她赌气躺到床上，把被子拉起来蒙住头。直到王桂芝进来，好言好语地哄了好一会儿，叶知秋才答应出去坐席。

老支书理所当然地和叶知秋坐一桌，还坚持让她上座，两人推让了好久，老支书看到叶知秋急得都快要哭了，这才勉强坐了上座。

他当支书这么多年，像今天这么高兴，还是第一次。

桂花村属于半山区，村里的地多半都是靠天吃饭的山地，一年到头，土里刨食赚不到几个钱。虽说在县里算不上贫困村，可也差不多是倒数几位的。他努力了半辈子，也没能带着村民们富起来，这都成他的心病了。他从来没想过，村里能飞出叶知秋这样的金凤凰，他心里美得很，比自己的孩子有了大出息还高兴。

"知秋啊，以前我去镇上开会从来不敢坐在前排。以后不一样了，你很快就成名角儿了，到时候红遍全国，我这个支书的脸上也有光了。说不定，镇长还会主动请我坐第一排呢。"

他的眼睛眯成一条缝，激动得声音都发颤。

这时候王桂芝笑嘻嘻地接话了："到时候估计县长都认识你了，还点名表扬你呢！"

大家都笑了起来，唯独叶知秋的脸色不太自然，拿起筷子吃菜都吃不出味道来。这一趟她是真不该回来，一念之差撒了个谎，就是想让母亲少操心，没想到现在闹到这个份儿上，都没办法收场了。

"老支书，现在戏曲市场不像从前了，成名角儿这种事，哪是那么容易的啊！放眼全国，名角也就那么几个。我才刚毕业，和那些前辈的差距还有十万八千里……"

"那可不一定，你得了那么多奖，唱得一定很好。唱得好就一定能出名，很快的！"

一提到她唱得好，立刻有人提议让叶知秋给乡亲们唱一段。

掌声四起，所有人都朝这边看过来，期待都写在脸上。

对着评委对着观众唱和对着家乡父老唱，感觉不一样，从不怯场的叶知秋有点儿紧张。看这架势实在推托不过，她只好深吸一口气，起身站到屋门前稍开阔的地方站定。她基本功扎实，名家名段张口就能来，不在话下。

她扯了扯衬衫的下摆，抿紧嘴唇，先是一个云手，眼睛垂下片刻再抬起时，已经染了不一样的神韵。

如水的双眸看定人群后面的某个点，唇角微扬，第一个字一唱出来，满座皆惊。

她唱的是《锁麟囊》里的"春秋亭外风雨暴"，转眼间叶知秋简直像换了一个人，即使没有妆容和戏服的支撑，她依旧唱得投入、动人。

安老师有点儿激动，悄悄抹了抹眼角的泪，忍不住赞叹："这气口，绝了！"

青衣演唱中为增强句法的表达效果，会很艺术地处理好每一个气口。

有的气口需要换气,有的则停而不换,叶知秋把握精准,几乎做到了极致。

安老师是县剧团的退休演员,主攻青衣,作为叶知秋的启蒙老师,很自然地把她的这次演唱当成汇报表演,抱着挑剔不足的心态仔细倾听,没想到只剩下赞叹,甚至还有钦佩。

叶知秋小小年纪,水平远在她之上,可见除了天赋,这些年她一直在刻苦用功,从未松懈,安老师打心底为叶知秋高兴。

第3章

一曲唱毕,叶知秋收住声音,转眼又变回了大家熟悉的叶知秋。她脸颊微红,略微羞涩地笑了笑,跑回刚才的座位坐下,头垂得越来越低。

一向寡言的大哥叶知文激动得热泪盈眶,沙哑着嗓子大声吐出一个字:"好!"

乡亲们这才纷纷缓过神儿来,掌声立刻响成一片,经久不息。叶知秋觉得不好意思,盯着自己的脚尖,呼吸都是乱的。每一秒对她来说都很难熬,她不敢抬头。

莫名有点儿心酸,她也知道自己唱得好,可唱得好有什么用?她都已经决定了,实在找不到工作就只能改行了,不过到时候得暂时瞒住家里,不然父母的脸面真是没处搁。

二叔转头激动地对女儿小楠说:"丫头,要不你也去省城学戏吧?看你姐,多有出息!"

听到这话,叶知秋更觉惭愧。毕业进了社会她才深刻体会到,付出和回报大多数时候不成正比。看到堂妹笑了笑,似有所动,叶知秋有心劝她不要冲动,可话在嘴边转了好几圈最终还是咽了回去。当着这么多人的面实在没办法说,还是另寻机会吧。

宴席快结束的时候,叶知秋的手机响了,她看了一眼,号码是省城的固话,大概猜出打电话过来的是什么人。抬眼看看,院子里到处都是人,连屋里也加了两张桌子,此时也热闹得很。她朝着人少的墙角跑过去,确定没有人注意到她,这才接起电话。

"喂,你好,哪位?"

她说的是普通话,不过很小声,怕被乡亲们听到觉得别扭。

对方只说了一句话,她乌黑的大眼睛就亮起来,不由得音调也高了

009

一点点:"真的吗?明天上午去参加二试?太好了,太好了……"

挂掉电话,她觉得周围的一切都像是亮了几度,颜色鲜艳许多。

她把手机抱在怀里,深吸一口气,嘴角不自觉地翘起。

"妞妞,你不是进了省剧团吗?怎么还要参加什么二试啊?哦,我明白了,你是骗人啊,原来压根就没有找到工作是不是?"

一道熟悉的声音响起,尖亮刺耳,还带着一丝嘲讽。

叶知秋心里"咯噔"一下子,转头一看,一边嗑瓜子一边幸灾乐祸地看着她的不是杨小香是谁?

杨小香和她从小一起长大,叶知秋去省城上戏校的时候,她刚刚上高中。只是她学习成绩不好,没有考上大学,就只能回到村里。她长得漂亮,心气极高,好多人给她说媒都被她拒了。她说以后自己是要嫁城里人的,才看不上浑身土腥子气的农民。

上个月,她刚刚托人在省城找了份在小饭店收银的工作。她因家里有事回来,正好赶上了这场宴席。刚才叶知秋亮嗓的时候,她嫉妒得牙根痒痒。

这下好了,叶知秋骗了大家伙,可以老老实实被她踩踩了。

叶知秋有点儿慌,一把拉住她的胳膊:"小香,你别嚷嚷,听我解释……"

"乡亲们,叶知秋根本没有进省剧团,她到现在还没有工作呢。你们都被她骗了,被叶家骗了!"

杨小香扭头吼了一嗓子,近处的先听见,然后迅速往远处扩散,院子里很快安静下来,在场所有人的脸色都僵住了,尤其是王桂芝,目光落在女儿无奈的脸上时,整个人都绝望了。

女儿当初打电话的时候只是说十有八九能进省剧团,她说要回来已经是半个月以后的事,王桂芝理所当然地以为她已经进了省剧团。联想到女儿一回来就垂头丧气的样子,她早就该猜到的。

要是仔细问女儿,提前知道真相,事情也不会搞得这么难看。

乡亲们的目光都在她身上,她觉得无地自容,连身边的老伴叶国富都用力戳她的胳膊肘,向她使眼色。骗了全村人这事实在不是一件小事,家里实际上一直都是王桂芝做主,可是他哪里知道该怎么办。

喝了几杯的老支书红着脸拍案而起,指着叶国富,厉声问:"国富,怎么回事?"

乡亲们交头接耳,议论纷纷,杨小香抱着双臂,嘴角都咧到了耳朵根。王桂芝天天在外面宣传,自己的女儿得了这个奖那个奖,以后一定有出息之类的。现在怎么样?还不如她一个高中毕业的,好歹在省城还拥有一份工作,看以后母亲还会不会有事没事拿她和叶知秋比。

叶国富人老实,被老支书点了名,立刻跌跌撞撞地朝女儿大步走过去。

"妞妞,你说,到底怎么回事?"

叶知秋心里早已翻江倒海,她没脸抬头去看老支书,只转头看向别处,强装镇定:"我没有被省剧团录取……其实我现在还没有……"

"工作"两个字还没说出口,王桂芝就高声打断了她的话。

她面向老支书,理直气壮地说:"老支书,我们妞妞唱得好,就算没进省剧团,找份好工作也不是问题。她是我们桂花村飞出的金凤凰,早晚会有出息的,你说是不是?"

老支书冷笑:"早晚会有出息?你这上嘴唇一碰下嘴唇,还真是轻巧啊!知秋骗了大家,你护着她,我可以理解,可你这么说就不合适了。没影儿的事编得有鼻子有眼的,把我们大家伙当傻子耍啊这是。虽说你们叶家花了钱请大家伙吃饭,可这事也不能被你这么含糊过去。让知秋道歉,这件事我们就当没发生过!"

王桂芝坚持不肯让女儿道歉,最终由她代替向所有乡亲鞠躬道歉。

她鞠躬的时候,叶知秋清楚地看到母亲的眼泪控制不住掉下来,砸到地上,她的心像是被一只大手狠狠捏住,整个人都喘不过气来。

母亲是那么强势又骄傲的人,作为女儿,她让母亲丢尽了脸面,让整个叶家蒙羞,怎能不愧疚。

宴席草草结束,叶家院子里死一般沉寂。

父母和两个哥哥不说话,大嫂二嫂的脸色也不太好看,时不时地瞄一眼叶知秋。叶知秋和她们虽是姑嫂,可毕竟没见过几次面,谈不上有什么感情,只是觉得这次小姑子让她们丢了脸,心里多少是不忿的。

011

叶知秋还要去参加一个私人剧团的二试,没办法在家里多待,她也实在不愿意再多待。她第一个开口打破沉默,简单嘱咐大哥二哥照顾好父母以后便拎起没有打开的大行李包,起身走出家门。

第4章

另外两个小包是给家里人带的礼物,她没有心情一一拆开相送,临走的时候交代二哥帮她分一分。

一家人送她到村口,路上难免有人对他们指指点点,母亲王桂芝情绪低落,直到眼看要和女儿分别,才沙哑着嗓子说了一句话:"妞妞,一定要有出息,不然就别进这个家门!"

她这话说重了,众人皆惊,叶国富连忙去扯老婆的袖子,小声说:"省城哪是那么好混的,你这么说,妞妞压力太大,她会受不了的!你改下口,多宽慰她几句。要是在外面混不下去了,就让她回家来!"

王桂芝恼羞成怒,丝毫不留情面地吼道:"闭嘴!"

空气凝滞。

起风了,几个人的衣裳都被吹得猎猎作响,大家的表情各不相同。

叶知秋紧抿着双唇,眼眶发热,却拼命地忍着,不让眼泪掉下来。

王桂芝转脸对二儿子叶知武说:"你这几天安排一下家里的事,也去省城帮我盯着你妹妹点儿。我没有读过什么书,可我知道,没有压力就没有动力。全家的指望都在她身上,她混不出来,我们叶家在桂花村就抬不起头来。脸是她丢的,她得拼命捡回来!"

她的话像重锤一样直击人心,叶知秋眉头皱了一下,转过头大步离开。

很想回头看看,因为再回来就不知道该是什么时候了,可她停了好几次,最终还是没敢回头,她怕眼泪会忍不住落下来。

曾经温暖无比的家再也不会无条件敞开怀抱迎接她了,她心里满满的都是苦涩。

她对母亲没有怨恨,怪只怪自己不争气。

父母只有她这么一个女儿,虽然经济条件有限,可好吃好喝的从来都是先紧着给她吃。七年前,县剧团送戏下乡,在村里连搭了三天戏台,她着了迷似的,哭着喊着要去学唱戏。父母二话没说就同意了,还让安老师托人把她送去了省城的戏校。

学费不低,再加上生活费,对家里来说是一笔很大的开支,可父母硬是勒紧了裤腰带供她上学。现在正是她该回报父母的时候,当初父母对她寄予多深的希望,现在就有多失望。

终于辗转坐上长途大巴,她窝在最后一排的角落里,把脸埋进包里,眼泪无声掉落。她默默对自己说,这是最后一次哭了,哭过这次,她拼了命也要找到好工作。

学校宿管科的老师看到她,无奈地说:"知秋,你最多只能在宿舍里再住一周啊,别让我为难!"

叶知秋不敢直视她的眼睛,小声说:"给您添麻烦了,我知道了!"

宿舍楼里空荡荡的,连上楼梯的脚步声都像是被放大了很多倍。

她压抑、孤独,不知所措,朝夕相处了七年的舍友各奔东西,从此各自天涯,也许一辈子都不会再见。想到这儿,她忍不住长叹了一声。

顶楼,走廊尽头朝南的宿舍,打开门,里面八张床铺,只有靠窗的上铺还铺着被褥,其他的都只剩下光秃秃的床板。除了她,其他七人都回老家了,多数已经确定改行,有的在等家里人托关系找工作。

她只感觉身体里的最后一丝力气都被抽空,软软地瘫坐在离门口最近的床板上,低着头发呆,脑子一片空白。直到肚子开始咕噜咕噜响,她拿出手机看了看时间,才意识到从坐上大巴到现在,十几个小时了,她连口水都没想起来喝。

钱包里早就没什么钱了,她回家的时候也没好意思要,想着接下来的日子得算计着过了,她有点儿灰心,慢吞吞地爬到自己的床铺上。

不经意地透过窗户往外面看了一眼,空旷的操场正中央,有一个细瘦的男生正在练功。

那人练了多久,她就看了多久,叶知秋的心里油然生出一丝同病相怜的感觉。

非毕业班的学生都放假回家了，毕业班的也都走光了，那个练功的是谁呢？会不会和她一样，想留在省城，一时之间找不到工作只能暂时赖在学校里呢？

二十分钟以后，她已经坐在操场旁边的看台上。

这个男生她认识，他叫程旭，是学老生的。老师们经常提起他，说他天赋极高，也够努力，关键是他生在戏曲世家，起码找到好工作是不愁的。

叶知秋不由有点儿失望，她和程旭都曾经是老师眼里的佼佼者，可毕业以后，他对她来说，已经变得遥不可及。

她有自己的骄傲，不愿仰视他，起身要走时却被他出声叫住。

"叶知秋，你好！"

他的声音是很典型的男中音，浑厚，磁性，和年龄不太相符。

叶知秋有点儿窘，转过头来看着他，笑得有点儿不自然："程旭，你好！"

两人同学七年，知道彼此的名字，也经常碰面，只是从来没有说过话，这还是他们第一次正式打招呼。

"叶知秋，我去文老师那儿找过你，她说你回老家了，不过应该很快就会回来。"

"你找我有事？"

程旭的脸色严肃起来，指了指看台："坐下说吧！"

叶知秋是真没想到，她和程旭只是同学，没有半点儿交情，他居然愿意给她一个天大的好机会。

回宿舍的路上，她的精神一直是恍惚的，碰到人也只会机械地笑，别人看她的眼神就像在看精神病，可她毫不在意。

第二天上午，她踏进省剧团大门的时候，心跳如鼓，怎么深呼吸都无法平复。

程旭如愿进了省剧团，正好赶上一场大戏，不过，他没有资历，只能演一个小角色，可这对他来说已是天大的惊喜。他无意中听人提起 A 角萧若兰右手骨折，虽然有 B 角替补，可萧老师对最后一场戏的呈现效果并不满意，想找别人来演那一场。萧若兰是程旭母亲的好友，他私底下向她推荐了叶知秋。

　　有机会试这一场戏，对叶知秋来说已是上天的厚爱。

　　她默默鼓励自己，一定要成功！

　　机会从来都只会留给有准备的人，叶知秋昨夜一分钟都没睡，反复唱了不下一百遍，虽说不上自信满满，可心里还是有点儿底气的。没想到，当她到达排练大厅的时候，还是傻了眼。

第5章

只是一场戏的替补,居然来了一百多人。远远看去,乌泱泱一大片,看上去个个比她年长。当工作人员递给她一张表格让她填个人信息的时候,她已经像泄了气的皮球一样,写字都有点儿提不起力气。

手机偏偏在这个时候响了,她愣了一下,赶紧跑出排练厅去接。

"不是通知你过来参加二试吗?怎么现在还没到?一个戏校毕业的应届生,没有半点儿经验,倒是挺会摆谱!"

还是上次那个私人剧团打来的,一张口说话就极难听。

叶知秋抱歉地说:"对不起啊,我有别的面试机会,所以……"

"我们其实很看好你的,不然也不会特意给你打这个电话!这么跟你说吧,我们团长爱才如命,他亲口说了,前面参加二试的人他都不满意。只要你一个小时之内赶过来,他可以直接拍板要你!"

叶知秋咬紧下唇,心里好像有两个小人儿在打架。

一边是稳定长期的饭碗,过了这个村就没这个店了。而另一边只是一场戏的替补,还不一定能成功被选上。

整个人被两股力道拉扯着,她清楚地知道,当下的选择会改变她的一生。

那个私人剧团她找人打听过,也上网查过一些相关资料,规模不大,可是有五险一金,商业演出也比较多。这也就意味着,她在未来会有一份相对稳定的收入。这对钱包干瘪、很快就要流落街头的她来说太重要了。

"喂,说话!"

对方的语气明显不耐烦。

叶知秋望了一眼不远处的人群,沉默了足足十秒,才咬牙说:"对不起，我不去了！"

对方嘟囔了一句什么，挂掉电话。

她没听清，不过用脚指头都能猜出来，十有八九是粗话。

让人家失了风度，可见她有多么不识好歹。

她做选择的标准其实很简单，错过眼前这个机会，她可能会后悔一辈子。试了，失败了，无所谓，能见到名家前辈，说不定还能受一些指点，她已经算是赚了。

费力填完表格，接下来就是长得望不到边的等待。

叶知秋本以为提前半小时到就算早的，没想到前面还排着这么多人。她虽然心里焦躁，可表面上还是安安静静的，偶尔还会小声唱一两句词，仔细琢磨哪里唱得好哪里唱得不好。

排在她前面的是一个看上去三十岁上下的女人，她听到叶知秋唱，转过头来上下打量了她一遍，疑惑地问："你也来参加面试？你毕业了吗？有二十岁吗？"

"对，我是来参加面试的，我刚毕业，今年二十一岁！"

"你了解这个角色吗？你确定你演得了？"

叶知秋张了张嘴，最终一个字都没有说出来。

她不知道该怎么说。

之前程旭说推荐了她，她还以为自己可以直接来试戏，没想到会有这么多人。心里越来越没底，可既然来了，她就不想灰溜溜地走。

没有等到叶知秋的回答，那个女人倒也没有继续追问，瞥了她一眼转回头去。

叶知秋没敢再唱，巴巴地等了两个小时，嗓子干得受不了了，这才想起来忘记带水。

"渴了吧？给！"

视线里出现一只男人的手，手里握着一个已经拧开盖子的矿泉水瓶。

她抬头一看，是程旭。

他应该是刚刚参加完排练，额头上都是汗，神色疲惫，不过对上叶知秋的目光时还是咧开嘴笑了，露出两排整齐的白牙。

"我也没想到会来这么多人,看来你得等很久!"

程旭望了望前面的队伍,摸摸脖子,满脸写着抱歉。

"没关系,还是得谢谢你!"

"你尽全力就好,不管能不能成功,总归是一个锻炼的机会!"

"嗯!"

程旭站了一小会儿就被别人叫走了,叶知秋只能继续静静地等。

终于轮到她了,她反复提醒自己不要紧张,反正成功的可能几乎为零,可是当她走进那个试戏的小房间,面对着一排面色严肃的前辈,还是有点儿腿软。不过到底是经过无数比赛磨炼的人,心理素质不会差到哪儿去。

做好准备,她凝神开口,长条桌后面的前辈们眼神都亮了,尤其是坐在中间的那个中年女人。叶知秋的注意力都在戏上,虽然匆匆一瞥只觉得那人有点儿眼熟,可也来不及细琢磨。不管是谁,她都得好好唱,这是她唯一的信念。

唱毕,坐中间的那位率先鼓起掌来,其他人也纷纷点头,鼓掌。

叶知秋站在那里没动,本来还以为前辈们会提一点儿建议什么的,可是等了好一会儿,他们只是低声交谈着什么,似乎谁都没有在意她。

她一时之间不知道是要再接着等还是悄悄出去,以免耽误下一位试戏者的时间。

"你可以走了!让下一个进来!"

中间那位依旧面色严肃,可说话的声音是和蔼温柔的,叶知秋猛地想起,她在电视上见过这个人,她叫洛会芳,是青衣名家。

见到真人了!

叶知秋激动得不得了,脑子空白了几秒,迅速从包里抽出一个记事本来,想让洛老师给她签个名。可是,她还没有走上前去就被工作人员拦住,提醒她赶紧出去。

虽然心里满满都是遗憾,可她莫名其妙地产生了一种直觉,那就是,她和这位洛老师可能以后还会见面。

回到学校,她的心情还是久久不能平复。

她居然有机会在青衣名家洛会芳老师面前唱戏，而且洛会芳老师还第一个为她鼓掌，这简直就像是在做梦一样。于是，她的平常心再也无法平常，她反复地回忆那几位前辈脸上同时出现的满意表情，他们会选她当替补吗？

接下来的两天，她简直度日如年，因为太迫切地想要这个机会，所以整个人时时处于焦躁的状态，随时想发疯。

她给程旭打过两次电话，倒不是想通过他走什么关系，只是想快些得到结果。程旭说他也一直密切关注着，应该很快就有结果。可是，叶知秋哪里等得起，整栋宿舍楼就剩下她一个人，她看到宿管老师都是远远绕着走，怕被催离校。

就在叶知秋等得快要崩溃的时候，省剧团终于来电话了。

第6章

最终人选要在她和另外一个人之间产生，所以她还得再去一趟。

电视上选秀节目她看过，这就叫PK，光是想想就觉得残酷。她心里犯怵，怎么也提不起信心来，就这样在床上翻来覆去一夜，第二天直接顶着大黑眼圈去了。

还是那个面试的小房间，她坐立不安了一小会儿，就看到一张熟悉的面孔。确切地说也不算太熟，就是面试那天排在她前面的那个女人。

"是你！"

那个女人化了淡妆，穿了一件大红色连衣裙，看上去光彩照人，只是在和叶知秋对视时，眼角眉梢挂着的讥诮之意有点儿明显。

叶知秋本来打算笑着打个招呼，可看着她那副扬起下巴看不起人的样子，最终没有说话，只是僵着一张小脸对她点了点头。

她抱着双臂，上下打量了叶知秋一遍，冷冷地说："你年龄这么小，根本不符合角色的气质，怎么被选上的？走了后门？"

叶知秋咬了下嘴唇，小声说："没有！"

那个女人冷笑一声说："呵，谁信啊！看你从头到脚的地摊货，也不像有钱的。怎么着，剧团里有亲戚？"

没等叶知秋回应，她又自顾自地说下去："有亲戚的话就让他们把你弄进省剧团啊，跑这儿来跟我们抢戏干什么？唉，现在这世道，真是不给人活路啊，想上舞台唱一场戏都被人拦着路……"

她絮絮地说着，叶知秋只觉得胸口发闷，双手也不自觉地紧握成拳。她在戏校的七年学会了很多东西，唯独没有学会该怎么和人吵架。

看着叶知秋的脸色越来越难看，那个女人颇为得意，上前一步直接推了一下她的肩膀。

"如果我是你，哪还有脸赖在这儿，早跑了！"

叶知秋瞪着那个女人，终是忍无可忍，倔强地扬起小脸和她对视："大家来参加面试，是公平竞争，我没有托关系，我靠的是我自己！我和你一样珍惜这次机会，还没比就想把我挤走，你休想！"

女人以为叶知秋真是软柿子，没想到她会这么说，一时之间错愕："呵，你这死丫头，脾气还挺硬！"

四目相对，叶知秋丝毫不示弱，两人之间的空间都像凝固了一般。

这时候，一道熟悉的声音响起。

"周团长，第二轮PK取消！留下叶知秋！"

两人下意识地循着声音望过去，洛会芳和省剧团的周团长不知道什么时候已经到了，两人吵架的内容他们也听了个七七八八。

那个女人听到洛会芳这么说，脸唰的一下白了，立刻跑过来扯住她的袖子，苦苦哀求："洛老师，为什么呀？我们都还没有比试，您不能这么对我啊！我就是想上台唱戏而已，好不容易有这么个机会……"

洛会芳深深地看了她一眼，直接冷着脸甩开她的手："不管做哪一行，都得先做人。你做人不行，戏唱得再好又有什么用？"

刚才她咄咄逼人的样子着实让人生气，想用逼走竞争对手的方式得到这次上戏的机会，这手段实在上不了台面。就算洛会芳没说留下叶知秋，周团长也会开口说。

对叶知秋来说，这就是不战而胜，她说不出心里是什么滋味，总觉得有点儿胜之不武，可仔细想想洛会芳老师刚刚的话，心里总算是慢慢踏实下来。

洛会芳亲自带着叶知秋去了排练厅，她在那里看到更多在电视上才能见到的知名前辈，虽然表面上还算镇定，可心里早已澎湃激荡。洛会芳把她介绍给演员们，还特意嘱咐A角萧若兰多指导叶知秋。

萧若兰是知名青衣，虽然快五十岁了，可是保养得宜，身材和气质丝毫不输年轻女孩，尤其是上了妆，更是光芒万丈，叶知秋看得呆了，眼睛半天都没有眨一下。

"小秋，来，你这个动作要调整一下，这样，跟着我做……"

"小秋，这样不行，你这个字不能这么咬，你得忘掉自己以前的习惯动作，不能和角色年龄有太大的差别，不然观众会出戏的。"

"小秋，很好了，很好了，不过我还是希望再来一遍，说不定有惊喜！"

萧若兰手把手地教叶知秋，比戏校的老师还耐心。叶知秋起初有点儿放不开，不过很快就和和蔼可亲的萧若兰熟络起来，不懂就问，迅速调整。整场戏下来，几乎所有在场的演职人员都对她竖起大拇指。

晚上，叶知秋躺在床上瞪着天花板时不时地傻笑。

她深深地感觉到，萧若兰为她打开了一扇窗，理论和实战到底是不一样的。这种不一样，她之前只是知道个大概，是无形的，现在，通过一场戏的排练，更加具体，触手可及。

从洛会芳和萧若兰的身上，她看到了一种几乎忘我的热爱。她们热爱戏曲，热爱青衣这个行当，这种热爱是渗入骨血之中的热爱，和她们相比，她自惭形秽。虽然她从没任何人表达过，但学了这么多年戏，最终还是想出人头地，成为舞台上耀眼的明星。可是接触了两位老师之后，她不想做明星了，她只想做一个优秀的戏曲演员。

这次是向国庆献礼的大型演出，对每个参与其中的人都意义非凡。听程旭说省里的领导也会坐在台下看演出，叶知秋更加紧张，生怕自己哪里出差错。她自己不觉得，可萧若兰还是很快就发现她太绷着了，用力过猛。萧若兰提醒她，外紧内松才是最好的状态，还教了她很多调整情绪的方法。

演出的前几天，叶知秋才突然想到问萧若兰一个很重要的问题。

"萧老师，B角是谁啊？我是不是要和她见一面？"

虽然只是替那么一场戏，可对叶知秋来说毕竟是人生中第一场正式的舞台演出，也是难能可贵的向前辈取经的机会，她不想放过。

"没人告诉过你吗？她叫于玲玲，是咱们剧团青年演员里业务最好的！你想见她，随时都可以，她就在楼上的排练厅！"

"正好现在休息，我上去一趟，和她认识一下！"

叶知秋笑得灿烂，转身就走，却没注意到萧若兰脸上一闪而过的无奈。

第 7 章

一般情况下，A角和B角是一起排练的，于玲玲喜欢安静，开会的时候直接提出联排之前要单独排练。她性子独，在全国大赛上拿过金奖，这次的曲目又是她最拿手的，再加上她是周团长的侄女，大家多少会照顾周团长的面子，便没有人提出异议。

到了楼上，叶知秋敲了几下门没人应，她又贴着门板听了听，一点儿动静都没有。

难不成于玲玲不在？

她轻轻推开门，小心翼翼地把头探进去看了看，视线落到最远处的角落时神情不由一顿。

一个黑衣黑裤的女人抱着膝席地而坐，低着头一动不动，长发垂下来遮住大半张脸。

叶知秋走到她面前，微微弯下腰，小心翼翼地问："请问您是于玲玲于老师吗？"

没有回应。

难道睡着了？

叶知秋又等了一会儿，转身要走的时候，那个女人终于沙哑着嗓子开口："谁让你进来的？"

虽然她语气平平，可叶知秋还是听出了愤怒和责怪。

她没想到于玲玲会这样，尴尬地搓了搓手，小声说："这不是快演出了吗？我想着过来和您见一面……"

"你是谁？"

"叶知秋！"

于玲玲慢慢抬起头，把叶知秋从头到脚仔细打量了一遍，冷笑出声：

"你就是那个抢了魏雅丽机会的小女孩？"

魏雅丽，应该就是那个被洛会芳老师否了的女人。

可那不是抢，叶知秋正要辩解，于玲玲站起来，把头发拢到耳后，说话依旧很不客气："我最不喜欢排练的时候被人打扰，这是第一次，也是最后一次！"

叶知秋被于玲玲直接赶了出来，心里说不出地郁闷。怪不得以前有同学说过，不管以后有没有机会进剧团，都得做好充分的思想准备。剧团也是一个小社会，复杂着呢。叶知秋这只是演一场剧团的戏而已，前脚碰到那个魏雅丽,后脚又碰到于玲玲,都是不好惹的,她真后悔上楼了。

回到排练厅以后，她的情绪多少受了些影响，萧若兰猜到原因了，不过并没有点破，只是提醒她，戏比天大，不管遇到什么事都要压到心底，不能影响唱戏。叶知秋深吸一口气，很快就找回了之前的状态。萧若兰给洛会芳打电话汇报的时候，对叶知秋尽是赞美。这丫头有灵气，基本功扎实，绝对是个好苗子。

洛会芳早在面试的时候就看出来了，她想把这丫头招进省剧团，无奈团里早就严重超编了，哪里还有名额。多好的人才，想想就觉得可惜，可也没有别的办法。

正式演出的时候，叶知秋早早地来到后台等待上妆。于玲玲来得晚，就坐在她旁边。她主动打招呼，于玲玲假装没听见，看都没看她一眼。化妆师化妆的时候，于玲玲总有不满意的地方，时间耽误了不少，最后留给叶知秋的化妆时间就少得可怜了。

之前定好的，萧若兰唱前半场，于玲玲唱后半场，可是眼看着快要开演了，于玲玲突然说想多唱几场，萧若兰不满，和于玲玲吵了几句。萧若兰到底资格老，又算是于玲玲的半个老师，于玲玲虽有不满，不过最后还是给萧若兰道了歉。

萧若兰刚上场，于玲玲的目光就落到叶知秋身上。

"你那场别唱了，给我！"

口气明显不是商量，是命令。

叶知秋只觉得脑子嗡嗡直响，一进后台就上扬的嘴角耷拉下来，反问："为什么？"

她就这么一场戏，而且前前后后准备了这么久，凭什么让给她？

萧若兰手指骨折，担心这场手部动作极多的戏呈现效果不好，才给了于玲玲。可洛会芳只看过一次她的排练，就觉得她演得不好，坚持让更合适的人来演。于玲玲自己又怎么可能不知道？叶知秋觉得她就是惹不起萧若兰，拿自己撒气。

"小丫头，你说为什么？你一个毫无舞台经验的人，演那么一场重头戏，你有信心吗？"

叶知秋很紧张，一颗心怦怦直跳，可还是坚定地吐出一个字："有！"

"有？有也是盲目自信！"

没招她没惹她，这人到底怎么回事？

叶知秋不想和她打口水仗，可在于玲玲看来，她分明就是没信心，干脆直接拍板："这事就这么定了！"

周围来来往往好多人，大多都听到她们的对话，可是没人替叶知秋出头。他们和于玲玲都是省剧团的，都知道她的脾性，再说以后还要共事，谁都不愿意为了一个临时演员和她闹什么不愉快。

叶知秋不服气，直接去找周团长，周团长正在打电话，没时间和她说话，便让她等一等。可眼看着她上场的时间要到了，还不见周团长挂电话，叶知秋急得团团转，眼眶都红了。

于玲玲似是不经意地撞了一下她的肩膀，冷冷地说了一句："敢惹我不痛快！不知天高地厚！"

她怎么能这么说话呢？叶知秋只觉得嗓子里像是被塞进一团棉花，上不来下不去。她压着一口气，不敢让眼泪流出来把妆弄花了，全身却是控制不住地颤抖起来，怎么都止不住。

两个小时以前，二哥打来电话，说已经到省城车站了，问她能不能去接一下。叶知秋说自己现在在演出没有时间，二哥便问她在哪里，说要过来看。叶知秋从周团长那里要了一张票，让人送到等在门口的二哥手里。

不是虚荣心作祟，纯粹是不想让自己的亲人失望。二哥跟她说过，做梦都想看到她在大舞台上唱戏。这是毕业以后的第一场戏,很有可能也是唯一的一场,她不想就这么稀里糊涂地让出去。

她快走几步,一把扯住于玲玲的袖子,于玲玲回过头,惊讶地看着她:"戏比天大,耽误了时间,你担得起这个责任吗?"

"耽误时间的是你,不是我!说好的这场戏我来演,就得由我来演!"

"你算老几?我不让,你能把我怎么样?"

第 8 章

于玲玲从没有把眼前这个小丫头放在眼里过,甩开她的手,继续大步向前。

此时,叶知秋满脑子只有一个念头,那就是往前冲。

狭窄的走廊,她不顾厚重的戏服,像箭一样穿过人群,身后隐隐传来于玲玲的怒吼:"叶知秋,你这个疯子!走着瞧!"

叶知秋终于站到了台上,无数次大小比赛历练出来的镇定和沉稳让她迅速找到最理想的状态。她把自己彻彻底底融入角色之中,和角色同呼吸共命运。虽然唱的部分很少,可玲珑的身段舞出的水袖还是引得台下掌声连连。

她无法形容自己此时的心情,激动、紧张、澎湃,统统混杂在一起,直搅得她五脏六腑都互相碰撞得出声。天地之间仿佛只剩下她一个人,她尽情舒展,把每个动作都做到极致。

七年的科班训练,两千五百多个日日夜夜,全都浓缩进这短短几分钟的表演之中。

最后一个动作结束,她如丝的媚眼凝视着幻想中的夜空,唇角的弧度慢慢上扬。

雷鸣般的掌声响起,她收起千万个不舍,利落地退出舞台。

萧若兰给了叶知秋一个大大的拥抱,在她耳边低声说:"演得不错,真不错!"

叶知秋松了一口气,眼泪再也控制不住,像断了线的珠子一样落下来。

上台之后,她才知道自己是多么热爱这个舞台。改行的念头几乎是在下台的一瞬间就烟消云散了,她不要改行,她要好好把戏唱下去。人就这么一辈子，她不想舍弃自己最热爱的东西。

"萧老师，这就叫演得不错了？您也太双标了吧？初出茅庐，毫无舞台经验，举手投足都是稚嫩，我看着都觉得出戏！"

于玲玲的话夹枪带棒，丝毫不留情面。

萧若兰的脸拉下来，转头看了周团长一眼。

周团长沉着脸开口："玲玲，说什么呢？没大没小的！萧老师你都敢顶撞，我看你活得不耐烦了！跟你说过多少次了，收起你的坏脾气，大家没有义务一直宠着你惯着你！下不为例！"

"叔叔，您怎么……"

"这里没有你叔叔，只有周团长！"

本想撒个娇，却不想碰了一鼻子灰，于玲玲狠狠瞪了叶知秋一眼，讪讪地转身离开。

萧若兰拉住叶知秋的手，低声说："刚才听他们说于玲玲差点儿拦住你，没让你上台，有这回事吗？"

周团长笑眯眯地看着叶知秋，她躲闪着他的目光，低下头，小声说："没有，于老师是开玩笑的！"

萧若兰知道叶知秋是在撒谎，不过她觉得这丫头有气量，反倒更喜欢她了。就冲她不屈从于压力，勇敢地抢回这次机会的执着劲，她也得想办法让叶知秋留在戏台上继续唱下去。就算进不了省剧团，也得想想办法让她进一个好一点儿的剧团。

直到卸了妆，走出后台，叶知秋的脑子还是蒙的，久久不愿回到现实之中。

微风拂面，掀起她额前的碎发，她深吸一口气，伤感地吐出一句话："结束了，都结束了！"

口袋里的手机响了，是二哥的号码。几分钟后两人在剧院门口碰了面。

叶知武对着妹妹傻笑了半天才说："妞妞，你在台上唱得真好！对了，我听附近座位上的人说省里的领导也在前排看戏，要不咱偷偷猫在这儿，等领导们出来，咱们拦一下，让他们把你安排到省剧团去，你看

029

行不行？"

叶知秋被二哥的话逗乐了，撇开他往路边走，边走边说："要拦你拦，我可丢不起那人！"

"怎么就丢人了？你唱得那么好，你要进不了省剧团就太没有天理了！古时候还有老百姓拦轿喊冤呢，现在怎么就不能拦下领导给安排个工作呢？唉，妞妞，你等等我，走那么快干什么？"

两人一前一后坐上公交车，叶知秋隔着车窗又看了一眼阳光大戏院的大门，眼神渐渐黯淡下去。

她本想留下来和别的演员一起谢幕的，于玲玲在化妆室里各种指桑骂槐，她没等萧若兰下戏，只跟周团长匆匆打了招呼就出来了。

此时，她突然想到了"昙花一现"这个词，离开了舞台和角色，她眼下要面对的是吃不起饭无处可住的窘迫。

厚着脸皮在学校宿舍里又借住了几天，今早宿管阿姨提醒她下午之前必须离校。随便把行李打包了一下，她头也不回地离开生活了七年的戏曲学校。从此以后，她得自己学着去社会上生存了，没了退路。

兄妹俩站在学校门口，望着眼前的车水马龙，怔怔出神。

"二哥，我没钱了！你身上有多少钱？"

"就带了一千！你二嫂不愿意让我来，不肯给钱，是咱娘悄悄塞给我的！"

"住城中村吧，比旅馆便宜，安顿好了，咱们立刻去找活儿挣钱！"

妹妹的话让叶知武心里很不是滋味，刚刚妹妹在戏台上就像天上的仙女，美轮美奂，不食人间烟火，可是现在……

他转过头去，悄悄抹了下眼角。

知道妹妹没有进省剧团之后，他就不太愿意来省城了，是娘非逼着他来的。在娘的眼里，女儿这么优秀，一定能找到好工作，找不到，只能说明她不尽力，所以派了他来盯着。现在，他开始心疼妹妹了，省城这么大，妹妹不过是一个二十岁出头的小姑娘，没有背景没有关系，哪那么容易出人头地啊？

城中村的住宿条件普遍不好，干净宽敞点儿的太贵，太脏乱差的叶知秋又接受不了，挑来挑去，眼看着天都黑了，两个人才勉强定下了两个小房间。好在房租是一月一交，不至于把钱包里的钱都掏空。

叶知武第二天就在附近找了一份帮厨的工作，叶知秋联系了好几家私人剧团，人家都说不缺人。说不着急是假的，她开始把目光转向茶馆之类的地方，以前听同学说有的茶馆有戏曲表演，她想试试运气。

现实是残酷的，半个月下来，她一无所获。看着二哥每天晚上一身疲惫地回来，她更是说不出的心疼。二哥千里迢迢跑来省城，到头来却成了她的饭票。

第 9 章

省城里不比老家，一日三餐要花钱，出门处处都是花钱的地方，二嫂隔三差五打电话来提醒二哥记得发了工资往家里寄钱，叶知秋每次听到都羞愧得无地自容。

她找了一份发传单的兼职，虽然每天都要在外面风吹日晒，可好歹有点儿微薄的收入，心里总算踏实许多。只是这份工作时间不固定，商家通知什么时候去就得立刻去。即使如此，叶知秋还是没有放弃基本功的练习。每天得空了，她就去附近公园，找个偏僻的地方压腿、吊嗓子，偶尔也会小声地唱上几段。没有观众，就把眼前的花草树木当成观众，没有掌声就把远远近近的说话声当成掌声，只有这个时候她才能从枯燥清苦的生活中寻到一点儿乐趣。

在戏校的时候老师说过，基本功荒废了，以后想找补根本不可能。她时刻记得这句话，一直给心中的理想留着一个很重要的位置。

这天，她唱得忘我，不由拔高了一点儿声调，有喜欢听戏的陆续凑过来围着她小声议论。

叶知秋意识到大家都在看她，立刻不唱了，红着脸拿起背包就要走。

刚走了没几步，就被人轻轻握住了手腕，叶知秋一怔，抬起头，一张和蔼可亲的脸便落入视线之中。

这位阿姨看上去六十岁上下，头发花白，穿着一身深蓝色的运动装，身形微微发福，可是眉眼弯弯，给人莫名的亲近感。

"小姑娘，你是戏校的学生吧？"

"我刚刚从戏校毕业！"

"在哪里工作？"

叶知秋尴尬地笑了笑，沉默了一会儿才说："没有工作！"

老太太上下打量了她一遍，另外一只手放到她的肩膀上轻轻拍了拍，柔声问："喜欢唱戏？"

叶知秋迎上她的目光，坚定地说："喜欢！"

"想上台唱戏？"

"想！"

"没有工资，也愿意？"

这话把叶知秋问愣了，她不明白这位阿姨为什么这么问，可还是如实回答："上台是锻炼的好机会，没有工资也无所谓！"

"小姑娘蛮痛快的，跟我走吧！"

老太太拉着叶知秋的手，片刻都没有松开过。听她这么说，手上紧了几分力道，生怕她跑了似的，指了指公园门口的方向，没再说别的就直接拉着她朝那边走去。

不会是骗子吧？

连自我介绍都没有，就要拉着她去唱戏？

叶知秋停住脚步，不肯再走，警惕道："你是谁？我不认识你！我不跟你走！"

老太太这才意识到什么，立刻从包里翻出身份证来给她看。

"你看我，太高兴了，把最重要的事情给忘了！"

叶知秋看了一眼身份证上的名字，默念出上面的名字："赵文云！"

再一瞄上面的照片，应该是十几年前的旧照，很眼熟。片刻后，她想起来了。

赵文云，著名的荀派青衣！

以前经常在电视上看她的经典唱段，都是她前些年的样子，一时之间竟然没认出来。

叶知秋捂住嘴巴，不可置信地看着眼前的人，眼睛瞪得大大的，半天说不出话来。

"现在愿意跟我走了？"

"愿……愿……愿意……"

叶知秋说话都结巴了，还隐隐带着哭腔。

她一直都知道，只要坚持下去，再难都会有转机。

此时的赵文云站在阳光里，就像头顶顶着光环的天使，叶知秋眯起眼睛看着，觉得像是做梦一样。

赵文云拉着她坐上公交车，此时不是上下班高峰期，车上没什么人，两人并排坐在后面。

"赵老师，您也坐公交车啊？"

叶知秋问出这句话以后突然觉得自己很幼稚，艺术家就不能坐公交车了吗？这是什么逻辑？可是说出去的话泼出去的水，收不回来，她只好低下头摆弄指甲掩饰自己此刻的尴尬。

"你这小姑娘，真好玩儿！我也是普通人啊，又不是天上的仙女，不吃不喝，每天想去哪儿了就腾个云架个雾？"

她说完自己先笑了，爽朗的笑声撞进叶知秋的耳朵，她紧绷的神经立刻放松了许多，忍不住跟着笑了起来。

赵文云退休以后把所有的演出机会都拒之门外，专心搞起了老年剧团，吸引了大批京剧票友加入，短短两年就搞得有声有色。因为是公益性的团体，所有演出人员都没有工资，不过大家依旧全情投入，认真对待每一场演出。

阳光剧团坐落在市郊，借用的是一家工厂的旧办公楼，条件虽然简陋了一些，不过一走进去，熟悉的唱腔，西皮二黄的动静，让人仿若进入另一个世界，说不出的祥和动人。叶知秋走得很慢，走着走着，不由鼻头发酸。

赵文云看到她眼圈发红，笑着揽住她的肩膀，柔声说："如果你想加入我们，随时可以来！"

叶知秋一时之间怔住，赵老师的意思是，自己可以到她的剧团里来？真的吗？心思立刻雀跃起来，漂亮灵动的双眸像是被火焰点亮。她喉头滚动了一下，平复了一下激动的情绪才说："我当然想来！现在，可以吗？"

不是她急不可耐，而是她生怕再迟一秒赵老师就改变主意了。

回去的路上，她脚步轻快，好像随时能像鸟儿一样飞起来。可是，二哥知道以后,脸上却是一点儿表情都没有。

叶知秋疑惑:"二哥,你不为我高兴吗?我有机会跟着赵老师学戏了!"

见到洛会芳的时候,她的心情就是典型的小粉丝的心情,只想着能不能要到她的签名。后来和萧若兰一起排练,她有好几次都想开口求她收自己为徒,可话到嘴边最终还是咽了回去,她不敢,怕让萧老师为难。后来她就想着,哪怕不能成为师徒,待在她身边再学几天戏也成,可到底没有得到这样的机会。

而今,去了赵老师的剧团就不一样了,天天和她在一起,一定能学到很多东西,光是想想她就激动得不行。

叶知武坐在狭小房间的角落里,因为疲惫说话有气无力的:"连工资都没有,有什么好高兴的!"

这个重要吗?

叶知秋根本就不在乎这个,可是叶知武在乎。

第10章

城市里花销大，妹妹那点儿兼职的收入太微薄，起不到什么大的作用，还得靠他撑着。他老婆不了解这边的情况，每次打电话一句关心的话都没有，就是盯着他那点儿工资问来问去，还专门给叶知秋打过电话，很直白地提醒她不要花她二哥太多钱，他们也是个小家，要攒钱过日子。

叶知秋扬起的嘴角耷拉下来，眼神里的光黯淡了。

"二哥，从现在开始，我自己养活自己。你挣的钱，除了日常花销，都寄给二嫂吧。"

这话不是气话，她很早以前就想说了。

叶知武看着她，有点儿恼火："妞妞，我没有别的意思。我只是觉得，你学戏学了七年，差不多了，没有必要再学什么了。再说了，你就算学得再好，没名没有利，那都是白费！你还是踏实找份正经工作，不然将来想嫁个本地人都难！"

来省城的这段时间，看着妹妹无头苍蝇似的到处乱撞，她还没灰心，他倒先灰心了。以前在老家，不懂城市里生活艰难，觉得妹妹可以靠着才华出人头地，可现在渐渐明白，有才华的人多了，没有机会，才华再多也是白搭。

叶知秋心里冒火，正想反驳二哥，他长叹一声站起来，说累了，想回自己的房间休息。看着二哥略微摇晃的背影，叶知秋只觉得心头掠过一丝酸楚。要是没有二哥接济她，她怕是早就流落街头了，她很感激二哥。如他所愿找一份正经工作？不，她办不到！

老天爷让她遇到了赵文云，她想进剧团唱戏！

第二天天刚亮，她从门缝里塞了一张纸条到二哥的房间里，背着简单的行囊去了剧团。

赵老师说可以帮她解决住宿问题，排练厅隔壁有一个小房间，可以给她住，这样能帮她省下房租和交通费。她看得出叶知秋生活窘迫，能帮的想尽量帮一帮。

二哥随后跟了过来，看到叶知秋把自己的小房间收拾得干干净净，又看到剧团的人个个和善，总算是放了心，嘱咐了妹妹几句便匆匆去上班了。临走的时候，他悄悄在她枕头底下压了五百块钱。

对妹妹的选择，他起初反对，现在也只能接受。她有自己的梦想，他这个做哥哥的帮不了她什么，只希望她不要为三餐发愁。

初来剧团，叶知秋看着哪儿都新鲜，从早到晚都泡在排练厅里看演员们排练剧目，有时候太过专注，有人叫她她都听不见。刚开始她还以为这些叔叔阿姨都是退休了没事干才跑来唱戏，很快她就发现他们都是专业的，退休之前都是各大剧团的骨干。唱了大半辈子戏的人，随口说几句话那都是经验，叶知秋干脆拿了个小本本随时写下来。人人都夸她心细认真，她每次都只是腼腆一笑。

赵文云第一次把她叫到办公室里时，说的第一句话就是："知秋，你愿意做我的徒弟吗？"

叶知秋愣了好一会儿，用力掐了一下自己的胳膊，确定不是在做梦之后，才傻笑着反问："您不是开玩笑？"

赵文云性格随和，心态年轻，经常和她开玩笑，叶知秋不敢相信这是真的。

赵文云笑得爽朗，亲昵地握住叶知秋的手："这事是能开玩笑的吗？第一次在公园里见到你的时候我就想说这事，可你在戏校学的是梅派，我是荀派，我还担心你不愿意拜我为师呢。"

叶知秋激动得鼻子发酸，说话都带了颤音："什么派别不重要，您肯收我为徒，我做梦都会笑醒的！"

惊喜来得太突然，叶知秋好几个小时才缓过神儿来。

拜师的话是不是得有什么仪式？起码得磕个头，敬杯茶什么的。一想到这儿，她觉得自己简直是太失礼了，赶忙放下手里忙着的活儿又折返回赵文云的办公室，发现她已经不在那儿了。前两天听她说要参加一

037

个大戏下社区的活动,筹备工作比较麻烦,看来是去见社区的人了。

后来叶知秋又专门去找过赵文云一趟,她总是忙,叶知秋想着等师父不忙了再找她。这次活动,她也有机会出演角色,忙得脚不沾地,这事就这么耽搁下来了。

剧团里都是叔叔阿姨,叶知秋勤快懂事,很招人喜欢,在这里,久违的家庭般的温暖包围着她,她觉得每天都是阳光灿烂的。可精神食粮再丰富,生活开销还是要顾的。之前发传单的工作叶知秋一直没有扔,老板人很好,每次她过去都能分点儿任务给她,薪水也是日结。叶知秋几乎是用兼职的微薄收入在养着自己的梦想,不过她从不后悔。

进入剧团后的第一次演出,虽然只是一个很小的角色,所谓的舞台不过就是小区里的篮球场水泥地,观众也不算太多,可叶知秋还是沉浸其中,激动澎湃。

微风轻拂,枯叶簌簌落下,叶知秋仰望湛蓝幽远的天空,微微蹲下,美目流转,长长的水袖交叠放在耳后,利落地定格最后一个动作。

掌声响起,她转身离场时脸上痛苦的表情才显露出来。

肚子疼死了,好像肠子都搅在一起,连呼吸都会带起痛感,一浪高过一浪。赵文云看她脸色不对,一把扶住了她的胳膊,急声问:"知秋,怎么了?哪里不舒服?"

叶知秋不想让师父担心,勉强扯了扯嘴角,话还没说出来就眼前一黑,整个人摇摇晃晃倒在师父的怀里。

迷迷糊糊的,她好像听到焦急的低语和杂乱的脚步声,不过很遥远,像梦一样不真实。

醒来时,她已经躺在医院里,赵文云看她醒来,板起脸来想责备她几句,可到底不忍心,轻轻抚摸着她的额头,缓声说:"急性阑尾炎,已经做过手术了!你什么都不要想,好好休息!"

叶知秋咧开干裂的嘴唇,沙哑着嗓子说:"好在没有昏倒在舞台上,不然戏就砸了!"

"你这孩子,就是一场小演出而已,演出比命还重要?医生说要是再晚一点儿送过来就肠穿孔了!你肯定疼死了,怎么不说呢?"

第11章

"我觉得戏比天大,我得尊重您给我的角色,得尊重舞台!"

对于自己从事的这个行业,叶知秋的认识是朴素的,也是真实的。在戏校的时候,老师们对她很严格,每天说得最多的就是这句话,几乎已经刻进她的骨血中,坚持,几乎是本能。

赵文云一时之间竟然不知道说什么好,只是微笑着抚摸她的额头,眼里尽是疼惜。

动手术的事,叶知秋没有告诉二哥,怕他担心。赵老师有空的时候就会过来看她,有时候教她几句唱腔,有时候讲点儿理论。两人在一起的时候,时间总是过得飞快。赵文云每次都舍不得走,直到电话一个接一个地催促才肯离开。和这个小徒弟在一起,总也待不够。

出院之前,剧团的阿姨们自发地排好班轮流过来照顾她,跟对待自己的亲生女儿一样,给她带可口的饭菜,陪着她聊天解闷,把她扶到轮椅上到院子里溜达,叶知秋把感激都放在心里,默默地想着,以后一定要找机会好好报答他们。

叶知秋年轻,身体底子好,再加上她不想老是麻烦剧团的同事们照顾,十天之后就出院回了剧团。赵文云什么都不肯让她干,只让她坐在排练厅里看大家排练,偶尔她想帮着干点儿什么活儿,立刻就有人上前把她按到椅子上,不准她动。

他们是为她好,可她还是忍不住去找赵文云抱怨:"师父,我都已经好了,大家还总是把我当成七老八十的老奶奶来照顾,我难受。住院的时候,我偷偷练过功都没事,怎么干点儿力所能及的事就不行呢?您得跟大伙说说,不要这么对我了!"

看她噘着小嘴,一脸委屈的样子,赵文云心软了,可面上很严肃:

"住院的时候你练功了？不要命了你？医生说过不能剧烈运动，你都当耳旁风是不是？我告诉你，那时候没事不代表现在就没事，你给我老实点儿，让你别干就别干，不然卷铺盖走人！"

前面的话叶知秋倒不在意，可听到最后一句，她几乎立刻就收起所有的不满，乖乖地闭了嘴。

剧团这么好，她才不要走呢！

她悄悄瞥了赵文云一眼，正要转身离开办公室，赵文云的手机响了。

"喂，会芳姐，好久没联系了，怎么想起给我打电话了？"

听到这个名字，叶知秋立刻顿住脚步，师父口中的会芳，难道是洛会芳老师？

不知道对方说了一句什么，赵文云标志性的爽朗笑声响起，对上叶知秋疑惑的视线之后，立刻对她招招手示意她过去，把手机按了免提。

"我刚进京参加了一个座谈会回来，这刚落地，怕一忙起来就忘了这事，就抓紧跟你说一下。这小丫头唱得是真不错，对细节那叫一个较真儿，我是蛮喜欢的，想让她留在省剧团，可你也知道，目前来说不太可能。你帮我把她安置在你那里吧，至于工资，你看开多少合适，我个人出，不过有一点，别让她知道！"

赵文云转头看着叶知秋，挑了下眉，叶知秋听出来了，洛会芳说的小丫头就是她。

"会芳，你说巧不巧？我前阵子刚刚把知秋招到我的剧团来，现在就站在我身边呢！"

"真的？"

赵文云坐到一边，示意叶知秋说话。

"洛会芳老师，您好，谢谢您，一直惦记着我！我在我师父这边挺好的，每天都过得很充实！"

电话那头沉默了几秒之后，洛会芳才再次开口："你什么时候拜的师？我怎么不知道？"

是生气了吗？听着口气有点儿严肃。叶知秋一时之间摸不着头脑，心慌得很，求助的目光立刻转向赵文云。

赵文云重新凑过来，拔高了语调反问："怎么？不行？"

洛会芳的声音染了笑意："当然行了，有什么不行？你还是和当年一样雷厉风行，我真是佩服！"

叶知秋走出办公室好久才想通，洛会芳老师的意思是，她原本要收自己为徒？真的假的？反反复复回想了好几遍，她终于确定了，唇角的笑意一直蔓延到耳朵根，恨不得找个空旷的地方好好吼几嗓子来宣泄自己此时的惊喜和激动。

灿烂的阳光透过窗户照进排练厅，被窗框切割成整齐的方块，她时不时地就会忍不住扑哧笑一下，然后慌张地四下看看有没有人注意到。这大概就是传说中的"心里美"吧，一想到洛会芳老师也有收她为徒的想法，她就开心得全身上下每一根汗毛都仿佛随时会跳起舞来。

洛会芳提到给叶知秋开工资之后，赵文云才开始认真考虑这个问题。他们剧团的演员都有退休金，都是抱着发挥余热的心情来的。可叶知秋不一样，她才二十一岁，虽说没有养家糊口的压力，可也不可能心安理得地让她在这儿一直白干下去。

当然不能让洛会芳出钱，就是出也该是她这个团长出。只是和洛会芳通话的时候，叶知秋也在场，突然要给她开工资，她一定不会接受。想来想去还是另找了一个机会。

剧团有政府支持，可以维持运转，可是想要长远发展还是需要资金注入。赵文云在每周一次的例会上提出适当接商演的倡议，刚开始大家并不是很赞成，原本一直觉得他们的剧团和那些私人剧团不同，现在怎么也开始拿钱说事了。可赵文云一说只去茶馆艺术馆之类的场所唱戏，观众都是因为喜欢才去，大家便没有再反对了。弘扬戏曲文化是每个戏曲人的责任，他们责无旁贷。

做好了铺垫，赵文云拿劳动合同让叶知秋签的时候就容易多了。每个月两千元底薪加提成，如果她帮忙做点儿别的杂务，另外再适当加辛苦费。能有工资拿是好事，叶知秋终于不用再让二哥接济了，高兴地签了字。

叶知秋第一时间把这个消息告诉了二哥，二哥替她高兴，立刻就打电话给母亲王桂芝。他当时喝了点儿酒，母亲问起妹妹的近况，他不负责任地吹了牛。结果，没过几天全家人一起搭车来了省城。

二儿子言之凿凿地说女儿找到好工作了，王桂芝不信，想着得亲自过来看看。如果是真的，那她就是功劳最大的那个，她给了女儿很大的压力。瞧吧，有了压力就有了动力，女儿出息了！

第 12 章

他们来的时候并没有打招呼,叶知秋接到大哥叶知文的电话时,他们刚刚走出车站。过几天剧团有演出,叶知秋正跟着大家一起排练。马上后面就该她唱了,赵文云难得有空,正要帮她把把关。偏偏是这个时候,叶知秋有点儿犹豫要不要请假过去接一下。

赵文云看她眉头皱得紧紧的,赶紧问怎么回事,听叶知秋说是她父母来了,立刻吩咐司机载着叶知秋一起去车站接。盛情难却,叶知秋只觉得非常不好意思,不过还是硬着头皮说了谢谢。

看到她从车上下来,王桂芝笑得眼睛都眯成一条缝,快走几步迎过去。

女儿都有专车了,这待遇是真不错啊!

"妞妞啊,你可想死我了!"

她把女儿抱起来,恨不得狠狠转上几圈。

叶国富背着一袋子土特产,对着女儿只是傻笑,不知道说什么。大哥大嫂站在父母身后,四下张望着,不时低头耳语几句,掩饰不住的兴奋。叶知秋抱了一下父亲,又和哥嫂打了招呼,这才招呼他们上车。

车上坐不下那么多人,叶知秋便让父母哥嫂上车,她坐公交车回剧团。

回去的路上,她给二哥打了电话才知道,父母哥嫂是打算住两天再走的。叶知秋立刻猜到是二哥在父母那里吹牛来着,不然,她上戏校七年,父母都没舍得花钱坐车过来看看,又怎么可能拖上哥嫂一起来呢?可来都来了,她想着实在不行找一家旅馆让家里人住几晚。

车子驶出市区,外面的景色以肉眼可见的速度变得荒凉起来,王桂芝的脸上渐渐不好看。

"司机师傅,我家妞妞工作的地方还没到?"

司机说快了快了,王桂芝没什么概念,转头看了老头子一眼:"怎么回事?"

不是说妞妞找的工作单位这好那好,她一进去就演主角,很受领导器重,还分了房子吗?好单位会离市区这么远?再往前开,连城乡接合部都算不上了,她的心情能好到哪儿去?还以为省城处处繁华,没想到出了市区跟村里没两样。

叶国富哪里知道怎么回事,又转过头看大儿子叶知文。

"爹,我也不知道怎么回事!一会儿问妞妞吧!"

叶知秋晚一步到,赵文云早已经把她的家人迎进了院子里,热情地和叶家父母说着话,带他们进了叶知秋的宿舍。

叶家父母没见过什么世面,却是在电视上见过赵文云的,看人家没有架子,对他们客客气气的,便硬塞给人家一些土特产,有一搭没一搭地闲聊了起来。一聊下来才知道,这家剧团是私人的,还是老年剧团,女儿虽说是这里的员工,但并不算正式的,也不是什么铁饭碗的。叶家二老难免有些失望,话也渐渐少了。

叶知秋进门的时候,房间里已经冷场多次,赵文云正好有别的事情要去忙,便交代叶知秋好好招呼家里人,匆忙离开了。

没了外人,王桂芝懒得再掩饰情绪,声音发沉:"妞妞,这是怎么回事?不是说单位很好,还捧你做什么首席吗?结果就是个这?"

叶知秋茫然,认真道:"我没说自己是什么首席啊,谁跟你说的?"

门被人从外面推开了,叶知武气喘吁吁地跑进来,急声解释:"娘,是我说的。我喝醉了,随便胡诌的,您也信啊?"

一句话,在场所有人的目光都聚集到王桂芝的身上。

叶知秋的大嫂似是不经意地从鼻子里哼了一声,老二一个电话,婆婆立刻招呼公公和他们两口子来省城看小姑子。虽说这次没有在乡亲们面前炫耀什么,可也实在谈不上低调,街上有人问起,她言语间都是骄傲,说女儿邀请他们全家去省城小住。

省城是随便能去的吗?女儿要是没站稳脚跟,能招呼一大家子人去？羡慕嫉妒恨的，什么人都有，王桂芝却是满脸得意，走路都是扬着下巴，脚下生风。大儿媳顶看不上她这样，可到底看在老大的面子上没有说什么。

王桂芝虽然早有心理准备，可听到二儿子这么一说，还是忍不住怒火中烧。

"你是我儿子，我不信你的话信谁的？我跟你说过多少次了，等你妹妹有出息了再告诉我，你是怎么做的？这么个破剧团，就算是唱主角，混在一帮老头老太太中间能有什么出息？你是不是嫌我活得太久，盼着早点儿把我气死？"

"娘，你怎么这么说话呢，你是我的亲娘，我怎么可能想气死你呢？我觉得这剧团不错啊，妞妞可以继续唱戏，还有工资拿，您还有什么不满意的？"

叶知武是请了假跑过来的，一见面就被老娘一顿骂心里很憋屈，大哥一直给他递眼色，他偏就假装看不见。他觉得母亲现在像泼妇又像疯狗，说话这么大声，生怕别人听不见似的。妹妹以后还要在这里工作，这么做太不应该了。

王桂芝一肚子火，二儿子还顶撞她，她气得浑身发抖，目光转来转去，最终落到站在角落里默不作声的女儿身上。

"妞妞，这地方娘看不上，你赶紧去辞职，找个更好的地方。想成角儿，在这里不行，混不出来。听娘的话……"

叶知秋沉着脸，冷冷地问："什么叫更好的地方？你倒是说说！"

"我们花那么多钱供你学了七年戏，不是为了让你来这种剧团唱小角色的。我们指望着你为我们叶家光宗耀祖，不是让你给我们丢人的！"

门没有关严，外面不时有人经过，王桂芝毫不在意，只顾着自己嘴上痛快。女儿唱得那么好，赵团长居然说她还需要再历练，不能直接唱主角。省剧团进不了，她认了，这种地方，女儿连个主角都没机会演还熬个什么劲儿，她想不通。

"我说不好，总之，我不想让你在这里待下去！"

"娘……"

叶知秋不想和母亲吵架，可她实在是太过分了。正想着好好给她摆事实讲讲理，一阵有节奏的敲门声响起。

"请问，这里是叶知秋的宿舍吗？"

一道熟悉的声音响起，叶知秋愣了一下，转身拉开门。

第13章

叶知秋没想到程旭没提前打电话就过来找她了,上次参加完演出都没顾上和他道别,后来给他发了一条短信他也没回。两人已经有一段时间没联系了,不过再见到,也并没有觉得生分。毕竟是一起走过学生时代的,即使不熟心里也觉得亲近。

"程旭,真没想到你会来,进来吧!"

程旭一进门,所有人的目光都落在他身上,他被看得不好意思起来,忙让叶知秋给做介绍。叶知秋刚刚还在和母亲怄气,没办法立刻欢快起来,说话的口气就很淡。王桂芝倒不在意,眼睛一直盯着程旭在看,笑意满满。

她才开口说了几句话,叶知秋就知道她是误会了,以为程旭和她正谈对象。不只她在盘问,大嫂和二哥很快也加入进来,叶知秋好几次想岔开话题都没岔开。程旭笑得尴尬,不过还是耐心回答了他们每个问题。

好不容易瞅了个空当,叶知秋借口说和程旭有重要的事情要单独谈,拉着他离开了房间。

"程旭,你别介意,我们家的人就那样!"

"没事,我觉得他们人很好,挺纯朴的!"

叶知秋一时之间不知道该怎么接话,沉默了。

程旭是从洛会芳那里听说叶知秋来这儿上班的,正好赵文云有事要他帮忙,他就顺便来看看叶知秋,没想到碰上她的家人都在。他们误会了,他知道,可他不但没有点破,反倒觉得心里乐滋滋的。

两人在楼下说了几句话,程旭接了个电话说剧团那边有事就匆匆忙忙地走了。

等到叶知秋回到宿舍,发现一个人都没了,拨了二哥的电话才知道,

047

母亲王桂芝居然直接跑去找赵文云了。

叶知秋心想不好，赶紧跑去师父的办公室。王桂芝求赵文云帮女儿找一份更好的工作，看到赵文云一直不表态，口气便有点儿强硬，还扯上了师徒之情，意思是赵文云不给找就不配当师父。叶知秋冲进去的时候，赵文云正在慢慢给王桂芝解释，大到戏曲界的大环境小到应届毕业生就业的严峻形势。她很耐心，说的话也中肯，其实就是希望王桂芝不要着急，叶知秋还小，只要坚持一定会有出头之日。

王桂芝越听越绝望，日日盼夜夜盼，盼着女儿能有出息，听赵团长这意思，有生之年怕是盼不到了。

"妞妞，你还是不要唱戏了！受了七年的苦，够了。依我看，还不如在省城找个好人家嫁了。我觉得程旭那小伙子就不错……"

"娘……"

叶知秋气得头顶都要冒火了，她上前就去扯王桂芝的胳膊，想把她拉走。可王桂芝就像长在椅子上一样，动都不肯动。

叶国富和两个儿子好说歹说算是把她劝走了，叶知秋给师父道了歉，随后跟了出来。

回到叶知秋的宿舍，王桂芝还是絮絮地说个没完，说来说去都是她有理。叶国富一向没什么主见，一直低着头不吭声。二儿子叶知武自然是站在妹妹这边的，母亲说一句，他就顶一句。

从小到大，作为哥哥，他没为妹妹做过什么，现在只想让她踏实唱戏，任何人反对都不行，他都要把妹妹护在身后。

大哥大嫂其实也是偏向叶知秋的，只是大哥不希望母亲难过，没敢正面发表自己的观点，大嫂看自己男人都不说更不敢说，生怕婆婆记了她的仇回去以后又秋后算账唠叨个没完。

"娘，我已经二十一岁了，我的事以后您不要操心了！"

叶知秋本不想说这样的话，可母亲逼着她放弃唱戏，她只能这么说。

空气凝固，王桂芝愣了好一会儿，脸色慢慢变白。

"你这丫头片子，知道自己在说什么吗？为了唱戏，连你亲娘的话都不听了是不是？怎么着？我硬要管，你还要和我断绝关系不成？"

王桂芝强势惯了，女儿这么说，她一时之间无法接受。

"我有我的人生，我自己做主！"

"你做主？你怎么做主？人家程旭来看你，你看你冷冷淡淡摆出一副死鱼脸。他家是京剧世家，他又在省剧团工作，有车有房，嫁到他家，我们一样脸上有光。你这么苦巴巴地唱戏，万一一辈子都出不了头呢？熬成老闺女，想回老家嫁人都没人要你！"

自从上次女儿回老家，她算是被村里人笑话了个够，她现在都很少出门了，怕被别人指指点点。她迫切地希望女儿能出人头地好给她挣回面子，要是女儿真要熬到赵团长那个岁数才能功成名就，对她来说还有什么意义？

叶家穷，她嫁给叶国富之后，村里好多人看不起他们叶家。老大老二不成才，她只能把希望寄托在女儿身上，没想到女儿在学校里那么拔尖结果现在混成这个样子，她心里实在堵得慌。

母女两人大吵一架之后，王桂芝坚持立刻回老家，叶知武只好送一大家子人去火车站。叶知秋没去，一个人在宿舍里哭了好久，第二天早上起来眼睛肿得跟桃子似的，赵文云见到都心疼得湿了眼眶。

赵文云心里明镜似的，叶知秋是个好苗子，可凡事得有个过程，都说百炼成钢，她的艺术人生才刚刚开始而已。来自家庭的阻力这么大，她还真担心叶知秋有一天会坚持不下去。可有些话她又不好说得太白，只能尽力地劝解她凡事放宽心，坚持做自己就好。

王桂芝在老年剧团一闹成名，所有人都知道叶知秋有一个见识短浅、强硬不讲理的母老虎妈妈。叶知秋偶尔不小心听到大家议论，难免心情会受影响，脸上的笑容慢慢变少了，经常一个人躲在角落里发呆。赵文云看在眼里，便尽可能地多给她加一些工作量，希望她忙碌起来之后能慢慢调整好自己。

剧团第一场商演的地点在省城最大的茶馆燕南楼，赵文云给她安排了一个戏份颇重的角色，谁都没有想到，好好的一场演出让叶知秋给演砸了。

第 14 章

叶知秋唱戏的时候一向很专注,可没唱几句台下就有手机铃声响起,跟她自己的一模一样。不知道怎么回事手机的主人一直没有接,她忽地有一瞬间走神,不过也就是一两秒而已。

母亲走后,几乎每天打电话给她,不是骂她就是逼她和程旭多联系尽快确定关系,搞得她不胜其烦。

脚下忽地一软,她一个踉跄扑倒在地上,刚好这次给叶知秋化妆的是临时找来帮忙的,也不怎么专业,这次一摔,珠花、耳挖子、线戴子统统掉了下来,只剩下贴片。膝盖磕得生疼,可她哪里还顾得上疼,下意识从地上爬起来。慌乱的目光转向侧幕,赵文云就站在那里焦急地跟她说着什么,可此时她的大脑一片空白,只看到师父的嘴巴一张一合,一个字都听不到。

台下静了一瞬,很快骚动起来,叶知秋只觉得自己如坠噩梦之中,整个人都傻了。

唱下去吗?

行头都没了,出这么大的丑,哪个观众还愿意接着听她唱啊。

逃吗?

戏台上还有别的演员,难道就这样把他们都晾在那里?西皮二黄的响声停了几秒,又继续响起,可叶知秋早就乱了阵脚,瞪着一双空洞的眼睛,小脸惨白,嗓子里像是堵了东西,一个字都吐不出来。

她不记得自己是怎么下台的,只记得赵文云握了一下她冰凉的手,把她轻轻推到一个人的怀里,立刻擦过她的肩膀上了台。前台隐隐传来嘈杂之声,过了好一会儿才安静下来。不断有演员从她身边来来回回,她就杵在那儿,上牙打下牙,全身筛糠一样不停地发抖,怎么都停不下来。

回剧团的路上,一向热闹的大巴车上安静得仿佛落根针都能听到。

原定的两个小时演出只进行了一个小时就结束了,燕南楼的老板也很无奈,说茶客们走了大半,没有再唱下去的必要了。至于酬劳,老板委婉提出可不可以减半,赵文云痛快地说这次的酬劳就免了,回去以后她再跟演员们解释。

演员们当然不在意那点儿钱,主要这是重大舞台事故,虽然不至于成为他们职业生涯的污点,可到底心里别扭。

叶知秋坐在最后排的角落里,头垂得很低,好像恨不得让自己隐身一般,连呼吸声都轻得几乎听不见。

坐在她身边的杜阿姨时不时地转头看她一眼,想劝几句又怕惹得她自责地哭起来,好几次欲言又止。坐在杜阿姨另外一侧的张阿姨扯了一下她的胳膊,使了个眼色,摇摇头,示意她什么都不要说了。

这次的演出失败谁都没有提,大家对待叶知秋依旧像从前一样,只有叶知秋心里落了阴影,人也变得越来越敏感。偶尔看到别人低声说什么话她都觉得是在议论她,明知道自己这么想太小人之心,明明平时大家处得跟家人没有区别,可怎么都无法克服。她快熬不住了,感觉自己整个人快要崩溃了。

接下来的两周剧团都没有演出,大家闲不住,自发地开始温习以前演过的剧目和排练后面可能会演出的剧目。赵文云依旧给叶知秋安排一些不轻不重的角色,叶知秋每次排练都表现得神经紧绷,小心翼翼,和她搭戏的演员都是老戏骨,不断地鼓励她,可是几遍几十遍下来,她还是调整不好。

再有耐心的人也会有耐心耗尽的时候,赵文云得知以后专门把叶知秋叫到无人的角落单独和她谈心。

叶知秋觉得师父对她简直太好了,好得让她越发惭愧。

她有什么资格接受这份好?有什么资格拿着和各位老戏骨一样的工资?有什么资格白住在剧团里?

脑子里的那根弦仿佛下一秒就会绷断,她哭着说:"师父,我想辞职!"

母亲前段时间闹成那样,她都没有想过要辞职,可是现在,她觉得自己太差了,拖累了那么多人,不能再厚着脸皮留下去了。

赵文云惊愕:"你说真的?"

叶知秋抹了一把眼泪:"真的!"

"就因为一点儿失误,就把自己打倒,再也不想爬起来?叶知秋,我看错你了,你真让我失望!"

叶知秋绷不住,孩子似的号啕大哭起来:"对不起……"

赵文云面色严肃,每个字都咬得极重:"你没有对不起我,你对不起的是你自己!如果你决定不干了,现在就收拾东西走人,我忙得很,没空和矫情的人废话!"

这是叶知秋认识师父以来第一次见老人家发火,只见师父眉心皱成川字,脸色白得吓人,尤其是那双眼睛里浮起来的浓烈情绪,更是让她心生恐惧。

矫情?

她是矫情吗?

明明不是啊!

她把戏演砸了,这个圈子说小不小说大也不大,说不定早就传得尽人皆知了。哦,不是说不定,是一定!不然以前剧团演出活动不断,怎么会突然无人问津了呢?深深的罪恶感压得她喘不过气来,再不走,她怕自己会彻底疯掉!

赵文云气得转身就要走,叶知秋颤抖着手拉住她的袖子。

"师父,我离开剧团,你就不要我这个徒弟了是吗?再也不教我唱戏了?"

赵文云身形一顿,转过头来的时候,终于忍不住笑了出来。自己是被叶知秋气笑的,还以为她浑浑噩噩了这么多天是想着放弃唱戏呢,没想到,她倒是还在乎这份师徒之情,在乎自己还教不教戏。真要不打算唱了,肯定就不在意这个了。

看到师父笑了,叶知秋怔了一下,也扯了扯嘴角。

"知秋,你不要把这次演出失误当成失败,这才哪儿到哪儿啊?别说是你了，就是成名成家的前辈也难说一辈子零失误。你把这事看得太重了，吸取教训懂不懂？反思自己为什么演砸，以后不要在同一个地方再跌倒就行了。你别觉得这是坎儿，根本就不算！"

师父的话叶知秋听进去了，她深吸一口气，郑重地向师父道了歉，然后又跑回排练厅向所有同事道了歉。其实大家也就是演出当天有点儿郁闷，很快就过去了，并没有放在心上。面对他们宽容的微笑，叶知秋心里的阴霾终于慢慢消散。

母亲王桂芝再打来电话的时候，叶知秋淡淡地说："我一定要唱下去，天王老子来了我也要唱，谁也别想拦！"

"万一唱了半天也唱不出半点儿名堂来呢？"

"我认了！"

第15章

所谓名堂,她早就不在意了,她只想好好跟着师父学戏,只想让自己成为最好的青衣演员,其他的都和她无关。

短暂消沉之后,她又变回之前那个元气满满的叶知秋了。她每天像小燕子一样穿梭于剧团的各个角落,做各种力所能及的事情,杜阿姨给她取了个绰号叫"小总管",她倒是乐意别人这么叫她。

剧团里都是老年人,体力和精力有限,她二十出头,有的是力气,大事小事都揽到自己身上,不过倒丝毫没有耽误自己的专业。排练和上台演出的时候,她是一个全身心投入的专业演员,下了台,她就是剧团的总管,什么事都管得井井有条。别人夸赵文云眼光好,收了个好徒弟的时候,她总是笑而不语,眼里偶尔会闪过一丝不易察觉的别样情绪。

人往高处走,稚嫩的小徒弟早晚有一天会离开剧团飞往更高远的天空。习惯是很奇妙的东西,她生怕自己到时候会舍不得,万一不小心流露出来,这个重感情的孩子怕是会不顾一切地留下来的。

大小舞台,大小角色,只要交到叶知秋手里,她总能琢磨得底儿掉,咬字、唱腔、动作、眼神,她都抠得很细,有时候还会提出一些自己的见解,很新鲜,让人眼前一亮。叶知秋给赵文云太多惊喜了,让她这个做师父的忍不住开始期待这个小徒弟功成名就的那天。

这辈子她收过的徒弟不多,她的挑剔是出了名的,虽然她和叶知秋这个徒弟相处的时间明明不长,却最中意她。虽然她身上有这样那样的小毛病,可这并不影响这份中意。

赵文云难得和洛会芳碰对时间约在一起吃饭,洛会芳一提叶知秋,赵文云立刻打开了话匣子,搞得洛会芳一句话都插不进去,只能闷头吃饭。当赵文云注意到这一点时,饭菜早已经凉透了。她只顾着说,都没好好吃上几口菜。

"文云啊，你也太偏心了！你以前的那些徒弟，怎么没见你聊得这么兴奋，两眼放光啊？"

这话倒说得赵文云不好意思了："有吗？没有吧！"

洛会芳无奈："你说没有就没有吧！不过说良心话，叶知秋这孩子真是好！她就是一块璞玉，只要经过细致打磨，假以时日，再有合适的机会，一定会是咱们这个行当里最耀眼的明星！"

"我跟知秋说过类似的话，她说她不要成为明星，只想成为最好的青衣演员！"

明星和演员的区别，很少有人仔细去琢磨，以叶知秋这个年纪能有这样的目标，实在难能可贵，洛会芳赞许地点点头。

"会芳啊，我觉得她在我们剧团有点儿屈才了，你能不能想想办法给她安排个更好的地方？"

"我也喜欢这丫头，你以为我不想？"

第一次听到叶知秋唱戏，洛会芳就想把她留在省剧团，可是事情没有那么简单。萧若兰也跟她提过几次，总觉得这事只有她能办到，可是只有她自己心里清楚，站得越高，盯着的眼睛就越多，有些事反倒更难办。

时光如烟，转眼入冬，剧团里的演员们多耐不住寒，有些人旧疾发作只好暂停了演出。可是之前定好的演出又不能不去，赵文云无奈之下只好让身体好一些的演员一人分饰多角，叶知秋年龄最小，是分饰角色最多的。隔行如隔山，可不管是什么行当，她都不愿马虎应付，都会全身心地去钻研。一切从零开始，她又对自己要求极严，难免要耗费大量心力，看着她一天一天消瘦下去，赵文云毅然砍掉了叶知秋很多角色。所有剧目缺席的演员超过两个就一律放弃。这样一来，剧目总数减少，未免显得单一，给主办方的选择也就少了。

砍戏这事，难免会顾此失彼，虽然演员们都很好说话，可赵文云太偏袒这个徒弟，搞得好几个人无戏可演。

"旱的旱死涝的涝死"，当这句话传到赵文云耳朵里的时候，她立刻就恼了。员工大会上，她把这事摆到台面上来，跟大伙算了一笔经济账。政府财政拨款实在有限，现在剧团想要生存下去不得不倚仗商演，大家互相配合，互相扶持才能继续下去，付出多的人理应得到照顾，这是天经地义的。虽然没有点名，可背地里偶尔抱怨的人也知道团长在说谁，总算是闭了嘴。

会议结束，赵文云特意把叶知秋留下。

"知秋，如果时间实在太紧，就把练功的时间压缩一下。你得休息，体力恢复不好，身体会垮的！"

"师父，练功的时间可是不能注水的，一分钟都不行。一口气松了，别人看不出来，自己感觉得到。您放心吧，我没事，身体好着呢。而且，我最近收获特别多，咱们戏曲的行当虽然不同，可有时候跨行演一演，会发现有很多相通之处，可好玩儿呢。"

叶知秋细眸如水，隐隐藏着星辰大海，嘴角勾起的笑意充满向往。

她顿了顿又说："我有时候在想，如果把别的行当里的一些新鲜东西引入青衣，有没有可能让角色和剧目都变得更出彩呢？"

赵文云摸摸她的头，嗔怒道："你这小鬼头，脑子里都装些什么东西？行当不同，哪有什么可以相融的地方。单说青衣吧，门派就多如牛毛，大多数人尚且死守一派，嫡嫡相传……"

赵文云的眼神不自觉多了几分幽深，之前收叶知秋为徒的时候还担心她会拒绝呢。叶知秋启蒙开始就学的梅派，而她是荀派，在教授叶知秋的过程中，两派之间在很多细节上都存在巨大差别，她不得不采取一些折中的手段去模糊这些差别，因此总得颇费一番功夫。

师父的观点早在意料之中，叶知秋虽然心里另有想法可并没有说出来，她有点儿怕说着说着会不小心和师父吵起来。现阶段，她和师父也只能求同存异。

第 16 章

她抿了下嘴唇,笑了:"师父,您说的有道理!"

没有违心地说"师父您说得对"已经不错了,她不能骗师父。

赵文云看出了她的心思,眼里流过一道亮光。这孩子,有天赋,有想法又肯琢磨肯努力肯坚持,以后一定能有大出息。

"师父,你怎么一直盯着我看啊?我脸上有脏东西吗?"

叶知秋茫然地摸了摸自己的脸,眉头皱成小小的"川"字。

"嗯,当然不是,我是有件事想跟你说!"

"师父,什么事?"

"有比赛,你参加不参加?"

现在剧团的事忙,叶知秋的作用举足轻重,别说她不会突然扔下一大摊子事去干别的,作为团长,她也有点儿舍不得。她承认自己有私心,可一想到洛会芳给她打的那个电话,她还是决定第一时间把这事告诉叶知秋,并且说服她去参赛。

叶知秋答得干脆:"不去!"

说完立刻就发觉自己口气太硬,笑了笑又说:"我不想去!"

以前在戏校的时候她最热衷于参加比赛,学校内部的、区里的、市里的,凡是知道的,一个不落。大多数时候都有斩获,夺冠的时候也不少。那时候急于证明自己多优秀,可是毕业以后,随着心慢慢沉下来,对比赛这事看得也越来越淡。她现在只想踏踏实实地在剧团里跟各位前辈学习,踏实过好每一天,别的顾不上,也不在意。

预料之中的回答!

赵文云轻声软语地开始游说,这次的比赛由中宣部承办,所有评委都是名家大师,电视实况转播,竞争机制残酷,最强的人才能留下。可是该说不该说的都说了个遍，叶知秋始终不为所动。

赵文云说得嗓子直冒烟，倒了杯温水一口气喝下去，正打算再奋战一轮，叶知秋眨巴着大眼睛狡黠一笑："师父，你特别想让我去参赛是吧？为什么？"

"这个，退一万步说，总归是一个锻炼的机会！"

她总不能直接告诉她是洛会芳想让她参加吧。为什么呢？叶知秋一定会追问，可是连她自己都不知道。洛会芳遮遮掩掩的，根本不肯说原因。

"等以后有机会再说吧，现在您也清楚，我走不开的。我年纪还小，来日方长，不差这一次。我还有事，先走了，您忙着！"

叶知秋语速极快地说完，转身跑了。

她刚离开办公室，赵文云就给洛会芳打了电话。

"不行啊，知秋这孩子倔得很，不肯参加，你说怎么办？"

"好不容易有一个合同制的名额下来，多少人盯着呢！总得让知秋拿出点儿亮眼的成绩我才好说服老周吧？这一届的金梅花奖搞得声势浩大，听说决赛的时候中央文化部门的领导也会在台下观看，多好的机会啊！"

"原来如此啊，那是不能错过！你放心吧，这事包在我身上，我保证让她出现在比赛现场！"

报名的事是赵文云瞒着叶知秋亲自出马操办的，好在初赛是自选唱段，唱拿手的就可以。赵文云悄悄地提前安排，特意在初赛那天安排叶知秋休息一天。一切都在计划之中，她借着和茶馆谈事的名义诓叶知秋出门，直接带着她去了初赛现场。

既然去了，叶知秋也只好硬着头皮上了。她尊重舞台，一上去就拿出了最好的状态，毫无悬念地进了复赛。拿到晋级卡的时候，她并没有什么激动的感觉。组委会工作人员递给她一堆表格时，她甚至看都没看一眼就直接塞到了包里。

听到同来参赛的人热烈讨论接下来的赛制，她才重新拿出表格来看。

两百进一百，一百进五十，五十进二十，二十进十，十进八，八进六，六进三……

时间密集,中间还穿插着抽考和无数小考,她有点儿头疼。

真要继续参加比赛,剧组的演出不管了?大小事情也要全部放下?她不用犹豫直接就做出了决定,那就是退赛。

对上师父殷切的目光,她到底没鼓起勇气把这两个字说出来。

"知秋,师父希望你参加这次比赛,既然进了复赛,那就好好准备,一切工作都为比赛让路。师父和剧团的所有同事都无条件支持你,好不好?"

"看看再说吧,说不定很快就被刷下来了。"

不是她没信心,而是她希望自己被刷下来。这次的比赛和往常参加的那些相比似乎并没有两样,她满脑子想着剧团的事,对比赛实在提不起兴趣。

赵文云一向说一不二,一回去就有意识地做出调整,还特意找了几个戏曲学院的学生出来替叶知秋分担工作量。

叶知秋没上过大学,看到那几个大学生给她打下手浑身不自在。她知道师父是为了让她专心参赛,可她根本不想参加。琐事可以交给大学生们去干,其他时间她全泡在排练室里专心排练,偶尔闲下来的时候就练基本功,一分钟都不肯休息。

复赛第一轮马上要开始了,叶知秋却一点儿都没有准备,赵文云随口问了她一句,她心不在焉的口气立刻出卖了她的真实态度。

"知秋,你怎么回事?不想继续参赛了?"

师父板起一张脸,叶知秋吓了一跳,立刻低下头,小声说:"没有!"

"组委会指定的剧目你练过吗?练过几次?"

"我……"

"实话实说!"

空气凝固,叶知秋蜷起手指,指甲摩擦着手心,心虚道:"一次……都没有……"

原本以为就算赶鸭子上架,叶知秋已经上了架就理所当然会好好努力。以往交给她做的任何事情,不管大小,她都能圆满完成。赵文云了解叶知秋的性子,要么不做,一旦决定了就会做到极致。这次是怎么了?

阳奉阴违这一套都拿出来了,这是成心和她作对啊!

"叶知秋,你眼里到底有没有我这个师父?我说的话,你当成耳旁风了是不是?说好的老老实实参加比赛,现在想反悔?"

叶知秋轻叹一声,谁和您说好了?那不一直都是您生拉硬拽吗?

"师父,我其实……"

第17章

赵文云怒气冲冲地瞪着她,她到底没敢说出自己的真实想法,嗫嚅着说:"师父,对不起,我从现在开始好好准备!"

"明天就要开赛了,你现在准备?晚上不睡觉了?"

到底是心疼徒弟的,赵文云余怒未消,还真担心她会熬通宵练习参赛剧目。

"师父,他们给的剧目我熟,不用怎么练!"

看到叶知秋信心满满,赵文云还是不放心,特意让她唱了几句剧目里的词,确实不错。她这才算放下心来,又是苦口婆心地一番叮嘱,还特意强调了一遍不要熬夜,这才放过叶知秋。

叶知秋长舒了一口气,事实上,她只会唱前两句,后面的词根本就不会唱。她心生惭愧,差点儿就追上师父跟她坦白了。可犹豫片刻,她还是硬下心来没去。实在不是她有多自负,初赛的时候她看过拿到晋级卡的选手的表演,似乎没有让她眼前一亮的。两百进一百,她稳稳能进,可最重要的一点还在于,她根本就不想进。剧团里的事太多了,师父忙得像陀螺一样,她不想分出精力去干别的,只想在师父身边,能多分担一点是一点。

没有再次晋级,自然在叶知秋的预料之中。她给师父的解释是,唱了几句嗓子突然哑了,无法弥补。赵文云很无奈,不过不管怎样,见她没有像在茶馆第一次商演时那样恍神又自乱阵脚,也算是有进步。

原本以为这件事就这么过去了,叶知秋又热火朝天地投入剧团的日常工作之中,每天像勤劳的小蜜蜂一样跑来跑去不知疲倦,直到洛会芳亲自来找她。初赛的时候叶知秋表现得很出色,给评委们留下了深刻的印象,第二次晋级赛的时候却突然忘词,怎么都觉得让人摸不着头脑。

评委内部展开激烈讨论，最后达成一致意见，在决赛后期搞个踢馆赛，想办法让叶知秋来参加，再给她一次机会。作为评委会主席的洛会芳亲自出马，满腹疑惑地来到剧团。

叶知秋一进办公室就发现气氛不对，师父沉着脸不看她，倒是坐在对面的洛会芳老师一脸慈祥的笑容："小叶，你师父生气了，知道为什么吗？"

叶知秋勉强笑了笑，低下头："师父，我骗了你，比赛的时候我是忘词不是嗓子哑了。哦，也不对，不是忘词，是我后面的词根本就不会唱。"

明知道现在再说什么都于事无补，可是骗了师父，她心里也不好受，被揭穿了，更是窘得恨不得找个地缝钻进去。

洛会芳一来，和赵文云聊了没几句就聊出真相来了，要不是洛会芳拦着，赵文云怕是要直接拿戒尺了。撒谎是大事，师徒之间，能直说的事偏偏不说，非要来这套，作为师父，赵文云怎么可能不生气不伤心呢？

"师父，您消消气，要不然，您打我两下？"

叶知秋凑过去直接握住了赵文云的手，说话都带了哭腔。

"怎么？你以为我舍不得打你？我们像你这么小的时候哪个没挨过打？有些事，不打就不会长记性！"

她的手高高抬起，可最终停在半空怎么都没办法落下。

这孩子为什么撒谎骗她，别人不知道，她还能不知道吗？看到她咳嗽都立刻买了药倒好温水递到跟前的贴心小徒弟，又怎么可能是成心的呢？不知道从什么时候开始，叶知秋已经成为她事实上的小助理，能帮她干的都帮她干，她的工作明显轻松了许多。

叶知秋咬牙，闭眼，等了好一会儿都没等到巴掌落下，皱着眉撑开眼皮，却看到师父红着眼眶目不转睛地看着她。

洛会芳赶紧过来把她的手推开，轻声说："有话好好说！我过来又不是为了看你打徒弟！"

参加踢馆赛的事，叶知秋乖乖答应下来，之前一直做的工作也私下交代给那几个大学生去做了。看到她一遍一遍地仔细嘱咐他们，赵文云的心里暖暖的。叶知秋越是方方面面都做得好，她越不能成为她前进路上的绊脚石。

十进八的时候，叶知秋出现在台上，一开口便让评委和所有选手惊艳。她擅长的剧目太多了，信手拈来，难度再高，她也不怯场。后半段的水袖一舞，更是连坐在台下的洛会芳都怔住了。从叶知秋的身上，她看到了自己年轻时候的影子。当然，叶知秋似乎比那时的她更胜一筹，因为她的唱腔更圆润更饱满，每个字都能唱到人的心里。

叶知秋征服了所有的评委和观众，拿到了最终的决赛资格。

最后一场决赛，叶知秋要和两位知名前辈一较高下。都走到这一步了，谁不想拿冠军呢？赵文云不想给叶知秋压力，可还是掩饰不住地期待。整个剧团的人，谁见了叶知秋都是说鼓励的话，加油，你一定能拿冠军。可叶知秋心里却想，拿了冠军就说明你是最优秀的演员了吗？她离这个目标实在太远。她甚至希望自己失败，就是怕自己飘飘然起来会忘了初心。

最后一个环节，主持人拿着写有名次的那张纸，满脸激动地说："我首先宣布本次比赛的季军……"

她望向台下，停顿了足足有十秒。

老年剧团的人全员到齐，紧张得屏住呼吸，眼睛里的期待马上就要溢出来了。

"不是叶知秋，不是叶知秋，不是叶知秋……"

高低错落，低声喊出的名字只有这一个。

季军不是她，亚军也不是她，是最圆满的结果。

主持人拔高嗓门，高声宣布："季军，叶知秋！"

赵文云带头鼓掌，剧团的演员们慢慢缓过神儿来，难掩失落，互相安慰着："第三名也是很好的了，年纪还这么小，就能进全国比赛的前三名！"

他们都觉得知秋这孩子唱得并不比另外两位差，评委怎么就把冠军给了别人呢？所谓的公平公正，到最后还不是论资排辈？

叶知秋在化妆间卸妆的时候，有一个记者问她："输了比赛，是不是很难过？"

第18章

"我为什么要难过？能拿到第三名，我觉得很满意啊！"

她是一个对自己要求极其严苛的人，这次她唱的是《谢瑶环》选段。唱到最后一句"袁朗啊，莫负今宵海山盟"时气口有点儿松，唱到"今宵"两个字时吐字有点儿不清。她观察过另外两位选手，她们表现得堪称完美，她觉得谁夺冠是理所应当的。

记者颇为尴尬，又硬着头皮接着问："没有不甘心？"

"我为什么要不甘心？"

以前叶知秋参加比赛的时候也接受过采访，可那些哥哥姐姐都很和善，问的问题她也有话说，可眼前这位让她有点儿反感，总觉得他像是在挑事。

"参加比赛不就是为了拿第一吗？"

叶知秋苦笑，正要说出自己的观点，被师父赵文云抢着回答了："知秋是抱着学习的态度参加比赛的，她还小，经验不足，实力有限，说话也是直来直去，你别和她计较！"

有她打圆场，记者的脸色稍微好看了一些，又问了赵文云几个问题，这才离开。

"师父，这个记者怎么这样啊，他……"

"知秋，你说话这么冲，万一让他不高兴了，回去在报纸上胡乱写一遍，你的前途就完了知不知道？"

不管从事哪个行业，谁都避免不了和各色人等打交道，在赵文云看来，最不能得罪的就是媒体，在面对媒体的时候，还是要带着三分敬意好好说话。想捧你，想踩你，那就是他们一念之差，叶知秋还年轻，她不想这孩子因为这个吃亏。

叶知秋懵懵懂懂，看师父一脸严肃，总算是闭了嘴，没有再说别的。

一周以后，程旭到剧团来看叶知秋，顺便给她带来了一个好消息，省剧团的领导们正在开会讨论，她进省剧团的梦想也许很快就成真了。戏校毕业之前和毕业之初，她的终极梦想就是进省剧团，可现在，她突然没有那么想去了。

看到她没什么反应，程旭不解："你不想去？"

叶知秋想了想说："我觉得现在就挺好的，我在这儿能学到好多东西，待不够！"

程旭和叶知秋平时的联系并不多，对她进老年剧团以来的心路历程并没有特别深的了解。他以为叶知秋只是在这儿待久了，舍不得赵文云老师和同事们。

"知秋，海阔凭鱼跃，天高任鸟飞，大海宽阔，天空更高才能更好地施展才华，才有更多的机会，不是吗？"

"你的意思是老年剧团不是大海，不是天空，省剧团才是？"

看到叶知秋似乎是不高兴了，程旭连忙解释："不是，我没有这个意思，我只是觉得……"

他嘴笨，被叶知秋这么一眨不眨地盯着，一下子不知道该怎么解释了。

省剧团是省里最好的剧团，怎么说都比老年剧团好吧？这还用解释吗？可叶知秋显然并不这么想，他也不知道为什么。

叶知秋并没有把这事放在心上，连程旭都说是"也许"，那就当作没有听说过吧。眼下剧团接了不少商演，剧目很新，日程很紧，她满脑子都是怎么排练好自己的角色，没空想别的。

赵文云突然把自己的角色让给叶知秋来演，理由是验收近期的教学成果。

阶段总结挺好的，可以及时发现问题，并予以改正。早已经跃跃欲试的叶知秋大大方方地接受了。还是那个曾经摔过跤的茶馆，还是那次唱过的剧目。不同的是上次唱的是小角色，这次是主角。

叶知秋站在台上，望着台下的观众，心里颇多感慨。从哪儿跌倒就从哪儿爬起来,她知道师父的用意,拿出了百分之百的本事,博得了满堂彩。曾经的狼狈仿佛就在昨天,每个画面都拼命往脑海里挤,她一遍一遍地压下去,没受丝毫影响。下台的那一刻,她心神一松,只觉得双腿发软差点儿瘫坐在地上,后背也湿透了。

赵文云给了她一个大大的拥抱,轻轻拍了拍她的肩膀。

"很棒!"

叶知秋的心里美滋滋的,这是师父第一次夸她。

师父平日里最是平易近人,总给人如沐春风之感,可是在专业上对她要求极严。严师出高徒,叶知秋对师父的严格一直非常感激。她才二十一岁,正是爱玩的年纪,偶尔也会有偷懒松懈的时候,可每次都逃不过师父的眼睛。师父一个眼神飘过来,她立刻了然,马上端正态度。

"师父,跟着你真好!"

"可惜,我不可能一直陪着你。"

师父很少流露出这种伤感的情绪,叶知秋本就心思敏感,不由得一怔。

"师父,你别想甩掉我。我就是狗皮膏药,就是小尾巴,黏定你了。"

赵文云搂紧了她,轻叹一声,没有再说别的。

很快,剧团里就传开了,叶知秋因为这次比赛的出色表现得到很多剧团的关注,很快就要离开了。而作为当事人,叶知秋却是最后一个知道的。她和师父一起吃饭的时候,完全是当成一件趣事说起。

"师父,您说怎么可能呢?以前我参加过那么多比赛也没见哪个剧团抢着要我呀!我从不相信一场比赛能激起多大的水花,毕竟现在各种形式的比赛太多了……"

"万一是真的呢?"

赵文云看向叶知秋的眼神有点儿复杂。

"万一?万一,我也不走!我这辈子都不可能再遇到比咱们剧团更好的去处了,我已经在这里扎根了!"

"不行!你必须走!"

赵文云说完,自己先愣住了。

叶知秋嚼着满口的白菜,动作瞬间僵住,不可置信地看着师父。

脑子迅速转了一大圈,她最近并没有哪里做得不好,怎么师父又要赶她走啊?

开玩笑的?

可是看表情完全不像!

"师父……"

"知秋,你听我说……"

夜色渐浓,叶知秋站在楼顶天台上,望着远远近近高低错落的景致,反复地深呼吸,却始终无法平复郁结在心里又无法用语言描述的情绪。

离开桂花村的前一天,安老师到她家里,跟她说了一些话,有一句话令她印象深刻,至今难忘。

第 19 章

"宁做凤尾不做鸡头！好好学戏，毕业以后考进省剧团，将来成名成家，名扬天下。"

现在再回想起来，叶知秋还是忍不住心潮澎湃。有理想有目标的人生是充实的、美好的，吃再多的苦都不觉得苦，挨再多的累都不觉得累。所以，她一直奋力奔跑，不顾一切。

她当下接触的是另外一种生活，和之前设定的完全不同，可她过得有滋有味。师父说她可以去省剧团了，她的第一反应却是不去。她太爱这里了，她熟悉这里的每一个人，熟悉这里的一草一木，这种熟悉让她不知不觉改变了目标。

叶知秋是个犟脾气，赵文云百般劝说，她就是不肯答应。

"孩子，我的本事都已经教给你了，我没有什么可以教你了，你不能任性留下。你得走出去，去接受更好的熏陶，去争取更多的机会。你的路还长，你得把眼光放长远一些。"

"我不走！"

说来说去，还是这句话。

"你不走，就别认我这个师父！"

师父说这句话时，脸色很平静，只是眼神瘆人。

二十岁出头的小姑娘，没什么阅历，自然也谈不上眼光有多长远。她仗着自己年轻，总想着将来想通了再走也来得及。再说了，现在剧团离不开她，她无论如何不能撇下剧团走人。

师徒俩就此陷入冷战，眼看着去省剧团报到的日子越来越近，赵文云心急如焚。她托了剧团几个资历最老的演员去说服她，叶知秋简直是吃了秤砣铁了心，油盐不进。大家都跟赵文云说，实在不行就尊重这孩子的决定，让她留下。

赵文云只好向洛会芳求助，洛会芳正好在国外演出过不来，便请了萧若兰当说客。毕竟她和叶知秋合作过，两人比较熟。

再次见到萧若兰，叶知秋很激动，拉着她的手亲热地和她聊起天。没聊几句两人就聊到戏上，虽然相差几十岁，可是两人在专业上的很多看法高度一致，一聊起来就忘了时间。后来还是赵文云发短信提醒，萧若兰才惊觉差点儿忘了正事。

"知秋，现在戏曲这行的大环境不好，听戏的人少了，学戏的人也少了。我有时候就担心，咱们的国粹啊，说不定以后慢慢就没落了。"

"怎么会啊？不会的！"

叶知秋知道萧若兰说的是事实，可嘴上不愿意承认。

"就拿我们团来说吧，有的老艺术家都收不到徒弟了。时代在变，半点儿不由人啊！我们这些老人儿有时候聚在一起一聊起这个话题就只剩下伤感了。"

她边说边悄悄观察着叶知秋的表情。

来之前萧若兰是做过功课的，从赵文云那里得知，叶知秋一门心思就是精进演技，磨炼唱腔，从来都是求知若渴的，她正是抓住了叶知秋这个心理。不图名利，那就把艺术家摆到她面前，那么好的学习氛围就不信她不动心。

叶知秋的眼里闪过一道亮光，萧若兰不动声色地勾了下嘴角。

"知秋，我知道你想要成为更好的青衣演员！多学习，博采众长，才能有更持久的进步，你说对不对？"

"博采众长"这个词，戳到了叶知秋的心坎里。

她以为，前辈们大多抱有门户之见，连师父都顾虑过她是否愿意拜在她门下。萧若兰老师的话，对她来说确实有着莫大的吸引力。戏曲文化博大精深，而她如饥似渴，越学得深入越想继续钻研，穷尽一生去探索。

"去了以后，那些老师愿意教我吗？"

"这个我可没办法打包票，去了就看你的本事了。你肯学，肯追在后面问，没人拒绝得了你这么用功的孩子吧！"

"那……我考虑一下吧。"

虽然没有立刻答应，可好歹松了口，萧若兰总算是没白来这一趟。萧若兰是真心喜欢叶知秋这孩子，和她差不多大的没几个愿意继续待在这一行。这条路太苦太难，转行的人实在太多了。越是这样就显得叶知秋越珍贵，值得她为留住人才不遗余力。

叶知秋在师父的办公室门外徘徊了很久，不知道为什么，脑子里一直有一个词盘旋不去——背叛。

一定不会有人觉得这是背叛，是她自己过不了心里那关。

夜深了，走廊里昏黄的灯光笼罩住叶知秋单薄细瘦的身影。

办公室的门开了，赵文云抬头便对上叶知秋复杂的眼神。

"师父，对不起……"

她想和师父说很多很多话，可是最终说出口的只有这三个字。她说不下去了，喉头一哽，别开脸看向别处，不想让师父看到她眼里的泪花。

赵文云走过来，温柔地摸了摸叶知秋的头。

"知秋，师父希望你在青衣这条路上走得更远！师父的苦心，你一定明白。做一只海燕，展开翅膀，去搏击长空吧！这里是你的家，大门永远向你敞开，我们所有人都是你最坚强的后盾！"

"师父……"

叶知秋紧紧抱住师父，轻咬住下唇，不让自己掉眼泪。她应该开开心心地走，不能让师父难受。

离开的那天，叶知秋天没亮就起床了，她知道师父一定会带剧团所有人送她，她不想面对那样的隆重和伤感。拉开门，转头看了一眼自己生活了小半年的温馨的小房间，在掉下眼泪的前一秒，她咬牙跨出去，反手关上门。

她是真没想到师父比她起得还早，正在大门口的路灯下静静伫立。

"师父，这么冷的天，您怎么在这里？"

"我知道你会悄悄走，就提前过来送送你。"

赵文云满脸慈爱的笑容，慢慢张开双臂，叶知秋扔下行李，狂奔过去，一头扎进师父怀里。

不要哭，不要哭……

她一遍一遍地提醒自己，可眼泪还是不争气地流下来，止都止不住。

杂乱细碎的脚步声由远及近，泪眼蒙眬中，叶知秋看到远处的阴影里人头攒动，是剧团的同事们来送她了。

他们……怎么都这么好……

不，他们一直都是这么好！

眼泪流得更凶了，她被所有人围在中间，哭得像个孩子。

第20章

"知秋,大步向前走,不要回头,走出一条属于自己的路!"

叶知秋深一脚浅一脚地往前走,师父颤抖却有力的声音传来,稳住了她的心神。

她有点儿恍惚,转车的时候坐错了公交车,到了终点站才发觉。经过一番折腾,等她终于站在省剧团门口的时候,已经八点多了。

艳阳高照,整个城市都被蒙上一层柔软灿烂的金色光芒。她握紧了行李包的提手,仔细地把门口的牌子看了一遍又一遍。在戏校的时候,老师提得最多的就是省剧团,那是每个戏曲人的梦。她今天才知道,原来它叫省京剧团。

她早已经没了工作的概念,大概是因为老年剧团太像家了,所以她默默地在心里说:"省京剧团,亲爱的第二个家,我来了!"

进了大门,还没走几步路,她的身后就传来车喇叭声。

她赶忙侧身站到路边等着车子过去,没想到,车子却突然停下来。

车窗落下,一张熟悉的脸落入叶知秋的视线。

她笑着说:"您好,于老师!"

于玲玲上下打量了她一遍,口气倨傲冰冷:"没想到你还是进来了!小丫头,看不出来啊,真是好手段!"

话里话外都是讽刺,叶知秋心口发堵,正要开口解释,于玲玲已经关了车窗。车子扬长而去,带起一大片尘土。

像是被兜头浇下一盆凉水,叶知秋真有点儿哑巴吃黄连有苦说不出。

好手段?她到底哪里用手段了?

就因为自己赢得那次替场的机会,后来又坚决不肯把唯一的那场戏让给她?她就用有色眼镜看自己,记仇到现在?

叶知秋隐隐感觉到往后的日子不会好过,心里更加茫然。她甚至想打退堂鼓了,在原地站了好一会儿才提步继续往前走,只是本就不轻快的脚步更沉重了。

她直接去找萧若兰,萧若兰带她去见了周团长,随后又到院办办了入职。签合同的时候她才得知自己没有编制,是合同工,不过她也并没有在意。来这儿是学本事的,其他的别人一说她就一听,并没往心里去。

萧若兰带着叶知秋在团里转了一大圈,大致介绍了京剧团的历史,出过的名角,获得过的荣誉。她早已烂熟于心,语速便比较快。叶知秋很认真地听着,偶尔会插句话进去。

等到萧若兰说完了,她才心急地问:"现在能去排练厅吗?"

前阵子团里从政府申请到一笔项目基金,正排练一个原创剧目。团里对这个项目很重视,重要角色全部由殿堂级演员担纲,这是很难得的观摩学习的机会,叶知秋的迫不及待写在脸上。

半路上,叶知秋突然想到一个问题。

"萧老师,您怎么没去排练?"

"我呀,这次连B角都没有混上,惨不惨?"

听着像是抱怨,可萧若兰却口气轻松,更像是开玩笑。

对上叶知秋疑惑的目光,萧若兰轻轻搂住她的肩膀,低声说:"洛会芳老师当年给我们机会,经常主动让出A角。我唱了这些年,也该多给年轻人机会不是?"

"那这次唱A角的是谁啊?"

萧若兰顿了一下才说:"于玲玲!"

不知道为什么,叶知秋觉得萧老师的眼神里闪过别样的情绪,像是失落。她没敢继续追问,立刻换了个话题:"对了,萧老师,于老师不是周团长的侄女吗?为什么他们的姓不一样啊?"

"于玲玲二十岁的时候突然不想姓周了,就自己改姓她妈妈的姓了。这个人,很有个性的!"

两人都沉默了一会儿才开始聊别的。

下午是例会,全体职工都必须参加。偌大的会议室里,熙熙攘攘,好不热闹。

萧若兰拉着她在第二排靠边的地方找了空位置坐下，小声聊着天。叶知秋旁边原本有人坐，不知道什么时候空了下来。叶知秋不经意转过头时，眼神一滞。真是冤家路窄，于玲玲跷着二郎腿坐在那儿，正一脸倨傲冷漠地看着她。

"于……于老师……"

叶知秋被她看得心里发毛，说话也很小声。

于玲玲从鼻子里轻哼了一声没说话，转头看向别处。

萧若兰刚好跟另外一边的同事说话，并不知道这边发生了什么，待她的视线重新落回叶知秋脸上，立刻就发现她的神情不太自然。瞥见于玲玲的时候，她心中了然，淡淡地收回目光。

李书记和周团长陆续到了，全场很快安静下来。

此次的原创剧目《铿锵》是团里近期工作的重中之重，周团长再三强调，所有部门必须全力配合，争取让《铿锵》在此后的全国巡演中一炮而红。这是叶知秋第一次参加这种规模的职工大会，感觉很新鲜。她坐得端正，听得也极认真。会议快结束时，于玲玲瞟了叶知秋一眼，冷冷地吐出两个字："做作！"

她的声调不高不低，隐隐带着夸张的戏腔，足够让叶知秋听得真真切切。

"于玲玲……"

萧若兰看不下去，按捺不住开口，虽然没说别的，可警告意味很明显。

叶知秋没招她没惹她，她这么说太过分了。

"萧老师，怎么了？我在琢磨戏词呢，有问题吗？您是不是误会了？"

会议结束，喧嚣之声渐起，于玲玲素着一张脸，五官却更显清丽姣好。她微微抬起下巴，嘴角勾起，却不见一丝笑意，就那么漫不经心地和萧若兰对视。

萧若兰是前辈，于玲玲虽然心里不情愿，还是勉强解释了一下。可她的解释实在没什么说服力。这次的剧本萧若兰看过，根本就没有这句词。她没有戳穿于玲玲,只是淡淡地看了她一眼,就拉着叶知秋离开了会场。

萧若兰很沉默,脸色有点儿阴沉。叶知秋觉得过意不去,萧老师是为她出头才心情不好的。于玲玲讨厌她,故意找碴,还因为她把萧老师也牵扯进来。那么,以后于玲玲会不会连带着和萧老师也过不去?

第 21 章

"对不起，萧老师！"

"你这孩子，你没有对不起我，道什么歉啊？"

萧若兰无奈地笑了笑。

剧团的单身宿舍没有空余房间，叶知秋只能想办法在外面租房住。萧若兰想得周到，几天前就帮她租好了房子，就在剧团斜对面。

小区老旧，六楼，顶层，基础家具都有，只是没有空调和暖气。萧若兰考虑到叶知秋的经济能力，看了好多房子才选中了这套。房子她提前收拾过，窗明几净，叶知秋高兴得不得了。在房子里转了一圈之后，她激动地把萧若兰抱住，用力亲了一下她的脸颊。

"萧老师，这个房子我太满意了，谢谢您！"

"你喜欢就好！"

萧若兰留下来帮她收拾，又陪她去超市采购了些零碎物品，离开的时候已经晚上八点多了。

房子里安静下来，叶知秋心里空荡荡的，她开始想念师父赵文云和剧团里的同事了。拿起手机打给师父，是大学生小刘接的。

"知秋，赵团长正在给道具组的人开会。"

"哦，我没什么事。请你转告我师父，我在这边一切都很好，让她放心。"

等了两个小时，师父也没有回电话，肯定还在忙。如果她在师父身边，多少能帮她分担一点工作上的重担。师父的胃一向不好，以前都是她提醒师父吃药的，不知道现在有没有人记得这事。排练厅外走廊里的灯以前都是她记得关，如果……

可是，世界上根本没有什么如果。

东方渐渐出现了鱼肚白,清晨第一缕阳光透过窗户照进来。

叶知秋站到窗前,在心里对自己说,你没有那么重要,是你离不开剧团,不是剧团离不开你。还是先做好眼前的事吧,别让师父失望。

刚洗漱完,一阵敲门声响起。

新家的地址没有几个人知道,这么早,会是谁呢?

狐疑地拉开门,胡子拉碴的二哥叶知武背着大包小包站在那里,直勾勾地盯着她。

"二哥,发生什么事了?"

昨天晚上临睡前她给二哥发了一条短信,报了地址,让他有空过来玩儿。他当时没回短信,她还以为他没看到,没想到他大清早没打招呼就带着行李跑来了。

叶知武的眼圈红了红,沙哑着嗓子说:"我被人骗了钱,债主追着我要钱,我东躲西藏了好多天。之前你在老年剧团里住,我不敢去找你。现在你进了省剧团,知道你在外面住,我……"

他哽咽着,说不下去了。妹妹终于进了省剧团,他就更不应该来给妹妹添麻烦。可他实在是走投无路,无处可去。

叶知秋接过二哥的行李,侧过身把他让进门。

当她把一碗热气腾腾的西红柿鸡蛋面放到叶知武面前时,他抽了抽鼻子,埋头就吃,那狼吞虎咽的样子就像好几天没吃过东西一样。叶知秋坐在他对面,眼睛一眨不眨地看着他,鼻尖发酸。

吃完面,叶知武心满意足地抹了抹嘴,笑着说:"妞妞,我还没找到工作呢。不如,你帮我在你们团里找份工作吧,做什么都行,我不挑。"

叶知秋愣在那儿,过了好一会儿才说:"我也只是个合同工!再说了,我昨天才上班,你让我怎么开口跟人家说啊?"

看她确实为难,叶知武没再说什么,自顾自地把被子拿出来铺到沙发上,倒头就睡。

叶知秋看到二哥刚刚从包里掏出来的秋衣秋裤又破又旧,便下楼去了附近的早市给他买新的,回来的时候却看到萧若兰从她家里出来。原来,她特意买了早餐给叶知秋。

送走萧若兰,叶知秋转头看了一眼睡眼蒙眬的二哥:"你没跟萧老师说什么吧?"

叶知武摸了摸后脑勺,皱眉说没有。

叶知秋在一号排练厅里待了一上午,一动都没动。每个演员都很忙碌,一遍一遍地练习、揣摩自己的角色,新剧本需要不断打磨,每个唱腔每个动作都要反反复复讨论,有时候还会修改很多次。这样热火朝天的局面,叶知秋在老年剧团的时候也见识过,可两者又有不同。老年剧团排练的剧目都是传统剧目,每次讨论都是精益求精,可现在,京剧团的老师们表现出来的更多是激动和紧张。原创剧目演好了很可能会一炮而红成为经典,在戏曲历史上留下浓墨重彩的一笔,那真是一件功德无量的事,可以对外人说一辈子的。

叶知秋沉湎其中,嘴角始终带着笑,眼睛都不够看的。

即使所有人都没有带妆,穿着便服,可依旧是难得一遇的视听盛宴,叶知秋仿佛置身剧情之中,拍着手轻轻打着节拍,跟着人物的命运浮浮沉沉。

于玲玲也难得敛了平日的冰冷狂傲,站在一个角落的位置默默练习。团里特意从北京请来了几个老师做指导。于玲玲在参演演员中年纪最轻,经验最少,所以老师在她身边停留的时间最多。于玲玲好像遇到一些问题,眉头一直皱得紧紧的,几乎没有舒展开过。叶知秋注意到,她一遍一遍地重复着同一个动作,有一个字,叶知秋觉得唱得极好,可她还是一连唱了上百遍,脸上却没流露出丝毫不耐烦。

原本叶知秋对她的印象并不好,现在却突然有了改观。她真的是个极耐心极投入的演员,不管平时脾性如何,在专业上追求完美的态度的确令人佩服。

萧若兰来喊叶知秋一起去食堂吃饭,叶知秋嘴上说着马上来,却很久不见站起来。萧若兰无奈地笑笑,干脆打了饭给她送过来。

视线里出现两个打包盒,叶知秋转头看了萧若兰一眼,不好意思地挠了挠头。

"萧老师,对不起,太麻烦您了!"

萧若兰柔声说:"别客气!吃吧!"

木须肉香气扑鼻,叶知秋的肚子很应景地咕噜咕噜响了几声,她红着脸低下头扒饭。

萧若兰还有别的事,嘱咐她慢慢吃便起身离开。

"哟,临时工跑来这儿混脸熟拉好感了?说说,又想和哪位前辈套近乎啊?"

尖刻的声音传来,是于玲玲!

第22章

　　大概是怕别人听到以为她尖酸刻薄，她的声音压得很低，不过嘲讽之意还是非常明显。
　　叶知秋咀嚼的动作停了一下，没有抬头看于玲玲，也没有说话。
　　她心里很生气，可是初来乍到，实在不想和任何人起冲突，再说了，于玲玲看她不顺眼也不是一天两天，她再怎么解释于玲玲也不会相信，干脆也就不费这个口舌了，她就假装没听到。
　　于玲玲并没有打算轻易放过她，一屁股坐到她旁边，抱着双臂，一副气定神闲的样子。
　　"无利不起早，你是不是想偷师，然后出其不意地抢个角色来演？呵，你的小算盘怕是要落空了！你是唱青衣的，想抢角色也只能抢我的。我告诉你，被你抢了一次戏，那是我的疏忽，这种事绝不会出现第二次！"
　　她的口气淡淡的，却透着浓得化不开的冷意。
　　抢戏？
　　直到现在她还是觉得是叶知秋抢了她的戏？
　　颠倒黑白！
　　叶知秋面无表情地继续吃饭，只在心里默默做出评价。
　　"你耳聋了？跟你说话听不到啊？"
　　依旧没有回应。
　　她觉得无趣，冷哼一声，径直走出排练厅。
　　所有人都去吃午饭了，偌大的排练厅里空荡荡的。叶知秋吃着饭，眼泪无声地流下来，一滴一滴掉进饭盒里。
　　她觉得委屈，却只能咽进肚子里。
　　不就是被别人误会吗？不就是挨了几句讽刺吗？有什么啊？她来这

儿是为了学习提高的，专业之外的事，都是小事，有什么不能忍的？

等到萧若兰再过来找她时，她已经平复了情绪，一脸灿烂的笑意。

"走吧！有演出任务！"

"真的吗？太好了！"

叶知秋两眼发光，几乎从座位上直接弹起来。

这孩子，怎么能这么可爱呢？

萧若兰笑得眉眼弯弯，拉着她的手走出排练厅。

大戏下乡活动已经连续开展了五年，团里的人早已驾轻就熟。都是名家名段，所谓排练，更多意义上就是温习。二号排练厅很小，所有演员都在一丝不苟地排练，没有一个人说闲话。青衣之外的行当，叶知秋略知一二，有在戏校时的耳濡目染，也有在老年剧团时客串的经验。

"萧老师，他们演这么好，为什么不能去演《铿锵》？"

萧若兰似有颇多感慨，不过沉默了一会儿，只是淡淡地吐出一句话："分工不同而已！"

分工不同？

叶知秋觉得这样不公平，可到底没敢追问下去。

这次活动的负责人是副团长李建业，萧若兰说他已经五十多岁了，不过看上去倒是很年轻，头发梳得一丝不苟。和周团长严肃谨慎的性格不同，他一说话就笑，没什么架子，调度安排也井井有条，事无巨细。

看到萧若兰带着叶知秋出现，他立刻主动迎过来。

"小叶，欢迎你加入我们的团队！你的角色已经安排好了，是萧老师帮你挑的。没什么问题的话，现在就加入排练吧。"

"好的，李副团！"

叶知秋回答得很干脆。

李建业又交代了她几句，接着去忙他的了。

萧若兰附在她耳边，低声说："忘记嘱咐你了，现在记住了，以后再见到他，喊他李团，把那个副字去掉。"

这个……重要吗？

叶知秋仔细回想了一下，刚刚她喊出"李副团"时，他的脸确实僵

081

了一下，顶多也就一秒钟。她还以为是错觉，可是对上萧老师意味深长的眼神时，她好像明白了点儿。

排练完，两人离开排练厅之后，萧若兰才告诉她，李建业之前在兄弟剧团当的都是团长，调过来的时候还有风声传出来，说周团长会被调走，由他接任。后来不知道怎么回事，他成了副团长。刚来的那段时间，他工作不太积极，也不怎么理人，后来才慢慢好了。

萧若兰没说透，确实也没办法说透，叶知秋听得云里雾里，整个人都是蒙的。

"哎呀，你说我也真是，跟你叨叨这些干什么？都是老黄历了！"

叶知秋本来对这种事也不感兴趣，便没有再提出什么疑问。

接下来的日子，叶知秋总是第一个到排练厅打扫卫生，同事放在那里的杯子她也都提前灌好热水，不然大家一投入排练连接水都顾不上了。下班的时候，她也总是最后一个走，把凌乱的东西归置清楚才满意地关掉大灯。

她只有排练的时候话才比较多，闲暇的时候要么给别的同事跑腿帮忙，要么就是坐在角落里认真看着大家排练。渐渐熟悉起来之后大家都很喜欢她，对她的称呼也从最开始的"小叶"慢慢变成"小秋"。她在专业上是一个极认真甚至较真的人，自从萧若兰开玩笑喊了她一次"小真"之后，别人也都跟着叫开了。叶知秋乐于接受这个绰号，觉得是赞扬也是鼓励。

二哥叶知武说他在附近找到一份库管的工作，每天早上叶知秋前脚出门他后脚出门，晚上叶知秋进门的时候他已经在家了。叶知秋觉得二哥这份工作倒不错，看着很轻松，挣得也不算少。叶知武也很满意，眼看着他从之前的颓废状态中慢慢走出来，叶知秋别提心里有多高兴了。

叶知武每个周末都会给家里打两个电话，第一个打给老婆，第二个打给母亲王桂芝。有时他会招手示意妹妹过去和母亲说话，可每次她都不肯。母亲还不知道她进了京剧团，她不许二哥说。母亲对她的事业早就不抱希望，天天就想着让她和程旭交往，早点儿嫁到程家去。叶知秋凉了心，和母亲自是无话可说。偶尔父亲接了电话，叶知秋才会和他说几句，每次也都是报喜不报忧。

　　这天，叶知武终于按捺不住问："妞妞，你和程旭真的没可能吗？"

　　叶知秋瞪着他，反问："你说呢？"

　　距离上次和程旭见面已经有一个多月了，来京剧团报到那天她给程旭打过电话，打不通，发短信也没回。问了萧若兰才知道他下部队演出了，听说是去边防哨所。想来一定是信号不好联系不上，她后来就没再打过电话。

第 23 章

她和程旭平时联系不多,对程旭,她更多的是感激,感激他总想着给她争取机会,对她也很照顾。二十岁出头的小姑娘,哪有对爱情不向往的,叶知秋也有过,只不过每次都是一闪念而已。她满脑子都想着唱戏,已经装不下别的。

"妞妞,我觉得程旭这小伙子不错,要不你们……"

"打住!再说下去我就生气了!"

叶知武见妹妹眉头皱紧,脸色也沉了下来,张了张嘴,真的没敢再说下去。

说曹操曹操就到,第二天上午,叶知秋正在排练,同事蒋菲戳了下她的胳膊,朝门口指了指,笑得暧昧。

"看,咱们的团草专程来找你了!那小眼神啊可真是……"

蒋菲和于玲玲年纪相仿,性格开朗,为人热情,偶尔有点儿八卦。叶知秋和她年龄差距不大,两人聊得来,很快就成了好朋友,没事的时候就爱说着玩儿。

叶知秋嗔怪地瞥了她一眼:"别瞎说!被别人听到会误会的!"

蒋菲笑了笑,目送着她走到程旭面前。

叶知秋抬头看着程旭,勾了下唇角:"你黑了,也瘦了!"

程旭摸了下脖子,有点儿不好意思:"无所谓,不影响唱戏就行。"

感觉到众人的目光有意无意地朝这边看过来,叶知秋脸颊微微发烫,口气严肃起来:"找我有什么事吗?"

程旭怔了一下,想说"没事不能来找你吗",可是话到嘴边又咽了回去。他注意到叶知秋眼神的微妙变化,知道此时此地都不适合闲聊,便温声说:"我回来的时候从赵老师那里经过就去看了看她,她托我给你捎点儿东西过来。"

说完,他从斜挎包里掏出两个厚实的本子递到叶知秋手里。

叶知秋见过这两个本子,是师父学戏以来的心得笔记,跟了她三十多年了。有一次她想要来看看,师父还不肯。那是师父最宝贵的东西,没想到竟然就这么送给她了。叶知秋抚摸着本子的封皮,喉咙发堵,转眼就红了眼眶。她把本子紧紧抱在怀里,久久沉默。

程旭低头看着叶知秋,不知怎么很想抱她一下,可垂在身侧的手指动了动,最终还是压下心头所有的情绪。

"赵老师说她很想你,希望你好好努力,不要让她失望。"

中午,叶知秋和蒋菲面对面坐在食堂里吃饭。

叶知秋想着早点儿吃完饭赶紧回排练厅去排练,她的角色戏份不多,可有两句词总觉得唱不顺。萧若兰老师有事出去了,中午过来,萧老师戏份很重,时间紧,叶知秋只能利用午休时间向萧老师请教了。

她只顾埋头吃,没注意到于玲玲从身边经过。听到蒋菲冷哼一声低头嘟囔了一句什么,叶知秋这才茫然抬头,正好看到于玲玲婀娜的背影由近及远。

蒋菲压低了嗓门说:"我顶看不惯于玲玲这种人,仗着专业强,又有个当团长的叔叔,眼睛都长到头顶上去了。大家抬头不见低头见,都让着她,越这样,她越是目中无人,真是没治了!"

叶知秋笑笑说:"于老师专业确实很强,而且特别努力,那天我在一号排练厅看过她排练,感觉挺佩服她的。"

"佩服她?她唱得确实好,可我觉得没有你唱得好!"

"别拿我和人家比,我差得还远呢。"

蒋菲撇撇嘴:"你太谦虚了!我悄悄去看过《铿锵》的排练,听过于玲玲整段演唱,好是好,但没有想象中的好,尤其听你唱得多了之后。"

于玲玲的整段演唱,叶知秋没听过,蒋菲这么一说,她心里痒痒的,倒是很想去听一听。于玲玲的唱腔很有个人风格,举手投足间娇而不媚,端庄中偶尔透着一丝俏皮,倒是很贴近剧本里的角色,难怪团里会让她上。

下午这边的排练结束得早，蒋菲和叶知秋便一起去了一号排练厅。

蒋菲一边看于玲玲排练一边吐槽："你看，就是不如你，嗓音不够圆润，不符合角色当下的心情。还有啊，接下来唱的听着有点儿像在炫技了，感觉华而不实。还有……"

旁边的叶知秋听得很专注，蒋菲说了什么她都没怎么听见。

这个角色写得实在太好了，她太喜欢了，而且越看越听越觉得喜欢。听了一会儿，她就大概记住了词，很小声地跟着唱起来。

她不知不觉沉浸在角色之中，眼神时而忧郁时而明朗，心里像是悄悄盛开了一朵红艳艳的花，每片花瓣都肆意舒展开来。

"知秋，你太厉害了！唱得真棒！"

蒋菲惊呼出声，轻声鼓掌。

叶知秋这才回归现实，看到周围有目光朝这边投过来，脸颊倏地一红，拉起蒋菲就往外跑。眼睛的余光无意中瞟到于玲玲停下动作，朝她看过来。她有点儿心虚，没敢朝那个方向看。

"你干什么呀？不知道的还以为我们这是做贼心虚呢。我们明明没有做贼，正大光明来的，不能就这么灰溜溜地走呀。"

"蒋菲姐，你刚才那句话太大声了，我怕别人误会。"

叶知秋委屈巴巴地看着蒋菲。

从她见到于玲玲的第一天起就一直被误会，虽然知道误会不太可能解除，可她终归不想让误会上面再叠加新的误会。都是一个剧团的同事，到最后弄得跟仇人似的可不好，自己心里别扭着，也会搞得别人也别扭。

"小秋，你这小脑瓜里都装的什么呀？想得也太多了。"

嘴上不认同，可蒋菲到底参加工作有几年了，觉得叶知秋的担忧似乎也不无道理。

大戏下乡的排练基本告一段落，出发之前的那天难得空闲，李建业组织大家去一号排练厅看《铿锵》的排练。主抓这个项目的周团长表示热烈欢迎，还特意强调，让大家多提宝贵意见。

主创都是资深前辈，不乏功成名就的名家，谁敢真的提什么意见？

他就是那么一说，大家也就那么一听。溢美之词不绝于耳，周团长觉得这样下去也没什么意思，便点了李建业的名。

"你来说，不许说优点，只能说不足！"

"这个……"

第 24 章

李建业一脸为难，可是所有演员都看着呢，他要不说出点儿什么实质的东西来倒真不合适了。天底下哪有绝对完美的表演呢？他是唱老生出身的，在剧团做管理工作多年，耳濡目染，别的行当多少也了解一些。问题他是看出来了一些，可到底没敢得罪那些前辈，不得已把目光落在了于玲玲身上。

"我就点评一下于玲玲吧，她的表演很有个人风格，让人耳目一新。大概是因为有刀马旦的底子，剑拔弩张的情景中眼神尤为出彩，引人入胜。青衣这一行吧，运眼很重要的。人们都说眼睛是心灵的窗户，而于玲玲的眼神能随着剧情起伏变化自如……"

周团长听不下去了，挥手打断了他："让你评价唱得怎么样，你怎么说来说去都围绕着眼神转啊？"

于玲玲似是不经意地看向李建业，冷淡的脸有了些温度。

戏是唱给人看的，李建业就算不是特别了解青衣这个行当，单纯作为一个观众说出自己的意见，她不排斥听一下。她很在乎别人的评价，不然清高如她，也不会每年雷打不动地去参加全国青年戏曲大会。

李建业轻咳几声，试探着说："周团，我真要提意见了啊！"

偌大的排练厅里，所有人或站或坐地围在一起，气氛倒是融洽。他这么一本正经地一开口，大家都笑起来，还有人带头鼓掌，鼓励他说。

周团长隐隐有点儿不安，不过都到这一步了，也不好打退堂鼓，笑着做了一个"请"的手势："愿闻其详！"

"于玲玲饰演的这个角色青环呢，是一个富贵人家的养女，从小就知道自己的身世，性格里是有敏感和自卑这一面的。养父把她当男孩子养，骑马射箭她都很精通，所以又有男子特有的英气飒爽的一面。可是于玲玲在唱的时候,情绪表达似乎略微单薄,而且该有的层次感和厚重感不足……"

李建业说到这儿停顿了一下,他的目光先是落到周团长身上,然后才转向于玲玲。

周团长凝眉,若有所思的样子。

于玲玲的脸色则是以肉眼看得见的速度变得阴沉了几分,低下头摆弄自己的指甲。要不是有这么多的前辈在场,以她的脾气,早就拂袖而去了。

她可是剧团里的青年骨干,大家默认的洛会芳的接班人。上次那场演出,是洛会芳坚持要让萧若兰演A角的,团领导不好拂她的面子才勉强同意。于玲玲从来没觉得萧若兰比她唱得好,大多数时候两人相处起来还算和平友好,不过也只是表面。偶尔她的脾气一上来,对萧若兰就没那么客气了。尤其是叶知秋进了剧团,萧若兰俨然成了她的良师益友,两人好得跟一个人似的。于玲玲觉得萧若兰是故意做给她看的,心里有了怨气,连表面功夫都懒得做了,有时候和萧若兰走个面对面也假装没看到。

气氛有点儿尴尬,李建业不想说下去了,可不说吧,搞得好像他一个副团长还要看演员的脸色似的,太掉分儿了。犹豫片刻,他的目光虚虚地在于玲玲的脸上停了一瞬便移开了。

"当然,原创剧目嘛,还需要不断地打磨和精进,演员有这样那样的不足,其实也很正常,后面还有时间,还有进步的机会。我的意见也许并不成熟,不过代表了相当一部分演员的意见。于玲玲,你不要有压力,以后多多努力!"

当初《铿锵》这个剧目的演员名单一定下来,立刻引起轩然大波。一开始团领导还说这次选人必须本着公平公正的原则,每个角色都公开竞演,谁演得好谁就可以上。结果,他们怕开局打不响砸了招牌,又怕起用新演员观众不买账,商量来商量去直接内定了人选,那些苦心准备期待上戏的演员怎么可能没意见?

李建业不知道自己的意见是否足够专业,加上零零碎碎听到过一些看过排练的人私底下多少带点儿情绪的议论,干脆扯上演员们垫背,以免引起周团长的不快。

于玲玲的父母长年在外地工作,她从小在叔叔家长大,叔侄之间情同父女。周团长对这个侄女有多宠爱,所有人都看在眼里,任何时候评价于玲玲的演技时便多少会顾一下他的面子,李建业也不例外。

坐在角落里的叶知秋有点儿走神,她不太喜欢这种场合,心里说不出的压抑,只想着挨到有人宣布解散赶紧离开。

于玲玲一直沉默,一个字都没有说,李建业颇为尴尬,可他也实在拉不下架子自己演独角戏,便出声提醒于玲玲说话。

于玲玲倒是没有再拖延,柔声开口:"李副团的意见提得很好,这也正是我的苦恼所在。连北京来的专家老师都不知道怎么让我表现得更完美,我自己就更不知道了,所以就更苦恼了。哦,对了,那天叶知秋过来看我们排练,老师无意中听见她哼唱了几句,说她的表现堪称完美,不如让她教教我,怎么让情绪表达更丰富,更有层次感和厚重感,如何?"

平日里她都是叫"李团"的,刚刚故意加上一个"副"字,无非就是想讽刺一下他。一个副团长而已,鲁班门前弄大斧不说,还逼着她接受莫须有的意见。她可不是吃素的,让她难堪,她怎么也要拉个垫背的。

于玲玲一语惊人,在场所有人的目光都落到叶知秋的身上。

蒋菲扯了扯神游万里的叶知秋,低声在她耳边说了几句话,她立刻傻眼了。

于玲玲让她教唱,开玩笑的吧?

对上于玲玲似笑非笑的眼神,叶知秋只觉得一颗心一点点往下沉,直沉到无底深渊。

看她吓得脸色发白,于玲玲勾唇浅笑,径直走过来,拉住了她的手。

"没那么严重,也不算教我,就当切磋嘛。那天你过来的时候我见你唱过《铿锵》里的词,这样,我们唱一样的词,让在场的各位帮我们做一下对比,取长补短嘛,对我以后的进步只有好处没有坏处,你说呢?"

于玲玲一向寡言,此时表现出来的激动和热切实在罕见。

熟悉她的人都有点儿不敢相信眼前的人是她,孤傲清冷的于大小姐居然拉起了叶知秋的手,说出这么谦虚感人的话来,有没有搞错?

第 25 章

叶知秋还没缓过神来,于玲玲已经把她扯到众人面前,眼角眉梢都带着难得看到的温柔笑意。那些老前辈一般很少来团里,对于玲玲并不了解。偶尔和她碰到面,她也是大方得体地打招呼和寒暄,他们以为她平日里就是这样温柔亲和的人。可是和她朝夕相处的其他同事却个个都惊愕了,于玲玲这是突然转性了?还是别有企图?

答案不言自明,蒋菲早看出来了,只是她想要拉住叶知秋的时候已经晚了,手停在半空几秒又无奈放下。

于玲玲笑意更深:"知秋,你先唱!会唱哪句,随便唱,你唱完我唱!"

叶知秋看到所有人都在看她,心跳加快,犹豫道:"我不怎么会唱……"

她没说谎,她是真不怎么会唱。

"大胆唱,你没有学过,唱成什么样都无所谓?"

"可是……"

于玲玲捏着叶知秋手的力道紧了几分,眼底闪过一丝烦躁:"让你唱就唱嘛!难得这么多老师都在,可以得到最好的指导,多好的机会啊!"

蒋菲嗤笑出声,刚才还说切磋呢,怎么就成了让专家指导叶知秋了?是觉得自己唱得太好,不需要指导?也太自负了吧?不过,于玲玲一向自负,似乎也不足为奇。

在于玲玲的再三催促之下,叶知秋只好硬着头皮应了声。

虽然上次只悄悄学了几句,可指导老师给于玲玲讲的要领叶知秋都记得很准。这几天没事的时候她就哼唱一下,琢磨着纠正一些自认为处理不好的地方,然后再试着改进。那几句词早已经烂熟于心,随口就可以唱出来。

她扯了下衣襟，定气，凝神，徐徐开唱："前尘似烟空留恨，旧符哪得映朝阳。"

只一句，蜿蜒陡峭，如泣如诉。层层叠叠的情绪，后悔、不甘、委屈、伤感，都似是从叶知秋单薄的身体里弥漫而出，犹如一颗石子落入平静的湖水中央，咚的一声，漾起一圈一圈的涟漪，由近及远。最后一个字，悠悠荡荡，即使已经收住，依旧余音袅袅，在耳膜处盘旋飞扬，仿佛连心脏都不由得慢慢紧缩了一下，真真切切，无法忽视。

全场静寂，每个人都怔了一下，缓过神之后的表情却又各自不同。

于玲玲的眼睛微微眯起，上下牙轻磨了一下，指尖也不自觉地收紧。她，竟然唱得这么好！

明明只来过排练厅两次，第一次，她没有唱过这句词，第二次她是整段唱的，不过不知道是不是她自己太过专注，并没有注意叶知秋在这里待了多久，悄悄听她唱了几遍。可是，就算叶知秋每天都悄悄在窗外偷听，指导老师的话都听得清楚，也不可能在短时间内唱到这样的水平。

如果说上次叶知秋在大剧院演的那场，只能算小小惊艳了她一下的话，那这次，她是真的有点儿害怕了。不再是惊艳，而是过电般传遍四肢百骸的那种害怕。

她的才华，叔叔一向引以为傲，平日里经常不无得意地感叹："长江后浪推前浪，这是大势所趋，你只管放心大胆地往前冲！"

洛会芳老了，萧若兰和于玲玲在专业方面儿乎不相上下，可萧若兰的年龄摆在那里。这样一来，于玲玲的年龄优势就显现出来了。她理所当然地成为剧团公认的台柱子，几乎人人都觉得，在不久的将来，她会成为剧团独一无二的大青衣。

可是现在，一个刚刚进剧团没几天的合同工，在没有系统学习《铿锵》剧本的情况下，竟然可以唱得这么好！

一位老前辈含笑带头鼓掌，呆若木鸡的众人这才纷纷回神，稀稀落落的掌声转眼就连成一片。蒋菲是鼓得最起劲的，她恨不得把两只脚也利用起来加入鼓掌的行列。

在二号排练厅一起排练名家名段的时候,她一直知道叶知秋唱得好。不过叶知秋却说那些唱段在戏校是必修课,唱了七年,怎么也不可能唱得多差。蒋菲现在才明白,那是叶知秋太谦虚了。关键时候,真功夫一出来,实在让人太惊喜了!

周团长做了这么多年团长,什么场面没见过,哪会轻易流露出什么情绪。他依旧一脸严肃,不动声色,跟着鼓了下掌后很官方地表达了一些看法。整体来说就是一半赞扬一半鼓励,到最后他还语重心长地告诫叶知秋:"千万不要因为一句半句唱得好就骄傲自满,戏曲文化博大精深,一定要戒骄戒躁,争取在专业上紧追于玲玲,取得更大的进步!"

表面上点评得客观,其实明眼人都看得出来,他明显是偏向于玲玲的。

"玲玲,轮到你了!"

周团长的眼神亮了亮,他希望于玲玲比叶知秋唱得好。

于玲玲从小就天赋过人,一路都泡在夸奖和赞叹声之中。每年参加戏曲大会,虽然没得过金奖,可成绩从来都是漂亮的。她怎么可能比不过一个二十岁出头的小姑娘呢?戏校毕业的应届生,每年有多少人挤破了脑袋想进京剧团,优秀的他也见过,只是像叶知秋这么优秀的还真是少见。可那又怎么样呢,她再怎么说也是初出茅庐,哪能和天赋经验都远胜一筹的于玲玲相比呢?

于玲玲淡淡地点头:"好!"

这么多年她一直都是顺风顺水的,很多人觉得她当年小小年纪就能进京剧团是因为托了周团长的硬关系。事实上,她被录用是包括洛会芳在内的几位重量级评审全票通过的。别人背地里说什么,她毫不在意。专业好才是硬道理,她一直这么认为。

放眼整个京剧团的中青年演员群体,她自认无人能出其右。她会怕一个二十岁的黄毛丫头?

心里虽这么想着,可开口的前一秒,她还是有一瞬间的犹豫,犹豫着要不要唱。赢定了吗?她竟忽然有点儿不确定。目光不自觉地飘向周团长,得到一个鼓励的眼神之后,她才悠悠缓缓地唱出那句词。

众人凝神,有的甚至屏住呼吸,静静地竖起耳朵。

第26章

　　于玲玲除了唱出叶知秋刚刚唱的那句，还接着往后唱了两句。唱了这么多年，这是她第一次掏心掏肺沉到角色中，拿出全部的心力和技巧去唱。全身的神经都绷得紧紧的，好像再多一点点力就会彻底连根断裂。

　　最后一个尾音淡淡飘散，全场再次陷入静寂，而且比第一次的时间还要长。

　　有人想鼓掌，可抬起手来时看到别人似乎没打算鼓掌只好又尴尬地收了回去。周团长比李建业更了解青衣这个行当，这么一对比，谁唱得更好已经一目了然。可这个结果，他接受不了，也不想接受。他的大脑高速运转，努力压下刚刚的直觉，寻找于玲玲优于叶知秋的地方，准备接下来的总结发言。

　　李建业是第一个带头鼓掌的，他脸上带着笑，眼神中却藏着一丝淡淡的得意。

　　周团长，是你非让我们提意见的，是你侄女非要拉叶知秋下场比试的，结果如何呢？这可是你们自找的，怨不得别人！

　　于玲玲唱得也不错，可是和叶知秋的唱腔相比，显然还差了那么一点点。

　　掌声平息之后，李建业笑着开口："于玲玲不愧是咱们团的台柱子，唱得是真稳！举手投足都极贴近角色，没有戏妆加持都是满分！我没怎么看过她排练，就匆匆看过几眼而已，刚刚提的那些建议有些偏颇，很惭愧！我收回，我收回！"

　　他双手抱拳，摆出一副甘拜下风的姿态。

　　他这么一说，气氛立刻轻松了许多，周团长的脸色也好看了一些。

　　紧接着，他不疾不徐地说："小叶唱的那句应该是最拿手的一句，玲玲刚才连续排练了几个小时，嗓子难免疲惫，状态不佳，在这种情况下，拿她和小叶做对比本身可能也不太公平。这个，怎么说呢，都有自己的风格，各有千秋吧！"

前面做那样的铺垫，后面再说各有千秋，这话说得着实有水平，纵然偏向于玲玲，却没有过分明显！而且仔细想想，好像还真有道理。

叶知秋看到几个老前辈投向她的目光都有点儿微妙，她皱眉，茫然地转头去看蒋菲。蒋菲耸耸肩，一副你不懂我更不懂的表情。那些老前辈的眼神哪是她们俩这个年纪可以参透的。蒋菲只看得出来李建业故意给周团长台阶下，别的真没看出来。

萧若兰站在门外，无声地叹了口气。

她今天家里有事来晚了，听别人说李建业带着他们组的人来一号排练厅看《铿锵》的主创排练。刚走到门口就听到叶知秋在里面唱，她不想打断就没进去，紧接着于玲玲唱，她是怕周团长让她点评，搞得她左右为难干脆就一直站在外面听。

那些老前辈的眼神，她自然看得懂。就算叶知秋的专业实力在于玲玲之上，短期内也很难出头。叶知秋年纪太小，没有于玲玲经验丰富，没有观众基础，更没有周团长这样的大靠山，恐怕一辈子都只能屈居于玲玲之下做B角。这么好的苗子，可惜了！

下班的时候，叶知秋在楼下陆续碰到几个老前辈，他们主动和叶知秋打招呼，每个人脸上都挂着慈祥的笑容。小小年纪，专业却这么好，谁见了不喜欢？叶知秋开心得不得了，直到进了家门，脑袋还是晕晕乎乎的。

那些老前辈都是经常上电视的，电视里的人现实生活中竟是那么和蔼可亲。有一个唱老旦的前辈还亲切地叫她小丫头，夸她天赋好悟性高。叶知秋连连说不敢当，自己差得还远着呢，后来，那位前辈悄悄在她耳边说了一句话："将来，你会是咱们剧团最好的青衣演员。"

叶知武看妹妹从进门就开始傻笑，好奇地凑过来问："怎么？买彩票中头奖了？"

"你眼里只有钱！"

叶知秋瞪了他一眼，绕过他坐到沙发上。

二哥不停追问，她只好把今天在排练厅发生的事跟他讲了一遍，当然，她高兴不是因为周团长那句各有千秋的点评，而是老前辈们对她的热情。

叶知武盘腿坐在沙发上，凝眉沉思，过了好一会儿才开口："你觉得你唱得好，还是于玲玲唱得好？"

"这个……她当然比我唱得好！"

二哥突然这么问，她一时有点儿犹豫，不过想起周团长的分析，她当下有了判断。可能正好唱的那句发挥得出色吧，从在座其他人的反应，她大概也知道自己唱得不错。很多事都是当局者迷，离开了师父，她即使每次开口都竭尽全力，还是不知不觉地慢慢开始缺乏自信。昨天听蒋菲说起，前阵子洛会芳老师带队去广州参加艺术节，最多十来天就回来了。叶知秋想等她回来了，说不定自己可以找机会向她请教一二。

送戏下乡活动前后持续了近半个月，有的地方地处偏远，碰到路况不好，转场的时候时间就会比较紧张。为了不耽误演出，演员们往往需要帮道具组收拾道具装车，叶知秋不怕苦不怕累，总是冲在最前面，干体力活丝毫不输那些年轻力壮的小伙子。

年轻、漂亮，戏好人好，这样的女孩自然招人喜欢，活动还没结束就已经有不少二十多岁的单身男孩开始对叶知秋献殷勤了。连蒋菲都打趣她："小秋同学，你很快就要晋升为团花了，晓得不？只是不知道回去之后，园阜会不会吃飞醋！"

叶知秋红了脸，瞪她一眼："你别瞎说！告诉你，再这么说，我可生气了！"

蒋菲假装被吓到："我好害怕呀，不敢了不敢了！"

一路上虽然很辛苦，可大家在一起说说笑笑，一点儿不觉得闷，时间倒是过得很快。

这是叶知秋第一次参加这种活动，觉得哪儿哪儿都是新鲜的，说不出的兴奋。村子里的人们很纯朴也很热情，他们看戏看得专注，掌声也很热烈，总是让她自然而然地想起桂花村的父老，想起父母家人。

第27章

有时候她会忍不住拿出手机找出家里的号码，犹豫又犹豫，最终还是没有拨出去。她无法说服母亲理解她现在为之努力的目标，更无法接受母亲所谓唱得好不如嫁得好的想法。她始终认为母亲只是一时想不开，以后一定能理解她。

活动结束，叶知秋高高兴兴地随大家一起回省城，只是，她怎么都没想到等待她的竟然是开除！

二哥的库管工作其实是求萧若兰帮着找的，工作地点就在京剧团后院的仓库。他一直没敢告诉妹妹，那次萧若兰去给她送早餐的时候他厚着脸求人家帮忙找工作。萧若兰倒是雷厉风行，立刻就动用关系给他落实了。萧若兰自然不可能告诉叶知秋，怕她会觉得欠了自己人情有压力。没想到，就在叶知秋返回的当天上午，那些债主不知怎么打听到叶知武在京剧团工作，结伙地跑来找他要钱。叶知武以为那些人不敢在公家的单位胡闹，说话就冲了些，没承想那帮人恼羞成怒，把叶知武看管的那间仓库砸了个稀巴烂。同事要报警，叶知武拦着不让，答应一个月之内还钱，那帮人才扬长而去。周团长闻讯赶来，问清来龙去脉之后，立刻做出开除叶知武的决定，还勒令他对剧团的损失照价赔偿。

叶知秋刚随众人进了剧团大院就被叫到团长办公室。听到"开除"两个字，她立刻傻眼，大脑也一片空白。

她刚刚和同事们熟识起来，刚刚喜欢上这里，团长怎么能说赶她走就赶她走呢？二哥闯了祸，给剧团造成了损失，她从没想过把自己撇干净。她当初就应该问清楚二哥到底在哪儿工作，而不是任由他含糊其词，屡次岔开话题。可是，开除她，这个惩罚未免也太重了。

"周团长，您原谅我这次，我下不为例可以吗？"

"原谅？这次的事影响很坏，我不开除你不足以平民愤！"

他用力拍着桌子，满脸愤怒。

叶知秋局促地站在那里，一时之间不知所措。

就在这时，门被人从外面一把推开，洛会芳冷着脸气势汹汹地走到周团长面前。

"民愤？周玉民，你倒是跟我说说看，哪里来的民愤？嗯？"

周团长没想到洛会芳居然在这个时候杀过来，一时之间面露尴尬，缓了一下，才赔着笑脸说："洛老师，这么件小事，怎么还劳您亲自出马了呢？"

洛会芳毫不客气地说："小事？你觉得这是小事？团里现在正是青黄不接的时候，老的想退退不了，年轻人又没几个业务能力拔尖的。我拼命地往团里拉人才，你却拼命地往外撵！这都算小事，那什么事才是团里的大事？"

"洛老师，我可没有撵她！出了这么档子事，谁都不想。可是叶知秋利用关系把她哥哥弄进来，还害团里蒙受损失。我怎么也是一团之长，难道要假装没看到？"

"她哥哥的工作是我让若兰安排的！仓库那边少个人，不找叶知秋她哥哥，也得找别人。有人来闹事那是意外，怎么也不能怪到知秋的头上啊！如果你一定要开除一个人，那就开除我好了！"

洛会芳的话一出口，把周团长吓了一跳。

"看您说的，给我一百个胆子我也不敢开除您啊！您看这样行不行？让知秋写份检查，这事就算过去了。"

洛会芳德高望重，可是京剧团的金字招牌，得罪谁都不能得罪她。别说他只是一个小小的团长，就算是中央大员见到她也得敬她三分。

本来他还想说让叶知秋在职工大会上公开做检讨，也算是小惩大诫，可是看到洛会芳铁了心要护着叶知秋，最终没敢说出口。

开除变成写检查是叶知秋完全没想到的，她感激地望着洛会芳，心里很不是滋味。洛老师这么大年纪了，每天忙得团团转还要为她的事分神，她觉得很不好意思。

不管怎么说，柳暗花明，这个结果已经是最好的结果。叶知秋回家以后，把手里仅有的几千块钱存款拿出来，让二哥先赔了团里的损失。至于他以后的工作，还有欠别人的那些钱，只能慢慢再想办法了。

"妞妞，我手里没有钱，你只有这么点儿的话，不够！"

"你以前挣的都寄给二嫂了？"

"嗯，寄了一部分，留下的都被人骗光了。我欠债的事，不想跟她说，她那脾气你也知道……"

一分钱难倒英雄汉，两人肩并肩地坐在沙发上，愁眉不展。

突然，一阵有节奏的敲门声响起。叶知秋打开门，外面并没有人。她的视线无意中落到门前的地面上，一个牛皮纸信封安安静静地躺在那里。

她打开一看，是一张银行卡。

等到叶知秋拿起信封跑下楼冲出楼道口时，也只来得及看到一个骑自行车远去的熟悉的背影。

是程旭！

他肯定是怕她不收，所以才用了这样的方式。

直到那个背影彻底消失在昏黄的灯光下，叶知秋才慢慢收回视线。

进了家门，她立刻拿起桌上的手机。程旭刚刚给她发了一条短信，银行卡的密码后面是一句话：也不知道你二哥欠了多少，这张银行卡里有三万，算我借给你的，不够的话告诉我，我再想办法。

叶知秋只觉得心里暖暖的，这样的雪中送炭太令人感动了。她回了一条短信：非常感谢，我会尽快还你的。

原本她以为二哥被开除了，剧团的损失也赔偿了，这件事很快能过去，没想到团里莫名其妙地冒出很多传言，而且传得有鼻子有眼。有人说她是利用程旭进的京剧团，很快她就过河拆桥把他甩了。然后她又死皮赖脸地讨好萧若兰，想着利用她接近洛会芳，拜她为师，将来说不定又会把洛会芳当跳板去北京京剧团。

蒋菲听到传言，气得火冒三丈，叶知秋心思单纯，怎么可能会有那样深的心机？

是谁躲在暗处兴风作浪？

第28章

蒋菲替叶知秋打抱不平，四处打听，誓要揪出那个小人。功夫不负有心人，还真被她找到了。好几个人都说自己是从周团长的秘书王俊那里听来的闲话。蒋菲和王俊不熟，不过还是直接去找了他。

周团长有事不在办公室，蒋菲不用有所顾忌，狠狠一掌拍到他面前的办公桌上。

王俊惊讶："你干什么这是？有事说事！"

他想不出自己哪里得罪过蒋菲，一脸傲慢，口气也很硬。

"关于叶知秋的闲话是你传的？"

她问得突然，王俊来不及掩饰情绪，愣了一下才说："不是！"

料到他会抵赖，蒋菲倒也不生气，似笑非笑地看着他说："你敢和我一起去找同事们对质吗？他们都说是从你这儿听来的。君子坦荡荡，是君子，咱们就一起去，走！"

她说着就去扯王俊的袖子，王俊立刻甩开她，怒道："纯属子虚乌有！我很忙，请你离开，不要耽误我的时间！"

蒋菲的泼辣劲儿一上来，才不管他说什么，直接揪住他的衣领就往门口拖。流言越传越邪乎，叶知秋倒是坦然，觉得清者自清，流言总会过去，可她蒋菲是那种眼睛里揉不得沙子的。她最讨厌王俊这种人，偏要好好敲打敲打他，看他还会不会再嘴欠，闲得没事嚼舌根子。

王俊人高马大，很快就稳住了身形，用力去掰她的手。蒋菲看拖不动他，干脆松开手，把办公室的门打开，提高了嗓门喊："以后再敢乱传知秋的闲话，别怪我不客气！天天闲得没事干，吃饱了撑的，不要脸！"

这招指桑骂槐确实起到了很好的震慑作用，整个走廊里静悄悄的，一点儿动静都没有。各个办公室的人都把头埋得很低，谁敢说自己没参与过传闲话？不敢！做贼的人都心虚，没人敢出头质问蒋菲为什么来办公区撒泼。

蒋菲扬长而去，直到脚步声彻底消失，王俊才敢冲出办公室对着楼梯的方向吼了一句："泼妇！血口喷人！以后再敢来一次试试？"

不是他怕了蒋菲，是好男不跟女斗，他实在不想和一个女人厮打失了风度。

坏事传千里，蒋菲大闹办公区的事很快就尽人皆知，叶知秋自然很快也知道了。她是真没想到，蒋菲为了她那么能豁得出去。

"蒋菲姐，谢谢你替我出头，可是这么做会不会对你有什么不好的影响？"

蒋菲和于玲玲前后脚进团，虽然没有于玲玲那般表现得那么优秀，可每次演出她也都担任重要角色。她这么一闹，团领导会怎么看她？以后会不会让她坐冷板凳？

"知秋，你知道你最大的缺点是什么吗？就是太善良太谨慎了！有些人吧，你不给他点儿颜色看看，他以为你好欺负，以后会肆无忌惮。欺软怕硬，这就是人类的劣根性，懂不懂？"

蒋菲平时大大咧咧，很少严肃地和叶知秋聊这种话题。

叶知秋觉得她说得有道理，低头，沉默。

她来京剧团是想好好学戏，其他的她不关心，可是谣言传到她耳朵里的时候，她心里还是挺难受的。她不明白，大家抬头不见低头见，难道不了解她是个什么样的人吗？为什么还要参与到以讹传讹之中呢？她太年轻了，又没有什么社会阅历，自然是想不明白的。

随着时间的推移，流言渐渐消散，而且比她预想中要快，这其中蒋菲是有很大功劳的。蒋菲一再提醒叶知秋，不要因为自己初来乍到就处处伏低做小，该自信的时候还是要自信，不然机会来了根本想不到要去抓住。她没说机会是什么，叶知秋也没追问，她觉得不是名就是利，可是在她看来，这两样东西都不重要。

下乡回来之后，她还是一如既往地默默接受领导的安排，不是下乡就是进社区，要么就是参加公益演出，偶尔没有任务她就去看别的演员排戏。只是，自从上次被于玲玲硬拉着唱了一句戏词后，她就再没敢去一号排练厅。以前她在院子里遇到于玲玲，打招呼的时候于玲玲还会应一声，可现在于玲玲对她干脆理都不理，完全当没看见。叶知秋意识到，不知不觉间，她已经彻底得罪了于玲玲。她再怎么示好，都改变不了于玲玲对她的看法和态度。

和于玲玲关系不错的几个同事似乎也有意无意地带上了某种情绪，不怎么愿意搭理叶知秋了。刚开始叶知秋并没有在意，见到他们还是照常打招呼。后来她慢慢发现，这种氛围像是能传染一样，越来越多的人开始对她冷淡了。

她努力提醒自己，是自己太敏感了，可是连蒋菲都按捺不住地开口："我怀疑是于玲玲故意拉拢大家孤立你！"

孤立？

听到这个词的时候叶知秋吃惊不已，至于吗？

她自认认真唱戏，踏实做人，无愧于任何人，为什么于玲玲不但处处针对她，还拉着大家一起呢？

这是她第一次觉得心累，这个世界未免也太复杂了！她茫然，不知所措，不知道以后的路该怎么走。

蒋菲愤愤地说："你找过洛会芳老师几次，可能惹于玲玲不高兴了！"

"我找洛老师，她为什么不高兴？"

蒋菲轻叹一声，这丫头，两耳不闻窗外事，怎么啥都不知道啊！

洛会芳是全国数一数二的青衣名家，十年前就公开宣布不再收徒弟。于玲玲当初一进京剧团就天天黏着洛会芳，刚开始叫洛老师，后来熟了以后就悄悄改叫洛师父，再后来她千方百计地想把"洛"字去掉。洛会芳早就看出她的心思，直接告诉她，不要白费心机了，说了不会再收徒就是不会。于玲玲那么心高气傲的人，被拒之后委屈得不得了，转脸就去找周团长哭诉。周团长三番五次想要说服洛会芳都没有成功，于玲玲这才死心。

可是于玲玲死心归死心，却不喜欢别人去亲近洛会芳，仿佛谁去了就是和她于玲玲作对。她不知道洛会芳收徒的标准是什么,在她看来,无非就是凭个人喜好。这么多年,洛会芳还没有表现出对谁的偏爱,而洛知秋却是个意外。

第29章

"知秋,你知道吗?洛老师好像跟谁提过那么一句,说如果她将来破例再收一个徒弟的话,那个人只能是你,不会是别人!你想,于玲玲听了会是什么感觉?恐怕肺都要气炸了!"

蒋菲说到这儿,叶知秋总算是明白了。

"蒋菲姐,洛老师不一定说过那样的话吧?"

前段时间的传言已经说明了,无风都能起浪,万一又是以讹传讹呢?于玲玲就因为听说了这么一句就要与她为敌吗?再说了,收不收徒弟,收谁当徒弟,是洛老师的自由,于玲玲又是生的哪门子气?

"你算是问到点子上了!洛老师到底说过没有,谁都不知道,也不会有人闲得没事跑去向她求证。可是真相不重要了,**重要的是**,于玲玲信了,认定你从大剧院替场选拔的时候就开始耍心机讨好洛会芳老师。"

叶知秋只觉得太阳穴一跳一跳地疼,她有点儿转不过弯来,怎么感觉蒋菲越解释她反倒越糊涂了呢?

看她皱着眉头如听天书的表情,蒋菲忍不住扑哧一声笑了。

"我用最通俗易懂的话给你解读一下于玲玲的心理,五个字,羡慕嫉妒恨!"

这下,叶知秋终于彻底明白了。

"蒋菲姐,那我以后该怎么办啊?"

她指的是被越来越多的人孤立这件事。

"怎么办?这还用说,走自己的路,随便他们怎么想怎么做呗。路遥知马力,日久见人心,总有一天,他们会知道你是什么样的人!"

叶知秋点点头,心里慢慢涌过一股暖流。她无法想象,假如没有碰到洛会芳老师、萧若兰老师,还有程旭、蒋菲这样的朋友,自己该如何自处,怕是早就被逼得卷起铺盖灰溜溜地走人了。老天爷对她还是很不错的，派了这么多好人到她身边来。被孤立又怎么样？有友情的温暖，她的日子依旧可以过得阳光明媚。

她每天上班都会经过一号排练厅，每次都会忍不住朝那边看一眼。

《铿锵》的排练正在如火如荼地进行之中，萧若兰前些天还跟她说，剧本已经进入联排了，还问她要不要一起去看。叶知秋很想去，可是一想到于玲玲冰冷的脸，还是打消了这个念头。现在正是关键时候，于玲玲看到她心情一定不会好，到时候影响排练可怎么办？

可世上有些事你越躲越是躲不掉，叶知秋从李建业手里郑重地接过《铿锵》的剧本时，第一个动作是用指甲狠狠地掐了一下自己的胳膊。

不是在做梦，是真的！

"知秋啊，团领导班子决定由你来演B角。这是一项光荣而艰巨的任务，有没有信心？"

叶知秋不敢说有，那样太不谨慎了，毕竟还没有系统接触过剧本。不过，她也不敢说没有，让她来演这场大戏的B角，是对她的信任，她得对得起这份信任！

她犹犹豫豫，最终只是羞涩一笑："我尽量吧！"

"你这丫头，让你表决心呢，你就勇敢一点儿嘛。我觉得你肯定没问题，你也要自信一点儿！"

按理说，剧目一进入排练阶段，A角和B角都会同时定下来。可是这次，于玲玲坚持认为魏雅丽是最合适的B角人选，反复争取之后，周团长力排众议亲自出面去青年剧团把人借了过来。

魏雅丽一直在青年剧团工作，业务很出色，中途因为身体原因休养了三年。当她重新回到青年剧团时才发现那里早没了她的位置，不然当时也不会和叶知秋她们那些新人挤在一起竞争替场上台的机会。于玲玲早就担心团里会把B角给叶知秋，所以才千方百计地推荐魏雅丽出演。可人算不如天算，魏雅丽参加排练的时间本就晚了，没过几天身体又出现了问题，三天两头请假。连周团长都看不下去了，说什么都要另找B角。于玲玲无话可说，只好同意。B角毫无意外地又落到叶知秋的身上，只是，留给她准备的时间实在少得可怜。

"知秋,北京的老师会过来给你单独做指导,你把手里的工作全部放下,只做这一件事就行了。"

"我知道了,谢谢你,李团!"

叶知秋把剧本抱在怀里,像揣着价值连城的宝贝,忍不住傻笑。

这对她来说真是天大的惊喜!

她握紧双拳,默默地对自己说:"加油!"

蒋菲替叶知秋高兴的同时也隐隐有点儿担心,以后她就要和于玲玲朝夕相处了。她这么老实的一个孩子,还不被于玲玲欺负死?想到这儿她不由心生感慨,可很多时候,机会就是一把双刃剑,没办法!

终于光明正大地站在了一号排练厅,叶知秋的目光扫过每一位演员的脸,忍不住心潮澎湃。

以前她来过两次,都是当观众,而这次,她已经是整个团队的一员,身份的转变给她带来的欢欣鼓舞是难以用语言表达的。

京剧,一个拥有两百多年历史的剧种,一个经历了几代表演大师传承、发展、革新,最终被称为"国粹"的戏曲形式,恢宏、雄壮、伟大,置身其中,幸福和自豪感时时在心口激荡飞扬。

联排开始了,生、旦、净、末、丑陆续上场,唱、念、做、打,丰富生动,绝妙新奇,简直是一幅美轮美奂的画卷。

老生温泰老师虽已年届七旬,四方步却是稳健有力,他腰背挺直,气宇轩昂,让观者忍不住肃然起敬。

"听他言,惊得我,胆战心惧,忆当年同行共大事,而今时已物是人非!"

一段西皮慢板之后,温泰的目光转向台上另外一位老生。两人眼神交错之间,沧海桑田尽在不言之中。一位是女主角青鸾的养父,一位是她失踪多年的生父,故友重逢,感慨良多。两人刚叙了几句,于玲玲饰演的青鸾缓步上台,端详生父之后露出错愕之色。

于玲玲步态稳重安详,慢条斯理地走至养父旁边,兰花指微翘,目光却落在一旁的生父身上。

悠扬的韵白从她的樱桃小口之中缓缓流出,疑惑、迟疑、揣测尽在一词一句中。

第30章

"爹爹啊，这位难道是……"

她刚刚被负心的丈夫下了休书，心绪悲愤，本想向父亲倾诉，却不想有外人在场，而那人偏又仔细打量着她，弄得她很不自在，蛾眉不自觉地微微凝住。

叶知秋暗暗惊叹，于玲玲的身段、眼神、唱腔全都紧密地贴合了角色，堪称完美。她真是为舞台而生的人！

叶知秋和在场所有人的目光都被她深深吸引住，情绪也随着她的一颦一笑跌宕起伏。

指导老师看到叶知秋，快步朝她走过来，两人之间没有什么寒暄，简短的自我介绍之后默契地迅速切入正题。

叶知秋怀着激动的心情投入紧张的排练之中，时间紧，任务重，压力大，她每天二十四小时几乎是连轴转。戏词要一句一句地学，有时候还要一个字一个字地抠，这些都需要时间。而叶知秋现在最缺少的就是时间，对她来说，睡眠变得越来越奢侈。

不睡觉又如何？戏比什么都重要！这个信念支撑着叶知秋，她每天顶着大黑眼圈，却好像有用不完的劲，眼睛里都是满满的灿烂阳光。她的热情和坚韧感染着每一个人，连于玲玲都暗暗惊叹，叶知秋这丫头，是超人吗？竟然从来没看到过她疲惫的样子。

洛会芳有时间的时候会过来指点一下，她没有偏向，耐心解答于玲玲和叶知秋的每一个问题，直到她们彻底明白为止。于玲玲一向清冷孤傲，也只有在洛会芳面前才会流露出难得一见的谨慎和谦虚。叶知秋每次都是等她问完了才去问，洛会芳有时候只说一句话，甚至几个字，叶知秋就明白了。洛会芳很欣慰，叶知秋也满怀喜悦。听君一席话，胜读十年书，她的进步几乎可以用一日千里来形容。

　　危机感层层扑来，于玲玲感受到从未有过的压力，尤其是叶知秋唱，而她坐在一旁看着的时候，说不清是嫉妒还是绝望的情绪紧紧缠绕着她。她的眼睛里火光点点，仿佛随时可以燎原。那么青春那么灵动的身影，静静地伫立在那里，眼波流转之间，风韵韶华自然而然地流淌而出。即使素面朝天，无半点儿点缀，依旧是理所应当的万花丛中一点红。明亮、耀眼，让人不自觉地把目光久久停留在她身上。

　　于玲玲久久凝视，眼神渐深。

　　午后的阳光斜斜地照进来，映亮一室浮尘，于玲玲的嘴角挂着一丝意味深长的笑意，眼底陡然升起一丝阴冷。

　　周团长不知何时已经坐到她身边，棱角分明的脸上蒙着一层淡淡的困惑之色。

　　叶知秋这丫头真是不得了！

　　小小年纪，一颦一笑活生生就是剧本里的人物，尤其是唱腔，有典型的梅派之风，可又依稀能看到荀派的影子，除此之外还有强烈的个人风格，雅致平和，却又真实动人。周团长这才明白为什么洛会芳第一次见到叶知秋时，小丫头一开口她的眼神都变了。行家就是行家，难怪她为了让叶知秋进剧团不遗余力，还处处护着叶知秋。

　　于玲玲淡淡地说："祖师爷赏饭吃！精灵！"

　　如此不吝溢美之词，周团长差点儿以为自己出现幻听了。放眼整个剧团，除了洛会芳，于玲玲从没把任何人放在眼里过，即使是那些唱其他行当的前辈，她也不过是表面客气罢了。今天这是怎么了？

　　周团长压低了嗓门问："怎么？怕了？"

　　谁不怕被超越呢？即使于玲玲是大家公认的中青代演员里一骑红尘般的存在，可那又如何呢？现在，半路杀出个程咬金，叶知秋出现了！无形的压力压得于玲玲喘不过气来。

　　叶知秋的那个合同工名额原本是想给别人的，洛会芳亲自出面，逼着叔叔给了叶知秋。也许从那天开始，她的心就再也无法踏实下来了。叶知秋唱的那一句戏词，震惊了众人，也震惊了她。

那帮债主只知道叶知武住在京剧团附近，并不知道具体是哪里，正好找她问路。听他们提到了叶知武，她立刻告诉他们，他就在京剧团的仓库工作，还为他们指路。那帮人砸了仓库，于玲玲随后又去找周团长，求他开除叶知秋。

她千方百计想要把叶知秋赶出去，这不是怕是什么？

"叔叔，我怎么可能怕呢？唱得再好，也不过是个B角，她唱几场还不是我来定？"

她的笑容意味深长。

"你也觉得她唱得比你好，所以只能靠这种方式压她一头？"

"不是，她唱得没有我好，她永远都不可能比得上我！"

她的口气虽然平淡，可从她微微颤抖的声线中还是能隐约听得出愤怒。

周团长无声地轻叹一声，起身离开。

于玲玲只觉得心口发堵，不管怎么调整呼吸都无济于事，无明业火在胸腔里左冲右突，搞得她心烦意乱。

叶知秋的演唱告一段落，径直走过来，笑着说："于老师，轮到你了！"

于玲玲挑眉看了她一眼："我知道！用得着你提醒？"

"我只是……"

"只是什么？闲的！"

于玲玲起身和叶知秋擦肩而过，白眼都要翻到天上去了。

叶知秋微扬的嘴角耷拉下来，安静地坐在那里低头看剧本。剧本里有她出场的地方，她都做了标记，上面还批注了很多其他的东西。有的是洛会芳老师提的修改意见，她怕忘了立刻拿笔写在上面，有的是她自己觉得应该注意的地方。短短几天，因为翻动的次数实在太多，封皮有点儿破损，几乎每一页的页角都微微卷起。

她看得太专注了，蒋菲叫了她好几遍她都没听到，无奈之下蒋菲只好狠拍了一下她的肩膀。

"你这丫头，也太入迷了！"

"对不起……"

"难得你现在有空，走，一起吃饭去！"

叶知秋正好也饿了，她把剧本放到一边，和蒋菲说说笑笑地出了排练厅。

于玲玲瞄了一下她的背影，视线似是无意地落到她的剧本上，嘴角勾起一丝若有若无的浅笑。

第31章

刚坐到食堂里,叶知秋就拿出手机来看时间。

蒋菲把她的手机夺过来,假装生气:"吃饭还要给自己限定时间啊?不差那么一会儿好不好?我们慢慢吃,边吃边聊。好长时间没好好聊聊了,一肚子话想跟你说呢。"

"离巡演还有不到一周的时间,我有好多地方还没吃透呢。洛会芳老师可能一会儿会过来,我怎么能让她等我呢。"

"那好吧。"

蒋菲虽然很失望,不过看她现在斗志昂扬也是真心替她高兴。

在食堂门口分开的时候,蒋菲悄悄提醒她,一定要多多提防着点儿于玲玲。

具体怎么提防,她也说不上来,叶知秋微微一笑,并没有放在心上。这段时间和于玲玲一起排练,于玲玲并没有故意针对过她,顶多就是像刚才那样说话带刺,叶知秋觉得这不算什么。

回到排练厅的时候,洛会芳已经到了,正在和于玲玲说话。叶知秋想到剧本上标注着几个地方,是自己不知道怎么处理的,正想问。可是,当她去刚刚坐过的地方时,却发现剧本不翼而飞了。

她四处翻找都没找到,急得满头大汗。因为这几天一直在熬夜,偶尔会有记性不好的时候,就像此时此刻,她突然就忘记自己做标记的是哪几处了。

那边,洛会芳已经给于玲玲讲解完,就站在原地等着她过去。

实在是找不到,叶知秋非常沮丧。

"洛老师,我有几个问题要问您,可是剧本不见了!"

"一会儿再找,先用玲玲的,你指出来告诉我也是一样的!"

111

叶知秋捏紧了衣角,低下头,小声说:"我……忘……了……"

洛会芳怔了一下,脸色微变:"哪里有问题也不记得了?前天我过来的时候,你还说你的词都可以倒背如流了!现在没有剧本,就说不出来哪里有问题了?知秋,你是怎么回事?"

叶知秋没脸解释,她确实是忘了。

她一沉默,洛会芳便有点儿动气:"说话啊!"

叶知秋咬着下嘴唇,实在不知道该怎么说。难道要说自己白天晚上地练,因为睡眠不足而记性变差,所以偶尔会精神恍惚突然遗忘一些事情吗?没有人强迫她晚上回去以后还要练习,她要真说出来,洛会芳老师会不会担心她到上台的时候大脑也会突然一片空白呢?

于玲玲柔声问:"知秋,洛老师时间紧,一会儿还有别的事情,你总不能让她老人家巴巴地在这儿等着你想起来吧?"

叶知秋的头垂得更低了,声音更小:"洛老师,我实在想不起来了,要不我下次再问您吧!"

洛会芳脸色一沉:"知秋,你说什么?"

叶知秋心跳如鼓,动了动嘴唇,没敢说话。

"洛老师,知秋说她忘了,要不您下次过来她再向您请教吧!"

于玲玲的声音温柔无害,像极了一个维护后辈的姐姐。

她不说话还好,这么一说,无疑是火上浇油,洛会芳更生气了。

"她又不是哑巴,需要你来代替她说话?"

洛会芳在专业上一向严苛,哪里是那么好说话的。叶知秋太让她失望了,不管是出于什么原因,在这样的紧要关头,她都不应该如此疏忽。

什么叫倒背如流?意思就是把每句词都印在了脑子里。既然是印上的,又怎么可能随随便便说忘就忘呢?分明就是她没有背熟,所谓的倒背如流只是骗她。

这个世界怎么了?单纯透明到一眼就能看到她心里去的叶知秋,居然也会骗人了?

"叶知秋,我两个小时之后的飞机去国外演出,巡演之前赶不回来。这是我最后一次来指导,没有下次!"

洛会芳看着叶知秋,一字一顿,深邃的目光里有隐忍的怒气。

世界上哪有那么多的下一次？她得让叶知秋明白。

　　这是叶知秋第一次被洛会芳训斥，在场所有演员都看得真真切切。叶知秋的脸憋得通红，拼命地忍着，不让眼泪落下来。

　　洛会芳沉着脸看着她，缓声说："不是忘了哪句有问题吗？那就一句一句来，唱腔，念白，统统来一遍。"

　　叶知秋认真地点点头，按照洛会芳的要求从头来过，云手、运眼、水袖，每个细节都做到了极致。她的声音清脆透亮，圆润优美，眼神里有星河日月，光芒万丈。

　　她几乎是一秒入戏，迅速沉浸在情境之中。洛会芳就那么看着，冲到头顶的愤怒不知何时已经烟消云散。

　　她就那么定定地看着叶知秋，这丫头浓重的黑眼圈，眼白上细细密密的红血丝让她有那么一瞬间失神，甚至愧疚。怎么会这么憔悴呢？这些天怕是累得太狠了。即使如此，叶知秋一开嗓，整个人还是迅速找到了状态，一颦一笑完全变成了飞扬灵动的剧中人物。

　　"停！"

　　洛会芳的脸色依旧严肃，她淡淡地吐出这个字，默默走到一个角落的位置坐下。

　　周团长走到她身边，小心翼翼地问："洛老师，我们可以继续了吗？"

　　洛会芳看了他一眼，低声说："刚才，对不住，打扰了，你们继续！"

　　她似乎是故意和谁较着劲，坐在那里看，连续四个小时，目不转睛，一动不动，不管有没有叶知秋和于玲玲出场。

　　机票改签了，她决定再给叶知秋一点儿时间。她知道自己不应该心软，以前她对待任何一个晚辈都没有像现在这么费心过。她担心叶知秋，担心她累得狠了会直接崩溃，担心她在未来的巡演中演砸，担心她突然昏倒在舞台上。数不清的担心，简直都快要溢出来了。

　　连排进行得还算顺利，演员们之间需要一个不断磨合、逐渐默契的过程。于玲玲表现出空前的耐心和宽容，对手演员出错了，她可以一遍一遍地跟着重来，不厌其烦。倒是叶知秋颇有点儿焦躁，她整个人绷得太紧，好几次韵白念错，还有一次唱到高音时略显吃力，差一点儿就刺花儿了。

113

第32章

"刺花儿"就是俗称的破音,要真的在公演的时候刺花儿了,那对戏曲演员来说是极危险的事,不但会影响自己之后的发挥,还会破坏观众的代入感,甚至导致整场戏都成为败笔。

洛会芳把叶知秋叫到跟前,指着她的鼻子,一个字都说不出来。

这个时候于玲玲怎么能不在场呢?

她看看洛会芳,又转头看看叶知秋。

"知秋,你还没想起来哪里有问题需要请教吗?还是你觉得自己唱得太完美了,不需要向洛老师请教?"

于玲玲的脑子还停留在刚才洛会芳发火那时候,以为她老人家还在生气。

看到洛会芳沉默不语,于玲玲以为自己猜对了,颇有几分得意:"知秋,你可不能这样啊!这种态度可不行,得好好反思一下。团里对这次的剧目这么重视,花大量的人力物力财力在上面,可不能毁在你手里。"

洛会芳挑眉,看向于玲玲的眼神有点儿冷。她吓得立刻停住,没有再说下去。

刚才的话有点儿重,可于玲玲并不后悔说出来。她就是要让叶知秋难过,让她有压力。同行是冤家,A角和B角尤其如此。旁人有意无意地对比都会挑动她敏感的神经,更何况是现在这种情况。叶知秋可以是B角,可她不能太优秀,不能挡住A角的光芒。

"知秋,我办公室里有床,你现在就去,至少睡四个小时再过来。听明白了,是睡,不是躺,不是站,也不是坐,明白没有?"

洛会芳的话徐徐而出,惊得于玲玲和周团长都愣住了。

怎么回事?洛会芳没有再劈头盖脸地骂叶知秋,竟然让她去睡觉?

叶知秋鼻子泛酸，洛会芳老师懂她！

她确实是太累了，体力严重透支，全身所有的器官都超负荷运转，看似很好的精气神儿都是一口气在顶着。这口气越来越虚弱，就像快要吹爆的气球，只需要一个小小的针尖就能让它彻底泄了气。

叶知秋何尝不想好好睡一觉，可是她哪里敢睡？所有人都在奋力奔跑，她比谁都晚出发，把所有的时间都用上都不够，她能怎么办？

"可是，洛老师……"

"这里有我，我替你和别的演员搭戏。"

进《铿锵》剧组以来，这是叶知秋第一次连续睡了六个小时。她用手机定了闹铃，可洛会芳让人悄悄跟过来把闹铃关掉了。

万籁俱寂，一切都似乎化为乌有，她全身上下所有的神经都舒展开来，进入深度睡眠。

夕阳收起最后一丝余晖的时候，叶知秋猛地睁开眼睛，用了足足两分钟才搞清楚现在是什么时间，她又置身何处，为何会来这里。

叶知秋一路狂奔回到一号排练厅，往常热闹到深夜的地方居然空荡荡的。

人呢？

叶知秋只觉得大脑一片空白，转头就往外跑，正好和迎面进来的人撞了个满怀。

程旭被撞疼了，微微皱了下眉。

"洛老师让我到她办公室门口守着，好告诉你醒了以后不用来排练厅了。我就走开了一下，就看不见你的人影了，想着你肯定跑来这里了……"

"不用来排练厅了？"

叶知秋喃喃重复着这几个字，只觉得脑子里轰轰作响，脸色瞬间煞白。

所以，是她演得不好，洛老师不让她演这个B角了吗？

安排她睡觉，就是已经决定舍了她了吧？

过犹不及！

她把自己搞得太累，状态不好，所以洛会芳老师一定很失望。

这是最让她难过的。自己这一路走来，洛会芳老师一直是她的贵人，给她莫大的帮助，她觉得自己实在对不住洛老师。

"知秋，洛老师让我告诉你，他们去小礼堂排练了，让你睡醒了赶紧过去。"

原来如此！

大悲大喜，就在转瞬之间，叶知秋睫毛轻颤，双腿有点儿发软，走了好长一段路才从跌跌撞撞转为平稳。程旭好几次想要去扶她，无奈她走得太快，他好几次都刚刚好错过，最后只能小心翼翼地跟在她身后，随时防备着她摔倒。

叶知秋推开小礼堂的门，伴随着熟悉的悠悠转转的京胡声、清脆透亮的锣鼓，一台大戏慢慢映入眼帘。

熟悉的人，熟悉的场景，有了配乐和戏服的加持，即使没有繁复的妆容依旧给人强大的视觉冲击。

她的脑海里几乎立刻浮现出八个字——无声不歌，无动不舞，这是梅兰芳先生最推崇的八字诀。意思是，凡有一点声音，就得有歌唱的韵味，凡有一点动作，就得有舞蹈的意义。京剧就是这样一门追求美、体现美的综合艺术。

现在台上在排的是武生戏，大武生一对五，长枪和大枪精彩交锋，在激烈迫人的配乐的衬托下更是激荡人心。方寸之间，把子、荡子、下场花等等各种繁复的技巧直看得人眼花缭乱。大武生完胜之后，利洛地定身、亮相，尽显威严肃穆。

"好！"

台下有人叫好，紧接着，叫好声连成一片。

叶知秋也激动地鼓起了掌，她之前听周团长说过这位大武生的扮演者吕泰老师已经六十多岁了，几十年如一日，基本功从来不曾丢弃。台上一分钟，台下十年功，果真如此，叶知秋激动不已，手都拍得麻了却浑然不觉。

站在她身边的程旭转头看了她一眼，凑过来低声问："我上台的时候，你也会为我叫好吗？"

叶知秋愣了一下，笑着说："谁演得好，我就为谁叫好啊，这还用问？"

程旭苦笑，趁着台上换场的工夫，正想和叶知秋聊几句，服装组有人过来找叶知秋，喊她去后台换戏服。她对程旭笑笑，快步离开。

第 33 章

响排和连排的区别基本只在于有无配乐,其实服化并不是必需的。正好戏服已经到了,周团长想着不如让演员们穿上戏服排练看看效果,洛会芳觉得可以,演员们也都没意见。有了戏服加持,大家都能更快地代入角色,和配乐磨合起来也比预想中要快,第一次响排顺利结束。

叶知秋只唱了两场,有点儿意犹未尽,于玲玲看出来了,说这是洛会芳的安排。叶知秋结束戏份之后想去找洛老师好好道个歉,在门口碰到萧若兰的时候才知道洛老师赶着去机场了。

萧若兰看她一脸愧疚,忙问怎么回事,叶知秋一五一十地告诉了她。

"知秋,洛老师那么生气,你理解她吗?"

"理解!磨刀不误砍柴工,可我只顾着闷头砍柴,却忘了身体是革命的本钱,我对不住洛老师!"

"你不是对不起她,是对不起你自己!你既然知道了,那就好好调整一下吧。很快就要巡演了,你得拿最好的状态去迎接!"

两人正说着话,于玲玲从她们身边飘过,幽幽地吐出一句话:"B 角而已,到时候能演儿场还不一定呢,激动个什么劲!"

叶知秋对她的冷言冷语已经麻木,并没有什么反应,萧若兰却不肯就这么忍了。

"于大小姐,谁不是从 B 角演过来的?你没演过?人哪,还是不要太自鸣得意,小心哪一天不小心乐极生悲!"

"萧若兰,你咒我!"

"我没有啊,我只是好心提醒你!知秋,我们走!"

萧若兰拉住叶知秋的手,瞥了于玲玲一眼,绕过她离开了。

"你……"

于玲玲气得说不出话来。

结伴走到剧团门口的时候，萧若兰忧心忡忡地说："知秋，以于玲玲的性格，巡演的时候一场都不给你演的可能性都有。这个，我帮不了你，你得自己想办法！"

怎么可能呢？

这是叶知秋的第一反应。

蒋菲提醒她提防着于玲玲，现在萧若兰老师又担心于玲玲变成戏霸，可涉世未深的叶知秋总觉得不至于此。

于玲玲不过就是傲慢了点儿，嘴巴毒了点儿而已。可是，她实实在在低估了嫉妒在人的心里扎根之后会产生多么剧烈的效果。

响排第二遍，叶知秋依旧只有两场戏的练习机会，和乐队的配合没有前一天好。她想再多唱几场，还没提出来就被于玲玲推走了。

于玲玲和乐队的老师们显然很熟，讨论很多细节的时候双方都很耐心，沟通得也愉快。叶知秋心急如焚，担心将来正式演出的时候出什么纰漏到时候抓瞎，所以等到排练快结束时，拜托周团长去跟乐队的老师说一说，耽误他们一会儿跟她再合一下。团长答应得倒是很痛快，可是一转眼就不知道去了哪里。眼看着要散场了，乐师们都开始收拾东西，叶知秋只好自己去求他们。

乐师们很好说话，立刻答应了，叶知秋不好意思耽误他们太多时间，便让李副团长帮他把合过之后的片段录下来，等她拿回去以后再好好琢磨。对乐师们一一表达感谢之后，叶知秋才和李副团长一起离开排练厅。

夜空像一块深蓝的幕布，繁星闪耀，月色清明。

叶知秋的眉头皱得紧紧的，她边走路边低声吟唱着一句戏词。这句的中间有个气口的转换不太好处理，过于轻快显得有点儿潦草，过于低沉又有点儿不符合情境，犹豫之间就和配乐有点儿不贴合，她越想越苦恼。李副团长问要不要送她回家，她也没听到，只顾着往前走。

夜风起，凉飕飕地直往脖子里灌，叶知秋打了个寒战。转眼间一件带着体温的厚实的外套就披到她肩膀上，她吓了一跳，转头去看才发现李副团长还站在她身边。

"不用了，李团，我马上就到家了！谢谢您！再见！"

叶知秋立刻把外套脱下来塞到李建业的手里，不好意思地笑笑，不等他回答就大步朝前面跑去。

李副团长目送她进了斜对面的小区，这才收回目光，转身朝停车场走去。

叶知秋和他女儿的年龄差不多，只是他女儿从小被他和老婆惯坏了，从小衣来伸手饭来张口，二十多岁了还会时不时地在父母面前撒娇。叶知秋小小年纪，独自在城市里生活，刻苦好学，业务能力还那么突出，真不知道比他女儿强多少倍。

人比人气死人，李建业无奈地摇摇头，打开车门时无意中瞥见旁边停着的车，觉得有点儿眼熟，好像是于玲玲她爱人的。他没注意车里有没有人，径直开车走了。

车里副驾驶上的于玲玲望着远去的车尾，冷笑："叶知秋真能装，看着跟无辜小白兔似的，没想到这么龌龊！"

于玲玲的爱人韩正东皱着眉发动车子，低声说："没有吧！天冷，她穿得单薄，李团给她递个外套，正常的同事交往而已！"

于玲玲瞪他一眼，怒声说："你知道什么？你以为她小小年纪，凭什么进的京剧团？咦，你不会也是看着她年轻漂亮，动了什么歪心思吧？不然怎么会偏向她？"

韩正东苦笑："你也太敏感了！守着天下最漂亮的女人，我还不知足，还要动歪心思？吃饱了撑的呀？"

听他这么一说，于玲玲的脸上总算是有了笑容。

车子启动，韩正东转头看了一眼靠在椅背上闭眼休息的于玲玲，无奈地摇摇头。于玲玲嫉妒叶知秋，嫉妒得不得了，每天晚上一回家提得最多的就是那叶知秋。

嫉妒是一种很可怕的情绪，他苦劝多次无果，只好任由她去。以前她不是这样的，又或者，她本就是这样的人，只是以前他没发现。现在的她越来越可怕，他觉得和她的距离在不知不觉地拉远。

第二天上午，叶知秋照例是第一个到。乐师们随后也陆续赶到，趁着这个时间，叶知秋求他们帮自己伴奏，练了一些那两场之外的戏份。

第34章

拉京胡的吴老师很欣赏叶知秋的勤奋刻苦,悄悄跟她说,让她找周团长争取一下,虽然她是B角,可所有的戏都该烂熟于心,因此需要和着伴奏排演,而不是只排那两场。别的乐师也这么说,叶知秋觉得有道理,就跟周团长提了。周团长含糊了几句,没说答应也没说不答应。吴老师有点儿气愤,悄悄跟其他乐师商量了一下,以后每天都提前两个小时过来,帮着叶知秋排演。萧若兰习惯每天早起,叶知秋向她请教了几个唱腔上的问题之后,她也每天和乐师一起早到。多数时候叶知秋不用怎么指导,萧若兰就那么笑眯眯地坐在旁边看看,满心欣慰。

这丫头真是不得了,有灵气,又肯下苦功夫,要是将来没有成名成家那就太可惜了。她也不确定将来叶知秋会到什么高度,她能做的就是竭尽所能地去帮助叶知秋。

于玲玲很快就发现了叶知秋和乐师们的秘密,非常恼火,尤其是看到叶知秋和乐师们排演时的默契,强烈的情绪更是按捺不住,对乐师们说话便不似从前那么客气了。乐师们知道她的脾气,都不和她计较,再加上周团长总是时不时替她向乐师们道歉,双方的关系一直很和谐。直到于玲玲阴阳怪气地开叶知秋和乐师小张的玩笑,表面的和谐才被彻底打破。

小张早就看不惯于玲玲了,他不似那帮老师傅那么宽容,心里有什么就说什么。

"于老师,这样的玩笑,以后不要再开了!我和知秋只是同事,我们交流的都是配乐上的问题!"

"小张,有些事很容易越描越黑,还是少说为妙!"

"于老师,您这话什么意思?"

"字面意思啊！我不过就说了叶知秋看你的时候眼里有光，难道不是？"

众人看到两人要吵起来，纷纷过来劝架，叶知秋也反复劝小张别冲动，说于玲玲其实没别的意思，让他别多想。小张的情绪好不容易平复下来，于玲玲的矛头又对准了叶知秋。

"知秋，看不出来，你还真是老少通吃啊！"

她这明显话里有话，很多有八卦之心的人都专注地伸长了耳朵，听着她的下文。

于玲玲勾了勾唇角，缓声说："晚上有人披外套，白天有人开小灶，叶知秋，你这功夫修炼得当真让人佩服啊！"

她说话的口气太过暧昧，不由得让人浮想联翩。

叶知秋立刻明白了，于玲玲竟然把李副团长也扯了进来，这都是哪儿跟哪儿啊。别的她都可以忍，可关系到她的名声，她不能忍。

"于老师，我叶知秋自认清清白白，行得正坐得直，任何人都休想把屎盆子往我身上扣！"

她直视于玲玲的眼睛，义正词严，说出的话掷地有声，于玲玲还以为叶知秋这次还是会和往常一样忍气吞声，却没想到居然呛上了。当很多人的目光都从叶知秋那里移到她这边时，她只觉得脸颊隐隐发烫。

现在这样的紧要关头，大家的时间都很宝贵，这事因她而起，再加上她确实也没什么证据，实在没办法理直气壮，一时之间尴尬不已。好在周团长及时雨一般地出现，问清发生什么之后严肃批评了于玲玲几句，这件事就这么莫名其妙地开始，又莫名其妙地结束了。

一段小插曲，看似一切恢复风平浪静，可于玲玲很快就敏感地发现，很多人对她的态度都有了微妙的变化。她有点儿后悔，丈夫韩正东不止一次提醒她管住自己的嘴，别以为团里有她叔叔罩着她，她就可以想说什么就说什么。她从不放在心上，可是这次，她却隐隐地有点儿后悔了。

凡事都有轻重缓急，在这种时候诋毁别人名誉，确实太不君子了。她当然是绝不会向叶知秋道歉的，可到底觉得理亏，便做了一次好人，让乐师们多分出一些时间和叶知秋对戏。叶知秋虽然心里还别扭着，可还是很认真地跟她说了谢谢。

于玲玲在旁边看着叶知秋排练,微微眯起双眼,嘴角含笑。

不得不承认,叶知秋站在哪里,哪里就像耀眼的舞台。如果说京剧是"无画处皆成妙境"的写意艺术,那叶知秋就是那妙境中的可人儿。尤其是她叠袖时低吟浅唱的忧郁神态,用"楚楚可怜"这个词来形容都显得过于单薄了。

乐师们的伴奏平稳安和,和叶知秋的唯美唱腔搭在一起,给人一种天衣无缝的舒适感。

和叶知秋搭戏的是一位颇有名气的花脸演员陆谦,花脸这个行当讲究的是粗犷美,两人站在一起,一粗一细,一刚一柔,你一句,我一句,碰撞之间彼此的情绪都表达得酣畅淋漓。

于玲玲环顾四周,所有人都在认真看着台上的两人,脸上皆是赞叹之意。

前两天于玲玲和陆谦演对手戏的时候,明显能感觉到他的气场很强大,而且作为京剧团为数不多的在全国都叫得上名号的花脸,单是那份自信就足以让人景仰。她唱的时候多少有点儿被对方压了一头的感觉。可此时站在台上的叶知秋,全身上下洋溢着浑然天成的端庄素雅,却莫名给人以柔克刚的绝妙直觉。她傲然而立,在气场上竟丝毫不输对手演员。

这段戏结束,陆谦主动和叶知秋握了手,言辞恳切地说:"和你搭戏很过瘾,谢谢你!"

"我也得谢谢您!我觉得也很过瘾!"

不是刻意奉承,而是由心而发,脱离开角色的叶知秋仰起头看着陆谦,笑得有点儿傻气。

陆谦意味深长地说:"在台上唱戏,分寸感很重要,既不能让戏也不能抢戏,成就了对方的同时成就自己,这一点很难!"

这是他的经验之谈,他也不知道为什么,突然想跟叶知秋说。

叶知秋凝眉说:"嗯,戏好了,戏对了,什么都对了!"

陆谦的眼睛亮了亮,对她伸出大拇指。他一直想表达却不知如何表达的话被她说了出来,英雄所见略同的感觉油然而生。

第35章

两个人说话的声音并不高,隔着一段距离,于玲玲自然是听不到的,可是陆谦脸上的亲切笑容却让她觉得有点儿刺眼。私下里的陆谦一向严肃、不苟言笑,那种高傲不是来自性格和气质,而是功成名就之后的自豪感。陆谦没和她说过一句闲话,可此时此刻,她觉得陆谦和叶知秋正在说的就是闲话。

"玲玲,发什么呆呢?"

身边有人说话。

于玲玲转头看去,是闺门旦演员文姗。于玲玲虽然性子冷,可到底在京剧团待了好几年,关系不错的朋友多少有几个,文姗就是其中之一。文姗年龄不大,去年团里排一出大戏,没有合适的闺门旦演员,文姗就是那时候被招进来的。她以前就看过于玲玲的演出,是她的戏迷,一来团里就主动和于玲玲亲近,于玲玲说不上多喜欢她但也不讨厌,两人算不上特别要好的朋友,不过也说得过去。

于玲玲没有刻意掩饰自己的沮丧,淡淡地说:"叶知秋怎么这么招长辈喜欢呢?"

文姗瞄了一眼台上,轻嗤一声说:"瞧把她得意的,脸都笑成一朵花了!你呀,就是太善良了,换作是我,可不会就这么巴巴看着她欺负到自己的头上!"

不管是什么样的地方,都会有文姗这类人,说不上是多爱挑事,就是爱八卦,爱无中生有,看到别人掐架,热情地去劝架时才能找到自己的价值。

从来都是于玲玲压着叶知秋,处处盛气凌人、冷言冷语,大家在一起相处的时间长了,连那些老前辈都觉得于玲玲有点儿过分,只是没人点破而已。所谓叶知秋欺负于玲玲，根本就是睁着眼说瞎话。可是于玲玲却觉得这话是真话，因为她也觉得叶知秋是故意和她作对，甚至是欺负她。

叶知秋排完一场，默默走到角落研究剧本。之前的那本剧本丢了一直没找到，她又要了一本，没过两天新剧本上又是密密麻麻的各种标注。她身边的位置上下舞台方便，来来去去一直有人。只要有人坐下，总是会和她说上几句话。对叶知秋来说，人人都是前辈，她说话客气，礼貌周到，那些前辈都喜欢和她聊。虽然行当不同，可他们不经意间说的话都是经验之谈。叶知秋不禁想起在老年剧团的日子，那些前辈对她也是一样亲和，这样的亲和很珍贵，总能让她心里暖洋洋的。

有人喊叶知秋上场，她迅速浏览了一遍早已吃透嚼烂的戏词，深吸一口气准备上台。刚起身走了几步，不知道怎么脚底下一绊。来不及反应的她一头朝前面栽了下去，下意识地伸出手想要去抓住点儿什么，却不小心扯破了一个演员的衣服。撕啦一声，布帛破裂的声音传来，附近的人都朝这边看过来。

叶知秋磕破了鼻子，额头蹭破了皮，脑袋嗡嗡的，视线也有一瞬间的模糊。立刻有人把她扶了起来，问她要不要去医院，叶知秋赶忙说没事，从包里随便扯了点儿纸擦了擦鼻血，堵住鼻孔就上台了。按理说，鼻音重了会影响声线，可是叶知秋甚至比平时唱得还要好，让人很自然地忽略掉她脸上和鼻子上的小小擦伤。

文姗站在台下的一角，不甘心地磨了下牙。杂草一样的叶知秋，还真是强悍，绊倒了受了伤，竟然丝毫不影响发挥。

于玲玲就站在不远处，眼里偶尔流过不易察觉的幽暗。

她有点儿烦躁，指尖不自觉地握紧。

文姗走到她身边，低声感叹："既生瑜何生亮！"

这几个字落进于玲玲的耳朵里，犹如细细的针头，扎得她的耳膜阵阵作痛。

她转头瞪了文姗一眼："你胡说什么？"

她的声音不高，可是不知为何，带了点儿戏腔，莫名就沾染了一丝被人洞穿心思的慌乱。

叶知秋刚好唱完一段戏，循着声音望过去，正好此时于玲玲转头看台上的她。

两人隔空对视，叶知秋第一次从于玲玲的眼睛里看到一种从未看到过的情绪。配乐声止，下一场戏的演员准备上台了，叶知秋顾不上细究于玲玲眼里的情绪是什么，匆匆收回视线下台。

巡演的时间一天天临近，叶知秋唱得越来越好，和乐队的默契配合也是有目共睹。她的进步，所有人都看在眼里。她像一颗明珠，每每站到台上都是光芒万丈。很多年轻演员在和成名成家的前辈搭戏时多少会露怯，可是叶知秋却没有，她身上那股初生牛犊不怕虎的劲头很招人喜欢，不刻意收敛，又不显得太张扬，分寸拿捏得极好。

于玲玲突然不再处处针对叶知秋，连周团长对于玲玲的偏袒也不似以前那么明显了。叶知秋从心里感到高兴，虽然于玲玲依旧对她冷脸，可她统统都不在意。她始终有一个朴素的信念，大家是一个团体，只有团结起来劲儿往一处使才能让整台戏更好。

二哥叶知武换了好几份工作，终于稳定下来，做了一名快递员。他每天早出晚归，风里来雨里去，虽然辛苦，可收入还算比较可观。他很喜欢城里的生活，很快就说服老婆杨华英辞掉老家的工作也来到省城。

杨华英得知小姑子在京剧团正在排大戏，以为她现在混得很好，就让她帮忙找份工作。叶知秋哪里有什么门路，虽然没有立刻拒绝，可是为难都写在脸上。杨华英立刻就拉卜脸来，明着是在数落自己丈夫没本事，急着把她叫到省城来却没有提前给她安排工作，可是话里话外都是对叶知秋的不满。

夜深了，墙壁不隔音，二嫂和二哥的争吵声不绝于耳，叶知秋没怎么睡着，一身疲惫得不到缓解，第二天醒来精神就不太好。二嫂倒是早早起床做了早饭，可是等叶知秋坐下来吃的时候已经凉透了。她想去热一下，二嫂说没事，别学城里人那么娇气，叶知秋无奈，随便吃了几口就去了团里。

轮到她的时候还没唱几句，肚子就开始疼，直疼得她后背阵阵发凉。

第 36 章

一分一秒都是煎熬,叶知秋只觉得眼眶阵阵发热,额头上密密麻麻都是冷汗。台下坐的都是团领导,今天算是正式验收,她提醒自己,无论如何不能掉链子,一定要坚持住。

总算挨到唱完一场,她下台以后立刻朝卫生间跑去。

回到后台的时候,萧若兰眉目焦灼,看到她立刻迎上去。

"知秋,你怎么回事?摇板的基本要求是伴奏快、唱得慢,你唱那么快,节奏都乱了。这可是常识性的错误啊,知道吗?"

萧若兰的脾气一向温和,几乎没有批评过叶知秋,这还是第一次。叶知秋知道是自己的错,惭愧地低下头。虽然只是彩排,可她早在刚加入响排的时候就提醒自己,要把每一场彩排都当成公演,必须高标准完成。身体不舒服是理由吗?不是,师父赵文云说过,每个戏曲人在台上的时候都要有钢铁般的意志,而她,确实差得太远了。

看到她低下头默不作声,萧若兰轻叹一声,脸色稍稍缓和,低声说:"你知道吗?你今天的表现直接决定你在巡演的时候能分配到几场戏!你刚刚的表现,唉!"

萧若兰有点儿不忍心说下去,把脸转向别处。

叶知秋心尖一颤,下意识地抓住萧若兰的胳膊,小声问:"那您觉得我能分到多少戏?"

"这个……很难说……"

以萧若兰的猜测,心里已经有了大致答案,可她不知道怎么开口。她宁可自己的猜测不对,满心希望团领导能够根据响排中 A 角和 B 角的综合表现给出最公允的安排,可是一想到周团长和于玲玲的叔侄关系,她立刻就灰心了。

一线著名编剧联合编写的原创剧本，题材新颖，主题积极向上，拿去文化部门审批的时候几乎一路绿灯光速过审，业界前辈纷纷看好，在这样的天时地利之下，作为最华彩部分的青衣演员极有可能一战成名。这么好的机会，以于玲玲的性格，怎么也得想方设法多演几场。

萧若兰曾经想过，于玲玲说不定会全部演下来，直接让叶知秋半点儿上台的机会都没有，可后来仔细想想又觉得不可能，她就是再霸道，这么大一出戏，就算周团长听她的，团里其他领导，尤其是洛会芳老师也根本不可能同意，叶知秋的业务水平如何他们心知肚明。可现在看来，一切都在朝着有利于于玲玲的方向发展。

叶知秋因为腹泻本就蜡黄的脸色又平添了几分苍白，她眼前发黑，险些站立不稳。

后台人来人往，萧若兰不想让旁人听到她和叶知秋在说什么，注意力一直在来来往往的人身上，直到现在才注意到叶知秋脸色不太对。

"你是不是不舒服？"

"嗯……有点儿拉肚子！"

"还能坚持吗？"

"能！"

她们俩都想着团领导不可能只听叶知秋唱一场就走，心里还抱着一点儿希望，可是当萧若兰扶着叶知秋坐下休息，然后悄悄望向台下第一排座位时，一颗心一路沉到谷底。

他们都走了！

没有来得及多想，甚至都没有跟叶知秋打招呼，她便一路跑出小礼堂。好在，领导们还没走远。

她拦住领导们的去路，还没喘匀了气就开口说话了。

五分钟以后，当于玲玲看到领导一行人折返回来坐回刚才的座位上时，眼底的得意之色瞬间褪了个干净。

好不容易逮到叶知秋的破绽，她给了周团长一个眼神，他立刻会意，和其他领导交流了几句，很快就A角和B角的戏份比例商讨出一致意见。当然，是周团长和于玲玲都满意的意见。

戏不能停，于玲玲也就愣了一两秒而已，又继续演了下去。

轻盈婀娜的身段舞出一段行云流水的水袖，幽怨的眼神对着台下徐徐定格，绵柔的娇声徐徐绽放开来，不娇柔不造作。

"连氏，你好一张利口！你说你有理，我说我有理，明眼人再清楚不过，你的理都是歪理，放到哪里都不是理！公道自在人心，你若一定要一争高下，那咱们就去皇上那里讲理，你去与不去？"

京剧表演中有一句话叫"千金话白四两唱"，虽然略有夸张，但无外乎就是强调念白的重要性。京剧的念白有京白、韵白和苏白，于玲玲启蒙的时候学的是荀派，她的念白既哆又俏，越念越快，神采飞扬。

这一段贯口白，节奏精准，堪称绝妙！

周团长看起来还算云淡风轻，而其他领导都不约而同地含笑点头。

叶知秋上台前，萧若兰反复问她有没有不舒服，生怕她一上台又肚子疼，叶知秋摇摇头。她是跟自己较上劲了，正式演出的时候如果肚子疼，难道要直接停下来跟观众说自己要去卫生间？不可能！戏比天大，身体上所有的不舒服都可以暂时忽略。

她做到了！

低吟浅唱之间，整个人和戏中的角色融为一体。一段戏结束，她下台的那一刻，肚子里猛然掀起惊涛骇浪。她苍白着一张脸提起戏服的裙摆，几乎是以百米冲刺的速度往卫生间冲去。萧若兰看到她嘴唇都成了瘆人的白色，硬拉着她去了医院，诊断结果是急性肠炎。医生都佩服叶知秋的毅力，病得差点儿肠穿孔居然能坚持这么久。叶知秋不肯住院，挂完水就赶回团里继续排练了。不管她这个B角最终能唱几场，现在的排练她都要全力以赴。

萧若兰拿这个倔得要命的丫头没办法，只好带着药和热水陪在她身边。

三天过去了，团领导的决定还没有下来，萧若兰带着叶知秋去找周团长。

她们都有思想准备，种种因素的作用之下，A角和B角各唱半场显然不可能。萧若兰心想叶知秋最低也得占五分之一吧。因为有了最坏的估计，所以周团长说出结果的时候两个人才会那么绝望。

萧若兰简直不敢相信自己的耳朵，瞪着周团长，一字一顿地反问："你说什么？你刚才说什么？"

第37章

周团长笑而不语，他已经说得很清楚了，不想重复。

叶知秋怔怔地看着他，委屈、不甘、愤怒统统郁结在胸腔之中，一张小脸憋得通红。

"就因为我的失误？所以每一站都只让我演两场？"

她的声音颤得厉害，脑海中不受控地浮现出两个字，阴谋。

刚开始参加连排的时候，于玲玲就只给了她两场戏，那时候她并没有多想。可是现在再去回想，她越来越觉得，周团长和于玲玲分明是早就合谋计划好的，而她，还傻傻地抱着希望，以为只要自己肯努力就能得到所有人的认可。可是现在，她觉得自己被耍了。

叶知秋强忍着不让眼泪落下来，一字一顿地说："周团长，你们也太欺负人了！"

周团长坐在办公桌后面的椅子上，微微后仰，眼角眉梢明明挂着笑，却给人一种说不出的嘲讽意味。

他用手指轻点了一下桌面，严肃地说道："知秋，你怎么能这么说呢？小小年纪，心里不要那么阴暗！戏份比例又不是我一个人定的，是团领导班子共同商量出来的！"

萧若兰深吸一口气，面色沉静，双手放到办公桌上，含笑看着周团长："团领导班子共同商量出来的？这可是你说的，我现在就去找他们，看看这个决定到底是怎么做出来的！"

如果这话出自洛会芳之口，周团长多少会有点儿害怕，十有八九会妥协，那尊大神他无论如何得罪不起。可萧若兰不一样，她可没有洛会芳那么大的面子。

周团长的口气冷下来："你可以去找他们！现在就可以去！"

叶知秋从办公楼走出来的时候，心神发慌，脚步也有些不稳。她觉得憋屈，想放声大哭，可她心里清楚，萧若兰老师的心里并不比她好受，还是不要让她替自己担心了。

她扯了扯嘴角，勉强笑笑，说："萧老师，没关系的，以后还有机会！这次，就当成是一次锻炼吧。于老师比我经验丰富，身段、唱腔、水袖都比我好，舞台应该属于她！"

萧若兰没说话，从口袋里拿出手机，叶知秋知道她要打给洛会芳老师，立刻把手机夺了过来。

"萧老师，算了，洛老师很忙，也不是什么大事，就不要麻烦她了！"

萧若兰凝眉，伸手要把手机夺回去，叶知秋带着哭腔说："萧老师，求你了！这次，我认了！在排练的过程中，我学到了很多东西，这就够了！"

这话是对萧若兰老师说的，也是对她自己说的。

这部戏的B角落在她头上，已经是一个巨大的惊喜，不能演给观众看又如何呢？她没有失去什么，心里满满的都是收获，真的足够了！

说服自己并不难，叶知秋一夜无眠，第二天早上照例和往常一样早早地到排练厅参加排练，完全像没事人一样。她是新人，有两场戏可演已经很不错了。

她以为分给她演的两场戏是一开始排练时的那两场，没想到于玲玲却直接告诉了她另外的两个场次，一场是群戏，一场是过场戏，叶知秋根本就没有什么展现唱功的机会。虽然是预料之外，可既然已经决定接受团里的安排，叶知秋也只是难过了一会儿就恢复了平静。

进入腊月，巡演在紧锣密鼓的宣传之后拉开了帷幕，第一站就在本城的阳光大剧院。

叶知秋在后台化妆的时候，二哥叶知武跑来告诉她，老支书带着十几个村民代表来看她的演出了。

"二哥，你什么时候告诉他们的？"

叶知秋心里很不是滋味，她这个B角实在没什么表现的机会，老支书也太兴师动众了。不过她转念一想，自己并没有把自己有多少戏份告诉二哥，村支书他们又怎么会知道呢？他们兴冲冲而来，还是不要告诉他们实情了。

"我和你二嫂都替你高兴，有一次我们给爸打电话的时候就顺口那么一说，谁知道他会告诉村支书呢。不过说都说了，人也来了，你就当他们是你的戏迷，好好唱就行了。"

坐在旁边座位上闭目养神的于玲玲稍稍掀了下眼皮，淡淡地说："知秋，你真幸福，家乡父老都来给你捧场了！你可得好好唱，压箱底的本事都得全部拿出来才对得起他们啊！"

叶知武自然听不出她话里的讽刺，可叶知秋听得出来。于玲玲一向如此，叶知秋早就见怪不怪，透过镜子看了她一眼，表情没有丝毫变化。

台下的观众并没有想象中那么多，叶知秋上台之后，下意识地去寻老支书的影子，没有找到。她不敢分心接着再去找，全身心地投入演戏之中。她珍惜这次难得的出演原创剧目的机会，享受着角色带给她的满满的新鲜感。

她本想着演出结束之后请村支书他们吃个饭，可周团长坚持要举办庆功宴，还不许任何人告假。叶知秋只是匆匆和村支书见了个面，他身边有一张陌生的面孔，是一个白白净净的小伙子，眉清目秀，鼻梁上架着一副黑框眼镜，像是城里人。村支书刚介绍完他是自己的表侄，李副团长就过来催着叶知秋快点出发。叶知秋无奈，只好交代二哥好好招待村支书他们，转身跟着李副团长走了。

当天晚上叶知秋回到家以后，叶知武才告诉她，那个戴眼镜的小伙子除了是村支书的表侄之外，还有一个身份，是县报社的记者。

"二哥，你跟他说什么了吗？"

叶知秋隐隐有点儿心慌，二哥的嘴没有把门的，偶尔还爱吹个牛，她是真怕他会说什么不该说的话让别人产生什么误会。

"我能说什么啊？我什么都没说！"

他越是这样，叶知秋的心越是踏实不下来。

二嫂说二哥带着村支书他们去饭店里吃饭，还喝了点儿酒，自己说了什么估计自己都不记得。叶知秋从二哥那里问不出什么来，干脆跟他要了那个记者的电话直接打了过去。

第38章

　　叶知秋打了好几次电话都打不通，又辗转打听到报社的电话时，天色已晚，打过去始终无人接听。叶知秋心里惴惴的，总觉得要有什么不好的事情发生。

　　第二天一早叶知秋跟随《铿锵》剧组去了邻市，因为戏份少，她又闲不住，不是帮这个就是帮那个，周团长干脆把她当成道具组的人，很多琐碎的事情都交给她去做。叶知秋倒也不介意被使唤，有时候带着妆还提着裙摆跑来跑去。

　　果真是日久见人心，越来越多的人开始喜欢上这个单纯又勤劳的小姑娘，连之前和于玲玲交好的同事都在不知不觉中改变了对叶知秋的态度。这个小姑娘实在不像是那种有心机的，对比之下，反倒显得于玲玲心胸不够开阔，动不动就对叶知秋横眉冷对，这个A角着实当得专横跋扈。

　　连续几个城市跑下来，叶知秋发现了一个冰冷的现实，那就是，戏曲这一行似乎正在走向衰落。这种感觉一旦出现，就像一颗种子破土而出，迅速发芽生长，转眼就变得枝枝权权，根深叶茂。

　　一线城市的大剧院一般上座率在百分之九十以上，可她无意中听到主办方的工作人员说起，大部分的票都是赠送的，即使如此，拿到赠票的也不是百分之百会来。在二三线城市演出时，最好的时候也不过百分之五六十的上座率。有一次，她悄悄溜去台下的空位坐了一会儿，发现年轻观众专注看戏的时候很少，多是陪着老人一起来的，一般都是低着头看手机。大概是因为太闲了，她竟然开始注意起以前从没注意过的上座率。

　　是她的错觉吗？在戏校的时候，她曾经无数次从老师们的嘴里听到

"角儿"这个词。这个词仿佛远在云端，可望而不可即，是每一个戏曲人的终极梦想。老师们不止一次细致描绘过他们青少年时期经历过的那些盛况空前的名角盛宴，几大名角在舞台上争奇斗艳，不知让多少观众心潮澎湃过。在那个娱乐方式匮乏的年代，戏曲像一道亮光，以其独特的魅力傲立于世，给普罗大众以最广泛的温润滋养。人们对戏曲的热爱甚至带着某种狂热，他们会兴奋得用力鼓掌、叫好，可现在的观众显得过于理智，起码从脸色上看不出多么喜欢。

这是她从艺以来第一次产生了困惑，这种困惑一直萦绕在她的脑海里挥之不去。

于玲玲的发挥一直很稳定，她娇而不媚，嗓音清亮，再加上扮相清新素雅，一颦一笑之间更显灵动亮眼。主流媒体上不时有《铿锵》的专题报道，于玲玲的名字出现的频率也很高，各种溢美之词层出不穷，几乎把她描绘成一个天才戏曲演员。

于玲玲的专访越来越多，叶知秋总是远远地看她端坐在记者面前侃侃而谈，优雅从容得像是从画里走出来的古典佳人。有时候，她也会生出一丝羡慕。于玲玲就像夜空中的星星，明亮耀眼，引人遐思，不过叶知秋也仅限于羡慕，而且每次都只是一闪而过。

她早就意识到，她和于玲玲不是一路人，于玲玲注定会成为明星，而她，只想踏踏实实朝着最好的青衣演员这个目标不断努力。

于玲玲的脾气越来越大，而且不动声色地把叶知秋当成了自己的小助理，呼来唤去，毫不客气。到后来，越来越多的人开始疏远于玲玲，甚至明里暗里表达对她的不满，周团长都看不下去了，悄悄提醒于玲玲收敛一点儿。她答应得倒是痛快，可是并没有什么改变。她的功利心在不断膨胀，谁的话都听不进去，直到巡演倒数第二站的第一场戏不出所料地"刺花儿"了，她才意识到这起严重的舞台事故源于她已经崩坏的心态。

她太自信了，自信到每次下台之后不再温习，上台之前不再开嗓。叶知秋小心翼翼地提醒过她，她根本不听。出了事，她不但不自责反思，反倒倒打一耙，指责叶知秋别有用心给她买了全糖的奶茶才害她的嗓子出现这么严重的状况。叶知秋平日里温顺，可并不代表她没有底线，这样的污蔑她不可能接受。她在后台当着所有演员的面把奶茶杯拿出来，指着杯子上的"无糖"两个字，从容地说："于老师，你忘了吗？这两个字我买回来的时候就给你看过！里面还剩几口呢，让谁来尝一下都可以，看看有没有甜味！"

空气凝滞，于玲玲尴尬不已，周团长赶紧出来打圆场，可纵然他口才再好，都改变不了于玲玲在众人心目中的形象。为免同样的事故再次发生，周团长不得已只好让叶知秋代替于玲玲上台。

于玲玲自认心理素质好，即使之前出现"刺花儿"也不会影响后面的演出，可是有不少媒体在跟进这次巡演，马虎不得，周团长不敢冒这个险，只好硬把于玲玲按下。她非常不满，不管不顾地在后台和周团长争吵起来。刚开始还有人劝，可是看到她丝毫听不进别人说的话，大家很快散去，各忙各的去了。周团长头疼不已，这个侄女眼看都快三十岁了，怎么还是这么不懂事呢？真是一点儿都不为大局着想。

叶知秋上台以后一演到底，其他演员都很高兴。和这个小姑娘搭戏实在是太过瘾了，每次演完对手戏都有意犹未尽之感。每场戏间歇的时候叶知秋身边总有人和她说话，气氛从未有过的和谐愉快。

有一个说话比较直的净角演员忍不住感叹："小叶这孩子是真的好！人品好，唱得也好，她就是唱 A 角也没有任何问题！"此话一出，众人纷纷表示赞同。

文姗听到只言片语，转头就告诉了于玲玲。

有些话一旦经过转述，脱离了原本的语境和气氛多少会偏离本意，再加上听者有意无意带上了颇具感情色彩的揣测，就更加容易谬以千里。

于玲玲阴沉着一张脸，低声问："叶知秋故意讨好，所以才有人说这样的话是不是？"

文姗毫不犹豫地说："算是吧！"

于玲玲瞪着镜子里自己的脸，拿起化妆台上的一枚鬓花，紧紧地攥在手心，上下牙狠狠地磨了一下。

第39章

叶知秋做梦都没想到自己会有这样从头唱到尾的机会,她一鼓作气,觉得实在是酣畅淋漓。

她站在台上,每一分每一秒都专注到极致,台下有很多人,她看不真切,心里却是满足的,骄傲、自豪、亢奋……所有的情绪不受控地涌上心头,好像随时会溢出来。

她尽情舒展自己,平日里所有的积累都化入绵绵身段、婉转唱腔和行云流水的水袖之中。

"连氏,你好一张利口!你说你有理,我说我有理,明眼人再清楚不过,你的理都是歪理,放到哪里都不是理!公道自在人心,你若一定要一争高下,那咱们就去皇上那里讲理,你去与不去?"

这是团领导观看排练的时候于玲玲那段格外出彩的贯口白,此时,叶知秋的眼神轻盈灵动,柔美中隐隐透着几分英气。

侧台的李副团长转头对站在身边的演员说:"她的表演风格和于玲玲很不一样!"

那位演员的脸上露出赞叹之色:"她对眼神的处理更符合人设,也更细腻传神,似乎比于玲玲……"

他四下看看,确定没有别人听到,才压低了嗓门接着说下去:"比于玲玲更胜一筹!"

于玲玲和周团长的关系摆在那儿,大多数人说话都很谨慎,李副团长完全能理解,他的声音同样不高:"你知我知,可不能告诉别人!"

他们对视一眼,默契微笑。

台下的观众有不少是资深戏迷,叶知秋的贯口白一出口,立刻有人叫好。叫好声由点及面,响成一片,现场的气氛像是突然被点燃,很快沸腾开来。

叶知秋有瞬间的愣怔,紧接着,心头不自觉地升起一丝喜悦。接下来的表演,她也变得更加自信了,大胆地加入了自己的风格。外行的人可能听不出来,可是同为青衣的几个演员却听出来了,她们悄悄在后台展开了激烈的讨论。

"关于京剧四大名旦的特点,素来有一个很精辟的说法:梅派的'样',尚派的'棒',程派的'唱',荀派的'浪'。可我听着知秋唱的,还颇有点儿集众家之长的意思!"

"我也觉得是!这孩子太聪明了,又肯用功,现在这样的孩子太少了!"

"这样确实很好,可是会不会搞得有点儿四不像,毕竟,以后她要是成名了,要说她是哪一派呢?"

"说不定以后她这样的风格会成为主流呢!"

"嗯,还真有可能!时代在变,观念也得跟着变!"

她们讨论得热闹,丝毫没有注意到于玲玲从身边经过。

到处都是夸奖叶知秋的声音,于玲玲心里烦躁得很,可是这能怪谁呢?"刺花儿"的是她,她能怨谁?

谢幕的时候,叶知秋和往常一样默默地站在一个角落里,于玲玲还是站在中间的位置,笑意盈盈地看着台下,一如既往的端庄秀丽。刚才站位的时候,她甚至都没有让一下叶知秋,似乎不管发生了什么,荣耀都只属于她一个人。叶知秋全然不在意,别人就更不好说什么了,所以并没有人提出异议。

叶知秋是一个很容易知足的人,今天唱得过瘾,把想表现的东西都表现出来了,而且观众的反响似乎很不错,这就够了,她别无所求。

演员们坐大巴回酒店的路上,每个人都很疲惫,大多靠在椅背上闭目休息,只有于玲玲转头望着窗外飞速划过的景色,眼神里流光闪闪,不知道在想什么。

手机响了,是短信,于玲玲低头看了一眼,嘴角勾起一丝淡淡的笑。

叶知秋回到酒店房间没多久,周团长就怒气冲冲地来找她。叶知秋最担心的事情还是发生了,她唱《铿锵》A 角的新闻上了县里的县报,而且在很醒目的版面上,配的照片却是于玲玲在台上演唱的剧照。

周团长的手机屏幕很大,可离得再近,字迹都显得密密麻麻,看不真切,不过题目却是加黑加粗:大青衣叶知秋演艺事业全面开花。

"知秋,洛会芳老师是业界公认的大青衣,你都和她齐名了,还真是厉害啊!"

周团长语速不快,嘲讽之意毫不掩饰。

叶知秋垂下头,脸红到耳朵根,小声说:"这篇报道,我确实不知情!"

"好一个不知情!你参加巡演的事,你们县报的记者是怎么知道的?"

叶知秋立刻把事情的来龙去脉告诉了周团长,也包括她不间断联系那位记者无果的事。

"里面还有你说的原话,说你唱的 A 角,这个也是那个记者凭空捏造的?"

"可能是我二哥喝醉以后说的!"

谁会记得自己的醉话?

叶知秋这么一说,无异于死无对证,周团长的脸色越来越阴沉,瞪着叶知秋,久久说不出话来。

房门口围了不少人,不管先来后到,大致情况都听清楚了。

现在最要命的是,县报的内容被人贴到了戏迷论坛上,评论里已经有人开始质疑叶知秋的人品。明明 A 角是于玲玲,哪里冒出来一个所谓的大青衣叶知秋呢?虽然论坛用户多是中老年人,大多素质不错,可评论叶知秋的话还是言辞激烈,虽不至于上升到人身攻击,可到底是难听的。

叶知秋从没碰到过这样的事情,她局促地抠着手指,不知如何是好。

"知秋,你说怎么办?"

周团长的脸色缓和了一些,口气依旧严肃,无形中给人巨大的压力。

叶知秋抬头,红着眼眶说:"周团长,您说怎么办就怎么办!"

虽然心里觉得委屈，可事情已经发生了，她必须承担起该承担的责任。

周团长其实心下已有决断，正要宣布，李副团长却从人群后面挤进来，先一步开口："我刚才联系到了那个记者，他承认是自己的疏忽，那篇报道并没有向知秋询问清楚情况，有不少不实之处。他愿意出面澄清，既然是这样，这件事是否到此为止？"

叶知秋抬头看向李副团长，眼底闪过一丝惊喜，她是真没想到事情朝着最坏的方向发展时会是李副团长带来转机。

周团长到了嘴边的话转了又转，最终只能硬着头皮咽了下去。

他沉默了一会儿才说："李团，你怎么知道那个记者不是偏袒知秋，独自揽下责任呢？"

第40章

半路杀出个程咬金来，周团长只觉得心口发堵。

他刚刚这么说，听上去像是站在很客观的立场上，可是有了他和于玲玲的叔侄关系摆在那里就显得不那么纯粹了。

李建业平日里给人的印象都是温和厚道的，也从未和周团长起过冲突，可此时此刻，他却有点儿恼火。叶知秋人品如何，团里的人都是知道的，周团长这么说摆明了不信任她，真是一叶障目不见泰山。

"那你想怎么着？逼着叶知秋承认自己是主谋，那个记者是帮凶？"

"李团，你这么说是什么意思？"

眼看着两个领导之间的对话有了火药味，叶知秋有点儿惭愧，毕竟这件事和她有关。她正要说点儿什么缓和一下气氛，却不想李副团长率先放软了态度，缓声说："周团长，咱们换个地方说话吧！"

谁都不知道他们说了什么，这件事看似过去了，再无人提起，但只有叶知秋觉得一颗心上不来下不去，说不出心里是什么滋味。

巡演的最后一站是北京，原本大家几乎一致认为，鉴于叶知秋在上一站的优异表现，怎么着也得由她来演这一场，却不想，最终上台的还是于玲玲。而且这次，叶知秋之前一直在演的那两场戏也没让她上，偏偏还是她早早化好妆，还有五分钟就要上台的时候才临时通知她不必上了。

于玲玲冷冷地看了叶知秋一眼，幽幽地吐出一句话："你没戏了，真可怜！"

这几个字怎么听怎么有种一语双关的意味，叶知秋的脸色瞬间变白，似是深冬飞舞的落雪，纷纷扬扬，直埋到她的喉咙，身心都是冷的。

于玲玲把她视为眼中钉肉中刺，明目张胆地欺负她。可是她到底做错了什么？凭什么要对这个女人一忍再忍？

"于老师，我自认从未做过对不起你的事，我无愧于心！我尊重你，以后，也请你尊重我！"

叶知秋凝视着她的背影，每个字都说得极认真。

于玲玲曼妙的身形顿住，转头看了她一眼，冷笑出声："尊重你？呵，你配吗？"

压抑许久的不甘和愤懑翻涌而起，叶知秋慢慢站起身朝于玲玲走去，在和她相隔两三步远的地方停住，微微眯起双眼，笑着反问："为什么不配？"

"一个村里走出来的土丫头，以为插上翅膀就成凤凰了？我告诉你，你打扮得再光鲜亮丽，也不过是一只土得掉渣的麻雀！我劝你，不要再做白日梦了，回你的桂花村吧，那个鸟不拉屎鸡不生蛋的地方才最适合你！"

叶知秋咬牙，双手不自觉地紧握成拳，脸色铁青。

从小到大，她一直与人为善，最不愿意做的就是与人针锋相对。从她进京剧团那天起，她一直坚信，人心都是肉长的，总有一天于玲玲对她的态度会有好转。可是，她慢慢发现，自己越是忍，于玲玲越是得寸进尺。她叶知秋脾气是好，可并不代表她是软柿子，可以任人搓圆捏扁。于玲玲在侮辱她，侮辱她的家乡，她忍无可忍！

"于玲玲，你把刚刚的话再说一遍！"

叶知秋说着，已经走到她面前，怒意翻腾的双眼死死盯住她，一眨不眨，每个字都带着咬牙切齿的意味。

这么气势逼人的叶知秋，于玲玲没见过。而且她刚才的确过分，本就不占理，心虚得很，几乎是下意识地往后缩了下身子，声音都软了下来。

"我为什么要再说一遍？你又不是没听见！"

她突然有点儿害怕，害怕叶知秋打她。素来小绵羊一样柔软的小丫头，怎么转眼就变成了小狼呢，仿佛下一秒就会伸出利爪把她生撕了。

正好有人喊她的名字，于玲玲躲闪开叶知秋凌厉的眼神，狼狈逃走。

最后一站的表演结束，舞台和观众席上都是空荡荡的。带着戏妆的叶知秋由边幕闪身而出，莲步轻移，雪白的袖子悠悠飞起，在空中绽放成一朵绮丽的花。她嘴边含笑，想象着台下坐满了观众，自己的每一个动作便都极尽舒展，流畅华美。她想唱，可到底怕惊动了别人，最终忍住了。偌大的舞台上，她是安静的、淡雅的，可偏又美得不可方物。

叶知秋完全沉浸在角色的心境之中，丝毫没有注意到轻盈的脚步声，更没有注意到一个熟悉的长者身穿黑衣坐在一个最不显眼的位置，沉静的眼睛凝视着她，由衷的微笑自然而然铺满脸上的每一条皱纹。

洛会芳甚至有点儿舍不得眨眼，生怕错过什么，就那么无声地拍着手打着节拍，静静地应和着叶知秋的每一次回眸和转身。

这孩子的身段是真好！

身段的美必须上下身合，又要稳重，脚步不能碎，才大方好看。叶知秋简直无可挑剔，不用说，她平时一定天天苦练基本功，踢腿、下腰、打把子，绝对一样没缺过。

还有那眼神，比初次见她时不知强了多少倍！

对于大青衣来说，一入戏，眼睛就要始终含光，到一定时候再放，才能收到最好的效果。常言说得好，"眼有戏则全身有戏"，这样才能引人入胜，"眼无戏则全身无戏"，自然就不抓人了。

如果说叶知秋刚刚走出戏校时还只是一块璞玉的话，那么现在，她已经被打磨得精美绝伦了。

洛会芳深吸一口气，然后又缓慢地吐出来，一直悬在半空的心平稳地落了地。她没看错人，叶知秋不但没让她失望，还给了她天大的惊喜！她的专业水平已经相当成熟，起码，已经远远超出她这个年纪应该具备的成熟度。

周团长跑来找洛会芳的时候，叶知秋才发现她竟然一直默默坐在台下。

叶知秋红着脸跑下台，出了戏的她又变回那个羞涩的小姑娘，垂着头站在洛会芳面前，像个做错事的孩子。

洛会芳老师会不会以为她太自恋了？一个人偷偷站在舞台上演给自己看？

"洛老师……"

143

第41章

洛会芳笑着轻拍了几下叶知秋的肩膀,目光转向周团长时又恢复了一贯的严肃。

"周团长,你忙你的就行了,过来找我做什么?我只是剧团的一个普通演员,你不要搞得好像我是皇太后一样,处处都得陪着谨慎,这样搞得我压力很大。"

这样的话她说过很多次,可好像并没有什么用,周团长对她的态度确实对她造成了一些困扰。她这次来没有告诉任何人,其实就是想悄悄看一眼,无奈还是晚了,一场戏都没能看上。不过刚刚看了叶知秋在台上的表演,多少还是弥补了一点儿遗憾。

"洛老师,看您说的,您德高望重,我怎么能把您当成一个普通演员呢?既然您来了,那晚上的庆功宴就参加一下吧。大家辛苦了这么久,好好热闹热闹,放松一下!"

洛会芳摆摆手说:"我晚上还得坐飞机走,有别的安排,等你们回了团里,开总结大会的时候我一定参加!"

周团长怔了一下,含笑点点头。

巡演结束,《铿锵》在主流媒体上的热度和风评都不错,还得到业界前辈的一致赞扬,对他来说已经是功德圆满。他松了一口气,只想着好好庆祝一下,总结大会倒是觉得没什么必要,不过洛会芳提了,他自然要照办的。到时候通知本地媒体参加,又可以为《铿锵》再赚一波热度,绝对是好事。

洛会芳临走的时候又特意把叶知秋叫到一边,沉默了好一会儿才说:"知秋,说说你知道的兰花指的指法!"

叶知秋愣了一下,洛老师这是在考她?

"我在戏校的时候，老师教过几种，有含苞、初篆、避风、含香。"

"梅先生的手姿繁复优美，除了你知道的这几种，还有含香、陨霜、映日、护蕊、伸萼迎风、露滋、醉红、蝶损等四十余种。你可能听说过一些，可是知道得应该并不具体。你放心，以后我会慢慢教你。还有身段，梅大师总结归纳出坐、立、卧、望、指、思、羞、托物、提物、搬物、抱物、捧物等十二种造型各异的舞蹈化的动作姿势，你在戏校的时候老师应该也教过，不过你的身段变化并不算十分丰富，以后我也可以一点点教你。"

看着洛会芳老师边说边配合着做手势和动作，叶知秋眼花缭乱，真后悔没有带上本子记下来。

"洛老师，您愿意教我真是太好了，我一定会好好学的。"

看到叶知秋清澈双眸中快要溢出来的求知的渴望，洛会芳的眼神柔和而慈祥，上下打量了她一遍，缓声说："以前的老话说，教会徒弟，饿死师父，不过现在时代不同了，我会的一定倾囊相授，你放心！"

目送着洛会芳离去的背影，叶知秋激动得整颗心都要跳出来了。

洛会芳老师刚才说"教会徒弟饿死师父"，那么，她是要收自己为徒吗？

叶知秋的眼神亮了亮，不过很快又黯淡下去。怎么可能呢？洛会芳老师早就宣布不再收徒了，十有八九只是就事论事，随口一说吧。想到这儿，她不免又有一点儿失望。

回到省城，叶知秋下了飞机之后做的第一件事就是去看望师父赵文云。她很想念师父，也想念老年剧团的那些前辈。师父在电话里说剧团今天没有演出都在家，叶知秋立刻马不停蹄地赶了过去。

师父还是老样子，叶知秋紧紧地抱住她，突然鼻子一酸就哭了起来。

"你这孩子，怎么一见面就哭鼻子呢，搞得我都想哭了！"

赵文云搂紧了她，说话都带了哭腔。自从知道叶知秋有幸参加《铿锵》的全国巡演，她和大伙都一直关注着这孩子的消息。报道里一般都配有图片，虽然戏妆能掩盖五六分本人的真实样貌，可她还是能一眼认出戏妆之下的那张脸是不是叶知秋。很遗憾，那么多篇报道下来，没有一张是叶知秋的。她和萧若兰很熟,大概了解了于玲玲的性格,所以一直为叶知秋担着心。

叶知秋年纪轻轻就参加了这么大一场戏的巡演,虽然只是B角,可已经是京剧团对她的业务能力的极大认可,她这个做师父的打心底为这个徒弟高兴。不过不管什么样的团体都是一个小社会,什么样的人都有,叶知秋这种有天赋又肯努力还勤快得不得了的孩子难免招人嫉妒,她年纪小,性格单纯,又没有什么社会经验,想来在京剧团一定受了不少委屈。可人这辈子,路总得一步步自己走,谁也代替不了。

赵文云不希望叶知秋产生依赖心理,所以和她的联系并不多。人都是要成长的,赵文云始终相信叶知秋可以成长得很好。

老年剧团能给叶知秋家的感觉,她一来就不想走了。周团长给了三天假,她一直泡在排练厅里和以前的同事们在一起,每天开心得像个孩子。她有时候会想,如果时间能停住该多好啊,她有点儿不想回到京剧团了,尤其是蒋菲悄悄发短信告诉她,县报不实报道的事其实并没有彻底过去时,她更是心怀忐忑,每每想到就会忍不住皱紧眉头。

赵文云看出她有心事,再三追问,她就是不肯说。她实在不想再给师父添麻烦,她长大了,该面对的总要自己面对,逃不过的。

总结大会之前,周团长把叶知秋单独叫到办公室,神色凝重地告诉她,那个县报的记者不承认自己的那篇报道是凭空杜撰,刚开始还说报道里的内容都是叶知武口述,他只是记录下来而已,并没有做二次加工,可是后来这件事传到报社领导那里之后,他又改口说自己亲自采访过叶知秋本人,所有内容都是她亲口所说。再后来,又有人向村支书和当初去省城看巡演的村民代表求证,村支书他们直接否认,还表示愿意为叶知秋做证,她并没有接受那个记者的采访。很快,不知又是哪一波人找了几个村民代表,他们居然改变了说辞,指正老支书说谎。老支书一怒之下心脏病发,住进医院,至今昏迷不醒。

这一切,叶知秋始终不知情,要不是周团长说起,她直到现在还被蒙在鼓里。

第 42 章

叶知秋愤怒了,不管怎么说她都是整件事的当事人,为什么所有人都绕开她去向别人求证,从没一个人问过她本人呢?叶知秋就是再单纯也能想明白到底是谁从中作梗。

"周团长,您已经决定处分我了,所以才把这件事原原本本告诉我,是不是?"

不然,事发到现在这么久,为什么从来没有人对她透露过一丁点儿消息?是等着事情变得越来越大,甚至无法收拾,然后直接给她一个结论了事?她没什么心眼,可并不代表她傻,她的眼里怒气翻腾,就那样一眨不眨地瞪着周团长。

"叶知秋,你这是什么态度?我叫你过来就是了解情况的,你把我想成什么样的人了?"

周团长做行政工作多年,只要不是情绪特别激烈,从来都是喜怒不形于色,就像此刻,他除了声音有点儿颤抖之外,根本看不出是在发火。

"了解情况?您不是早就了解过了吗?我说过,那篇报道我并不知情,我和那个记者一句话都没说过,更不可能接受他的采访。我可以和他对质,他不来,我就去找他,我不能就这么糊里糊涂地担这个莫须有的罪名。"

叶知秋微微扬起下巴,态度不卑不亢。

周团长沉默了一会儿,从烟盒里抽出一支烟来点上,整个人靠在椅子里,看向叶知秋的眼神很复杂。

"我干脆跟你直说吧,这件事影响极坏,其实真相如何早就不重要了。京剧团的名誉受到影响,多少连累了《铿锵》,本来可以大火的,可是出了这样的负面新闻。总要有个人站出来,不然这件事没完。我知道你挺冤的，可是，我也没有办法！"

叶知秋无奈，绕来绕去不还是要处分她吗？而且，连累《铿锵》没有大火这种罪名，周团长怎么好意思也扣到她头上呢？实在让人匪夷所思。

"周团长，我能借一下纸笔吗？"

"嗯？"

叶知秋很认真又很迅速地写了一份辞职报告，双手交到周团长手里。

周团长的脸色有点儿难看，抬头看着她说："你这是什么意思？让你为了剧团的名誉担个责任，你就撂挑子不干了？还是说，你故意拿这个威胁我？"

叶知秋苦笑，放眼整个剧团，怕是只有周团长和于玲玲始终用最大的恶意来揣测她。她记得在一本书里看到过这样一句话：你的心里是什么样的，看到的世界就是什么样的。她无意评判这对叔侄是怎样的心理，她只知道，她不想留在这里了。

她曾经以为追逐最简单的梦想就可以过最简单的生活，就可以活得开心，可是京剧团的生活并没有让她感觉到开心。周团长和于玲玲像两座大山，压得她透不过气来，这种压力显然已经超过了其他人给她带来的温暖和幸福。

离开京剧团和继续追求自己的梦想并不冲突，她已经想好了，她要去找洛会芳老师，不管她愿不愿意收自己为徒，自己都要跟着洛老师继续学戏。

"周团长，您想多了，我是真心想辞职！"

说完这句，她转身要走，周团长冷冷地说："不行！我不会批的！"

是怕洛会芳老师生气吧？叶知秋冷笑，头也不回地离开了周团长的办公室。

她没向任何人提起过辞职的事，依旧按部就班地忙自己的事情，直到周团长在总结大会上宣布把叶知秋调去图书馆整理团史，她才意识到周团长是真的没有批她的辞职报告。洛会芳也在场，可她似乎早就知情，脸色并无变化，甚至都没有和众人一样看叶知秋一眼。

叶知秋有点儿后悔，提出辞职的时候她应该撂句狠话直接走人的。现在怎么办？难道要当着众人的面说自己不想服从安排只想走人？周团长毕竟是领导，总要给他面子，还有就是，她最不愿意做的事就是耽误大家的时间。总结大会正在进行激烈的讨论，她不好打断。

每个担任角色的演员都要发言，轮到叶知秋的时候，她不知道该说什么，一时之间沉默下来。于玲玲又是摆出一副知心大姐姐的姿态对叶知秋在巡演中的整体表演做出评价，最后才抛出几个问题让叶知秋来回答。

叶知秋发现于玲玲在专业上的确是个精益求精的人，很多自己在表演中没注意的小问题都被她清楚地看在眼里并且指了出来。

站位、步幅大小、个别戏词末字的拖腔，于玲玲都分析得头头是道，连洛会芳都认同地直点头。

叶知秋话不多，可自我剖析得很到位。

鸡蛋里挑骨头这种事，于玲玲最擅长，只不过她太刻意了，谁都看得出来她是说给洛会芳听的。想让洛会芳收她为徒的心又在**蠢蠢**欲动了，她在努力表现。而叶知秋是真心诚意地在分析自己的得失，每句话都出自真心。

会议结束，洛会芳让叶知秋留一下，说有话要跟她说。

于玲玲去而复返，确定四下无人，才悄悄贴上门板偷听。

"知秋，很委屈是不是？"

"洛老师……"

"觉得自己没错？觉得不公平？"

"嗯！"

洛会芳轻轻拍了一下叶知秋的肩膀，语重心长地说："知秋，你知道吗？我从艺这么多年来，眼光没有错过。你是可造之才，我很喜欢你，也想过收你为徒！"

叶知秋灰暗的眼睛亮了亮，心底所有的阴霾都一扫而空。

她抬头看向洛会芳，满脸期许。

"洛老师，那您决定了吗？"

"也想过"是什么意思？收还是不收，她得问清楚心里才踏实。

"你的戏不错，可理论知识还有欠缺！时代变了，光是演得好唱得好还不够，京剧是一门博大精深的艺术，有理论有演技才能真正唱好戏，你懂吗？"

叶知秋凝眉沉思，片刻之后恍然大悟："所以周团长让我去图书馆工作，您觉得这样其实挺好，对吗？"

夕阳的余晖透过窗户照进来，把叶知秋细瘦的身影笼罩在一片盈盈的光亮之中，五官都被镀上了一层淡淡的金光。她笑了，笑意一点点地绽放，洛会芳端详着她，也忍不住笑了，声线低沉温暖："我老了，我没有实现的梦想希望在你身上得到传承……"

第43章

　　于玲玲气得脸色发白，直喘粗气。走廊尽头传来模糊的脚步声，她迅速闪身进了旁边的楼梯间，泪水在眼眶里打转，直到像断了线的珠子一样落下来。

　　京剧团人人都知道她想拜洛会芳为师，洛会芳一再拒绝，到头来却收了叶知秋为徒。最不愿意看见的事还是发生了，凭什么？一个初出茅庐的小丫头片子，凭什么可以在短短几个月之内得到青衣大师的青睐？

　　她靠在冰凉的墙壁上，身体一点点下滑，蹲在那里，把脸深深地埋下去。

　　傍晚时分，叶知秋迈着轻快的步伐离开京剧团，正要横穿马路，身后传来于玲玲冰冷的声音。

　　"叶知秋，站住！"

　　叶知秋愣住，微扬的嘴角瞬间抿成一条直线，转过头看去。

　　"于老师，什么事？"

　　"你现在就给洛会芳打电话，告诉她你不想做她的徒弟了！"

　　收徒这件事，叶知秋没有告诉任何人，于玲玲又是怎么知道的？正狐疑间，于玲玲已经气势汹汹地冲过来一把扯住她的胳膊，一双漂亮的丹凤眼通红通红的，有点儿吓人。

　　"于老师……"

　　"别废话！马上打电话！"

　　此时的于玲玲看上去极为脆弱，眼里有癫狂的神采，手上的力道更是出奇的大，掐得叶知秋生疼，下意识地用力想要甩开。

　　"于老师，对不起，我做不到！"

　　"做不到？怎么做不到！你根本不配做洛老师的徒弟，如果你还要

151

脸，现在就打电话！"

看叶知秋没有什么反应，于玲玲干脆又去扯她的包，蛮横地拉开拉链去翻她的手机。叶知秋扑上来抢，她用蛮力一把推开叶知秋。叶知秋没有防备，跟跄几步，差一点儿摔在身后骑自行车经过的人身上。

"我不打！"

"不打也行，我知道洛会芳住在哪里，你跟着我去，当面跟她说！"

叶知秋当然不会去，她拼命地挣扎，想要掰开于玲玲的手，可于玲玲不知道哪里来的力气，几乎是拖着叶知秋一路往前走。

"嘀嘀——"车喇叭声响起，紧接着，一辆黑色轿车停在路边，韩正东推开车门下来，挡住两人的去路。

"玲玲，你这是干什么？"

于玲玲瞪着他，歇斯底里地喊："不要你管！滚开！"

韩正东怔住，简直不敢相信自己的耳朵，于玲玲这是发什么神经，看上去像极了从精神病院里跑出来的病人，眼神中有说不出的瘆人。他觉得莫名其妙，不过还是强硬掰开她的手，硬扯着她上了车。

叶知秋透过车窗看到于玲玲的拳头一下一下落在韩正东的胳膊上、后背上，这个女人，简直是疯了！

狂乱的心跳总算恢复正常频率，叶知秋深吸一口气，几乎是一路狂奔回到家里。于玲玲，一个清冷高傲、柔媚优雅的女人，怎么会突然变成这个样子？她甚至不敢去回想刚刚的画面，只觉得浑身的汗毛都根根竖起。

接下来的几天，于玲玲没有来上班，叶知秋听萧若兰说她请了病假，可能会一直休到年后。叶知秋的心稍稍踏实了一些，每天乖乖去图书馆整理团史。

图书馆不大，只有两个工作人员，都到了快退休的年纪。其实修团史早就提上了日程，无奈工作量太大，人手又少，进度一直很慢。叶知秋来了就不一样了，这个朝气蓬勃的小姑娘每天都有使不完的劲儿，认真又细致，日常工作几乎成了她一个人的事。另外两人也乐得清闲，每天看看书，偶尔给她打打下手，三个人相处起来倒是很和谐。

《铿锵》巡演期间，程旭被派去戏曲学院进修，偶尔回团里一趟总是很难碰到叶知秋，即使碰到了也难得说上几句话。等到他进修完回来，正好是放年假的前一天。他带了几本书去图书馆找叶知秋，两人倒是难得面对面坐在一起聊起天来，当然，聊的都是专业上的事。虽然两人是不同的行当，可还是聊得很尽兴。程旭从戏曲学院带回来的很多知识都让叶知秋觉得新鲜、有趣，她不停地问"为什么"，有的问题程旭解答不了，只好先找本子写下来，说等上网查到相关资料有了答案再告诉她。

　　中午两人结伴去食堂吃饭，一路说说笑笑，引来不少人的目光。俊男靓女很容易引来八卦，蒋菲看到他们更是直接凑过来追问两人是否已经开始交往，两人无声对视，都红了脸，聊起天来都严肃拘谨了许多。程旭本想在图书馆里再泡一下午，叶知秋不想被别人误会，推说下午有别的安排，他只好打消了去图书馆的念头。

　　年关将至，二哥二嫂早早地订了车票准备回家，叶知秋不太想回去，主要是不知道如何面对母亲，生怕又和她吵起来。叶知武知道妹妹的心思，故意没告诉她是哪天的车票，直到那天才让老婆帮着她收拾了东西，硬拉着她去了车站。

　　他们一行三人到家的时候天色已晚，父亲和大哥大嫂在门口迎接他们，没见母亲的影子。他们随便吃了点儿东西就睡下了，叶知秋知道母亲在屋子里，一定还在生她的气所以才没露面。经过这么长时间，她也想开了很多事情，并没有太在意母亲的态度，第二天一大早就去跟母亲道了歉，只说不该这么久不主动和她联系。母亲的态度依旧冷淡，很少和她说话，叶知秋帮着母亲忙里忙外，时间倒也过得飞快。

　　即使是年三十和大年初一这两天，叶知秋依旧每天大清早去山上跑步、吊嗓子、压腿，多年养成的习惯了，她从来没有想过偷懒。一个人站在山顶俯瞰着家乡的一草一木，心胸也会豁然开朗，好心情会持续一整天。

　　老支书前些日子出院回家，把那几个村民代表叫到家里狠狠训了一顿。知道叶知秋回来，他们一起到叶家给她道歉。虽然早就猜出背后的人是谁，可是从他们嘴里听到于玲玲的名字，叶知秋还是觉得心里很不是滋味。她本也没打算和那几个叔伯乡邻计较,这件事就这么过去了。

二嫂和大嫂闲聊的时候说起叶知秋被"贬"去图书馆的事,正好被王桂芝听到。她阴沉着脸把女儿叫到跟前,还没开口说话,叶知秋已经有了"山雨欲来风满楼"的压迫感。

第44章

　　叶知秋耐心解释，最终压着脾气没和母亲吵起来。吵架解决不了问题，那干脆就把自己的想法心平气和地说出来，不管母亲能不能听进去，总归是一个交代。母亲突然觉得她长大了，起码比以前稳重冷静许多，儿大不由娘，她的心也软下来了，终于没有再逼女儿听她的。

　　转眼过了正月初七，二哥二嫂想在家多住几天，叶知秋便一个人回了省城。她一头扎进图书馆，每天早出晚归，想着尽快修完团史，好多空出一些时间来看看专业书籍。之前有过一版团史，在此基础上添加和完善即可，按理说并不算太难，可叶知秋凡事追求完美，既然做了就想做好，所以她倾注了很多心力，也借着这个机会掌握了许多新的技能。比如以前她不会上网，图书馆里早就配备了电脑，可上了年纪的同事不会用，一直闲置在那里。叶知秋向周团长申请了联网，又拜托蒋菲教她电脑的基本操作。一扇通向新世界的门徐徐打开，她在网上学到了很多东西，越发觉得时间不够用。有时候，天刚亮她就坐在那儿，除了晨功、吊嗓和吃饭，她几乎一动不动，眼睛一直盯着屏幕，眼底满是激动和欣喜。

　　洛会芳老师说得对，理论学习真的太重要了，她越来越深刻地体会到这一点。她对京剧四大名家有了更深入的了解，很多专业论文更是解答了她很多的困惑。另外，网上还有丰富的戏曲教学视频和名家名段的赏析片段，她经常反反复复看上几十遍甚至上百遍，每次都有新的收获。

　　同事刘阿姨开玩笑说这小丫头怕是魔怔了，就差吃住都在图书馆解决了。谁知说者无心，听者有意，叶知秋现在废寝忘食，恨不得一分钟当成两分钟用，连回家都觉得浪费时间，正好图书馆有一张单人床，她干脆从家里搬来了被褥，真的以图书馆为家了。

　　她和程旭在网上的联系多起来，戏曲学院的图书馆藏书量惊人，程旭会按照她的需要拜托学弟学妹去找书，有电子版的都会让他们给她发过来。连他都觉得有些书太枯燥乏味，可叶知秋却不这么认为，她很喜欢看，常常大半夜的还在做笔记写心得。

心无旁骛去做一件事的时候，那种由衷的快乐是旁人无法体会的，叶知秋每天都过得开心又充实。有一次蒋菲过来找她，看她虽然顶着浓重的大黑眼圈，眼神却是清澈明亮的，浑身上下都洋溢着幸福快乐，蒋菲不禁疑惑地皱起眉头。

"你这是恋爱了？"

一句话问得叶知秋有点儿蒙，这是哪儿跟哪儿啊？

叶知秋不禁苦笑："你从哪里看出来的？为什么会这么说？"

"因为你看起来像打了鸡血一样，我和我们家那位谈恋爱那会儿，天天也是这样！"

这种比喻有点儿奇怪，不过叶知秋还是很快明白过来她为什么会有这种反应。

"我是谈恋爱了，和戏曲理论，和论文，和名家唱段恋爱了！"

"啊？"

蒋菲看到她的办公桌上摆满了各种专业书籍、读书笔记，电脑屏幕是亮着的，上面显示的是一篇论文。密密麻麻的字，蒋菲眯起眼睛看了看，忍不住笑了。

"知秋小朋友，你真是疯魔了！以前唱戏的时候，你就是这个状态，一个动作一个字都较真儿，那些和你搭戏的老前辈背地里都叫你'小真儿'。没想到你埋头研究起这些理论的东西，也是这个劲头儿，真是太让人佩服了！"

小小年纪，有这样的刻苦劲儿，干不成大事才怪！

叶知秋被夸得不好意思了，红着脸说："我有什么值得佩服的，谁做自己喜欢的事都会全力以赴的！"

蒋菲这次来，带来了一个她自以为很劲爆的消息，于玲玲离婚了。不管是什么原因造成的，离了婚的女人总是会让人忍不住心生怜悯。叶知秋有点儿发愣，想起于玲玲逼她给洛会芳打电话的那个晚上对韩正东的态度，心里说不出的难受。她不是一个对八卦消息感兴趣的人，可也听说过于玲玲和韩正东一见钟情的浪漫故事。那么相爱的两个人说散就散了，对于玲玲的打击得有多大可想而知。

没过几天，于玲玲来图书馆借书，正好和叶知秋碰上。

叶知秋想避开，可她往左于玲玲也往左，她往右于玲玲也往右，分明就是故意的。

"叶知秋，你心虚什么？"

于玲玲的口气一如既往的冷漠，嘴角带着一丝嘲讽。

居然找上门来找碴！

叶知秋抬眸看她，不觉心惊，一个多月没见，于玲玲瘦了一大圈，身上穿的外套都显得肥大了许多，尤其是那双眼睛，空洞无神，一片死寂。即使此时的她站在阳光里，由内而外散发出来的阴森气息还是有点儿骇人。

"于老师，我只是在给你让路！"

"让路？哼，少在这儿演了！韩正东移情别恋和你好上了，以为我不知道？别以为自己藏得有多好，我和他在一起那么多年，了解他比了解我自己还多，他一个眼神我就看得出来！叶知秋，你真是够狠的，抢我的戏，抢我的师父还不够，还要抢走我的丈夫，你真是太不要脸了！"

这顿指责来得莫名其妙，叶知秋还没缓过神儿来，于玲玲已经狠狠一个耳光甩到叶知秋的脸上。

火辣辣的疼痛从脸颊处扩散开来，叶知秋下意识地捂住脸，冷冷地看着于玲玲："你血口喷人！"

同事刘阿姨赶紧跑过来拉住玲玲，另外一位同事拿出手机打电话给周团长。最后的结果是，韩正东亲自出面澄清，是于玲玲疑神疑鬼，胡乱猜测，根本就是误会，于玲玲只好当众向叶知秋道歉。叶知秋心里委屈，可打都打了还能怎么办呢？她是真没想到，自己都被"发配"去图书馆工作了，于玲玲竟然还是不肯放过她，莫须有的罪名随便给她安一个就可以气势汹汹地杀过来打她个措手不及。

蒋菲说于玲玲最近好像精神不太正常，排戏的时候总是走神，要不是周团长护着，《铿锵》的进京汇报演出早就把她替换下来了。

第45章

听她提到进京演出，叶知秋心里有点儿失落，不过一想到自己都已经被调离演艺部了，也只好把这点儿失落压到心底。可到底和这出剧目有过交集，偶尔还是会忍不住多问几句。

于玲玲还是唱A角，B角是萧若兰。

蒋菲忍不住感叹："真是十年河东十年河西，你替场的那次，萧老师是A角，于玲玲是B角，按理说，长江后浪推前浪是大势所趋，可我总觉得心里闷闷的，很难受。萧老师唱得那么好，经验又丰富，明明还没有老到需要慢慢退出舞台的地步。哎，现在这年头，靠山有了就啥都有了。"

叶知秋轻叹一声，没有说话。她不知道该说什么，只是默默替萧老师可惜。

最近蒋菲很闲，有事没事就跑来图书馆找叶知秋，有时候看她埋头忙碌，就默默地在她身边坐一会儿就走。虽然她们聊得不多，可蒋菲还是时不时地带来关于《铿锵》的消息，多数是以于玲玲为中心话题的。

于玲玲又迟到早退了，排练的时候又发脾气了，编剧要修改剧本遭到于玲玲的强烈反对，于玲玲和萧若兰吵起来了，于玲玲突然人间蒸发……

如果说于玲玲以前只是骄横跋扈，那现在就是妥妥的神经质了。

蒋菲气得咬牙切齿，可也只敢在叶知秋这里说说，并没有跟别人提起过。

京剧团说小不小，说大也不大，于玲玲实在是闹得有点儿过分，她的"光荣事迹"几乎尽人皆知，越来越多的人要求换掉A角。团领导内部分成两派，周团长自然是支持于玲玲的，他觉得才华横溢的人难免有点儿怪脾气，有上一场巡演的经验和戏迷基础，不能说换人就换人。而以李副团长为首的反对派则觉得于玲玲已经严重影响排练的整体进度，万一到公演的时候出什么差错就彻底完了。两派针锋相对，争论不休，整个剧团都蒙上一层沉闷压抑的色彩。

只有图书馆里一派安静祥和，刘阿姨和另外一个同事偶尔也会聊聊排练厅的事，可是叶知秋从不参与，依旧默默地忙着学习忙着总结。程旭给她带来几本专业论文期刊，还鼓励她投稿给报社。叶知秋刚开始没往这方面想，可是看的书多了，不知不觉就有了一些自己的想法。投就投，能发表最好，发表不了也没什么，反正别人也不知道，没啥丢人的。这么想着，她便没了思想负担，悄悄地想题目拟大纲写正文，比以前更忙了，心也更静了。仿佛就算外面的天塌了都无法惊扰到她，入定一般的状态让她体会到前所未有的愉快惬意。

第一稿，修改；第二稿，修改；第三稿……

每一遍都能发现问题并及时纠正，她现在终于能够理解为什么有些编剧会把自己写出的剧本当成孩子，那种慢工出细活的过程真不亚于孕育一个孩子，艰难却快乐。

稿子发出去之后，她的心里着实忐忑了一阵子，不过之前定下的详细学习计划落下了一大截，她很快又投入紧张的学习之中。

《铿锵》的排练并不顺利，周团长和李副团长的明争暗斗把原本简单的事情搞得有点儿复杂，之前一直置身事外的李书记不知怎么也加入了战局，坚定地站到了李副团长这边。紧接着，和周团长一个阵营的领导开始陆续站到了他的对立面，谁都看得出来，周团长不知不觉之间被孤立了。

李副团长在例会上突然提出换掉于玲玲，由叶知秋担任A角，台下立刻掌声四起，于玲玲的脸红一阵白一阵，立刻愤然离席，而周团长则全程黑脸。会议继续，他一言不发，眼睛里的愤怒仿佛随时会溢出来。

这样的局面其实并非偶然，在时代的大浪潮之下，戏曲界也是挑战和机遇并存。周团长固执、守旧，不懂得审时度势，即使京剧团的管理模式已经远远跟不上时代依旧不为所动。创作原创剧本，最先是李副团长提出来的，领导班子中的其他人都表示支持，周团长虽然觉得风险太大，不过最终还是勉强同意了。《铿锵》确实在业界产生了一些影响，起码提高了京剧团的知名度，得到文化部门更多支持，可最终没有达到预期成为爆款。周团长隔三差五拿这个说事，动辄对李副团长冷嘲热讽。李副团长郁闷，却也只能隐忍，毕竟，李书记一直很支持周团长的工作。可今时不同往日，李副团长有了过半数的领导支持，再加上职工们的呼声，他总算是扬眉吐气了一回。

随着娱乐方式的多样化，戏曲市场萎缩，面临的形势渐渐严峻，别的剧团纷纷改制，积极寻求出路，可是眼看着京剧团还是一团死气，李副团长努力多年无果，却一直憋着一股劲，如今好不容易争取到李书记的支持，怎么可能放过这次机会？

叶知秋年纪虽小，可是业务能力很出众，这是有目共睹的。《铿锵》的第一次巡演没有大爆，有很多方面的原因，于玲玲是其中很重要的一个因素。她虽然也算是稳扎稳打，可舞台表现并无亮点，而反观叶知秋，一小段贯口白就引得台下一片叫好，而且是整个巡演过程中唯一的一次。如果上次唱 A 角的是她，《铿锵》的命运又会如何呢？李建业觉得，起码不会比现在差。总结大会的时候，他提过，叶知秋的表演集众家之长，连贯口白都有至少三派的影子融会其中，是最出彩的一段。周团长轻描淡写地说他小题大做，一场大戏，虽不能说是名角盛宴，但至少也是戏骨荟萃，怎么能把一个初出茅庐的小丫头单拎出来大加赞扬呢？难道那些老戏骨表演就不好吗？这么大一顶帽子扣下来，李建业还真怕得罪了众位戏曲界的老前辈，只好无奈地闭了嘴。

这次例会结束后，周团长刚回到自己办公室，李书记随后笑眯眯地走进来。

"老周啊，你千万不要有情绪！都是为了剧团好，有不同意见也很正常。建业的想法，接受起来并不难，我很看好叶知秋这个小同志，我希望你也能暂时放下成见，我们一起搏一搏，你说呢？"

第46章

既然李书记非要摆到桌面上谈,那他周玉民只能有话直说了。

"李书记,你这是在逼我!"

李书记怔了一下,压着火气说:"老周,我逼你?这种话你也说得出口?这么多年,团里的事什么时候不是你说了算,我哪里逼过你?嗯?"

李书记和周团长是远亲,还曾经一起当过兵,有很深厚的感情。李书记性格温厚,因为身体不太好,很少管团里的事,周团长性格强势,向来说一不二,团里的大小事几乎都是他拿主意。久而久之,周团长就成了事实上的一把手。除了于玲玲,周团长在京剧团的其他部门陆续安排了不少自家亲戚任职,各种关系盘根错节,慢慢造成周团长一家独大的局面。他力挺于玲玲,甚至屡次徇私,李书记都是睁一只眼闭一只眼。好在于玲玲也争气,天赋极高,业务又拔尖,很多人私底下虽有意见却并不敢公开议论。可是现在于玲玲的表现实在太差,越来越多的人忍无可忍。

周团长深知,这次自己一旦松口妥协,以后会有越来越多的事无法掌控。眼看着京剧团未来的发展走向似要脱离自己的控制,他却颇有点儿力不从心,内心不由烦躁起来,胸腔里似有一团火不知不觉地熊熊燃烧。

他看了李书记一眼,沉声说:"李书记,您一向支持我,这次是怎么了?"

李书记坐到沙发上,目光飘向窗外,渐渐幽深。

"现在戏曲行业不景气,我们再不求新求变就得等死!我们的原创剧目《铿锵》为什么审批的时候一路绿灯?就是因为我们求新,上级部

161

门大力支持。至于求变,你也天天看报,心里一定清楚得很,现在越来越多的剧团开始转企改制,这是大势所趋。建业比我们年轻,脑子活,胆子大,我们干不了,那就给他一次机会……"

周团长的脸色阴沉下来,给李建业机会?那他这个团长还有什么权力,以后怎么服众?对上李书记期待的目光,他又不好驳对方的面子,只好含糊表示会好好考虑一下。看他态度软化,李书记也不好逼得太紧,反复权衡之后,最终让他和李副团长各退一步,由萧若兰来唱A角,叶知秋唱B角。领导班子表决的时候,所有人都看在李书记的面子上纷纷表示赞成。

萧若兰得知这个消息,并没有觉得多高兴,她和于玲玲吵架,不是因为唱不到A角心有不甘,只是单纯看不惯于玲玲对待排练的态度。她和大多数演员的想法一样,希望叶知秋来唱A角。可是团领导已经决定,她也只能接受。

周团长花了很多时间做于玲玲的工作,于玲玲倒是难得没有闹脾气,除了偶尔迟到早退,大多数时候的表现还算过得去。她之前一直担心叶知秋会空降过来唱A角,只要不是她,谁来唱对她来说都不是那么难接受。

外面风起云涌,后来又转为风平浪静,叶知秋都不知道。蒋菲跟她说起这事的时候并没有提A角差点儿落到她头上的事,怕影响她高涨的学习热情。叶知秋是真心为萧老师高兴,还特意给她发了一条短信祝贺。萧若兰没有回复短信,直接过来见她,当面说了谢谢。萧若兰本来想和叶知秋好好聊聊,虽然她的年龄比叶知秋大了许多,可是这丫头唱得确实好,有很多优点可以学,可是看她忙得团团转,不好意思打扰,简短说了几句话就离开了。

上次巡演,萧若兰虽然没有参与,可只要有时间就会过去看演员们排练,有时候还会给叶知秋一些指导,对剧本几乎烂熟于心。即便如此,她还是迅速进入战斗状态,每天废寝忘食地一遍一遍练习。她向来敬业,发挥也很稳,从没有出过差错。

李副团长去过排练厅几次,对她的表现还是很满意的。虽然他最中意的人选还是叶知秋，可凡事不可能一蹴而就，总得有个过程。道路虽然曲折，可前途一定是光明的。李书记这次愿意向周团长施压，对他来说已经算是好消息了。叶知秋年纪还轻，以后有的是机会。而萧若兰不同，她年轻的时候和洛会芳有差距，于玲玲进了剧团之后她又很快被于玲玲比了下去，再不给她机会这辈子就再难出头了。他尊重萧若兰这样德艺双馨的老戏骨，A角给她唱怎么也强过给于玲玲。

剧组一行人浩浩荡荡去了北京，演员们站上了最大的舞台，演给全国的戏迷看。

萧若兰主动提出只演前半场，把下半场留给于玲玲。于玲玲高傲依旧，一个"谢"字都没有。周团长一直都是提心吊胆的，生怕她出什么差错。于玲玲确实出了错，可是基本可以忽略不计的小错，他总算能踏实下来了。而李副团长的关注点却不在这里，演员唱得如何，各凭临场发挥，是他无法掌控的，他在乎的是此次演出的影响力。第一次公演没有爆，那第二次呢？有没有可能大爆呢？结果是令人失望的，这么顶尖的原创剧本，还有多位知名老戏骨加盟，再加上各大媒体平台的多次实况转播，竟然还是不温不火。

团领导班子集体讨论的时候，李书记有点儿沮丧，周团长发言最积极，话里话外都是对李副团长的讽刺，好端端的非要闹着换掉A角，看吧，还不如上次巡演的水花大呢。事实证明你这样武断冒进是不可行的，我倒要看看，你还怎么好意思和我唱对台戏。

李副团长倒是神色淡然，他明确表示，自己并不后悔坚持换角，这场公演没有想象中成功，可也谈不上失败，一切还是要按照之前定好的计划继续推行下去。

下一步，团里还要安排第三轮公演，借以继续扩大影响力，不然好好的剧本就这么压到箱底显然太浪费了，他不甘心，团里其他人也都不会甘心。

周团长的意思是让于玲玲来唱A角，李副团长的意见自然还是叶知秋。眼看着两人又要吵起来，李书记不得已再次出面当和事佬，提出先在京剧团内部演出一次，由全体职工来决定A角的最终人选。

第47章

叶知秋的论文《京剧青衣的未来发展思考》发表在了全国核心期刊上，她得到消息的时候激动得差点儿跳起来。原本只是抱着试试看的心态投稿，却没想到第一次投就成功了。这件事她只告诉了二哥叶知武，团里的同事一个都没说。得到这么大的鼓励，她学习理论的劲头更足了，日复一日沉浸在浩瀚的书海中，如痴如醉。

她做梦都没想到自己的这篇论文会激起那么多的水花，戏曲杂志的专栏作家推荐各同行拜读叶知秋的这篇论文，很快，各种不同的声音陆续见诸报端，赞赏者有之，批判者亦有之，不过总体来说还是赞赏者占多数。洛会芳也专门写了一篇文章，支持叶知秋"青衣演员应该打破流派界限集众家之长"和"建立有效机制加强青衣人才储备"的观点。发表这篇文章的时候她并没有告诉叶知秋，叶知秋看到洛会芳师父的文章时，激动得热泪盈眶，忍不住读了一遍又一遍。

李副团长得知叶知秋发表了这样一篇论文时，刚开始是不信的，直到从头到尾读完才信了。是金子总会发光，他还担心叶知秋被调去图书馆后会消沉下去，总想着找机会让她回来参演《铿锵》，却没想到她不鸣则已一鸣惊人，着实给了他一个天大的惊喜。

叶知秋的论文一石激起千层浪，业界越来越多的人把目光投向叶知秋，投向京剧团。京剧团里谁都没有想到，一直指望着通过《铿锵》出头的他们，却因为叶知秋的一篇文章得到各方关注。

叶知秋在那篇论文里提到了原创剧目《铿锵》，所以第三场公演的门票还没有对外开售，已经有行业内团体打电话来要票了。团领导班子临时决定《铿锵》在剧团内演出时邀请专业团体一起观看，顺便听听他们的意见。外行看热闹，内行看门道，他们希望听到更专业的意见，以便随时对剧目进行修改和调整。

要不是蒋菲第一时间跑来告诉叶知秋,她还不知道自己有了一次唱A角的机会。这次机会,竟然是她的那篇论文带来的,实在是不可思议。

叶知秋只是微微惊讶了一下,心里并没有什么波澜。她演《铿锵》轻车熟路,A角还是B角对她来说其实没什么区别,既然去做就一定要做好。内部演出,台下坐的大多是熟脸,至于最后几排坐的什么人,周团长没跟她提,她也没问。化妆的时候,叶知秋不知道是不是周团长刻意安排,她旁边坐着的并不是于玲玲,而是一个唱老旦的演员。化妆师中途出去接了个电话,回来的时候叶知秋已经把剩下的部分化好了,正闭目养神,准备上场。

化妆师站到她身后,柔声地问:"小叶,是不是有点儿紧张?"

叶知秋正要开口说不紧张,于玲玲幽冷的声音从不远处的角落飘过来:"不紧张才怪!来了那么多行家,要是唱砸了,丢人可就丢大了!"

化妆师看到叶知秋露出疑惑的神色,想着她肯定不知情,便压低了嗓门跟她说了来龙去脉,叶知秋礼貌地说了声谢谢,继续闭目养神,自始至终没有看于玲玲一眼。于玲玲最受不了被无视,怒气冲冲地起身,大步朝叶知秋走过来。不就是唱到A角了吗?要是她不让步这死丫头能唱A角?呵,有什么可嚣张的!周团长正好进门,见状立刻拦住于玲玲,低声训斥了她几句,硬把她拉走了。安抚好了于玲玲,他才笑眯眯地重新出现在叶知秋身边。

"知秋啊,你那篇论文不是说青衣演员要博采众长吗?一会儿上台了,你得把这阵子在图书馆学的本事都亮出来给大家看看啊,大家都期待得很哪!"

叶知秋当然知道周团长口中的本事指的是什么,她有点儿忐忑,理论和实践有时候不一样,她之前在巡演过程中的小小创新确实曾让她很激动,尤其是那段贯口,台下有人喝彩,那一幕现在回想起来,还是会让她忍不住扬起嘴角。没有什么比得到观众认可更让人心潮澎湃的。可是如果将种种创新贯彻到底,是否能收到好的效果,她心里没底。从图书馆出来的时候,她给洛会芳师父打了好几个电话都没有人接,本来想向她讨教一二,现在时间紧迫,也只能看自己发挥了。有压力就有动力,她深吸一口气,默默地握紧双拳给自己鼓劲儿。

窗外,阳光透过光秃秃的枝丫洒满水泥地,明亮却不耀眼,她闭上双眼,剧本在脑海里慢慢翻开,第一页,第二页……每一段戏词,每一个唱腔行云流水一般淌过,美好又动人。

京剧是一门表演艺术,如果一定要说她的心里有那么一丝期待和向往,那都源于她将要面对的是观众,是京剧团朝夕相处的同事。她觉得精神抖擞,指尖握紧又松开,嘴角荡开淡淡的笑意。

配乐响起,犹如战士出征的号角,叶知秋循着梆梆的调子娉娉婷婷移步上台。

朱红的唇,黛色的眉,靛蓝色的戏服,柔美的身段,流转的眸色,统统成为婉转唱腔的绝好陪衬。

"姹紫嫣红付倾城,赏心悦目又奈何?亭台轩榭,斜雨细风,韶光纵是无限好,却只空留怨与仇。"

台上只有叶知秋一人,悠扬的唱腔循着娇媚的水袖,起起落落之间,似有细碎的花瓣从天空盈盈飘散,凌空飞舞。叶知秋幽怨的眸子清亮如水,百般风情,台下极静,落地有声。一曲唱毕,所有人的目光还停留在她的身上,耳畔萦绕着袅袅余音,形与影,乐与音,完美交织,令人回味无穷。

掌声响起,由点及面,热闹非凡。周团长坐在台下,挑剔的眼神不知不觉化为柔和,能把四大派系糅在一起,又能唱得如此灵动醉人的,叶知秋是他平生所见第一人。小小年纪,小小的身体,怎么可以这么出彩呢?

第48章

坐在周团长身边的李副团长边鼓掌边侧头看了周团长一眼,待看清他的表情之后,心中有一丝得意油然而生。

叶知秋唱得这么好,从今以后你还好意思只捧于玲玲一人吗?叶知秋是妥妥的后起之秀,不该只当于玲玲的绿叶。当年萧若兰是当家青衣的时候,于玲玲进剧团没多久就唱了A角,那时候周团长是怎么说的?长江后浪推前浪,人人都得面对现实。眨眼之间,于玲玲成了前浪,叶知秋成了后浪。周团长,你是不是也该面对现实了?

周团长自然察觉到李副团长在看他,他没有转头,可心里很不是滋味。于玲玲才三十岁而已,正是艺术生命的黄金年龄,谁知道半路杀出个叶知秋来。平日里看着毫不起眼的小姑娘,怎么这么有才华?好不容易把她"发配"到图书馆去,谁知道她悄无声息地发了一篇论文,还引起业界热烈反响,一下子打乱了他所有的计划。

李建业坚持要把《铿锵》的巡演做下去,他虽不是很赞成,可是私心想着只要于玲玲坐稳了A角的位置,唱下去对她只有好处没有坏处。没想到人算不如天算,这次的A角还是不得不给了叶知秋。想到这儿,他觉得心里堵得难受,眼神不自觉地飘向边幕,侄女于玲玲一定比他更难受。那么高傲脆弱的孩子,这一关能挺过去吗?他隐隐有点儿担心。

台上的灯光暗下来,幕布徐徐垂下。

换场的时候后台最是忙碌。下台的、准备上台的、换妆的、卸妆的,嘈杂之声不绝于耳。浓厚的油彩、厚重的颜色,落进叶知秋的眼里皆是美不胜收的画卷。她喜欢站在舞台上,也喜欢穿行在后台拥挤热闹的走廊里,心里满满的都是快乐。

于玲玲径直朝她走过来,站到她面前时,微微抬起下巴,冷声说:

"后面的戏,你别唱了,都给我!"

她声调不高,却因为带了些微的戏腔而多了几分穿透力,附近的人都似是被施了定身法,纷纷停下脚步,目光纷纷落到她身上。叶知秋微扬的嘴角也落下一点儿弧度,紧抿成直线。

此情此景,似曾相识,再去回想,却仿佛已是上个世纪的事情。那是叶知秋替场的那次演出,只有一场戏,她准备了很久,于玲玲在她临上台时不许她唱了。她慌乱无措,凭着本能穿过人群,把本就属于她的那场戏抢了回来。那时候,她是卑微的、渺小的,直到已经站上台,一颗心还是颤抖个不停。她害怕,怕于玲玲冲上台去把她扯下去,尽管那种可能性几乎为零。她是那么珍视那个舞台,那么珍视那一场得来不易的上台机会。今时不同往日,她现在唱的是 A 角,没有理由只唱一场,把剩下的戏全给 B 角唱。如果说很早以前,她还对于玲玲心存敬畏的话,那么现在,她可以理直气壮地说出自己的想法。她不欠于玲玲的,而且必须得到应有的尊重。

"于老师,说说你的理由!"

本来她想加一个"请"字,可是一想到刚刚于玲玲霸道的态度,她有点儿生气,便没有加。

"没有理由,我就是想唱!"

"我唱上半场,你唱下半场!"

"不行!"

"我该上场了,别挡路!"

舞台上京胡声起,叶知秋没有时间和她争下去。再说了,以于玲玲的脾气,和她也吵不出结果来。开场之前,她跟周团长提过 A 角和 B 角各唱半场,周团长是同意了的,于玲玲怎么可能会不知道?她分明是故意的!

叶知秋绕开于玲玲,脚步从容地朝前面走去。

大家暗自感叹,继续忙碌,不过很快有脾气直的忍不住挑起话题:"B 角还想压过 A 角一头,世上哪有这样的道理?真是太嚣张了,真当剧团是她家的呀?坐最后几排的那些人有的千里迢迢而来,为的可不是看她于玲玲!"

话题一开就有点儿刹不住车了,大家一边忙着手里的活儿一边议论开来,瞬间就炸开了锅,没有一个人向着于玲玲说话。

于玲玲站在那里,眼神空洞呆滞,可耳朵是竖着的,四面八方的声音统统落入她的耳朵里,直刺得她五脏六腑都绞在一起,密密麻麻地疼。

她猛地转身,目光锁定叶知秋的背影,一路疾行,不知是有意还是无意地撞了一下叶知秋的肩膀,抢先一步登上了通往边幕的台阶。

叶知秋愕然,于玲玲这是要在她的眼皮子底下生抢啊!

等到她反应过来已经晚了,于玲玲敏捷地跳上台阶,眨眼间已经上了舞台。

凡是看到这一幕的人都愣住了,高傲如于玲玲,竟然用这样的方式抢了叶知秋的戏,不是戏霸是什么?如果人人都像她这样,那还分什么A角B角,一个人唱到底就完事了。没规矩不成方圆,事先定好的戏份,于玲玲凭什么说抢就抢?真是实实在在地破坏了规矩,太不应该了。如果说以前还有人看在她业务精湛的分儿上对她有些许怜惜的话,那现在,她彻底毁掉了自己在那些人心里的形象。

叶知秋无奈地轻叹一声,退后几步靠在走廊的墙壁上。

墙壁上的凉气透过并不算厚重的戏服丝丝缕缕地渗进后背,她只觉得太阳穴一跳一跳地疼。

第二场戏发挥的空间很大,她刚才已经想好了哪些地方可以稍稍融入自己的想法,化妆的时候也已经在心里默默练习了很多遍,可惜现在都用不上了。她抬头盯着深色厚重的幕布,忍不住轻叹了一声。

其实于玲玲一开口,台下的职工们就听出是她了。这才第二场就换B角了?不是吧,叶知秋怎么也得唱完上半场啊!议论声四起,说什么的都有,有人说叶知秋可能只有第一场戏唱得好,怕后面唱不好丢人所以才让于玲玲上,有的说于玲玲一向霸道,怕是压着叶知秋,多争取了一些上台的机会。坐在最后几排的人不知道怎么回事,脸上皆是疑惑之色,这个叶知秋,到底搞什么名堂?

周团长蹙眉,正要起身去后台问个究竟,李副团长附在他耳边说了几句话,很快便低了下身子离开观众席。

第 49 章

李副团长不想让周团长去，现在看来很可能是叶知秋和于玲玲在后台发生了什么冲突，周团长去的话不拉偏架才怪，还是他去比较好，起码可以比较客观地处理好。叶知秋这孩子稳重踏实，一定不会主动去招惹于玲玲，多半是于玲玲找事。于玲玲虽然是个刺儿头，可"戏比天大"是谁都明白的道理，有外单位的人在，她怎么都不该在这个时候任性。

到后台问清楚情况之后，李副团长立刻安排了几个道具组的人等在下台口，嘱咐他们只要于玲玲一出现，立刻把她带到杂物间关起来，等到叶知秋演完上半场再放她。这个办法虽然简单粗暴，可除此之外似乎也没有更好的办法。于玲玲最近精神状态不好，人人都觉得她该去看心理医生，只是都不好意思说出口罢了。

于玲玲一曲唱毕，酣畅淋漓，嘴角的笑容还没来得及淡去，已经被几个五大三粗的小伙子毫不客气地制住。她先是有点儿蒙，反应过来之后就是不顾一切地吼叫出声。配乐声够大，她的声音几乎立刻就被压了下去。她一路骂骂咧咧，拼命挣扎，可还是被拖进了杂物间。眼看着门就要被关上，于玲玲使出全身的力气冲破众人的阻拦，抬眼就对上叶知秋冷清的目光。

"叶知秋，你凭什么让人关住我？你怕了吗？怕我比你唱得好是不是？别以为你耍心机让人人都喜欢你，我就会放弃！当家青衣的位置是我的！我还可以再唱十年，唱二十年，你熬到老也休想抢走我的位置！"

叶知秋停下脚步，目光灼灼。

"于老师，我从来没有想过抢你的位置，我只是一个普通的演员，团里安排我做什么我就做什么！如果你一定要认为我在和你争，那随你，我不在乎！"

以前她在乎过，所以在于玲玲面前从来都是小心翼翼的，除非于玲玲实在是欺人太甚她才会反抗，大多数时候她一直是隐忍的。谁都不容易，她试着去理解每一个人，所有的委屈都独自吞下。可即使她步步退让也无法打动于玲玲冷硬的心，那她只好放弃。既然戏份是事先安排好的，她绝不退让，这是底线。

　　于玲玲咬牙切齿地看着叶知秋，吼道："不许上台！否则，后果自负！"

　　叶知秋淡然一笑，昂首阔步朝前走去。身后，于玲玲的吵闹声渐渐变得模糊不清。

　　她深吸一口气，精神抖擞地投入下面的表演之中。

　　上半场结束，叶知秋回到化妆间的时候才发现后背已经被汗水打湿。她在唱腔和身段上做了很多大胆的革新，上台前没有机会和洛会芳师父沟通，底气便没那么足。台下的同事们倒是时不时地鼓掌，有时候热烈，有时候更像是象征性的捧场。叶知秋不敢分心，有点儿记不清掌声最热烈的是哪几场了。她摇摇头，努力提醒自己不要勉强再去想了。唱都唱了，反应如何只能听天由命。

　　萧若兰陪她坐了一会儿，问她要不要去台下看下半场演出，叶知秋笑着答应。她卸完妆转去台下，悄悄找了个角落的空位坐下，于玲玲的表现并不算特别出彩，不过也没有什么失误。周团长始终为她捏着一把汗，有外单位的人在，他生怕她演砸了。最后一场结束的时候，他摇头苦笑，是从什么时候起，他对侄女的要求变得这么低了呢？不求有功但求无过！这种心态上的微妙变化让他很沮丧，于玲玲在业务方面可能也就止步于此了。三十岁而已，这其实挺可怕的！

　　演出结束，叶知秋正要回图书馆，李副团长却拦住了她，让她参加接下来的交流会。叶知秋坐到会议室的时候才知道那些外单位的生面孔来自哪儿。他们大多来自本地的各个兄弟剧团，还有几个是从外省过来的。她也没有想到自己发表的那篇论文会引起那么大的反响，而且几乎是立竿见影。她有点儿受宠若惊，面对那些人审视的目光时不知如何是好，只能保持礼貌客气的微笑。

周团长和李副团长先后发言，之后就进入了自由讨论阶段，第一个发言的是青年京剧团的副团长，他首先对叶知秋的基本功给予极高的评价，至于她糅合几派唱腔的部分则保留意见，认为可圈可点之处有之，不足之处也有。这位副团长是学院派，分析得很细，而且都有理论支撑，叶知秋听得极认真，手里握着的笔几乎没有停过。这是她一直以来的习惯，好记性不如烂笔头，遇到有价值的，或者一时之间没有琢磨透的就会写下来，得空了再回头去看去思考，如果还是不懂就去请教别人。

后面紧接着发言的是外省过来的几个剧团代表，他们的观点比较直接，都觉得叶知秋这样的唱法也许能吸引到一部分观众，可是长此以往的话很有可能会失去原本派系的鲜明特点。这种担心，很多人都有，也包括周团长。讨论越来越激烈，在座的人很快分成两派，一派支持叶知秋的唱法，一派极力反对。最淡定的要数叶知秋了，这样的场面早在预料之中，她只是闷头在本子上写写画画，一直到交流会结束都没有说一句话。同样沉默的还有于玲玲，她从头沉默到尾，眼神总是似有若无地落在叶知秋身上，看不出是什么样的情绪。

把同行们送走之后，会议室里就剩下四个人，周团长、李副团长、叶知秋和于玲玲。李副团长对叶知秋的舞台表现很赞赏，她的论文，他反反复复看了许多遍。如果说以前他对剧团未来的发展方向还不太确定的话，那么现在，叶知秋的想法给他打开了一扇门，让他豁然开朗。那扇门的后面是一个五彩缤纷的世界，那里有他最雄伟的职业梦想。

气氛有点儿压抑，周团长和李副团长刚才争论得厉害，此时都有点儿疲惫，各自靠在椅子上，不太想说话。叶知秋盯着本子上密密麻麻的字若有所思，不知道思绪飘到了哪里。

总要有一个先打破沉默，李副团长率先开口："周团长，我先说吧！"

第50章

周团长点了点头。

李副团长看着周团长,沙哑着嗓子说:"接下来的第三次巡演,我还是觉得让叶知秋来唱 A 角比较合适。既然咱们俩达不成一致意见,那就交给戏迷,交给市场吧。如果这次巡演反响不好,之后 A 角的人选,我保证不再坚持,全听你的!"

这次剧团的内部演出,观众明摆着是支持叶知秋的。李副团长在台下坐着的时候做过很详细的统计,叶知秋上台的时候,大家鼓掌的次数和于玲玲比,用"遥遥领先"来形容都不为过。周团长怎么会感觉不到?

周团长一直阴沉着脸,直到交流会有人说叶知秋的这种创新处理方式不好,并且有不少人表示赞同的时候,他的脸色才有好转。原本两派之间的争论仅限于专业风格上的分歧,是周团长刻意上纲上线,搞得局面一度尴尬。作为一团之长,不为剧团将来的发展着想,只想着护住自家侄女当家青衣的地位,这种顾小家不顾大家的行为,实在让人无语。明知道说不动周团长,李副团长还是不得不耐着性子和他商量,毕竟人家才是正团长,大主意还是得人家拿。

"建业,要不这次咱们就改改规矩,不要分什么 A 角 B 角了。她们俩各唱半场,你觉得怎么样?"

唱 A 角无疑有更大的主动权,周团长可能也意识到于玲玲的表现过于中规中矩,怕叶知秋抢了她的风头,所以才会这么说。

李副团长怔了一下,认真道:"戏曲界的老规矩了,前辈们这么定肯定有这么定的道理,我看还是不要变了!如果你也觉得没办法决定谁唱 A 角,那不如就让领导班子内部投票吧,或者全剧团的职工投票也行!这样更公平,结果出来了,大家也都没话说!"

"建业，我和你的想法不同……"

两人再一次陷入争论，口气都渐渐变得激动起来，叶知秋笑着插话："周团，李团，我建议，这次的 A 角让给老师来唱……"

周团长和李副团长都惊讶地看向叶知秋。

周团长惊讶的是，明明有一半的胜算却主动放弃，叶知秋真的这么不在乎 A 角？而李副团长惊讶的是，他在这里为给她争到 A 角和周团长吵得脸红脖子粗，她却毫无预兆地打起了退堂鼓，他们明明应该站在同一战线才对，叶知秋这么做简直等同于背叛。

叶知秋的后半句一出口，硬是把一脸冷漠的于玲玲都惊到了。

"B 角由萧若兰老师来唱！"

会议室里的空气像是突然停止了流动一般，瞬间静寂。

李副团长瞪了叶知秋一眼，气呼呼地拂袖而去，周团长和于玲玲对视片刻，目光不约而同地落在叶知秋的身上。

这么好的机会，她竟然要退出，真的假的？

叶知秋立刻起身去追李副团长，他走得飞快，她一路小跑着追出好长一段距离才拦住了他的去路。

"李团，您听我解释！"

李副团长还在气头上，冷冷地说："让开！我一个字都不想听！"

叶知秋跟着他一路疾行，语速也不自觉地加快："李团，我现在在图书馆里学习，收获特别大。人的精力是有限的，如果我参加了接下来的巡演，势必会影响到我的学习。现阶段，我只想一心一意地学习，不想因为任何事分心。我想您一定能理解我，对吗？"

李副团长停下脚步，皱眉说："《铿锵》这部戏特别好，可前面的演出没有大爆，说实话，我是有点儿灰心的。可是今天听你唱了，我立刻又找回了信心。这次你唱，十有八九能大爆，这么好的机会啊，你就这么拱手让人？"

这么好的机会，成名成角儿的机会，可能对很多人都有致命的吸引力，可是叶知秋看得很淡。她学青衣，最初源于喜欢，经过戏校的七年学习，这种喜欢早就不知不觉转为热爱。这种热爱早就超越了名和利，她有自己的计划，绝不可能为了争一时的A角而放弃自己的计划。

做戏曲演员这一行的，没有一个不热爱舞台的，可是在图书馆的这段时间，她想了很多。就在刚刚两位团长吵得不可开交的时候，她突然明白，相比于对舞台的热爱，她更热爱青衣这个行当，为了唱好青衣，她愿意去做任何事，包括系统地去学习理论知识，研究各派的唱腔身段。唱戏是一个不断掏空自己的过程，她很清楚自己现阶段的任务，那就是完成更多的积累去填充和丰富自己。

"李团，请您尊重我的选择！"

"你这丫头，真是……"

李副团长无奈地摇摇头，一时之间竟然找不到一个合适的词来形容叶知秋。

天真？傻？倔强？好像都不合适。

沉默了好一会儿，他才轻叹一声说："好吧。"

目送着他的背影远去，叶知秋的眼神亮了亮，把两只手收拢到嘴边，做成喇叭状，大声说："李团，我不会让您失望的！我一定会成为最优秀的青衣演员！"

李副团长顿了下脚步，没有回头，又继续往前走了。

他的气还没消，需要些时间好好消化一下自己的情绪。

第三场巡演规模很大，《铿锵》走过了大大小小二十几个城市，于玲玲的表现还算稳定，也难得地收起了之前的嚣张锋利，大部分时候都是只唱上半场，偶尔会要求多唱几场，萧若兰倒是爽快，从来没有拒绝过。

叶知秋无意中听到萧若兰和医生通电话，知道她患上乳腺癌。萧若兰没告诉过任何人，是不想影响工作，叶知秋了解她的脾气，便假装不知道。可是萧若兰的身体状况摆在那儿，相比于唱A角，B角的压力相对比较小，会轻松许多，叶知秋也是考虑到这些，才向两位团长推荐萧若兰唱B角的。

巡演结束，依旧是不温不火。总结大会上，所有人都有点儿沮丧，都不太愿意发言，尤其是李副团长。这次巡演是他坚持要办的，而叶知秋退出的时候，他就已经预料到结果了。无奈万事俱备，只能硬着头皮上。可有时候他又在想,一部戏成功与否,不应该由某一个演员来决定,一定是因为存在着这样那样的问题。至于问题在哪里,他一直在找,却始终没有找到。

轮到萧若兰发言的时候,她的一句话点醒了他,让他顿时产生了醍醐灌顶的感觉。

第51章

萧若兰的话像是一颗石子投进一汪平静的湖水中,激起不少水花。不少主创人员似是找到宣泄的出口,陆续说出很多压在心里许久的话。

剧本需要不断打磨和修改,很多角色应该大胆起用年轻又有才华的演员,舞美和灯光也应该适度改进以配合剧情发展,有必要添置新的更加精良的道具……越来越多的问题一下子冒出来,周团长和李副团长表面上不动声色,其实都有点蒙。

有的问题他们早就意识到了,只是因为种种原因,看破不说破而已。现在这些问题被摆到台面上,作为领导他们必须提出解决的办法,哪怕现在不能,起码也要有一个积极的态度。谁都没想到,本该风平浪静的总结大会竟然变成了一个激烈争论的阵地,最开始周团长和李书记表情严肃,偶尔会针对问题讲出实际的困难,到后来不知不觉间演员们就把矛头对准了他们两个。李副团长一直在寻求改革创新,很快就站到了演员这边,那么最大的阻力就成了周团长和李书记。

连普通职工都看得出来,剧团再不改革就是死路一条,李书记也有这个意识,只是需要真正付诸行动的时候,就有点前怕狼后怕虎,犹豫来犹豫去,不太想折腾了,眼看就到退休的年纪了,他生怕最后弄不成了落埋怨。周团长正是看到了这一点,每次李副团长跟他商量转企改制的事情,他都拿李书记当挡箭牌。这次有人提出了转企改制,周团长没有办法再含糊过去,只好表示会和领导班子讨论后再做决定。

会后周团长的脸色很不好看,李副团长却是神色轻快,终于有人在最合适的场合说出了他最想说的话。周团长经常跟职工们说要以剧团为家,让大家畅所欲言,现在真的有人说出了他最不爱听的话,他也只能是哑巴吃黄连有苦说不出。

转企改制成为整个京剧团热议的话题，周团长不管走到哪里都会听到，简直不胜其烦。他跟李书记提起，李书记也是顾左右而言他，很显然已经不再支持他这样的守旧派。这让周团长非常失望，以前因为他无条件支持于玲玲已经多少受到领导班子其他成员的孤立，以后他的处境恐怕更加艰难，想到这儿他就越发忧心焦虑。京剧团表面上还是老样子，可事实上已经开始暗流涌动，而这其中最不受干扰、心情最平静的就是叶知秋了。她徜徉在知识的海洋里如鱼得水，每天都有新的收获，而她最大的收获是来自中国戏曲学院研修班的录取通知书。

中国戏曲学院是戏曲界的最高学府，在整个行业内门槛极高，原本叶知秋是没有资格进校的。这次是校长曲恒看到她的论文时眼前一亮，他一直认为博采众长是大势所趋，虽然提出这个观点的人很多，但是付诸实践的却很少，叶知秋小小年纪就能把这一点贯穿到表演之中，这样敢于创新的人才实在难能可贵。如果有了更强大的理论支撑，未必不会成为一个业内标杆性的人物，很值得期待。他和学院其他领导讨论之后决定破格录取叶知秋为研修班的旁听生。要知道，这一届研修班可是经过层层选拔决定的人选，多数是学历颇高的演技派，名气都在叶知秋之上，不过这对叶知秋来说既是压力也是动力，曲恒很看好她。

研修班已经开课一个月了，叶知秋是插班生，所以决定之后就得立刻动身去学校。她用最快的时间和团里每一个相熟的人告别，然后匆匆踏上了去北京的列车。她是在火车上给洛会芳和赵文云两位师父打的电话，她们一个在国外参加艺术节，一个在外地演出，没办法见到面，叶知秋心里颇有点儿失落。两位师父都支持她的决定，真心为她高兴，还嘱咐她珍惜这次珍贵的机会好好学习。

研修班为期一年，对叶知秋来说也就是一眨眼的工夫。她在研修班年龄最小，却是最用功的一个。在老师和同学眼里，她大多数时候乖巧、礼貌、谦虚，偶尔还会露出符合她这个年纪的特有的俏皮可爱。可是在专业上，她专注、认真，有一股初生牛犊不怕虎的倔劲儿，甚至会在课堂上和老师争论起来，偏偏是这股倔劲儿最受老师和同学的喜欢。她年纪轻，业务能力却很强，偶尔会在练习课上客串老旦、刀马旦、花脸或者武生，不管演什么都是像模像样的，很是招人喜欢。叶知秋很珍惜这段时间，当生活里只有学习这一件事的时候，她对戏曲的热爱就会不自觉地放大许多。她每天都被激动和兴奋包围着，感觉精力好像永远都用不完似的。

她和蒋菲经常通电话，从蒋菲口中她陆续知道了团里很多的消息。

于玲玲越来越霸道，有一次居然和洛会芳吵了起来，事后又态度强硬，坚决不道歉。

《铿锵》剧本的修改并不顺利，有人支持有人反对。

李副团长坚持要推行转企改制，并且得到了绝大多数职工的支持，可周团长却铜墙铁壁一般就是不同意，转企改制陷入僵局。

剧团的演出机会越来越少，剧团内部一片萎靡。

竟然没有一个好消息！

叶知秋的心情越发沉重，接到蒋菲的电话时，她的话也越来越少。蒋菲怕影响到她的情绪，后来渐渐刻意避开和她聊团里的事。叶知秋发觉之后每次却都主动问起，她是京剧团的人，想知道团里的情况，不论好坏。

一年时间而已，等到叶知秋再回到京剧团的时候，扑面而来的却是说不出的颓败气息。

门口的落叶不知为何堆了好几堆，却不见有人清走。她踩着一地干枯的树叶走进大门，西皮二黄销声匿迹，只有京胡悠扬婉转的声音徐徐而来，如泣如诉，带了几分凄楚的色彩。她在路上碰到了几个道具组的同事，他们看起来无所事事，边走边闲聊，看到她都是一愣，欲言又止的样子。

第52章

叶知秋经过一号排练厅的时候隔着窗户往里看了看,里面空荡荡的,一个人影都没有。她又去了周团长的办公室,秘书王俊告诉她,周团长身体不舒服在家休息,叶知秋问周团长什么时候来上班,王俊很为难的样子,只含糊说可能要再过几天。

李副团长倒是在办公室,叶知秋敲门进去的时候,他正一边看报纸一边喝茶。四目相对,李副团长沉静的眼睛里浮起一丝喜悦,起身主动和叶知秋握手,还笑着轻拍了一下她的手背,脸色有点儿激动。

"知秋,欢迎你学成归来!这样的大好事,本来应该给你办一个欢迎会什么的,可是现在团里的情况……"

他的眼神瞬间黯淡,有点儿说不下去了。

没有人知道他心里有多郁闷,时代在变,与时俱进是大势所趋,无奈团里的守旧派实在太顽固,他试过很多办法都行不通。一年下来,他的耐心被消磨殆尽。不过即便如此,他也从来没有想过要放弃。办法总比困难多,就算周团长软磨硬泡,把之前支持他的人都拉拢走了又怎么样呢?他铁了心要带着京剧团走出困局,谁都拦不住。

叶知秋和李副团长聊了两个多小时,以前她对李副团长并不是特别了解,这次,她是真的对他刮目相看了。李副团长是真的为京剧团着想,希望京剧团发展得越来越好。

"我们不是第一个转企改制的剧团,也绝不会是最后一个。可我们不能做最后一个啊,先改革就先掌握主动,先改革就能给剧团的发展争得先机,为职工们谋得更好的发展空间。今天行动就比明天行动好,我们再不动起来,剧团就只能等着被市场淘汰了。"

直到离开办公室,李副团长的这番话还在叶知秋耳边反复回荡。

在戏曲学院的这一年，叶知秋除了扎进专业里，也在时刻关注时事，主流媒体上所有和戏曲有关的新闻她几乎都看过。这次回来，她感觉浑身充满干劲，总有一种撸起袖子大干一场的豪迈感，可是一进门她就有点儿蔫了。虽然在戏曲学院的时候，她偶尔会在内部论坛里看到诸如"戏曲已经走向没落"的感慨，可她从没有认同过。直到冷酷的现实摆在眼前，她才有了更直观更真实的体会。不过，不是没落，而是陷入困局。

叶知秋把行李放回家里，没顾上和二哥二嫂说上几句话就去老年剧团找赵文云师父了。一年不见，她很想念师父，还有一些事情，她也想着顺便和师父聊一聊。

看到叶知秋的时候，赵文云激动得很，紧紧抱了她一下，一直拉着她的手不肯松开。师徒两个坐在一起有说不完的话，赵文云问到叶知秋在戏曲学院的学习成果，听闻她又新拜了几位教授为师，作为学院代表参加了很多学术研讨活动，还得过几个论文评优的奖项，赵文云很是欣慰。

两人的话题自然而然转到如今的戏曲市场上，赵文云也是感慨颇多，现在市场不景气，他们老年剧团竞争力不够，基本没有什么商演可接，政府财力有限，公益性的演出也越来越少了。她也不知道老年剧团还能撑多久，不过目前好歹还能勉强运作。她的观念倒是很能跟得上时代，现在很多国企纷纷改制，有成功也有失败，可这是大势所趋，得顺势而为才有活路，就比如现在的京剧团。叶知秋去了排练厅，和那些之前一起共事的老前辈见了面，他们一直以来都很关注叶知秋的消息，也为她取得的成绩高兴。和他们待在一起，热热闹闹的，久违的家的温暖迎面扑来，叶知秋觉得心里暖融融的。

回京剧团的路上，叶知秋和洛会芳通了电话，师徒俩都有很多话想说，可是千言万语，一时竟然都不知道从何说起。电话那头的洛会芳手头有事情在忙，说过两天就会回来，到时候见面再谈。叶知秋挂掉电话的时候，觉得鼻子有点儿发酸，师父洛会芳的声音因为沙哑显得有点儿苍老。七十多岁的老人还在为自己热爱的事业奔波忙碌，这种精神难能可贵，对她来说也是巨大的鼓舞。

再次走进京剧团大门时,叶知秋深吸一口气,望向那条长长的水泥路的尽头。暮色浸染,青灰色的行政大楼在满眼的秋色中显得格外萧瑟寂寥。下班时间还没到,却已经有人陆陆续续走出来。那些面孔,有的陌生有的熟悉,却都像是蒙了一层颓丧甚至麻木的色调。

　　叶知秋双手插进外套口袋里,脑海里突然浮现出一年前排练《铿锵》的画面。那时候不光演职人员忙得脚不沾地,做行政工作的同事也都热情地参与进来,全团上下拧成一股绳,群策群力,只为贡献一出好戏,那些情景至今历历在目。一年而已,一切都变了,莫名有一种沧海桑田的感觉,让人难以接受却又不得不面对。

　　叶知秋依旧去找李副团长,他正好有空,就叫了几个青年演员过去,也包括程旭。程旭只知道叶知秋这周回来,并不知道具体是哪一天,看到叶知秋的时候有点惊讶,也有点惊喜。他坐到叶知秋身边,两个人低声聊了几句,待到李副团长轻咳几声,他们才齐齐把目光转过去。全场安静,只有李副团长低沉的声音流淌而出。

　　"知秋回来了,对我们来说是个新的开始!转企改制迫在眉睫,你们是剧团的新生力量,是剧团的未来。我想先听听你们的想法,千万不要有什么顾虑,尽管畅所欲言!"

　　大家都知道李副团长是剧团的改革派,可是被他叫过来专门聊这件事还是第一次,大家一时没反应过来,你看看我,我看看你,都没有立刻说话。

　　看到李副团长的脸色有点儿尴尬,叶知秋笑着先开口了:"外省有不少京剧团都在如火如荼地进行改革,我看过一些详细的新闻报道,有一些了解。进修的时候也听一些同学说起过他们单位的改革措施,对我触动很大。如果大家想听,我就说得更具体一点儿。"

第53章

程旭带头鼓掌，其他人也跟着鼓掌，主要是出于礼貌。台上的叶知秋确实成熟优雅、光芒四射，不折不扣的大青衣的风范，可是台下素颜的她还是难掩稚气，即使声线低沉还是给人一种小孩装大人的感觉。

"如今戏曲市场严重萎缩，很多人都知道现在唱戏不挣钱了。可不管怎么说，有铁饭碗，就有一口饭吃，大家的心里都是踏实的。在这个时候突然把京剧团推向市场，无异于把大家的安乐窝直接撤走，放在谁身上都受不了。那么，改制最关键的一点就是编制。我觉得，最可行的方法就是按年龄和工作年限划分，实行编制冻结，给那些已经为剧院奋斗了大半生的演员和职工保留编制，给他们一颗定心丸，做到老有所养。而近十年来进入团里的年轻力量不再给予编制，直接纳入企业化管理机制。有压力就有动力，全面发动起年轻一代的力量，我们的改制就成功了一半！"

当叶知秋慢条斯理地说完一段话时，所有人都怔在那里，眼睛都直了。连李副团长都愣了好一会儿才缓过神来，笑得眼角的细纹都舒展开了。

"知秋，你怎么这么厉害！"

要知道，当领导时间长了，一般都会磨炼出严肃谨慎、不动声色的习惯，说话从来都保留三分。让李副团长放下架子真情流露的原因不言自明，那就是叶知秋每句话都说到了点子上，戳到了他心窝里。转企改制的建议，以前老戏骨们也提过，可不甚具体，有的甚至只是单纯抱怨，并没有谁提出过行之有效的办法，即使是李副团长也没有想那么细，而叶知秋的话却真真实实在他的脑子里描绘出一张清晰的图表，他的心里慢慢有了底。

程旭沉思片刻，抬眸看向叶知秋，疑惑地问："彻底把剧团推向市场，不留一点儿退路，这样是不是太冒险了？"

他只比叶知秋大两岁，不过从小性格老成沉稳，凡事都很谨慎。虽然改制是早晚的事，可是叶知秋一股脑说这么多，深入剖析当前局面之后，各种措施就一条一条列出来了，连可能会遇到的阻碍如何解决都说得一清二楚，听着是很合理，可怎么都觉得有点儿理想化，空中楼阁一般，让人感觉很不踏实。要真这么顺利就好了，但京剧团内部的问题实在太复杂，光是领导班子内部如今就已经分裂成改革派、保守派和中间派三派，还有人在三派之间摇摆不定。更别说演职部门的各种小团体之间摩擦不断、暗自较劲，关于改革与否的争论从来就没有停止过。有人的地方就有江湖，改革一旦推行，剧团很快就会乱成一锅粥，到时候局面能不能控制都是未知数。除此之外，程旭还想到了很多别的问题，越想，眉头就皱得越紧。

叶知秋笑了笑，慢条斯理地说："我觉得有必要先统一思想，做好过渡和铺垫，既然迟早要变，那就做好充足准备！"

她目光清亮，态度坚决，李副团长凝视着她的侧脸，暗暗惊讶，以前怎么没发现，叶知秋这孩子竟然颇有大将风度。

除程旭之外的另外几个人听到叶知秋这么说，个个热血沸腾。年轻人最大的特点就是胆子大，有冲劲，李副团长正是考虑到这一点才决定先找他们几个过来开碰头会。看到他们热情高涨地加入激烈的讨论中来，他当然是高兴的。会议持续到深夜，谁都没有意识到时间的流逝。李副团长几乎是强行结束了会议，硬把他们赶回家睡觉。改制又不是一天两天的事，路得一步一步地走，不急于一时。

深黑的夜空，宁静高远，李副团长大步流星走在铺满落叶的甬路上，心情说不出的轻盈畅快。连着深呼吸了几次之后，他觉得长久以来郁结在心里的一股无名火似是消散大半。

他从口袋里掏出烟盒，敲出一支烟来夹在指尖，可摸遍所有口袋都没发现打火机。他平日里烟瘾很大，烟瘾发作的时候要是找不到打火机，会立刻暴躁起来。可是此时此刻，他却没有，胸腔中只觉激情荡漾，思绪也不自觉地飘向遥远的未来，嘴角不自觉地微微勾起，然后发自内心地笑了。自从他调到京剧团，第一次笑得这么开心。

同样心潮澎湃的还有叶知秋，她回家的时候嘴里哼着《铿锵》里的戏词，眼角眉梢都是笑。二哥二嫂还没睡，正并肩坐在客厅的沙发上看电视。看到叶知秋进门，二嫂碰了碰二哥的胳膊，二哥立刻笑着开口："心情这么好？买彩票中奖了？"

叶知秋还没说话，二嫂立刻抢过话茬，自顾自地说："你眼里只有钱！我们知秋可不像你，我猜她这么高兴，一定是和程旭去约会了，说不定两个人已经准备结婚了。"

说到这儿，她转头看向叶知秋，笑意盈盈地问："知秋，我猜得对不对？"

叶知秋怔了一下，无奈地笑笑："二嫂，你总爱开这样的玩笑！"

"这怎么是开玩笑呢？你现在都多大了，虚岁都快二十二了，怎么一点儿都不为自己的终身大事着想呢？你们剧团那么多人，你不喜欢程旭，别的有没有年龄合适家庭条件合适的小伙子啊？你得上点心！"

"我可能要忙一阵子，两三年之内恐怕没时间！谢谢二嫂的关心，我不着急，以后再说！"

叶知武忍不住问："你进修刚回来就要忙啊？团里有新戏？"

叶知秋正好也不困，干脆坐下来，把剧团要转企改制的事跟他简单说了一下。这是大好事，没有什么可隐瞒的，再说现在不说的话，以后二哥也会知道。二哥一向支持她，想来这次也一样。

她没想到，二哥听完她的话，眉头都皱成一团，脸色也沉了下来。

"妞妞，你唱戏，我支持，可是其他的事，我劝你不要参与。转什么改什么，那是人家团领导应该操心的事，和你有什么关系啊？你别犯傻了，要真是功德无量的大好事，能轮到你头上？枪打出头鸟你懂不懂？到时候万一弄不好，罪名全在你身上。你们团领导倒真会算计，居然算计到你头上！不行，你明天就去跟他们说，你只会唱戏，别的都不会干，让他们找别人！"

"二哥，你怎么会这么想呢？没人算计我，是我自愿的！如果人人

185

都像你这么想,遇到事就往后缩,只想着自己,那社会还怎么发展啊?"

"你看你,被你们领导洗脑了,我说你是为你好,你怎么还批评上我了!你别跟我讲这些大道理,我不听!你要是不愿意去说,明天我去找你们领导。我得当面警告他们,休想利用你!"

"二哥……"

第54章

兄妹俩这么多年第一次吵得脸红脖子粗，谁都说服不了谁。

叶知武理解不了妹妹好好的戏不唱非要参加什么改革，叶知秋也理解不了哥哥为什么这么激烈地反对她的决定，搞得她好像鬼迷心窍要去杀人放火一样。

二嫂费了九牛二虎之力总算把叶知武劝回了房间，叶知秋坐在沙发上生闷气，只觉得太阳穴一跳一跳地疼。本来她还想着一会儿嘱咐二嫂好好劝劝二哥不要管她的事，等了半天二嫂也没有出来，叶知秋就想着第二天一早再跟二嫂说。没想到天刚亮，母亲王桂芝就打来电话，劈头盖脸就是一顿骂，不用说，一定是二嫂昨晚打电话告诉她的。

叶知秋觉得胸口发闷，本就是工作上的事，家里的人都不懂，二嫂怎么转脸就告诉母亲了呢？母亲对她的事一知半解，固执地以为她不好好唱戏，反倒要在团里带着人造反，各种难听的话一股脑都倒了出来。叶知秋只觉得耳膜震痛，费了好大的劲才暂时安抚好她老人家。她刚挂掉电话，大嫂的电话又打过来了。大哥不善言辞，不知该如何表达，只好让大嫂开口，大嫂说话倒是委婉客气许多，不过态度却很强硬，反复强调让叶知秋好好唱戏，不要掺和别的事，不然大好前途就要保不住了。上次她因为县报记者的不实报道被"贬"进图书馆，好不容易进戏曲学院进修，眼看着回到剧团就要被重用，这种关键时候可不能再出什么差错。光宗耀祖的希望都寄托在小姑子的身上，一家人都巴巴地盼望着，哪里容得她这么胡闹下去呢？

叶知秋万万没有想到，改革的事还没开始，阻力已经出现，而且是来自家里，心里自然没好气。二嫂看她脸色不对，立刻道歉，说自己一时冲动给家里打了电话。可话都说出去了，还能怎么办。叶知秋只好僵着脸说没事,她自己会处理。按说她的态度已经很不错了,可二嫂还是心生不满,跟丈夫抱怨,小姑子还没有成名先就学会甩脸子给她这个当嫂子的看了。

二哥看老婆委屈得什么似的,直脾气的他以为妹妹跟她说了什么不中听的话,叶知秋前脚刚走,他就气呼呼地追了出去。叶知秋横穿马路的时候,叶知武追上她,说话很冲。叶知秋急着去团里,走得快,也没仔细听他说什么,只是沉默。她这敷衍的态度让叶知武越发火大,干脆闭了嘴,沉着脸跟她进了京剧团大院。

周团长的车徐徐开进来,叶知秋拉着二哥闪到一旁。

车窗摇下,周团长主动和叶知秋打招呼。叶知秋刚要给二哥做介绍,二哥抢先一步开了口,语气很不友好:"周团长是吧?我是叶知秋的二哥,我是粗人,你别怪我说话直!你们团里要搞什么改革,我们家知秋举双手赞成,可是我希望你不要让她参与进去。她性格单纯,年纪小,什么都不懂,对你们没有什么利用价值。她唱戏唱得好,我只希望你们能多给她上台的机会,别的,她做不了。退一万步说,就是她想做,我们也不会同意!"

叶知武语速极快,周团长凝神听着,脸上不动声色,只是眉头渐渐皱起,笑容也变淡了几分。

"二哥,你胡说什么呢?我的事你不懂!你赶紧回家,别管我的事!"

"妞妞……"

"你回去!"

看到妹妹气得脸色微微发红,眼睛里仿佛要喷出火来,叶知武这才意识到自己好像真的有点儿过分,大剌剌地跟周团长摆摆手道别,又瞪了叶知秋一眼,这才转身大步离开。

周团长近来因为转企改制的事和李副团长时有摩擦,可是他并没有太放在心上。只要李书记和洛会芳没有坚定地站到李副团长那边,那李副团长一个人就折腾不出什么水花来。他是真没想到,叶知秋去了一趟戏曲学院,这一回来就旗帜鲜明地支持李建业。叶知秋的哥哥刚刚说的话信息量不大,可他轻易就猜到,叶知秋已经和李副团长碰过头了,搞不好李副团长还叫上了几个青年演员一起。年轻人更喜欢折腾，李建业平日里就和他们打成一片，这个时候不拉拢他们才怪。他的心情有点儿沉重，不过脸上却不见一丝波澜。该来的总会来，他是一团之长，什么大风大浪没见过，当然不会慌，更不会怕。兵来将挡，水来土掩，他笑着对叶知秋摆摆手，吩咐司机继续开车。

叶知秋还没走到李副团长的办公室门外，争吵声就隔着门缝传出来。周团长和李副团长的声音都不高，可是听上去吵得很激烈。她顿住脚步，等了一会儿也不见争吵声停下，只好转身先下了楼。

她站在楼前的一棵大树下，眉头紧锁，心情有点儿复杂。周团长早晚会知道李副团长已经悄悄行动搞改制的事，可是由自己的二哥说出来，总觉得不是那么回事，搞得自己跟个告密者一样，忍不住有点儿内疚。

"知秋，怎么在这儿站着呢？"

一道亲切熟悉的声音传来，叶知秋循着声音望过去，不远处，洛会芳站在一片柔和的晨光中，正笑眯眯地看着她。

太久没有见面了，叶知秋眼眶一热，大步跑过去一把抱住她。

"你这孩子，差点儿把我这把老骨头扑倒了！到了我这个年纪，摔一下碰一下都是很严重的事，小心我讹上你哟！"

洛会芳看这丫头马上要哭出来，轻抚着她的头发开玩笑缓解气氛。

她这么一说，叶知秋终于笑了："师父，对不起！我不是故意用这么大力气的！"

洛会芳拉着叶知秋坐到旁边的长椅上，两人亲热地聊了起来。虽然见面不多，可她们说起话来彼此都觉得很熟悉，好像昨天刚刚见过似的。正聊着，李书记来了，看到她们，也走过来加入了她们的谈话。

洛会芳和李书记认识多年，私底下是很好的朋友，说话自然就直接了一些。

"李书记，转企改制的事，你是什么态度？"

"我知道这是早晚的事，可是得慢慢来吧，不能操之过急！"

"几年前，全国第一家剧团改制的时候，你就是这么说的。慢慢来？这都多久了，你迈开过步子吗？别用敷衍别人那一套敷衍我，你给句痛快话，支持还是不支持？"

第55章

　　要是没有当着叶知秋的面，李书记可能还会含糊几句，甚至耍耍赖，反正他不表态洛会芳也不会拿他怎么样。可是有第三个人在，他这个书记的架子就没办法说放就放。而且洛会芳刚刚也说了，几年之前他就说一步一步来，拖到现在还不表态也实在是说不过去。

　　他犹豫了一会儿，笑着说："当然支持了！政策早就出台了，我不支持也得支持啊！"

　　洛会芳轻拍了一下手掌，转头看着叶知秋："听见了没有？我方阵营又多了一员大将，我们终于可以放心大胆地大干一场了。真没想到，到了我这个岁数还能热血沸腾一把！"

　　她说得云淡风轻，可对叶知秋来说是天大的惊喜。她以前和洛会芳师父交流的机会不多，没有谈到过转企改制的话题，真没想到，到了她这个年纪，竟然也能像年轻人一般顺时而变。

　　师徒两人相视一笑，一切尽在不言中。

　　周团长主持召开的第二次碰头会，参会的主要是中老年演职人员。会前李书记和周团长短暂交流了几句，周团长的脸色沉了沉，不过很快就恢复了正常。和上一次碰头会的气氛截然不同，周团长做了简短发言之后，会场一时之间陷入沉默，大家甚至连交换眼神的动作都没有，几乎都盯着眼前的笔记本出神。

　　李副团长倒是不受影响，没人发言没关系，他可以多说一点儿。

　　"我知道有相当一部分人不希望剧团改制，国家单位变成私企，铁饭碗不保，风险太大。可是我们剧团现在是什么处境大家心里也清楚，眼看着就要被裁撤。既然已经跌入谷底了，那往哪儿走都是在走上坡路，对不对？为什么就不能试一试呢？是对自己没信心，还是对我们剧团没信心呢？"

会场依旧沉默，不过有好几个人微微抬头，目光投向周团长。

他双手抱臂，微微后仰，靠在椅背上，看着像是在思考什么，眼底却隐隐透着一丝得意。

李建业怕是独角戏唱惯了，脸皮也变厚了，没发现大家没有反应吗？还是像打了鸡血一样，真是难为他了。

青年演员都是一帮愣头青，容易被他拉拢，可是现在会场的这帮人，在行业内摸爬滚打这么多年，有相当一部分离退休的年纪不远了，难免有心无力，和年轻人怎么比？动员他们根本就是在做无用功！

"我上个月到外省考察了几个剧团，写了一份详细的报告，请大家看看！"

说着，李建业起身，把手里装订成册的本子分发给所有人。大家倒是很给面子，立刻就翻开来看。最后一本放到周团长面前时，他只是稍稍抬了下眼皮，连象征性地翻开一页的动作都没做。

"哗哗"的翻页声之后，很快就有人开口了："京剧是改革不是改行，想实现戏曲行业的繁荣复兴，只有转企改制这一条路可走。这句话，真的是孙瑞阳副部长说的？"

李副团长认真地点点头："是！最后一页附了新闻报道，你可以看一下！"

晋城青年京剧团是全国第一家提出改革创新口号的，一开始行动就得到孙瑞阳副部长的高度关注。他本身就是资深戏迷，在地方主政期间还主持过"百日集训"，训出一个省级京剧团，同时还牵头筹备京剧音配像工程，抢救出四百多出绘形绘影的经典老戏，至今还在为京剧行当输送剧本素材。孙瑞阳在戏曲界是一个丰碑式的人物，令无数人仰慕敬畏。他亲口说过的话，谁会不信？

参加会议的多是演员，对自己的老本行自是有极高的敏感度，大部分人不愿意接受转企改制，是担心李副团长就这么不管不顾地把京剧团推向市场，会为了迎合观众不择手段，搞什么京剧和流行歌曲融合、和交响乐融合、和说唱融合，那样的话，老祖宗留下的好东西都被糟蹋了，那还得了？李副团长直接拿孙瑞阳的一句话消除了他们的担心，会场这才慢慢热闹起来。

李副团长再次开口："转企改制不是一蹴而就的，为确保我们团转企改制工作顺利进行，我们团领导班子会在近期成立改革办公室，陆续召开专题会议，组织全院职工学习各项政策法规，积极为转企改制做准备。更具体的内容，以后大家会了解得更清楚。我李建业用自己的人格担保，这次的转企改制只会让我们京剧团蒸蒸日上，请大家放心！"

周团长眯起双眼盯着李副团长的侧脸，表情没什么变化，可心里不知不觉间因为某种澎湃的情绪隐隐荡漾。上次有这种感觉，还是他刚刚当上团长的时候。那时候他还年轻，满心想着怎么带领京剧团走向繁荣。

还要继续坚持自己的想法吗？

万一这次转企改制成功了呢？

他隐隐觉得自己一直以来固守的信念有了一丝动摇。

李副团长其实并没有对周团长抱什么希望，只要他不阻拦，对他们改革派来说就已经算是胜利了。

这次的会议，动员的意义更大一些，李副团长觉得点到为止即可，总要给大家一个接受的过程。

会后领导班子成员聚到李书记的办公室里，大家你一言我一语，畅所欲言。

周团长也很难得地表了态："姑且一试，不问前程！"

一句话而已，李副团长又惊又喜，他是真没想到，曾经以为最难说服的顽固派居然也转变了态度，而且转变得比预想中快了许多，实在令人意外。

周团长其实并没有完全想好，可是连李书记和领导班子其他成员都明确表示支持李副团长改制，纵然半推半就，他也只能心不甘情不愿地被裹挟着、推搡着迈出第一步。

紧接着，职工大会召开，李副团长带着全体职工学习了相关政策法规，对剧团的资产核查、清算提出具体办法，对未来调整重组的部门职能划分和职工们最关心的福利问题也做了妥善计划和安排。

李副团长话音一落，会场立刻议论声四起，热闹非凡，职工们表情各异。

李书记倒是一脸淡定，坐在旁边的周团长环顾一周，不由眉头轻蹙，自言自语："山雨欲来风满楼啊！"

第56章

会后,职工们大多迟迟不愿意走,他们的关注点各不相同,有的职工面临退休又无心跟着折腾,就想知道能不能提前内退,团里会不会给予工龄补贴,有的想知道团里改革之后工资结构是否有变化,也有的想知道改制之后团里的单身公寓还能不能继续住下去。而演员们更关心的是京剧团引入市场化经营管理体制后,能不能从根本上活跃戏曲市场,实现传承,真正意义上得到自救,会不会适得其反直接把京剧团推向深渊,再无翻身的机会。

他们把李副团长围在中间,七嘴八舌地问个不停,李副团长不疾不徐,从容淡定,只是要回答的问题实在太多,他明显应接不暇。周团长和李书记虽然没走,可到底对相关政策和改制思路不甚了解,帮不上什么忙。洛会芳接到李副团长的电话,很快赶过来加入,随后,一直和李副团长站同一战线的人也来到李副团长身边,自然而然各自分工,形成一个井然有序的咨询团队。

职工们全部散去已经是两个小时以后的事了。李副团长对洛会芳的仗义相助很是感激,赶紧倒了杯热水递给她,连声说着感谢。洛会芳虽然疲惫,不过心里是高兴的,她期待着京剧团在未来焕然一新的那一天。

她转过脸,目光从周团长的脸上掠过,落在李书记的身上。

"你们俩呀,都是老顽固,回去以后好好了解一下政策法规,不然过几天媒体来了,一问三不知,那丢人可就丢大了。"

李书记愣了一下,反问:"媒体?你告诉他们的?"

转企改制是大事,他们这里还没理出个头绪来就让媒体掺和进来,不打他们个措手不及才怪。他们怎么也是书记和团长,哪能在镜头前露怯呢?不过洛会芳这一招够狠的,是怕他们俩消极敷衍,所以才故意扯上媒体，逼着他们参与进来。

洛会芳严肃地说道："现在很多文艺单位都在搞转企改制，媒体问到我的看法也很正常。我没有故意要说，是他们主动问起来的。"

李书记无奈，拍拍周团长的肩膀说："老伙计，活到老学到老，咱们这两个老家伙得回去好好学习了，不然……"

他没有说下去，目光意味深长地飘向不远处低头整理文件的李建业。

一把手和二把手袖手旁观，却让一个副团长主持大局，要是让同行知道了，他们俩的脸面还要不要？既然职工们都已经接受了转企改制，他们还有什么好说的？

虽然现在行动起来有点儿晚，可再不行动，以后估计会被职工们骂死。毕竟，谁都不愿意当绊脚石，现在尤其不能。历史的车轮滚滚向前，从不为任何人停留，他们拗不过，挡不住，那就只能接受了。

叶知秋和其他青年演员们组成的行动小组也没闲着，李副团长分给他们的任务是策划大规模形式多样的公益性演出，一方面，给演员们提供更多演出的机会，让各部门都忙起来，提高士气；另一方面，活跃萧条的京剧市场，提高剧团的社会影响力，吸引普罗大众的关注，为后续寻求商业合作铺路。大家刚开始讨论的时候都是激情满满，眼睛里都冒着光，可是程旭很快就发现，大家的思维都有点儿像脱缰的野马，越来越偏离李副团长给的大方向。

他敲敲桌子，果断喊停。

"同志们，我们是要策划实实在在的活动，不是搞广告创意！公益性演出，首要考虑的是可操作性和吸引兴趣的可能性。京剧本就是意象艺术，唱、念、做、打是基础，最早的舞台表演，就是一桌一椅，再加简单配乐，搞那么复杂，反倒会失了本真，希望大家的思维不要过于分散，而是要集中到京剧本身的魅力上来！"

他的话沉稳有力，掷地有声，大家的表情都严肃起来，开始围绕这个主题去认真思考。

不知道是不是因为有了条条框框，原本灵感满满的年轻人反倒有点儿放不开了，场面一时之间有点儿沉默。

叶知秋想了想说:"我看还是这样,我们先划出几个场合来,比如剧场、社区、学校、公司,表演形式本身不作重大改变,只是根据受众稍作调整。既能保留原汁原味,又能让观众群容易接受,这样才有可能产生一定的影响力!"

她在戏曲学院的时候参加过一些研讨会,聆听过不少京剧名家的发言,大受启发,原本就有一些自己的想法,这个时候自然而然就想到了这儿。

程旭紧皱的眉头舒展开了,对她做了一个"请"的手势。

叶知秋笑了笑,继续说:"京剧的主要受众是老年人,他们是基础,举办公益演出他们一定会捧场。我们要吸引的是中青一代和孩子们,不说让他们立刻爱上京剧,起码要让他们容易接受,有耳目一新的感觉。他们产生了兴趣,对京剧的推广和普及只有好处没有坏处。针对中青一代观众,我们可以尝试对名家名段再加以精编,突出精彩之处;对孩子们这个群体,我个人觉得可以尝试安排京剧课本剧进校园活动,给他们更多的新鲜感……"

众人微怔,不约而同地反问:"课本剧?"

除了叶知秋,谁都没有想过要去刻意吸引孩子们的兴趣。

因为听说过课本剧的成功案例,叶知秋心里很有底气,她笑着说:"小手可以牵着大手来剧场看戏,这就不仅影响了一批孩子,而是影响了这些孩子的家庭,对不对?京剧可以让孩子了解传统文化,培养基础的传统美学素养,让这一代影响上一代最合适不过。这样一来,京剧观众的断层就会逐渐弥合,我觉得这是很有意义的。"

她的想法很好,其他人纷纷点头,只有程旭提出了反对意见:"知秋,我觉得这件事以后可以慢慢做起来,课本剧要编写,还要不断修改、打磨,这都需要时间。现在时间紧迫,我们的主要任务是配合团领导完成改企转制的过渡,我觉得重中之重还是先多安排演出,在提高演员们的积极性和自信心的同时,活跃京剧市场,扩大影响力。你说的精编名家名段,我倒是觉得非常可行,马上就可以着手去做!"

第57章

过渡阶段虽然艰难,可是剧团内部总算是统一了思想,一切都在朝好的方向发展。周团长报请了上级部门批准,"转企改制"工作全面展开。周团长的态度说不上消极,可也实在谈不上有多积极,李书记倒是参与进来了,可到底年纪大了,心有余而力不足,也起不到什么太大的作用,所以重任还是在李副团长的肩上。他从来没有抱怨过,每天忙得脚不沾地却依旧激情万丈。

因为有其他剧团改制的先例,很多经验和做法都可以借鉴,所以工作真正落到实处时,大方向是没什么问题的,只是很多措施推行起来却比想象中困难许多。

剧团原本设有十五个处室,经过裁撤重组之后变成八个独立的艺术部门,以前一杯茶一份报纸就可以悠闲度过一整天的常态被打破,自然会触及相当一部分人的利益。让谁走让谁留是个大难题,周团长不管,李副团长只好自己出马,在改革小组内部商讨后拍板决定人选。

有人拍手称快,有人咒骂喊冤,各种声音都有,甚至还有人堵到李副团长家门口,骂遍他的祖宗十八代。李副团长坦坦荡荡站在那人面前,温声细语地讲道理,甚至悄悄自掏腰包补贴对方。这些都是琐事,可又都是不得不抓紧时间处理的事情。处理得好,可以为转企改制扫清道路,使以后的工作开展得更顺利一些。谁都不容易,李副团长急人之所急,想人之所想,拿出全部的赤诚对待剧团里的每一个人。人心都是肉长的,抱怨之声随着时间慢慢平息下去。

青年行动小组负责公益演出活动,联系场地,造势宣传,安排剧目,每一个环节都是细碎的,却又容不得半点儿差错。

叶知秋连续几天熬夜,顶着大黑眼圈的样子谁看了都忍不住心疼,不过叶知秋倒是不在意，还常常自嘲说自己是瘦版的大熊猫。年轻人干劲足，即使疲惫不堪，依旧热情满怀。捋顺了活动的流程和场次，剩下的就是安排演员进行排练。

排练才一开始，问题又出现了。考虑到大众对京剧的熟悉程度，之前青年行动小组只安排了名家选段演出，很少有整场戏的，起初演员们是认同的，可是当程旭正式宣读演出清单时，立刻有人提出反对意见，紧接着，反对的人越来越多。

"全是选段？又不是参加什么晚会！时间就这么有限？不能多给我们一点儿表演的机会？"

"怎么都是文戏啊？这也太不公平了，我们武生还有什么用武之地？"

"老戏迷们最愿意看的几个剧目也只唱选段吗？别到时候新观众没吸引到，老观众也流失掉了！"

刚开始大家还算心平气和，后来因为青年行动小组一个叫徐东来的小伙子说话有点儿冲，这场争论不知不觉就带了火药味。在座的演员们不管哪个单拎出来都是前辈，被这么一群二十几岁的孩子安排来安排去，本来就气儿不顺，有了这个由头，眼看着针尖对麦芒的要吵个没完。直到匆匆赶来的洛会芳开口了，才算是很快控制了局面。徐东来向那位前辈演员郑重道歉，还承诺以后在工作中一定会注意方式方法，这事才算是翻篇了。只是，问题还是要解决，不然大家都没办法全心全意地投入排练。

洛会芳想了想说："大家看能不能这样，给行动小组的这帮孩子两天时间，让他们去做一个市场调查，看看现在的观众喜欢看什么。排在前三位的剧目，咱们安排整场，排在后面的，都只演选段，怎么样？"

叶知秋对师父竖起大拇指，果然姜还是老的辣，这个办法最科学最合理。

其他演员没有意见，先各自去练基本功，程旭则带着组员们迅速准备好问卷，用最快的速度冲出剧团大门。

烈日炎炎，这对每个人的身体和意志都是极大的考验，可是组员们没有一个喊苦喊累,干得都很起劲。小组里只有两个女孩,一个是叶知秋,另外一个是文姗。叶知秋出身农村,身体底子好,能吃苦,从早到晚,除了吃午饭的时间,几乎一直站在路边,不停拦下路人做问卷。文姗刚开始的时候倒是积极热情,可是被路人摆手拒绝几次之后就像蔫了的气球一样怎么都打不起精神来了。她脸上的笑容消失了,眼神也有点儿空,大部分时间都坐在阴凉处扇扇子喝水。

叶知秋和她相隔不过十几米远,偶尔瞥她一眼,虽然着急,可也不好说什么。城市里的女孩子娇贵,不擅长干这些体力活,歇一会儿也很正常。可是眼看着几个小时过去了,文姗还气定神闲地坐在那里,叶知秋实在有点儿看不下去了。正好下班高峰期过去,街上的人少了许多,叶知秋这才快步走到文姗面前。

"我们组每个人的任务是至少采集到三百份信息,你现在有多少了?"

叶知秋早已经汗流浃背,刘海湿答答地贴在额头上,整个人像是从水里捞出来的一样。虽然一身疲惫,可她的眼神是清亮的,甚至还透着一丝昂扬,连带着说话的时候语调都是微微上挑的。

文姗瞥了她一眼,不咸不淡地说:"没多少,你看不出来吗?你要是替我着急,就帮我分担一点儿好了。反正你这种从农村出来的,做起这种低端的体力活儿来应该毫不费力!给,我这些都给你!"

说着,文姗就要把自己的那沓问卷往叶知秋手里塞。

叶知秋后退几步,脸上清淡的笑容瞬间敛起,严肃道:"文姗,程旭分派工作量的时候,你可没说自己完成不了!既然答应下来,就得保质保量地完成。做不完是吧?没事啊,你继续,我们等你!"

对上叶知秋坚定的眼神,文姗怔了一下,想争辩,不过最终一个字都没有说出来。叶知秋的话很合理,她还能再说什么呢?她心中暗暗感叹,怪不得于玲玲说叶知秋看上去像只软绵绵的小白兔,惹急了她保准奓起毛来咬人。原来只是听说,这次可算是见识了。文姗到底理亏,僵硬地收回视线,绕开她迎向路人继续做事了。

第58章

　　叶知秋还有很多事情要做，做完问卷跟文姗打了声招呼就先回剧团了。

　　夕阳西下，暮色低垂，叶知秋昂首阔步，走得飞快。文姗凝视着她的背影，眼底不由闪过一丝钦佩。

　　小小年纪，有远见，敢想敢干，凡事冲在前头，不怕苦不怕累，一举一动颇有几分大将风度。这几天朝夕相处下来，文姗虽然嘴硬，对叶知秋的态度也始终冷淡，可心里对她的印象却已经悄然改变。偏听则暗，看来以后不能只听于玲玲的一面之词，叶知秋身上的很多闪光点，其实很值得她学习。

　　好不容易完成了任务，文姗已经累得筋疲力尽，一想到还要到团里参加小组会议，她就觉得有点儿绝望。这一忙恐怕又得到半夜了，可她也只能在心里默默抱怨一番罢了。

　　快走到剧团门口的时候，文姗正低头整理手里的问卷，听到背后有人叫她，转头一看，是于玲玲。

　　前阵子剧团里几乎没有演出，于玲玲请了长假一个人出去旅游，昨天文姗给她打电话的时候，她还说至少还要在外面待上半个月，没想到这就提前回来了。

　　两人边走边聊，听着于玲玲颇有兴致地讲起自己旅途中的趣事，文姗羡慕得不得了。她在这里干苦力，每天忙得团团转，可是看看人家于玲玲，游山玩水，多舒服多惬意啊。两相对比之下，文姗忍不住抱怨了几句。于玲玲轻声安慰着她，和她一起走进小会议室。

　　于玲玲是青年演员，理所当然地自动成为青年行动小组的一员。大家都到齐了，程旭简短地说了几句欢迎于玲玲加入的话，很快就切入了正题。大家把各自收集上来的问卷做了简单的统计，汇报给程旭。他在纸上写写画画了一会儿，得出了基本结论。

"老戏迷还是喜欢名家经典唱段，中青年普遍觉得现代京剧更有可看性，孩子们嘛，对京剧不感兴趣，不过大多数都表示，如果有新的适合他们看的剧目一定会去看！"

叶知秋凝眉，反问："只是唱段吗？没有人想看整部戏？"

程旭沉默了一会儿才说："整部戏的话，大多时间比较长，而且老剧本可能多少存在结构松散、节奏较慢的问题。老戏迷们的年纪摆在那儿，坐不了那么久，最想看的自然是名家唱名段。他们会觉得这样就已经很值了。其实站在他们的角度，也可以理解！"

他话音刚落，于玲玲第一个开口表示反对："程旭，你入这行才几年啊？凭什么上嘴唇一碰下嘴唇，就可以妄加批判？结构松散？节奏慢？老戏迷坐不住？那京剧两百多年的历史，戏迷从来都是老年人居多，他们怎么就坐得住呢？我看啊，就是现在的观众娇气了，挑剔了，不稀罕京剧了！"

她一连串的质问，每个字都带着刺儿，转瞬就把矛头指向观众。

全场沉默，气氛一度尴尬。

文姗默默地在心里说，于玲玲啊，也只有你有这样的本事，不鸣则已，一鸣惊人，好好的气氛生生被你破坏了。

程旭神色淡定，沉声说："结构松散、节奏慢，不是我随便说的，是有数据支撑的。不信，你看这个！"

他从自己的包里掏出一本戏曲杂志，翻出一篇文章来，放到于玲玲面前。

于玲玲扫了一眼上面醒目的市场调查表，嘴硬说："谁知道作者是真的实地调查过，还是随便编的数据啊！你有什么可以证明这组数据是真的？还有，我觉得……"

她这很明显是有点儿没理赖三分了，众人看她的眼神平添了几分焦躁。这次会议是讨论公演剧目的，不是给于玲玲答疑解惑的，她再没完没了下去，时间都给耽误了。

徐东来眼看着于玲玲还要继续说下去，正要打断她，程旭对他使了个眼色，示意由自己来解决。

"于老师，我没有什么可以证明这组数据是真的，不过您应该也没办法证明它是假的吧？"

于玲玲一时语塞，面露尴尬。

程旭淡然一笑，继续带着大家讨论公演方案了。

剧目基本敲定时，时钟已经指向半夜一点，程旭坚持要送叶知秋回家，叶知秋拒绝无果，只好同意。

深夜的天空黑沉深邃，繁星闪烁，两人并肩走在路上，影子在身后被拉得很长。万籁俱静之下，只余鞋子踩在枯叶上的清脆回响。

程旭双手插兜，刻意走得很慢，好让叶知秋能平稳跟上。

"知秋，你对我们京剧团的未来有信心吗？"

"有！"

"有几分？"

"如果十分满分的话，那我有十分！"

眼前的水泥地上有一道长长的细影横着，像一道深深的沟壑。叶知秋一时起了玩心，快走几步，曲起一条腿，单脚跃过，平稳跨过细影的时候，开心得像个孩子。

"程旭，你看，就算我们会遇到很多困难，只要轻轻一跳，都能跨过去，对不对？"

此时的叶知秋站在温柔如水的月色之中，整个人像是被蒙上了一层薄纱，眉眼含笑的样子显得更加可爱动人。

"知秋……"

程旭站定，眯起眼睛看着叶知秋，有很多话想说，可最终只是轻唤了一声她的名字。

"嗯？你想说什么？"

看到程旭欲言又止，叶知秋歪着头，一脸疑惑。

"我想说……你说得对，不管遇到多少困难，我们都能跨过去！"

最终，他没有说出心里话。现在正是转企改制的关键时期，他无暇儿女情长。表白是一定要表白的,只不过,不是现在。

叶知秋轻手轻脚地进了家门,一眼就看到躺在沙发上的父亲叶国富。他睡得正香,呼噜声平稳悠长。

父亲怎么来了?二哥二嫂没有告诉她啊!

那母亲呢?她不会也来了吧?

老天保佑,千万别来,千万……

她绕过沙发,打开自己那间卧室的门,床上靠窗的位置平躺着一个人,不是母亲王桂芝是谁?

叶知秋只觉得心里一阵阵发沉,尤其是她看到墙角放着的大包小包时,甚至有点儿绝望。看样子,父母是要在这里安营扎寨了。而安营扎寨的目的自然是阻止她参与转企改制。现在正是关键时刻,她本来就有一大堆焦头烂额的事情要处理,父母就这么不请自来,不是存心给她添乱吗?

第 59 章

这一夜,她睡得一点儿都不安稳,纠缠在一堆乱七八糟的梦里,不是被人追赶,就是挂在悬崖边上,随时会跌入深渊。天刚刚蒙蒙亮,她觉得嗓子发干,便蹑手蹑脚地起床,想着到客厅里去倒杯水喝。可是她刚穿上拖鞋,母亲就翻了个身,醒了。

"妞妞,你干什么?想趁着我还睡着,赶紧跑掉?"

王桂芝声音沙哑,可即使刚睁开眼,口气中还是立刻染了怨怒。

叶知秋无奈,只好重新坐回到床边,傻笑了两声说:"娘,看您说的,我为什么要赶紧跑啊?跑去哪儿?"

母亲大老远来了,叶知秋不想大清早就和母亲硬碰硬。而且她昨晚就想好了,得想尽一切办法说服母亲,让她不要干涉自己的工作。先来软的,实在不行,再想别的办法。人家都说老人像小孩,先好言好语地哄一哄,总是没错的。

"妞妞,你听妈的话好不好?你吃了这么多苦,眼看着就要出人头地了,好好唱你的戏,不要跟别人瞎折腾了。你年纪还这么轻,唱得又好,可不能自毁前程啊。什么改革啊,改制啊,那都是领导该操心的事,和你无关的!"

王桂芝握住女儿的手,轻拍着她的手背,语重心长。

原本,她已经对女儿失去了信心,不管是事业还是婚姻,可后来断断续续从二儿子叶知武那里听到女儿的消息,知道女儿一直在靠自己的能力闯荡,从老年剧团到省京剧团,她没有背景,可每一步都走得很踏实。女儿唱得好,甚至比剧团的当家青衣唱得还要好,她还拜了赵文云和洛会芳为师,还去了戏曲学院进修,眼看着前程一片大好。她这个做母亲的实在想不通,女儿为什么非要去搞什么改革呢?省京剧团,多好的国家单位，要改成私人企业，好好的铁饭碗，要变成泥饭碗了，说不定哪天就摔碎了。女儿不但不担心，还努力想和别人一起去干砸自己饭碗的事。脑子进水了吗？这傻丫头到底是怎么想的？

"妈，您听我慢慢给您说……"

叶知秋明知道十有八九说不通，可她还是要说。母亲不懂改制，对改制有偏见，她总要解释一下。可是，她才说了两三句，母亲就没耐心听下去了。

"你别跟我讲大道理，我听不懂，也不想听！我就是觉得，你学了这么多年戏，又唱得好，就得努力想着成名成家，其他的都不重要，你都不许去做！"

强势如母亲，一向如此，她以为什么是对的什么是不对的，你都得和她标准一致，不一致就是不听话，就是和她作对。

叶国富听到房间里的动静，睡眼惺忪地推门进来。紧接着，二哥和二嫂也进来了。他们都劝王桂芝消消气，让她慢慢和叶知秋说。可是不劝则已，越劝王桂芝反倒火气越大。她看女儿没事儿人似的出去洗漱，收拾自己的包，更是怒不可遏，指着她的鼻子就开始骂起来。

"要知道你这么倔，事事和我作对，我当初就不该把你生下来。我早晚会被你活活气死，你这个死丫头，昏了头的死丫头！我告诉你，这次你不听我的话，这事咱们没完！"

叶知秋急着去上班，心情烦躁，随口说了一句："没完就没完，我奉陪！"

说完，她头也不回地摔门而去，母亲的责骂声被门板隔住，渐渐听不见了。

老戏骨们看到市场调查数据，虽然心有不甘，可还是接受了这个结果，各自去排练名家选段了。洛会芳对几个年轻人的工作很是满意，和他们围坐在一起商量现代戏的编排。原本，她并没有考虑安排现代戏，可是发现中青一代对京剧也有一定的期待，所以和团领导商议以后决定试一试。如果能打开局面当然好，如果没有就再往别的方向去努力。既然尝试就肯定会有成败，既然团里上下一心要拼一下，那多尝试肯定不是坏事。

叶知秋首先发言："我们团这些年排过的现代戏相对比较少，很多以前出演过相关角色的演员也都陆续退休了。我想，不如我们搞一个青春版的现代戏，主要角色都由年轻演员来演，公演的时候和传统戏穿插着来安排。这样呢，老年戏迷看戏不受影响，陪着老年人来看戏的年轻人也不觉得太枯燥，整场演出很容易给人耳目一新的感觉。当然，这都是我自己的想法，中青一代到底会是什么态度什么反应，还得到时候再看！"

洛会芳点头表示赞同，其他人也表示可以试一试。唯独于玲玲，一直微微抬着下巴，似笑非笑地看着叶知秋，不知道在想什么。

叶知秋注意到她的眼神了，只是假装没看到而已。她知道不管她说什么，于玲玲都会反对，可她还是该说什么就说什么，从不把个人恩怨摆在公事前面，即使和于玲玲有争论，那也是就事论事。

讨论完剧目安排的各项细节，洛会芳正要宣布散会，于玲玲举了一下手，淡淡地说："我有话要说！"

众人皆是倒吸一口凉气，这个于玲玲，真是个事儿妈，大家都讨论的时候，她瞪着一双大眼睛，神游万里。别人讨论完了，她又开始没完没了。这次，连和她关系不错的文姗看她的眼神都颇有点儿不耐烦，后面大家还有很多事要忙呢，于玲玲这又是要唱哪出啊？

"青春版的现代戏我没意见，我只是有个建议，那就是由叶知秋来做导演！"

洛会芳看着她，一时没明白她的用意。

叶知秋也有点儿茫然，下意识地反问："于老师，为什么？"

于玲玲勾唇浅笑："你在戏校的时候排演的现代戏不是挺多的吗？我听说，你那时候就总是做导演，你有经验！"

她说的倒是事实，叶知秋在戏校的时候确实导过现代戏，好几次参加比赛的剧目也是现代戏。不过，她倒是很惊讶，自己在戏校的事于玲玲居然知道得这么清楚，也不知道是听谁说的。程旭和洛会芳都觉得可行，建议叶知秋试一试，她没多想，立刻爽快地答应下来。

文姗机灵，于玲玲一开口，她立刻就明白过来了，于玲玲这是想把叶知秋排斥在角色之外。

第60章

　　洛会芳和叶知秋可能觉得兼做导演和演员也能忙得过来，可真到那时候能不能忙得过来，还不是看于玲玲怎么做？她的心思那么深沉，哪是一般人猜得透的。

　　事实果然像文姗预料的那样，排练的时候，明明叶知秋才是导演，可于玲玲却摆出一副全场我最大的架势，指挥这个指挥那个。要不是刚休完产假回来的蒋菲时不时撑她几句，她恐怕还会更嚣张。

　　"于玲玲，你的权力够大的啊？让你做演员有点儿大材小用了，你应该导演、编剧、演员一肩挑啊，对不对？"

　　"嘿，于玲玲，你又越权了！说戏是你该做的吗？自己的词都还没顺好呢，就对别人怎么唱指手画脚，不觉得过分？"

　　"于玲玲，你既然什么行当都能唱，那这部戏都由你自己一个人来演好了！这部戏重新取个名，就叫《于玲玲一人分饰八角》，怎么样？"

　　蒋菲的戏份不多，没事的时候就对于玲玲开炮，还自封"反矫情战士"。你不是嚣张跋扈吗？不是手伸得长吗？我一张利嘴分分钟说得你下不来台，谁怕谁啊？

　　于玲玲没怎么唱过现代戏，排练之初表现得还可以，可是越往后越露怯，虽然没到乱七八糟的程度，可实在算不上高水准。

　　于玲玲坚持要演女主角，在所有青年女演员之中，她的业务也确实算拔尖的，唯一能和她一较高下的叶知秋选择做导演，于玲玲自然有点儿一枝独秀的意思。可是她太骄傲太自负了，别说叶知秋给她提的意见她听不进去，连洛会芳教她，她都不愿意沉下心来好好学。周团长来看过排练，看了一会儿就找了个借口走了，就是怕看到洛会芳批评于玲玲，让他脸上无光。

洛会芳终于忍无可忍,动怒了:"于玲玲,你不要唱女主角了,换叶知秋唱!"

在于玲玲的心里,愤怒是多于委屈和不甘的,她扬眉冷笑说:"您一开始就打算让您的宝贝徒弟唱吧?现在高兴了,满意了?我看剧团改制以后,要么姓洛,要么姓叶,以后业务再好的人也别想出头了,有戏霸在那儿杵着呢!"

自从洛会芳收了叶知秋为徒,于玲玲一直气儿不顺,对洛会芳也没有之前那么尊重了,言语之间虽谈不上刻薄,不过也实在友好不到哪里去。

"于玲玲,你说的这是什么话?戏是演给观众看的,你唱得怎么样,自己心里没数吗?你要实在想厚着脸皮上台,那随你,我没意见!要是希望整场戏好看,那就给我老老实实地闭嘴,什么废话都不要说!"

洛会芳很少动气,这次是真被于玲玲气到了。

"洛老师,您就知道欺负我!"

于玲玲看到众人的目光都集中到她身上,立刻装出一副委屈巴巴的样子,转身跑出排练厅。

叶知秋正想追出去,却被洛会芳一把扯住胳膊。

"我们没有时间纵容她的坏脾气!不管她,继续排戏!"

这部戏叶知秋在戏校的时候唱过,还在比赛中拿过奖。当时评委给出的意见,她至今记忆犹新,眼神不到位,身段不够挺拔,个别的字咬得不准确。她那时候就想过,如果有机会再唱一次,她一定唱到最好。之所以没有争取这个角色,还是因为大家都不熟悉这部戏,需要有一个人把握全局,而她,不能说最合适,起码有那么一点儿经验,会起到一个相对好的作用。

叶知秋进入角色很快,而且能带着和她搭戏的演员也快速进入情境之中,排演渐入佳境,洛会芳脸上的笑容也渐渐多起来。

这天傍晚,叶知秋看到母亲隔着窗玻璃往里面看,正好那时候她在走戏,王桂芝对上她的目光,笑了笑,转身走了。估计母亲看到她在排练,以为她终于收了心踏实唱戏了,这才踏实下来。如果母亲早一会儿来，叶知秋还是导演，母亲看出端倪，怕是会一路直接杀到周团长那里大闹一场。好在，去行政楼要先经过排练厅，叶知秋长舒一口气，母亲那边应该暂时能消停几天。

叶知秋回家以后偶尔也会哼几句戏词，看她凝神思考的认真模样，王桂芝脸上的表情总算是好看了许多。

"妞妞，这次公演去哪里？"

"全城的大小剧场可能都会跑一遍吧，到时候您和我爹，还有我二哥二嫂都可以去看！"

"第一站是哪儿？什么时间？我和你爹还真没好好看你唱过戏，我们看完就回老家！"

"五天以后，兰花剧场！"

响排、联排，一切都是紧锣密鼓的。因为时间太紧，叶知秋他们这组的现代戏和传统剧目相比相对较新，难度也大，为了到时候有更好的舞台效果，他们几乎每天都排练到深夜，有两次还直接熬了通宵。

公演前一天，李副团长下午五点就赶他们回家去睡觉，他说身体是革命的本钱，休息不好到时候在舞台上掉链子，那所有的努力都白费了。年轻人倒是听话，说说笑笑各自回家了。

叶知秋的父母终于如愿，坐在台下观看了第一站的整场演出。叶国富全程都面色严肃，两只手规矩地放在膝盖上，只是女儿上台时，才不由自主地跟着鼓点轻轻打了几次节拍。坐在旁边的王桂芝边笑边掉眼泪，直到女儿下台。叶知武两口子哭笑不得，这老母亲感动得着实有点儿狠，就这么泪眼蒙眬的，怕是妹妹在台上演了什么都没看清，唱了什么也没听清吧。

一行四人走出剧场的时候，叶国富难得开口评价说："妞妞唱得真好！早晚会成名角儿！"

红肿着眼的王桂芝瞥他一眼，嗔怒道："你说的不是废话吗？她成不了角儿就没有天理了！所以嘛，我们坚决不能让她搞别的乱七八糟的事，就得专心唱戏才能真正出人头地。你们都不管她，我管！你们还嫌我唠叨，看吧，我唠叨了几天，她又开始好好唱戏了！"

209

王桂芝就是有这样的本事，不管讲什么，最终都能归结到赞美自己这个主题上来。

　　二嫂欲言又止，二哥生怕她开口，转头对她使了个眼色。

第61章

妹妹的脾气太倔了,叶知武原本还气势汹汹,想阻挠她参加转企改制,可是父母来了以后,母亲天天给她施加压力,她依旧不为所动。作为哥哥,他有点儿心软了。刚刚看过妹妹的演出之后,他感触很深。妹妹从小就主意正,她认准的事十头牛都拉不回来。她现在压力已经很大了,他再给她压力真是怕她被压垮了。他已经决定了,帮着妹妹瞒住父母,让她心无旁骛地去做自己喜欢的事。

把父母送上车以后,叶知武又叮嘱老婆,一定要管住自己的嘴,千万不能再向二老透露妹妹的任何事情。

公益演出几乎每天都有安排,演出队辗转于不同的剧场之间,有时候跟赶场似的,可是大家都是激情满满,没有露出一丝疲态。

演员们在过去将近一年的时间里没有演出,多数时间都闲着,真的快要憋坏了。好不容易有机会忙起来,剧团强大的凝聚力和向心力体现得淋漓尽致。媒体记者纷纷跟踪报道,电视上铺天盖地都是相关新闻,京剧团公演的事还上了省日报和青年报的头版头条,在社会上引起极大反响。

叶知秋一向细心,每次演完自己的戏份都会悄悄跑去台下找空位置坐下,观察观众的年龄构成,统计他们喝彩的次数,甚至有时候还会在散场的时候随机抓住几个人做一个简单的采访。行动小组的其他成员看到她这么做,也都自发地开始效仿。

文姗是最后一个行动的,刚开始还心存抱怨,觉得这样一来工作量太大,没有必要,可是慢慢地,她不知不觉就融入进去了。尤其是看到观众被台上的精彩表演打动,热情鼓掌叫好的时候,作为一个戏曲人的自豪感油然而生。她深受感染,内心也变得激情澎湃起来。她偶尔会和于玲玲聊几句，可于玲玲每次的反应都很冷淡，后来她干脆就去找行动小组其他人聊天，和于玲玲渐渐疏远了。

公演结束，叶知秋的表现依旧出彩，经常有媒体记者找到周团长那里，想要做叶知秋的个人专访。周团长每次都以叶知秋行程太忙，不愿意接受采访为由直接回绝。于玲玲退出现代戏的排练，转而加入了传统剧目小组，虽不是女主，可戏份也不少。周团长觉得于玲玲演得也很好，她和叶知秋算是各有千秋，为什么就没有记者提出采访她呢？他心里有自己的小盘算，叶知秋在转企改制中已经出了风头，不能让她在专业上还压别人一头。什么彩头都让她占了，她以后还不把尾巴翘到天上去？李副团长知道周团长的私心，倒也没有点破。叶知秋是金子，早晚会发光，她年纪尚轻，不急于这一朝一夕。

京剧团的精神面貌发生很大改变，大院里又热闹起来。陆续有商演机会找上门来，李书记和周团长主管接待，李副团长还是一头扎进转企改制这一盘大棋之中，从早忙到晚。他最大的感触是，太难了！每一步都很艰难！表面上看，一切都在朝既定的方向发展，可事实上，接踵而至的方方面面的问题摆到他面前，有时候还真是搞得他焦头烂额。

原本以为过渡期很容易度过，没想到，眼看着两个多月过去了，除了公益演出还在按部就班地进行，其他方面几乎停滞不前。李副团长在职工大会上振臂一呼，很多人受热血激情的气氛感染，纷纷表示支持。可是随着时间的推移，大家慢慢发现一切并没有想象中那么好，本来就不坚定的态度便开始摇摆起来。

虽然上级部门提出"一团一策"，各个文艺单位可以因地制宜地制定适合自己单位的具体措施，可是李副团长到底没有经验，效仿成功案例居多，执行过程中遇到困难时很难立刻找到解决的办法。一件事一件事积压下来难免让职工们心生怨气，越来越不愿意积极配合。以程旭为首的行动小组因为忙着公益演出，分身乏术，很难提供实质性的帮助。过渡时期的工作进展缓慢，已是不争的事实。

第二轮公益演出结束后有两天休整时间，李副团长把青年行动小组的成员召集起来开碰头会。最后讨论出的结果是，程旭暂时离开演艺部，作为李副团长的特别助理主抓转企改制过渡时期的日常工作，叶知秋依旧留在演艺部，作为洛会芳的副手主抓演艺方面的工作。

有洛会芳师父在，叶知秋心里很踏实，只负责听安排去做事就好。偶尔，她的想法和洛会芳师父也会出现分歧，两人从来都是耐心沟通，要么是一方说服另一方，要么就是找到两人都能接受的解决方式。她们的默契配合震惊了演艺部的所有人，相差近五十岁的她们，一样的激情满怀，一样的迎难而上，大家都受到积极的影响，每天都努力把手头的事做到最好。

刚开始公演的时候，青年行动小组做过一次市场调查，不过比较粗略。洛会芳的意见是，既然要与市场接轨，演艺部的工作就要尽量契合观众的需求。叶知秋觉得有道理，本想再做一次更全面的市场调查，无奈大家都忙着公演，人手不够。后来她无意中听说道具组刚刚来了几个实习生，立刻去找了道具组的负责人孔胜借人。孙胜四十来岁，人很爽快，毫不犹豫就答应了。叶知秋挤时间做好问卷，又拿给程旭和其他组员看过，小作修改以后就交给了那几个实习生，转身又接着去忙演出了。

这场现代戏并不是特别有名的剧目，原本也只是想在第一轮公益演出时试探一下反响，没想到很受欢迎。有陪着老人来看戏的观众找到后台，问以后还有没有机会看到，能否加演几场。这对青年演员来说是莫大的鼓舞，叶知秋和演员们商量之后决定，除了保持正常的演出场次，大家都利用排戏间隙和晚上的时间排演新的剧目。

第62章

  青年演员们更忙了，尤其是叶知秋，除了出演女主角还要兼顾行政工作。洛会芳心疼她，自己能处理的都自己处理，尽量不让她插手。同时叶知秋也心疼洛会芳，什么事情都抢着干。虽然没日没夜地忙，可演艺组人心很齐，每次都能保证演出的高水准。

  传统剧目那边的表现也不错，京剧到底是老年观众比较多，他们多是冲着名家来的，比如大家最想看的是洛会芳的戏。洛会芳年纪大，可依旧宝刀未老，每次上台都能惊艳全场。可她即使想多演，身体状况摆在那儿，也是心有余力不足，每次演出顶多就安排两场戏，而且是压轴。随着满堂喝彩，演出完美落幕。很多观众久久回味，不肯离开，遇到观众实在太热情，洛会芳也会返场再唱上一两段。

  她唱了大半辈子戏，对舞台的热爱是无法用语言来形容的。站在台上，面对下面黑压压的人群，一开嗓，整个人都像是年轻了几十岁，轻盈灵动，一招一式之间尽是风华。很多观众都说，要不是知道洛会芳的真实年龄，只看她台上的表演，说她二三十岁都有人信。

  有时候洛会芳的资深戏迷也会等到散场后跑到后台来找她签名，哪怕只是看她一眼都觉得知足。叶知秋站在边上，或远或近地看着洛会芳师父，心里默默感叹，这就是京剧艺术独特的魅力，演员把角色演活了，深入人心，观众会把对京剧的热爱投射到演员的身上，从而更加热爱京剧艺术。洛会芳师父说过，京剧艺术是人民的艺术，叶知秋现在才慢慢有了更直观的体会。

  三轮公益演出，历时三个月，全城大大小小的戏院剧场都留下了演员们的身影，有的剧目因为反响太好还加演了一些场次。最后一轮的最后一场结束时，所有人都松了一口气，后台的走廊里、化妆室里、道具间里都是静悄悄的，所有人都静静地坐着，眼神放空，疲惫一股脑袭来，不想说话，甚至不想站起来。可是，大家的心里都是激荡的，三轮公演过程中一幕幕令人激动的场景反复在脑海里浮现，挥之不去。

总结大会不知不觉就变成了表彰大会，李副团长难得地放下了繁重的工作主持了大会，对三轮公演中表现突出的个人给予了表彰，有证书也有奖金。全团职工汇聚一堂，气氛热烈。洛会芳做了很详细的总结报告，并对演艺部的下一步工作提出了基本方向。她说话中气十足，激情澎湃，丝毫看不出已是七十多岁的老人。她在整个行业内有极大的影响力，在剧团里更是如此。她原本没想着公开表扬叶知秋，可是就事论事的时候不由就把她拿来举例子了。叶知秋的表现实在是太出色了，洛会芳暂时把师徒关系放到一边，很客观地肯定了叶知秋的表演水平和在演艺部日常工作中极高的协调能力。大多数人都听出来了，洛会芳有心无力，已经准备卸任演艺部总监一职，而叶知秋就是她最中意的继任人选。

总结大会热热闹闹地结束之后，洛会芳又组织演艺部的人开小会，对接下来的演出活动做具体的分工。大家都踊跃发言，唯独于玲玲冷着一张脸坐在角落里，眼神涣散。主要演员轮流发言，轮到于玲玲时，所有人的目光都落在她身上，她却视而不见，一脸不屑。

坐在她旁边的演员轻轻戳了一下她的胳膊，小声说："玲玲，轮到你了！"

于玲玲冷笑，目光扫过叶知秋的脸，最终落在洛会芳的身上。

"洛总监，以后演艺部就是你和叶知秋师徒俩的天下了，还搞这些形式主义的东西做什么？你们怎么计划的，直接告诉大家不就行了，有必要这么费劲吗？真是看着都累得慌！"

她的脾气一向如此，心里有怨愤，说话就毫无顾忌。在戏曲界，尊重前辈是基本礼貌，可是自从洛会芳收叶知秋为徒之后，于玲玲对洛会芳的态度一直都是这样，非常无礼。以前她一直都喊"洛老师"的，现在一声"洛总监"直接把洛会芳推得远远的，实在生分得很。她心里憋着气，就是要发泄出来，才不会想到别人听了会是什么感受。

洛会芳脸色不变，只是口气沉了几分："于玲玲，你是小辈，我不跟你计较。每个人都要发言，你不能搞特殊。再说了，业务上的事你一定有话说，或多或少地总要说几句。"

于玲玲直视洛会芳的眼睛，赌气说："我无话可说！"

刚刚提醒她的那个演员怒不可遏，声音发颤："于玲玲，你会不会说人话？故意惹洛老师生气是不是？"

总结大会之前洛会芳老师就因为过度劳累晕倒过一次，团领导都坚持让她回家休息，她不肯，一定要参加总结大会。直到现在，她的脸色还是病态的苍白，人人都心疼她。于玲玲怎么能这么冷血无情呢？不分时间不分场合，一如既往的刻薄，实在让人忍无可忍。

这个演员一说话，议论声四起，多是对于玲玲不满的声音。

坐在洛会芳身边的叶知秋轻抚着她的后背，低声安慰了她几句。洛会芳笑着摆摆手，连说没事，然后淡淡地再次开口："下一位！"

她直接忽略掉于玲玲，示意她旁边的演员发言，好像刚刚的不愉快并未发生。到了她这个年纪，没什么事能轻易左右她的情绪。于玲玲的态度，早在她的预料之中，她并没有特别惊讶。

气氛恢复如常，于玲玲赌气离开，没有一个人看她一眼，更没有人跟出去，大家反而轻松许多。

最后，洛会芳做总结发言。她先是再次肯定了大家在此次公益演出活动中的表现，然后话锋一转，笑着说："有一件事，我想在这里宣布！我已经跟团领导说了，我老了，演艺部总监这个职位还是不做了。从明天开始，由叶知秋来做这个总监，大家没意见吧？"

第63章

洛会芳之前对叶知秋明示暗示过好几次，有意让她接替自己的职位，叶知秋每次都表现得很抵触。她始终觉得自己资历太浅，能力又有限，难以服众。她没想到洛会芳师父这次会借着演艺部内部会议把这个职位硬塞给她。她只觉得心跳加快，头皮发麻，是给洛会芳师父这个面子暂时硬着头皮接受，还是像从前一样拒绝呢？她有点犹豫，不敢正视洛会芳师父的眼睛，而余光很快就瞥到坐在她身边的几个人的脸色，俱是震惊，又有点儿意味深长。在场所有人的目光都集中在她的身上，她只觉得脸颊阵阵发烫，紧紧握住双手，再松开时慢慢抬头看向洛会芳师父。

洛会芳却没有看她，淡淡地环视一周，看没人提出反对意见，正要拍板决定，叶知秋开口了："师父，我有意见！"

"哦？"

洛会芳凝眉看向她，眼神渐渐变得幽深。

叶知秋轻咬了下嘴唇，站起来，很认真地说："演艺部是我们剧团的核心部门，应该由一个威望高、业务水平顶尖的人来做总监。我年纪轻，没有经验，实在担不起这份重任。师父，对不起，让您失望了。我实在是……"

她苦着一张小脸，像个做错事的孩子，洛会芳当然是失望的，可是又觉得叶知秋说的在理，便没有生气。她沉默片刻之后说："我好像真是有点儿独裁了，总监这么重要的职务，选出来的人怎么也得是能让大家心服口服的人。这样吧，大家回去以后都好好考虑一下人选，改天我们搞一场投票，票数最多的人做总监。"

她一说完，大家立刻表示赞成。

洛会芳不由在心里苦笑，是自己考虑不周了，因为她太喜欢叶知秋这孩子了,自然而然就觉得她哪儿哪儿都好,根本没有考虑别的。也好在这丫头拒绝了,不然真的硬让她做这个总监,那才真是为难她呢。到时候工作做不好,大伙不骂她洛会芳任人唯亲才怪。

会议结束,叶知秋看洛会芳师父没有着急走,低头在本子上写着什么,以为她还在生自己的气,等到大家都走了才坐到洛会芳身边,小声说:"师父,对不起!"

洛会芳停下笔,转头看她,笑着问:"有什么对不起的?你这孩子,想得太多了。我呢,有时候确实想得太少了。很多人看重名利,你这孩子实诚,不在意这些,师父没看错你!总监的责任确实太重大了,连我都有如坐针毡的感觉,生怕哪里做不好,更何况是你。你还需要在业务上好好打磨,现在这个阶段确实也不适合分出精力去干别的。"

提到业务这个话题,叶知秋的眼神立刻就亮了。她有一个问题一直想问洛会芳师父,正好现在有机会,她便直接问了出来:"师父,您对我的唱法有什么意见吗?"

对上她期待又忐忑的眼神,洛会芳慈爱地摸摸她的头发,想了想才说:"你的唱法糅合了好几派唱腔,这很好。出现一些不同的声音,其实也可以理解,你不必太在意,更不要有什么心理负担。不过,凡事过犹不及,有一点你一定要注意,不要把集众家之长变成盲目炫技。这就涉及分寸感。举个最简单的例子,比如梅兰芳先生,他博采众长又自成一派,却让他的儿子梅葆玖多方学习,梅兰芳先生除了让他跟着自己学,还让他跟着尚小云先生学《汉明妃》,跟着程砚秋先生学水袖,跟着荀慧生先生学眼神。你想,梅兰芳先生这样的京剧名家都没有派别的观念,我们为什么要在乎呢?你就放心按着自己的想法去演去唱,师父永远支持你!"

听君一席话,胜读十年书,叶知秋心里一暖,鼻子酸酸的,说话都隐隐带了颤音:"师父,谢谢您!"

自从她有了博采众长的想法之后,确实听到了很多声音,多难听的她都听过,包括刚刚结束的三轮公演期间,也有以前听过她唱戏的观众问过她到底属于哪一派,为什么根本听不出来。那位观众还跟叶知秋说,想唱梅派就好好唱，不要搞这些乱七八糟的创新，不只她听不惯，很多人都听不惯。

当时叶知秋心里很难受，差一点儿就哭了，陷入深深的自我怀疑之中。后来还是蒋菲反复地劝了她很久，她才暂时决定不去想那些。再上台后，她开口的时候就有点儿犹豫，不过最终还是坚持了自己的唱法。因为她很快发现，观众席里有相当一部分人因为她在唱腔上的创新高声喝彩。她一直在改与不改之间反复摇摆，想得越来越多，思想负担也就越来越重。洛会芳师父的鼓励和支持，令她神清气爽，求新求变的想法也更加坚定。

师徒两人促膝长谈，直到深夜。叶知秋收获满满，激动不已。她不由暗暗感叹，洛会芳师父不愧是京剧团的一面大旗，是整个行业里站在塔尖的人物，每句经验之谈都凝结着智慧。她在业务上的独到见解，对困扰青衣这个行当的很多问题一针见血的剖析，都让叶知秋心生景仰。她手里握着的笔一直在笔记本上写啊写，几乎都没有停过。实在太精彩了，她得记下来，一个字都不要漏掉。

洛会芳从包里掏出两本书来，都是她常年随身携带的，因为翻的次数太多，封皮早已磨掉了边角，连题目都模糊不清了，里面的书页更是微微泛黄，几乎每一页都卷翘起来。

"知秋，这是我刚入行的时候，我师父送给我的！现在市面上早就找不到了，还是竖排版的，你可能看不习惯。不过，我这么跟你说吧，你把这两本书研究透了，和真正的大青衣的距离就更近了！"

洛会芳眼底含光，似是回忆起年少从艺时的美好岁月。

叶知秋双手接过来，小心翼翼地抱在怀里，像是抱着价值连城的宝贝。

她想对洛会芳说谢谢，可是又觉得"谢谢"这两个字实在太轻了。思考片刻，她直接起身，把椅子挪开，然后盯着师父洛会芳的眼睛，慢慢跪了下去。

"师父，我给您磕个头吧！"

洛会芳一惊，几乎是下意识地伸手去扶，连声说："别这样，不用这样……"

第64章

其实叶知秋一直想好好给洛会芳师父磕个头,虽然现在不讲什么拜师仪式,洛会芳老师也不在意这个。可叶知秋觉得这个形式很有必要,心里一直惦记着,放不下,直到现在她才明白,这种仪式更多的是有一种传承的含义在里面,所以自己才放不下。从洛会芳师父手里接过她的师父当年给她的书,这种无法用语言来形容的自豪感和使命感在胸腔里激荡着,好像随时会溢出来。

叶知秋还是坚持给洛会芳磕了个头,再抬起头时,眼里隐隐有泪花闪烁。

"师父,我是您的徒弟,以后一定不辜负您的期望,在您的指导下好好唱戏,一直唱一辈子!等我到您这个年纪,也一定会桃李满天下,让京剧传得更远,传得更好!"

洛会芳扶起她,鼻头也有点发酸。她笑了笑说:"好,很好……"

洛会芳在第一眼看到叶知秋的时候,就发觉她很灵动,身上有一股说不出的倔劲和认真劲,而且光是站在那里就感觉很有人青衣的范儿。唱了这么多年的戏,她也见过很多青衣行当的演员,但从来没有遇到一个人像叶知秋那样浑身上下都闪着光,让人挪不开眼。直到现在,她才明白那样的光是什么,是这丫头对青衣这个行当发自内心的坚持和热爱,这也是她一直想收叶知秋为徒的原因。

叶知秋把那两本书小心地装进包里,回到家以后又细心地拿报纸包好,还特意交代二哥二嫂千万不要动她这两本书。二哥问她这两本书宝贝在哪儿,叶知秋说这两本书里有比她的命还重要的东西。不错,就是比命还重要的东西,是信仰,是热爱,是传承,是无法用任何物质的东西来衡量的无价之宝。

三轮公演后,团领导给演职人员放了几天假。叶知秋突然闲下来,有点儿不适应,又无处可去,每天还是一大早去剧团大院里练晨功,吊嗓子。

　　改革办公室的人依旧忙碌,从来都是行色匆匆的,他们在看到叶知秋的时候大多都是简单打个招呼就走,只有程旭偶尔会停下来和她说几句话。叶知秋也是从他的嘴里知道,转企改制前期不太顺利,不过现在上级部门出台了很多扶持政策,一些早就拟定好的措施总算能推行开来。

　　叶知秋每次都静静地听着,很少插话。程旭看问题有着超乎年龄的成熟和通透,思维极其敏捷,叶知秋不由在心里暗暗生出钦佩,以前在戏校的时候只知道程旭业务拔尖,现在才发现,原来他身上还有这么多的闪光点。他在转企改制工作中表现出来的能力大大出乎她的意料。有时候程旭说完了,看到叶知秋还定定地看着他,会有些不好意思。也就只有在这种时候,他的眼神里才会流露出属于他这个年龄的羞涩。

　　假期结束,整个演艺部的工作重点很快确定下来,那就是老戏新编和编写排演新剧目。老戏新编是别的剧团实践过的,其实有一些改得好的,可以直接拿过来排练。不过李副团长认为,想要把京剧团做成一个品牌,一定要有自己的品牌剧目,大家纷纷表示赞同。

　　当然也有些人觉得这样一来战线就会被拉长,前面三轮公演带来的热度很快就会消散。李副团长也考虑到这个因素,所以才给编剧小组下了死命令,一个月之内至少编出两部成熟的戏来。好在不需要纯粹原创,删减和调整的内容较多,工作量没有想象中那么大。他们在编剧小组写戏的时候演员们也没闲着,公益演出还要进行下去,只是频率降低。这样的好处在于,不会让观众觉得京剧团在强硬地把京剧这门艺术硬塞到他们手里逼他们接受。让看戏、听戏成为一种日常娱乐,成为一种常态,这种潜移默化的影响会比一直轰轰烈烈地搞公益演出要强得多。

　　至于新剧目,李副团长希望演艺部可以先提创意,集体讨论通过之后撰写出大纲,再交由编剧们去写。按理说,写新戏是最难的,可是他刚刚把工作安排下去,才过了两天演艺部的新任总监萧若兰就拿着叶知秋写的课本剧大纲来找李副团长了。

萧若兰这个总监是大家投票投出来的,她的病虽然做了手术,可到底元气大伤,即便年纪不算太大,可唱戏的时候多少有点儿心有余力不足,做管理工作倒不用消耗那么多的体力,所以得出投票结果之后,她没有推辞就接受了。她进剧团三十多年,经验丰富,业务水平也高,她做总监倒是没有人提出异议,洛会芳也很放心。新官上任三把火,这第一把火是用最快的速度交出新剧目大纲。可是叶知秋的动作实在是出人意料的快,萧若兰还没有动员呢,这丫头已经交了两本大纲上来。

李副团长翻开本子看了看,眼里升腾起的期待很快就被疑惑取代。

"《神笔马良》和《女娲补天》?萧老师,你确定这两个故事可以改编成京剧剧本?"

他问的时候,刻意加重了"京剧"这两个字的发音。

既然是创意,难免会天马行空,可叶知秋这也太天马行空了!李副团长实在是想象不出这两个故事怎么呈现在舞台上。

萧若兰面色沉静,淡淡地说:"李团,你先看看大纲!"

说是大纲,其实已经有了剧本的样子,人物角色设定,生、旦、净、末、丑的分配,还包括重点的戏词,都很合理。李副团长翻到最后一页,紧锁的眉头舒展开了,他把本子合上,抬头看着萧若兰,眼底闪过一丝掩饰不住的喜悦。

"我拿给编剧们看看,等剧本出来了,排一下试试!"

萧若兰笑着说:"你的态度转变得也太快了!"

李副团长眉头微挑,严肃道:"大纲写得不错,试试看。好的话就定下来做固定剧目,不好的话就放弃。还有,别以为拿出这两个创意就可以了,工作还得继续下去,创意越多越好,这事你得盯紧了!"

萧若兰倒是很有信心,颇有几分得意地说:"我们演艺部藏龙卧虎,不信咱们骑驴看唱本,走着瞧!"

第65章

洛会芳主要负责几个传统剧目的改编，她和编剧们开碰头会，经过激烈讨论，最终决定先改编《云芝赋》。

剧中的女主人公叫孔云芝，是明朝一个普通的平民女子，因为和男主人公赵汉良相爱，历经坎坷嫁入赵家。公婆门户之见极重，而赵汉良偏又是个大孝子，眼看着父母对妻子百般刁难，虽然痛心，可多数时候还是劝她多多忍让。孔云芝受尽委屈，度日如年。

原剧本的剧情太散、太温，后半场又缺乏主演唱段，因而未能广泛流传。洛会芳和几个编剧反复讨论，在改编过程中一遍遍推敲剧情脉络。在对总体结构重新谋篇布局的前提下，删去了很多和主题关系不大的细枝末节，从而使剧情更加紧凑，起承转合更加流畅自然，矛盾冲突也是层层递进，步步惊心。最后孔云芝和赵汉良二人双双投河殉情，表现了他们追求幸福和自由、反对封建礼教誓死不屈的精神。而女主人公孔云芝贤惠、善良、对爱情坚贞不屈、宁为玉碎不为瓦全的人物形象也得到最酣畅淋漓的体现。

第一次排练结束之后，洛会芳长长地舒了一口气，激动地说："成了！"

就在大家马上要欢呼雀跃之时，洛会芳却突然话锋一转："不过，这个女主人公得换人！"

这次扮演孔云芝的是于玲玲，上次公演之前她加入了传统剧目小组，无非就是赌气，不想看见叶知秋和洛会芳。后来，看到现代京剧小组出尽风头，她也后悔过，可到底拉不下面子求洛会芳让她回去。这次洛会芳急于知道整体效果，安排第一次彩排便匆忙了一些，本来想多找几个青衣演员来试戏，可是大部分人手里都有事忙，尤其是她最中意的人选叶知秋，正投入课本剧的排练，根本无暇分身，所以就让最闲的于玲玲来唱。正好这个剧目她以前唱过，戏词都熟，即使偶有微调，练几遍也能顺畅地唱出来。

于玲玲很喜欢这个角色，加上她自认为唱得还不错，原本以为由她来出演孔云芝是板上钉钉的事。没想到，还没来得及高兴，洛会芳一句冷冰冰的话就犹如兜头一盆冷水直浇得她透心凉。

当着这么多人被否定唱功，对一向心高气傲的于玲玲来说简直就是五雷轰顶。

她只感觉头顶冒火，嗓子里都是火烧火燎的，好像整个人随时会爆炸。

"洛会芳，你什么意思？我觉得我唱得很好啊，你凭什么认定我不适合？呵，有你这样的人吗？时时处处护着叶知秋那个宝贝徒弟，什么出彩的角色统统都要留给她是吗？以前，我敬你是前辈，不和你计较，可是这次，你实在是太过分了，我偏就不让了！我告诉你，这个角色，我演定了！天王老子来了，也休想从我手里抢走！"

这部戏改得实在太好了，每个内行人都感觉得到。单是第一场戏里孔云芝的"夫妻和美甚顺意，最难讨得婆母心"的一小段西皮散板，就给人眼前一亮的感觉。再加上第二场第三场孔云芝悲泣自诉的那几段全新的唱词，句句满宫满调、动情厚道，又不失现实意义，实在是感人肺腑。于玲玲唱着唱着，不由感同身受，热泪盈眶。

这是于玲玲演艺生涯中碰到的最钟情的角色，她几乎可以肯定，凭着这个角色，她很可能一炮而红，成为戏曲界最炙手可热的大青衣。刚才唱到最后时，她稍稍有些分神，脑子里突然就浮现出被鲜花和掌声紧紧包围的画面。

她的话，使得排练现场的气氛一下子跌至冰点，洛会芳眯起眼睛看着她，似是完全不认识她了。

于玲玲这样突然爆发已经不止一次了，而且洛会芳刚才说出换角的话之前，已经做好了思想准备。只是没想到，于玲玲竟然这么霸道，竟然刻薄、无礼到如此地步。

她洛会芳是个什么样的人，剧团里哪个人不知道？她面对工作时何曾有过半点儿私心？于玲玲凭什么用这样的恶意来揣度她的心思？而且，以前于玲玲对她不尊重，都是她没有计较，怎么就成了于玲玲不和她计较了？如此颠倒是非、倒打一耙，还能这么理直气壮，洛会芳怎么可能不生气呢？

她指着于玲玲的鼻子，脸色发白，沉声说："我不是要让知秋上，我想换成晋城京剧团的徐婉儿……"

还想再说什么，可是她只觉得眼前一阵阵发黑，转眼间，她就昏了过去，要不是旁边站着的演员及时扶住她，她会直接重重地栽到地上了。

现场一片混乱，救护车很快赶到。当叶知秋闻讯赶来的时候，救护车已经走了。她匆匆放下工作，用最快的速度赶到医院。跟着救护车过去的两个演员站在抢救室门外，焦急地在走廊里走来走去。叶知秋问他们情况怎么样，他们都说不知道。

没过一会儿，李书记、周团长和李副团长也赶到了，三个人都急得无心坐下，脸色都很凝重。李书记让周团长给于玲玲打电话，洛会芳老师是她气得昏倒的，现在还在抢救，这个时候她于情于理也该过来看一看。可是周团长电话打了一个又一个，于玲玲始终不接电话。他气得浑身发抖，正要亲自回去把玲玲押过来，李书记却大手一挥，冷冷地说："不用打了，等洛老师醒过来再说吧。周玉民，我告诉你，要是洛老师有个三长两短，我要你侄女以命抵命！"

李书记怒气冲天，说话也很大声，周团长把头垂得很低，感觉脸上火辣辣的。李副团长本想劝李书记消消气，有护士从抢救室里出来，冷着脸说不要大声喧哗。李书记沉着脸坐到椅子上，气得呼呼喘着粗气，李副团长低声安慰了他几句，两个人的目光齐齐投向抢救室的那扇紧闭的大门，心都悬在半空。

好在，好消息很快传来，因抢救及时，洛会芳老师已经转危为安，只是得住院观察两周，没什么问题之后才能出院。

团领导决定，传统剧小组组长暂时由萧若兰兼任。于玲玲坚持要出演孔云芝一角，萧若兰不同意，她一气之下把摆在排练厅的几样道具给砸了。

第66章

这次，李书记没让周团长出面解决，而是选择亲自出马去教训于玲玲。

他赶过去的时候，萧若兰正坐在排练大厅角落的一把椅子上，好多人围着她劝她消消气，而于玲玲一个人蹲在离人群最远的地方，不停地掉眼泪，好像受了天大的委屈。她本就长得精致，肤白胜雪，典型的细瘦古典美人的样子，这么一哭，谁看了都不忍心再说她。刚才文姗还蹲在她身边小声劝她去给萧若兰道歉，她看都不看文姗一眼。文姗等了一会儿，又讪讪地起身走回到萧若兰那边。

于玲玲怎么可能会道歉呢？以前和洛会芳吵架都是咄咄逼人的样子，拒不道歉。她又怎么可能把萧若兰放在眼里？眼看着两方对峙，宝贵的时间就这样白白浪费掉，大家都很无奈。

李书记走到于玲玲面前，沉声问："怎么回事？"

于玲玲抹了一把眼泪，猛地站起来，沙哑着嗓子说："我要演孔云芝！"

李书记凝眉，声音更加低沉："凭什么？"

把晋城京剧团的徐婉儿借过来演孔兰芝是洛会芳老师的意思，事先也是征得团领导同意的。既然决定了，徐婉儿也答应过来演，板上钉钉的事又怎么可能说变就变呢？

业内都知道，徐婉儿是创新派的先锋人物，原是梅派传人，后来又系统学习了程派、尚派、荀派唱腔，在北京大剧院演出的时候，一天内连续挑战荟萃京剧"四大名旦"的四出代表戏，展现了"四大名旦"出文入武、风姿迥异的流派特色，创下剧坛新纪录。让她来唱，可以吸引到更多的观众，也算是京剧团改革的一次高调试水。李副团长明确提出过，如果这次演出能一炮而红，后面就可以慢慢把叶知秋打造成第二个徐婉儿，让她成为他们京剧团的金字招牌。当时，除了周团长，其他领导班子成员纷纷表示同意。李副团长没有询问周团长的意见，因为就算他不同意，也无关大局。少数服从多数，这样很公平。

于玲玲从周团长那里知道了这件事，清楚胳膊拧不过大腿，消沉了好几天，直到临时被安排演了孔兰芝这个角色。她不甘心，她一直是京剧团的当家青衣，她得争，她得抢，她只有一个机会，靠着孔兰芝的角色惊艳众人，让那些冷淡她却对叶知秋寄予厚望的人统统闭嘴。

此时的她冷冷地看着李书记，一字一顿地说："凭什么？凭我就是孔兰芝！"

她喜欢这个角色，她爱惨了这个角色，这个典型的悲剧人物，她早已吃得透透的，她有这个自信能让这个角色焕发出勃勃生机，感动所有看这出戏的人。

这话怎么听怎么像是疯话，李书记怔了一下，一时之间竟然不知道怎么反驳。

于玲玲转头看向窗外，幽幽地说："孔兰芝和赵汉良的故事，就是我和我前夫韩正东的故事，我有生活，我体会深刻，没有一个人比我更了解这个角色的内心世界，没有人比我更感同身受。唱戏的最高境界，不就是以情动人吗？只有我可以做到！"

为了得到这个角色，于玲玲不惜曝光自己的隐私，可见她是多么想出演孔兰芝。可是这次的老剧新编对剧团未来的发展至关重要，如果一时心软，达不到预期的效果，那浪费的可是全体编剧和演职人员的心血。徐婉儿是最合适的人选，先锋人物出演这样的剧本，不管从哪方面来说都是上上之选，而于玲玲和徐婉儿比，实在相差甚远。

李书记不忍直视于玲玲殷切到极致的眼神，转头看向别处，声调不高，口气却无比坚定："不行！"

绝望，从于玲玲湿漉漉的眼睛里一点点蔓延开来，她的脸以肉眼可见的速度变白，最后，连嘴唇都没了血色。有多少希望，就会有多少失望，甚至绝望。这是于玲玲第一次深刻地感觉到，所有人看她的眼神都像在看一个疯子、一个可怜虫。她从来没有像现在这样，觉得自己像是被整个世界抛弃了。显而易见，她在京剧团里称王称霸的时代已经彻底结束了。

心痛难忍，好像整个人瞬间跌入冰窖之中，彻骨的冷，直冷到骨血之中。

嘴角还没有来得及扬起一丝苦笑，她突然觉得一阵天旋地转，彻底堕入黑暗之中。

于玲玲醒来时，婶婶在身边守着她。她问叔叔来过没有，婶婶面露尴尬，说周玉民刚刚才走，团里的事忙，离不开他。这个理由实在有点儿牵强，于玲玲虽然没有关注过团领导班子内部的事，可叔叔现在处境如何，她心里其实是清楚的。现在叔叔虽然在团长的位置上，可是已经没什么实权。从她进京剧团开始，叔叔一直全心全意地护着她，旁人说他假公济私，说他老糊涂，说他不配当团长，可他统统都不在意，为了她这个侄女可以与所有人为敌。于玲玲自恃业务能力拔尖，甚至想过，即使没有叔叔护着，她也可以顺顺利利地走得更远。可是现在她清醒地意识到，她太骄傲自负了，再加上叔叔毫无保留的袒护，她早已放弃了上进，故步自封，早早就开始走下坡路了。

她翻了个身背对着婶婶，眼泪成串掉下来，止都止不住。

此时此刻，二号排练厅里，课本剧排练正酣。因为这种戏是直接面向小学生的，虽然剧本已经写得很好，可它到底是平面的，没那么细致，很多地方需要演员在演绎角色时自己琢磨发挥，难度其实很大。不过大家都是年轻人，倒不担心这个，他们偶尔有集体找不到状态的时候，这个时候，心细的叶知秋就会让大家停下来，打开投影仪一起观摩别的剧团演出的课本剧。画面中流淌而出的欢快、流畅，贯穿始终的童趣意味总能触动大伙茫然的心。

第67章

"你们看，眉头不是皱，而是微微上挑，这样会显得更生动！"

"这几句的唱腔很好，感情色彩也浓，太吸引人了！"

"这么站位不错，我们刚才那场其实也可以这么站位试试的。"

大家你一言我一语，讨论得很热烈，偶尔还会因为出现意见分歧吵起来，不过很快就会有一方说服另一方，说服不了，那就按两个人提议的表演方式分别试一遍，最后由小组所有成员投票决定听谁的，没被采纳的那个也会欣然接受。

萧若兰每天都会过来至少三趟，每次来了都不想走，课本剧这边的排练氛围实在是太好了。和他们在一起，自己都觉得年轻了不少，还会不自觉地露出笑容。年轻真好，即使没有编制，面临更大的不稳定性，他们这群年轻人依旧朝气蓬勃，全身心地投入陌生的表演模式之中，不断探索，奋勇向前。

相比之下，传统戏那边就稍显曲折一些，洛会芳和编剧们大刀阔斧地改编剧本，虽然起初所有演员都认为改得不错，可是真到正式排练的时候，这样那样的小问题就出现了。

"去掉的那段戏我感觉还不错啊，能不能跟洛老师他们说一声给加回来，要不然剧情有点儿不连贯啊！"

"这段词改动太大了，有点儿白吧，观众听了会不会出戏？"

"新加的这段戏确实写得很好，可前面已经有不少群戏，再加这个是不是有点儿画蛇添足？感觉还不如不加的好！"

他们七嘴八舌，越讨论问题就越多，萧若兰很是头疼。

整个京剧团，怕是只有洛会芳能镇住那帮老戏骨，试排的时候，没一个人提意见，洛会芳不在，他们的意见都不知道怎么一下子都冒出来了。

萧若兰几乎每天都往医院跑,向洛会芳请示各种问题。本来打算好好静养几天的洛会芳有点儿着急了,不顾医生的反对坚持提前出院,重新回到工作岗位上。萧若兰觉得很惭愧,是自己不断地给洛会芳老师添堵,才让她没办法好好休息。

回剧团的路上,还没等萧若兰道歉,洛会芳早已看出她的心思,拍了拍她的肩膀说:"小萧,你别自责!你也知道我这个人,工作一向摆在第一位,就算你不来找我,我也不会在医院里住那么久。现在正是剧团需要我出力的时候,我怎么也得冲在第一线啊,对不对?"

萧若兰红着眼眶点点头说:"洛老师,我一定得向您好好学习!我这个演艺部部长当得太不合格了,连一个小组都带不好!"

"你可千万别这么说!人啊,越老事儿越多,有时候你不用太在意他们的意见,简单粗暴反而是最好的处理问题的方式!"

"哦?"

萧若兰一时之间不太明白,不过洛会芳也没有解释,而是仰靠在座椅的靠背上闭目养神,嘴角挂着一丝淡定从容的微笑。

一号排练厅里,排练不知道什么时候停了下来,大家七嘴八舌争得热烈,洛会芳和萧若兰在敞开的门口站了好久他们都没有发现。

洛会芳听了个大概,轻咳几声,大声问:"干什么呢?戏排好了?"

所有人都是一怔,循着声音望过来,脸上的表情纷纷收住,变成整齐划一的敬重。

洛会芳走过去,随便逮住了一个唱武生的演员问怎么回事。原来,大家在排第六场戏的时候意见出现了分歧,对手演员说着说着就吵了起来。其他人原本是来劝架的,可不由自主地就开始站队,排练变成了两方辩论,主题早就不知道偏到哪里去了。大家情绪都很激动,竟都浑然不觉。要不是洛会芳出现,战局恐怕会持续下去,没完没了。

"剧本上写得清清楚楚,怎么还会出现分歧呢?"

洛会芳一问,老生演员郑力辉立刻开口:"我觉得戏词不太合适,就改动了两个字,宋宪说一个字都不能改,改了就是对编剧的不尊重。

一件小事而已，有必要上纲上线吗？我比他多唱了十年老生，我没有资格改一下试试？我就是试试，又不是说以后都这么唱，他怎么……"

宋宪听不下去了，直接打断了他："你觉得是小事吗？你说试试，这有什么好试的。唱习惯了，以后上台你也是这么唱。戏词里每个字都是编剧们的心血，你随便改，不是不尊重他们是什么？"

眼看着两人又要吵起来，洛会芳摆了个"停止"的手势，淡淡地说："听我的，一个字都不改！如果没有别的事，大家继续排练！"

郑力辉没有得到洛会芳的支持，心里憋屈得很，正要辩解，洛会芳一个严肃的眼神飘过去，沉声说："有意见，保留！你是剧团的老人儿了，轻重缓急，我相信你拎得清！"

排练继续，场面重新归于和谐，萧若兰不得不承认，除了洛会芳本身的威望之外，说话这件事的确是一门艺术。郑力辉不该改词这件事情，说大不大，说小不小。如果是她，怎么也得说出谁对谁错来，但那位老生演员六十多岁了，脸上肯定挂不住。可是不批评他，又显得她像是在和稀泥，难免会有人非议。洛会芳老师没有批评郑力辉，只给出自己的决定，不改。这样既顾全了争论双方的面子，也给所有人一个提醒，戏大于天，排戏要紧。没人好意思再继续纠缠下去，这件事就算翻篇了。

洛会芳转头看了萧若兰一眼，低声说："做领导，就是得果断！这帮老东西，给点儿阳光就灿烂，不用说那么多！"

萧若兰被洛会芳这句话逗乐了，原来老艺术家也可以说话这么风趣啊！

也许这就是传说中的举重若轻吧，萧若兰感慨颇深。第二天中午她在食堂吃饭的时候正好碰到叶知秋，还把这件事讲给她听了。叶知秋咬着筷子出神了好久才恍然笑了。她突然意识到自己这个小组长也勉强算个领导，以后碰到演员们意见不一的时候说不定也能用师父洛会芳的处理方式，只是她有点儿不确定自己板着脸说话的时候会不会笑场。现在他们小组的成员处得跟兄弟姐妹似的，每个人都很好，她真希望这种欢乐和谐的氛围能够持续下去。

第68章

  转眼间，老剧新编和课本剧迎来了验收阶段。
  《云芝赋》因为借来了晋城京剧团的先锋人物徐婉儿，演出还没开始，相关新闻就已经铺天盖地地袭来。戏迷们闻声而动，售票正式开始才四个小时所有的票就被抢购一空。得知这个消息，李书记忍不住开玩笑说："要知道是这样，咱们就不搞什么惠民活动了，把票价定高一点多好。"李副团长笑了笑说："是啊，是啊！"
  这次惠民演出安排在全城最大的阳光剧院。半年前，剧院扩容整修，最大的表演大厅可以容纳两千人。所谓惠民，指的是不管什么样的位置，票价全部定为十元一张。刚开始，十元票价是程旭提出来的，李副团长有过犹豫，不过转念想想又觉得其实可行，便在团领导班子上说了一下，李书记首先点头赞同，周团长和其他人随后也表示同意。活跃省城的京剧市场任重道远，从公益到收费，已经是一个跨越。十元票价更多是带着一种象征意义，十块钱虽少，可观众是否愿意拿出来去赴一场戏曲的盛宴，就看他们自己的选择了。
  老剧新编会编成什么样呢？好还是不好呢？看了不就知道了？周末，人们从四面八方涌过来，台下很快就座无虚席。团领导分散在不同的位置，看上去和普通观众无异，其实他们的任务很明确，就是观察观众对改编的新戏作何反应。
  幕布徐徐拉开，徐婉儿一上台，台下立刻一片惊叹之声。徐婉儿眉目含羞，莲步轻移，即使妆容素净，一身青衣，依旧无法掩盖住她端庄优雅的气质。一段漂亮利落的水袖，如诗如画，绝美倾城。
  她刚开始唱，李副团长身边一个约莫六十岁的老大爷便皱起眉头，自言自语地说道："刚开唱，就改成新词了！"

李副团长把手放到座椅扶手上，稍稍凑近那位老大爷，低声问："您觉得怎么样？是不是听着有点儿别扭？"

　　老大爷眯起眼，摸了摸下巴上的胡子，只是转头看了李副团长一眼，并没有立刻回答他。

　　李副团长耐心地等待着，又过了五分钟，那位老大爷才缓缓地转过头来，笑眯眯地说："我其实是抱着挑刺儿的心态来的！《云芝赋》我经常看，看了二三十年，我原本觉得这部戏没有必要改，可现在倒觉得，改得还是相当不错的！"

　　资深戏迷的认可让李副团长有点儿激动，他主动和老大爷握了握手。老大爷看了他一眼，以为他也有同感，只是笑了笑，目光又回到台上。后来，他注意到李副团长时不时地拿出手机写什么，演出结束的时候才好奇地问他为什么买票进来却不好好听戏，李副团长做了个简单的自我介绍之后，老大爷愣了一会儿才猛地抓住李副团长的手，激动地说："你们愿意倾听戏迷的心声，这很好！有你们这样的剧团，京剧的复兴指日可待啊！"李副团长没有说别的，只是对他深深地鞠了一躬。老大爷的看法代表了相当一部分戏迷的看法，李副团长很感激，也很受鼓舞。

　　手机上记了很多东西，都是细碎的，不完整的，可对李副团长来说满满的都是收获。

　　刚刚结束演出的后台本就混乱，再加上有不少观众悄悄来到后台，狭窄的走廊里几乎挤得水泄不通。李副团长过去的时候，还以为戏迷们是过来找徐婉儿要签名的，不过他很快就发现并不是这样，参演的好几个配角也被观众团团围住，双方讨论得很热烈。只是从演员们的表情来判断，李副团长就知道，这场演出，就算没有爆火，也一定称得上小爆。

　　以前，他太乐观了，对原创剧目《铿锵》又抱着极大的期待，总觉得那部戏会爆，可演出了那么多场都没有看到自己想要的效果。这次，他不敢再抱那么大的希望，没想到反响这么好。小爆，十有八九是有的吧？那样也是极好的，不枉全团上下夜以继日的努力。

　　嘈杂声不绝于耳，李副团长却丝毫不觉得烦躁。从事剧团领导工作多年，他亲眼见证了京剧从盛到衰，眼看着很多表演艺术家带着深深的遗憾提前离开自己钟爱的舞台。每个人都希望京剧能重新火起来，可是，真的能实现吗？此时此刻，他就那么安静地看着眼前的热闹场面，心里说不出的踏实。星星之火，可以燎原，只要观众们还愿意来看京剧，愿意主动表达自己对京剧的喜爱，那个遥不可及的目标就一定会实现。改革是对的，改革才有出路，李副团长因此更加坚定了自己继续改革的决心。

接下来的几天，媒体上铺天盖地都是新版本《云芝赋》的报道。省报、市报头版头条，大号加粗的字体，都是对《云芝赋》的赞美之词，几乎把它捧到了一个时代经典的位置。电视台方面也纷纷联系周团长，想要做个人专访，这次不光集中在徐婉儿一人身上，他们点到名的还有男主人公的扮演者和一众配角。周团长随时随地都会接到这样的电话，作为团长，他当然是高兴的，团里的剧目唱火了，还有比这更令人激动的事吗？可同时他又觉得非常惭愧，一直以来，他心里都很清楚，坚持转企改制的是李副团长，而自己，一直是改革路上的绊脚石。这次的老戏新编，每次相关会议他都参加了，可都没怎么说过话。现在想来，他是真后悔。全团上下所有人都投入转企改制的浪潮之中，只有他一个人还在冷眼旁观，此刻他的心里很不是滋味。所以当有记者提出要采访他，让他详细谈谈转企改制的具体措施时，他毫不犹豫地说出了李建业的手机号码。功劳是人家的，他不能抢，这是一个党员的基本觉悟。

《云芝赋》的加演计划很快提上日程，因为徐婉儿本就是借过来的演员，人家还有自己的行程和安排，团领导不好强留，郑重向她表达感谢之后便送她回晋城了。原来不知道《云芝赋》反响如何，又没有B角的最佳人选，干脆就没有安排B角。徐婉儿一走，确定女主人公的人选就成了火烧眉毛的事。

第69章

团领导开会商量的时候，所有人都倾向于让叶知秋来演孔云芝。可是叶知秋刚刚启程带着课本剧小组去了展演第一站——长征路小学表演课本剧。这次的课本剧展演，每天跑一个学校，暂定去二十所小学。这也就意味着，叶知秋得二十天以后才能腾出时间忙别的事。二十天，《云芝赋》的热度早就下去了，趁热打铁怎么实现？

周团长提出由洛会芳亲自出马，可是李副团长立刻就表示反对。洛老师年纪大了，加上刚刚出院不久身体还很虚弱，难道让她夜以继日地去熟悉台词、抠词、然后再用最快的速度把彩排和响排坚持下来？十天，这不是要榨干这位老人家的体力吗？

李副团长气恼周团长不切实际的想法，难免说话的口气生硬了一些。周团长却以为他是自恃功高，要当着众人的面让他难堪，不由怒从心生，两人随即吵了起来，这场会议不欢而散。他们俩这次闹得有点儿僵，像是较上劲了，谁都不肯先道歉，李书记和团领导班子其他成员被夹在中间也很为难。每天抬头不见低头见的，他们俩硬是每次都把对方当成空气。

几天以后，叶知秋听说了这件事，特意回了一趟团里单独找李副团长说了几句话，她前脚刚走，李副团长就去找周团长认错了。连李书记都对叶知秋这丫头刮目相看，周玉民和李建业这两个老家伙，身上都有一股子倔劲儿，有时候又认死理儿，原本以为两人且得僵一阵子呢，却没想到，一直让他们非常头疼的事却被一个小女孩三言两语就轻松化解了。

李书记难掩好奇，去找李副团长问个究竟。李副团长倒是没有藏着掖着，笑着说："叶知秋说，一家人还讲家和万事兴呢，咱们团里也应该是这样，上下一团和气，工作才能做得更好。她的原话是：'不过就是道个歉嘛，有什么说不出口的呢？您和周团长吵架，难道您就一点儿错都没有吗？既然有，那就行动起来嘛！'"

他一字不漏地把叶知秋的话转述给李书记，说完之后无奈地摇了摇头，又说道："这么简单的道理，叶知秋都能看明白，我怎么就看不明白呢。真是越老越蠢，越老越幼稚了！"

李书记更无奈，不满道："我和老梁、老许劝你的时候不也是这么说的吗？我们说的话你就听不进去，叶知秋的话你怎么就听得进去呢？"

李副团长皱眉，认真地想了想才说："叶知秋真是一个好孩子，她说的话，不管是谁都比较容易听进去！"

这话倒是说到点子上了，李书记也笑了："叶知秋这孩子，身上有太多优点了，真是讨人喜欢，她简直就是我们京剧团的未来。你说得倒是对，如果我是你，她的话我也能听进去！"

不知不觉之间，叶知秋进京剧团也有两年多了。路遥知马力，日久见人心，即使以前有不少人对叶知秋有各种误解，可随着时间的推移，也都慢慢了解叶知秋的为人，开始喜欢和她打交道，做朋友了。比如文姗，她和叶知秋的年龄相近，又都是唱旦角的，本来就应该有很多共同话题，只是因为以前文姗和于玲玲走得近，才和叶知秋有了距离感。现在两个人都在课本剧小组，每天朝夕相处，文姗被叶知秋身上的很多闪光点吸引，两人很快成了很要好的朋友。

蒋菲看到文姗天天跟屁虫似的在叶知秋身后晃，忍不住打趣她："文姗，你这是怎么回事？现在爱上当小跟班了？跟着我吧，我正需要小跟班呢！"文姗俏皮地转了转眼珠说："我才不是小跟班呢！"蒋菲追问："那是什么？"文姗灿烂一笑，假装严肃地说："我是……大跟班！"

课本剧小组的气氛一直都是这么融洽和睦，活力四射，尤其是和小学生们在一起的时候，他们的心情就更加欢快愉悦。孩子到底是孩子，他们是那么单纯，那么快乐，同时又是那么容易满足。课本剧的剧情相对都比较简单，唱腔尽量明亮，戏词也是通俗易懂的，每次演出，孩子们都看得很认真，时不时地报以热烈的掌声。每次演出结束后，他们总是把演员们团团围住，好奇地问出很多有趣的问题。看他们是真的感兴趣，演员们发自内心地高兴，总是认真回答他们的每一个问题。

"知秋，刚才有个四年级的小男生跟我说，他也想学京剧，就唱武生！"

"知秋，一个叫钟子涵的小女孩希望我们每周过来演出，还催我们赶紧编排出新的剧目来，说他们班的同学们都很期待呢！"

"知秋，我刚知道二年级三班的语文老师是资深戏迷，年纪轻轻的，居然会唱很多青衣名段呢。这次来不及了，等咱们下次再来的时候，我一定得好好听她唱上几段！"

叶知秋是小组长，从演员们那里接收到的都是这种积极正面的信息。她深刻地感受到李副团长的那句"欣赏京剧要从娃娃抓起"说得多么正确。很多人都觉得只有老年人才喜欢京剧，可事实真是这样吗？并不是。事实证明，只要把京剧转换成适合孩子们的形式，他们也会对京剧产生兴趣，并且慢慢喜欢上京剧。

二十天以后，课本剧展演完美收官。回剧团的路上，演员们热烈地讨论着新剧本的创意，甚至还有人提前买了小学语文课本，分发到同事们手里。哪些适合改编成课本剧，先讨论个大概，然后再慢慢筛选，和编剧组讨论。大家的脸上都写着迫切和期待，纷纷表示，第二轮课本剧编演现在就应该提上日程。

叶知秋坐在大巴车最后一排的角落里，静静地望着窗外，若有所思。不是她不想参与到讨论中去，而是，她还有更重要的事情要仔细考虑。

前几天洛会芳师父给她打电话，说是北京近期要举办一个京剧艺术节，为期十天，主办方邀请了洛会芳，可她身体状况不太好，想让叶知秋代她去。叶知秋不太想去，主要是接下来还有很多事情要忙，走不开，可是洛会芳师父既然提出来了，她又实在不想让她老人家失望。怎么办呢？直到和洛会芳师父见了面，叶知秋还没想好怎么答复她。

第70章

　　洛会芳倒是开门见山，等到两人独处时便直接问她考虑好了没有，叶知秋不好意思地笑笑说没有。洛会芳很快就转移话题和叶知秋聊起了课本剧的情况。二十天下来，叶知秋收获颇丰，见洛会芳师父问起，立刻拿出自己的笔记本给她看。洛会芳一边翻看着，叶知秋一边讲解着，直到洛会芳翻到最后一页，叶知秋才有点儿依依不舍地住了口。每一页都像是凝结在记忆里的美丽片段，回味起来更觉甘甜。课本剧对叶知秋来说是一种陌生又新鲜的体验，她怀念孩子们纯真可爱的笑脸，怀念沉浸在剧情中时澎湃激动的情绪，嘴角扬起的弧度始终没有落回原处。

　　"知秋，你并不愿意去北京参加艺术节！"

　　当洛会芳淡淡地说出这句话时，叶知秋愣了一下，笑容凝固在嘴角，紧接着便是惭愧，她低声嘟囔了一句："对不起，师父……"

　　"你这丫头，为什么总是动不动就跟我道歉呢？你又没有做错什么！我不是说吗？你在任何情况下做出的任何决定，我都支持！"

　　洛会芳一脸慈爱地看着叶知秋，叶知秋鼻子一酸，紧紧地搂住了洛会芳师父。

　　以前赵文云师父也说过同样的话，她叶知秋何德何能，能得到两位师父这般爱护和无条件的支持呢？

　　洛会芳轻轻拍了拍她的背，柔声说："不管哪个行业，从来都是长江后浪推前浪，我们这些前浪啊，也有很多地方该向你们这些后浪学习。可到底年纪大，力不从心，不过让我很骄傲的一点是，我的思想还能跟上时代，没有被时代淘汰。这样的话起码能帮你们点儿小忙，让你们不至于手忙脚乱。我从来没有想过要帮你做选择，你的路，你知道怎么走，我相信你！"

"谢谢您，师父！"

夕阳西下，余晖满天，一老一少肩并肩而坐，手紧紧地握在一起。

最终，洛会芳让萧若兰代她去参加了北京艺术节，而她，也正式跟团领导提出书面申请，退居二线，颐养天年。李书记和周团长挽留无果，只觉心里空荡荡的。这么多年，京剧团也只出了洛会芳老师这么一位国宝级的京剧名家，她早就提出加大培养各行当骨干的建议，可是周团长总以为团里老戏骨多的是，而观众又只认他们，其他的可以慢慢再说。这事一放下也就放下了，可是时光不能倒流，周团长难得在会上做了深刻检讨。冰冻三尺非一日之寒，京剧团现在面临的很多问题都有他当初失策的原因。尤其这次转企改制一推行，几个对改制不太看好的老演员要求提前内退，几乎引领了一股"内退潮"。演出活动增多以后，问题就凸显出来了，尤其是行当不全这个问题尤其让人头疼。

李副团长前几天已经派程旭带着几个退休的老戏骨到下属市级京剧团和大小私营剧团去借调人才了，现在还不知道情况如何。程旭临走的时候，李副团长特意交代，宁缺毋滥。萧条了一年多的京剧团刚刚有点儿起色，万事都得谨慎，无论如何不能自己砸了自己的招牌。程旭一向心里有数，李副团长倒是放心。

课本剧的第一轮展演结束后，小组演员们也没闲着，趁着编剧们编写新剧本的空当，临时加入老戏新编小组里来。《云芝赋》的第二轮公演就要开始了，这次唱A角的是徐婉儿推荐过来的一个名叫唐锦心的女孩。她性格开朗，温柔随和，一来就和大家打成一片，小组里所有演员都很喜欢她。叶知秋只是听说她很年轻，见到本人以后，还是被她的容貌惊艳到了。鹅蛋脸，五官精致，眼睛大而有神，眉梢微微上挑，皮肤白皙细嫩，凝脂一般柔滑，微微一笑之间，更是给人倾国倾城之感。叶知秋怔怔地看着她舞水袖，忍不住惊叹出声："长得也太美了！"站在旁边的文姗转头看了她一眼，皱眉："有你美吗？我怎么没有看出来！"

正好这时唐锦心朝这边看过来，叶知秋立刻走过去，热情地和她打招呼："你好，你就是唐锦心吧？"

唐锦心上下打量了叶知秋一番，抿唇一笑："我是！你好，叶知秋！"

叶知秋微微疑惑："你认识我？"

戏曲演员上台时从来都是浓墨重彩的，不太能看出原本的样子，而且叶知秋在媒体面前露面的次数也少之又少，唐锦心怎么一眼就能认出她呢？

"我可以叫你知秋吗？"

唐锦心一笑，脸颊上露出两个小小的酒窝，娇媚中平添了几分俏皮可爱。

"当然可以！"

"知秋，你在咱们这一行已经小有名气了，所以我认识你！"

唐锦心的话让叶知秋大吃一惊，她一直在团里，每天按部就班地忙碌着，从来没有想过名气这回事。

看出她的疑惑，唐锦心继续说："我第一次看到你公演的视频时就很喜欢，反反复复看过很多遍。因为喜欢你的表演风格，所以我又在网上找到了很多你的演唱片段，越看越喜欢。我想，我也算是你的一个资深粉丝了。今天看到偶像，还蛮激动的！"

"你可千万别这么说，我哪里是偶像啊，不敢当不敢当！"

叶知秋被夸得红着脸直摆手。

其实，她对眼前的唐锦心也有耳闻。唐锦心是海派大青衣林琳的嫡传弟子。而一说起海派，多数人首先想到的是：挑战不可能。这几乎是海派青衣的精神所在，创新很难，一辈子都在做这一件事就更难。林琳主持改编了香港经典电影《龙门》，一个人扮演了正邪两个角色，不仅生动传神，角色切换之间，更显大家风范。电影里的刀光剑影、儿女情长，转换为舞台上的唱念做打，虚实相间，而电影原作所强调的侠义精神则在京剧舞台上升华为更深刻凝重的家国情怀。叶知秋在图书馆的时候看过这部京剧的视频，直到现在，她空闲的时候还是会再拿出来细细品味。

第71章

没想到,这次居然有机会和林琳老师的弟子认识,叶知秋激动地拉起唐锦心的手,眉眼含笑:"你在我们京剧团的这段时间,我可以天天过来看你排戏吗?"

"当然可以啦!"

"那太好了!"

两个人第一次见面,彼此竟都有相见恨晚之意。导演过来提醒唐锦心休息时间到了,她这才依依不舍地和叶知秋说了再见,一步三回头地走了。

叶知秋每天的时间排得满满的,很久没有看书的她每天上午都雷打不动地泡在图书馆里,有时候文姗去喊她吃饭,提醒她好几次,她嘴上说着就来就来,却不见起身。文姗无奈,只好一个人去食堂吃饭然后帮她带一份过去。叶知秋看书看得太投入,十次有八次都忘记吃饭,感觉到肚子饿的时候才发现饭菜早就凉透了。

下午叶知秋通常都是在一号排练厅待着,看唐锦心彩排。她手里也有剧本,从图书馆到排练厅的几分钟,她都能利用起来,按照自己的想法唱几句戏词。很快熟悉剧本以后,她就开始静静地听唐锦心唱,在心里默默地对比自己和她唱腔上的差别,然后取长补短,在心里修改之前的唱法,直到自己满意为止。她要的不是学好这部戏,而是想以小见大,以后拿这部戏做案例,广泛应用到所有青衣戏中去。

唐锦心在排练间隙中,除了会和对手演员交流,最喜欢做的事就是和叶知秋聊天。她从小跟着师父林琳走南闯北,见多识广,说话也风趣幽默,叶知秋和她完全不同,话不太多,只有提到专业上的事情才会像打开了话匣子,滔滔不绝,眉眼间都是燃烧的激情。两人一动一静,坐在一起的时候又让人怎么看怎么舒服。她们对待很多事情的看法都是一致的，说到激动处还会手拉着手相视一笑，也只有在这个时候，两个人才会流露出符合她们这个年纪的娇俏可爱。

这天下午，唐锦心的师父林琳打电话过来询问排练情况。

唐锦心把叶知秋介绍给她师父，叶知秋有点儿紧张，林琳问一句她就答一句，后来林琳先绷不住笑出了声，开玩笑说："怕我？隔着听筒还怕我吃了你不成？我又不是洪水猛兽，不过是一个青衣演员而已！"

林琳的声音清亮动听，完全听不出年龄，这样平易近人的态度着实让叶知秋感动。她心里绷着的那根弦立刻松弛了不少，小声说："林琳老师，我早就听说过您，很喜欢您的戏。以后有机会一定去看您的演出！"

林琳柔声说："好啊好啊，随时欢迎！"

电话已经挂掉了，叶知秋激动的心情还是久久无法平静。林琳坚持创新，一坚持就是二十多年，即使争议声不断，她依旧坚持目标，砥砺前行，实在是当之无愧的榜样。林琳老师在叶知秋的心目中就是神一样的存在，可望而不可即。不过认识了唐锦心，尤其是刚刚又和林琳老师通了话，叶知秋觉得心里突然就踏实了。林琳老师走到现在的高度，都是一步一个脚印走出来的，她不是神，她和洛会芳师父一样，是最优秀的青衣演员。叶知秋澎湃的情绪更加激荡，意志也更加坚定，她也要做林琳老师和洛会芳师父那样的人。

叶知秋转头看了唐锦心一眼，突然想到一个问题。

"锦心，林琳老师好像唱传统戏的时候不多，你怎么会想到过来演这部戏呢？"

《云芝赋》虽有改编，但也算是传统戏，而叶知秋看到网上林琳老师的演唱视频多是一些新剧目，几乎没见到过传统戏唱段。唐锦心是林琳老师的徒弟，按理说也是以唱新剧目为主的，反正叶知秋是这么想的。唐锦心微微一笑，她已经不是第一次回答这样的问题了。

"我师父说过，她是年少成名，那时候心中根本没有足够的准备，尤其是二十三岁就获得梅花奖，被评为国家一级演员，更是让她非常不安。她有点儿蒙，觉得自己什么都还没有学呢，怎么就拿了奖，还成为国家一级演员了呢？那个时候不断有批评的声音出现，有说她水袖舞得不好的，有说她文戏不好的。她那时候就拼命地补各种课，学声乐、形体、表演，学昆曲，学刀马旦，学传统戏，也学现代戏。她说如果自己什么都不做，被人叫作艺术家，那她会觉得很羞耻的，演员不能停滞不前，要一刻不停地往前奔！学了什么都是自己的，这对演戏只有好处没有坏处！"

所以，唐锦心也紧跟师父的步伐，什么戏都学，什么戏都唱。学得博，并不代表学不精，每个行当都不是孤立存在的，每一类剧目都是如此，多尝试，总会有收获。这段话背后的意思，唐锦心没有说，叶知秋也明白。

叶知秋沉默片刻，似是自言自语地说："活到老唱到老，活到老学到老！"

唐锦心轻搂住她的肩膀，笑着说："对，就是这个意思！"

叶知秋从排练厅出来以后直奔图书馆，打开电脑。有一段时间没有上网看林琳老师的唱段视频，她很快就发现有新上传的。

由热门古装电影改编的《上阳令》半个月以前在申城大戏院完成首演。

大幕一拉开，林琳饰演的程家大小姐程如如未见其人，先闻其声——一路"叫骂"着行到台前，一亮相便颠覆了青衣独有的雍容华贵的既有印象。她身穿素衣，清淡的妆容衬托得眉眼更加精致，只是举手投足之间难掩怒气。她从小被养在乡下，心直口快，性子粗野，回到程府三年有余，还是没能被教养婆婆教成优雅的大小姐。而她的双胞胎姐姐程如仪却从小养尊处优，在程家享尽荣华。妹妹一来，全家独宠她一人的局面被打破，她对妹妹颇多怨念，表面上体贴温柔，内心却冷血毒辣。这次林琳依旧是"一赶二"，也就是一人分饰两角。

第72章

　　视频画面中,偌大的舞台上,林琳时而是程如妞,泼辣刁蛮,青素水袖翻飞曼舞;时而是程如仪,端庄温柔,眼神里却藏着嫉妒。原汁原味的梅派、程派唱腔,甚至带着荀派泼辣爽利的念白表演。林琳在两个角色间的游走,已无法用单一的行当、流派去定义。

　　叶知秋看得如痴如醉,仿佛置身程家,跟着程如妞快意恩仇,为她的喜悦而喜悦,为她的愤怒而愤怒。

　　大幕缓缓合上,演出结束了,可叶知秋的心里依旧激情澎湃,久久无法平静。不知不觉,夜已经深了,图书馆里就剩她一个人。她满脑子都是刚刚那出戏里林琳老师灵动的身影,揉了揉发麻的双腿站起来,她突然起了模仿之心。来到走廊里,她一边回忆刚刚林琳老师的唱腔一边轻声哼唱,还不忘配合动作。这么唱了一会儿以后她才发现,原来听和唱完全不是一回事,听的时候只是静静地享受京剧之美、人物之美,而在真正唱的时候更多关注的是如何调动自己的情绪,使观众产生共鸣。

　　昏暗的灯光下,此时的叶知秋也是一人分饰两角,只不过她是一边扮演着程如妞,一边扮演观众,唱和听全在她一人身上。整个世界都安静下来了,天地之间仿佛只有她一个人。她尽情舒展,细细演唱着戏词,同时又细细聆听着自己的唱腔,唱着唱着竟然忍不住落下泪来。这种感动来得突然,却又确实是由心而发。京剧的魅力实在是太动人了,它可以很新,它可以一直在变,可是不管怎么新怎么变,它的根基都还在,而且牢不可破。只有深深地沉浸在其中,才能深切体会到它的美丽绝伦。

　　叶知秋有点儿舍不得从这种动人的意境中走出来,直到电话铃声响起。已经是后半夜两点多了,她还没回家,二哥着急了,一边给她打电话一边出了门。得知她在剧团的图书馆里,这才稍稍放了心。叶知秋刚刚下楼,就看到不远处的甬路上有手电筒的光束打过来。

"你这丫头,大院里都没有人了,大半夜的,你不害怕呀?"

叶知武一边抱怨着一边把一件厚外套披到叶知秋的身上。

"不害怕!你不用来接我,没事!"

"你这上嘴唇一碰下嘴唇的,等真的有事就晚了!不是我说你,你也老大不小了,自己的终身大事上点儿心,你有了对象,我也能省点儿心!女孩子啊,生活中哪能只有工作,对不对?你还能真的守着京剧过日子,做一辈子老闺女?"

叶知武不是一个爱唠叨的人,可是妹妹实在太忙了,每天神龙见首不见尾,以前他是觉得像妹妹这样的女孩子根本就不愁嫁,可是母亲电话里絮叨个没完,老婆也是天天在他耳边碎碎念,他才慢慢开始担心起来。妹妹快二十三了,眼看着她一心扎到剧团里,一点儿找对象的心思都没有,他这个当哥哥的不管谁管啊?

叶知秋把外套裹紧了一点儿,快步走在前面,二哥的话她权当没听见。叶知武无奈,长叹一声,大步跟上她,和她肩并肩往剧团门口走。

远远的,路灯下面有一个熟悉的身影跃入眼帘,叶知秋眯起眼睛看了看,是程旭。前天他刚刚回到团里,一回来就马不停蹄地组织借调来的演员们培训,每天忙得脚不沾地,叶知秋都没机会和他见面。没想到这么晚了,他也还没走。他正背对着叶知秋的方向打电话,说话的声音不大,可是因为周围实在太安静了,待叶知秋和二哥走近,他的话便全数落进两兄妹的耳朵里。

"妈,你有完没完啊?别给我安排什么相亲,你就是安排了我也不去!我不想去,也没时间去!"

停顿了一会儿,他才再次开口:"实话跟您说吧,我心里有人了!对,就是我们剧团的,她叫……"

听到这儿,叶知秋的心突然狠狠跳了几下,紧张、期待、害怕,说不清道不明的情绪在胸腔里隐隐流动。不过刚好这个时候,程旭转过身来,不经意对上叶知秋的目光,就要脱口而出的名字也被他硬生生地咽回了肚子里。

245

和程旭对视时，叶知秋几乎立刻就收起了所有情绪，只余脸颊上还有微微的热度。有那么一瞬间，她几乎以为程旭要说出的就是她的名字。可是看到程旭的眼里短暂闪过一丝惊讶之后几乎瞬间恢复如常，她又觉得不可能。两个人一直都是朋友，就算有时候各自忙得昏天黑地，很久没有碰到面，再见时还是觉得亲近。对叶知秋来说，程旭更像是哥哥，就像她的大哥和二哥一样，总是给她很多的关怀和照顾。

叶知武看看程旭，又看看叶知秋，勾起唇角，笑得意味深长。

程旭匆匆挂了电话，笑着和叶知武打过招呼以后，目光落到叶知秋的身上。

"怎么这么晚才回家？"

"嗯，到图书馆看了会儿书！"

"二哥上了一天班也挺累的，以后你再回去得晚，就由我来送吧？"

叶知秋还没开口就被叶知武抢了先："好啊，好啊，我求之不得呢！你都不知道，我现在每天累得要死，回家以后就想赶紧睡觉。可是，她一个小姑娘，这么晚了不回家，我哪放心她一个人走夜路啊。那以后就拜托你了，咱们就这么说定了啊！"

"二哥，你怎么……"

叶知秋气得够呛，叶知武却假装没注意到，拉着妹妹的胳膊从程旭身边离开。

走出大门，叶知秋狠狠甩开叶知武的手，恼怒地说："二哥，你脸皮怎么那么厚啊？程旭每天又忙又累，你好意思让他送我回家吗？人家只是客气一下，你怎么顺着杆就往上爬啊？"

叶知武似笑非笑地看着她说："哦，程旭每天又忙又累？心疼了？我说，你可是我的亲妹妹，怎么就不心疼心疼你二哥啊？你二哥就不忙，就不累？"

第73章

"我又没让你接我！你自找的！"

叶知秋一句话堵得叶知武说不出话来，不过他心里却是美滋滋的。看样子，妹妹和程旭这两个人还是有可能的。先不说妹妹态度如何，程旭看妹妹的时候，眼睛里是有光的。叶知武虽然是个粗糙汉子，可还是能感觉到的。

"唉，妞妞，你走那么快干什么啊，等等我啊！"

叶知武快走几步追上妹妹，笑嘻嘻地说："我看程旭喜欢的人八成是你，哦，不，九成……"

叶知秋瞪了他一眼，只顾着往前走，再不愿意就这个话题多说一个字。

她知道程旭是个言出必行的人，生怕他每天真的特意等到很晚送她回去，所以第二天一早就给程旭发了短信，说她以后都不会晚回家，让他忙自己的，不用惦记送她回家。程旭很快回复了短信，只有一个字：好。叶知秋感觉有点儿失落，可又不知道这种情绪从何而来，不过她投入工作之后，很快就把这点儿莫名其妙的情绪抛到脑后了。

萧若兰临时被安排去培训借调来的演员，把演艺部的工作暂时交给副部长柳敏然和叶知秋。柳敏然四十多岁，是唱老旦的，和叶知秋有过合作，虽谈不上有多亲近，但至少对彼此的印象都是不错的。叶知秋原本想着，萧若兰过去主持培训顶多也就五六天，自己只管听从柳敏然的安排主持好演艺部的日常工作就好。可是没想到接手工作的第二天，一向好脾气的叶知秋就有点儿顶不住了。倒不是说有多累，而是柳敏然的行为举止完全像变了一个人，打着官腔说话，动不动就训人，原本安排得很妥当的工作都被她随意打乱重新安排。她总有她的道理，别人说什么她都听不进去。叶知秋从来没遇到过这种情况，刚开始有点儿蒙，一直在犹豫着要不要告诉萧若兰。

叶知秋不大会隐藏情绪，柳敏然很快就看出了她的心思，提醒她不要去打扰萧若兰，有什么想法直接提出来就好。叶知秋觉得这样很好，面对面交流，把问题摆出来就地解决。可是她才只委婉地提到柳敏然对演员们的态度不太合适，柳敏然立刻就黑了脸，虽然说话不算难听，可明显话里带着刺儿。有几个演员帮着叶知秋说话，柳敏然更加不悦，还拿副部长的身份压人。她比叶知秋年长二十多岁，平日里叶知秋都喊她柳老师的。叶知秋虽然肚子里闷着气，可是并没有当面和她杠。

叶知秋本想着再找机会和她好好谈谈，可万万没想到，柳敏然竟然先一步跑去萧若兰那里打小报告，说叶知秋自以为有点儿名气，眼高于顶，对演员们态度不好什么的。萧若兰起初并不相信，无奈又陆续有人找她反映，说的内容和柳敏然差不多。萧若兰脱不开身，只能给叶知秋发短信询问情况，可是整整一天，都不见叶知秋回复。第二天又是整整一上午没有动静，萧若兰沉不住气了。

这么长时间，叶知秋忙到连看一眼手机的时间都没有？还是说她根本就觉得自己没错，懒得理会她？萧若兰瞅了个空当去找叶知秋。她先去了一号排练厅，叶知秋没在，柳敏然在。柳敏然逮住机会拉着萧若兰的手又是一顿控诉，说着说着，眼圈都红了。萧若兰安慰了她几句，又嘱咐她主持好演艺部的工作，这才匆匆去了二号排练厅。没承想，她一推开门就看到叶知秋在训人。

徐东来一个超过一米八的大小伙子，站在叶知秋面前，低着头，一张国字脸涨得通红。其他演员虽看似按部就班地在排练，可到底没办法百分百的专心，偶尔余光瞥向叶知秋和徐东来这边。隔着一段距离，萧若兰看不太清大家的表情，可能是因为柳敏然的话先入为主，她又刚好碰上这样的场面，自然而然会觉得叶知秋是有点儿飘飘然了。叶知秋年纪轻轻，就已经有了点儿名气，凭着一篇学术论文在业界崭露头角，再加上最近被团里委以重任，难免会有浮躁的情绪。这时候，萧若兰觉得，作为前辈，她是一定要点拨一下叶知秋的。

萧若兰走过去，站到叶知秋面前，脸色有点儿冷。

"知秋，怎么回事？"

她现在是演艺部部长，不管心里有怎样的怀疑，都得先调查，问清真相再发表意见。

"哦，萧老师，是这样的！徐东来排练的时候开小差，我批评了他几句！"

事实上，徐东来可不是开小差那么简单，叶知秋这么说，也是顾及他的面子。徐东来平日里一向表现不错，只是最近两天有点儿偷懒，刚刚有人说他，他不服气还爆粗口，不然叶知秋也不会严厉批评他。

可是叶知秋的轻描淡写落进萧若兰的耳朵里，她却下意识地认定，是叶知秋在用组长的身份压人。

她沉着脸把目光转向徐东来，眉头微蹙："是这样吗？"

徐东来看了看叶知秋，有点儿不好意思地摸了摸后脑勺，点点头。

他当然明白，叶知秋是在给他面子，不想让他在萧老师面前难堪，再加上确实是他做得不对，心里的那点儿委屈早就烟消云散了。可是，萧若兰理解错了徐东来看叶知秋那一眼的含义。

是怕她？

嗯，就是怕她！

萧若兰正视叶知秋的眼睛，沉声反问："批评？有必要这么大声？再说了，为什么不能单独把他叫出去谈？当着这么多人的面说他，你这是要臊他的脸皮，还是想树立你组长的威信？嗯？"

萧若兰音调不高，可眼底已经浮起一层愠怒。

"萧老师……"

"知秋，你年纪太轻了，难免浮躁。我看，这个组长，你暂时不要当了，课本剧的排练也暂时不要参与了。从明天开始，我放你三天的假，你好好在家里反思，调整一下自己的心态！"

她这边话音一落，所有演员不约而同停下手里的动作，朝这边看过来。

蒋菲第一个冲过来站到萧若兰面前，疑惑地问："萧老师，知秋哪里浮躁了？为什么不让她参加排练，为什么要让她回家反省？"

第74章

萧若兰怔了一下,还没回应,文姗又不知道从哪里冒出来站到叶知秋身边,看她的眼神甚至带了一丝明显的怒气。

"萧老师,您这么做不合适吧?"

她的表情刺痛了萧若兰,萧若兰有点儿窝火,口气更加不客气:"我在说叶知秋,她是哑巴吗?需要你们替她开口?"

叶知秋也觉得蒋菲和文姗这么说这么做实在不妥,扯了扯她们的胳膊让她们靠后,又上前一步,好离萧若兰更近些。

她压低了嗓门说:"萧老师,您听我解释一下行吗?咱们能不能换个地方?"

"为什么要换个地方?我们之间什么话是不能见人的吗?知秋,再多的话我不想说。我现在是以演艺部部长的名义命令你,暂停排练,回家去反省!不要等明天了,现在就走!"

萧若兰的脸色并没有明显的变化,甚至不仔细看根本看不出她在生气,可叶知秋看得清清楚楚。萧若兰眯起双眼看着她,眼尾轻颤,因为上下牙咬合得有点儿紧,脸部的肌肉都略显僵硬。

认识萧若兰老师到现在,叶知秋还是第一次见她发这么大的火。

所有人的目光都落在她们俩身上,叶知秋即使没有回头,也能感觉得到。

她沉默了一会儿,才勉强扯了扯嘴角说:"萧老师,您消消气,我这就走!"

她没有看任何人,就那么低着头,走到角落里,拿起大衣和包,径直朝门口走去。

文姗喊了她一声,蒋菲立刻按了按她的肩膀,对她摇摇头,示意她不要说话。文姗压下所有的情绪,转过身去不再看叶知秋。蒋菲招呼大家继续排练,萧若兰本想再跟大家说几句,可是看着没人打算再听她说,便有些讪讪,站了一会儿就转身离开了。

叶知秋在的时候,大家还没觉得什么,可是她一走,所有人都不习惯了,排练起来也是无精打采的。刚到下班时间,蒋菲就先走了,紧接着,剩下的人也陆续离开。大家以为蒋菲是回家去照顾孩子了,其实她先走一步是去找叶知秋的。她以为叶知秋心里一定很憋屈,作为朋友和同事,她怎么也得当面劝劝。没想到,去了叶知秋家,她二哥却说她还没有回家。蒋菲又折返回剧团,给叶知秋打了电话才知道她在看唐锦心排练。蒋菲过去的时候,偌大的一号排练厅里只有三个人在,除了唐锦心和《云芝赋》里男主人公的扮演者卢亚兵,就是坐在角落里边看边在本子上认真写着什么的叶知秋。

夕阳只剩下最后一丝余晖,叶知秋坐在那里,整个人都被镀上了一层柔黄的光晕,就像一个刻苦学习的少年,时而皱眉,时而微笑,时而凝神思考。

有时候时间这东西是很可怕的,太多的人会随着时间而改变,可是在蒋菲的眼里,叶知秋从来没有变过,一丝一毫都没有。任何时候,她都给人一种人淡如菊的感觉,不管什么样的光环加在她身上,她都是老样子。蒋菲直到现在都还在为叶知秋鸣不平,她虽然年轻,可做什么事都极认真,又有分寸,萧若兰凭什么那么对她?就算莫名其妙地突然想鸡蛋里挑骨头,也不是这个挑法吧?

叶知秋看得过于专注,要不是蒋菲的嗓子有点儿痒忍不住咳嗽了几声,她还没有发现身边多了一个人。

正好唐锦心和卢亚兵停下来讨论,叶知秋合上本子,转过头笑着说:"蒋菲姐,还没回家啊?"

蒋菲和她说话一向直来直去,心疼地搂了搂她的肩说:"我来安慰安慰你!"

叶知秋脸色茫然,反问道:"为什么要安慰我?"

这丫头,心可真够大的!蒋菲忍不住翻了个白眼,作势要站起来:

251

"看来是我自作多情了,你继续在这儿待着吧,我先走了!"

叶知秋这时候才彻底从刚刚的剧情中抽离出来,脑子也恢复了正常运转,知道蒋菲为何而来了。

"蒋菲姐,谢谢你啊,我真没事!"

看叶知秋笑得没心没肺的样子,蒋菲忍不住有点儿心疼她,被她轻轻一扯,又坐了下来。

"知秋,你是我们的主心骨,我们离不开你!不如你委屈一下,再跟萧老师说说,好好认个错,明天还继续和我们一起排练好不好?我知道你没有错,可是……"

她有点儿说不下去了,对啊,叶知秋又没有错,凭什么要让她认错啊?她想过,如果事情落在她自己身上,她也绝不可能低头,推己及人,她是真有点儿不知道怎么办了。

叶知秋苦笑了一下说:"我刚才去找萧老师了!我认错了,求了她半天,她就是不肯让我回来!算了,三天,很快就过去了。萧老师那么好一个人,轻易不发火,一定是我哪里做得不好才惹她不高兴的!"

她陷入深深的自责之中,垂下头摆弄着手里的笔。

"知秋,萧老师没说她为什么生气吗?"

"没说!等她气消了,我再找她具体问问吧。知道自己哪里错了,我就知道该怎么改了!"

如果萧若兰只是撞见叶知秋训人,应该不会发那么大的火,一定还有别的事。蒋菲百思不得其解。叶知秋一向做事稳妥,别的还会有哪里做得不妥呢?萧老师去培训演员,叶知秋也刚刚开始和柳敏然搭档主持演艺部的工作。难道是柳敏然在萧老师那里说了什么?想到这儿,蒋菲的眉头慢慢皱紧。她心里虽然已经有了猜测,可并没有告诉叶知秋。

人心是很奇妙的,不是每个人都可以像叶知秋这样各方面做得都好却又什么都不计较的。副部长难得有机会主持日常工作,可身边偏偏还被塞了一个没有职务又年轻优秀的演员,柳敏然会怎么想?但这也只是猜测而已,蒋菲没办法跟叶知秋说。

蒋菲接到婆婆的电话,孩子有点儿发烧,催她赶紧回家,她挂完电话就匆匆忙忙地走了。直到唐锦心和卢亚兵排练结束，叶知秋才停下手里的笔，把本子合起来，笑着走向唐锦心。

"锦心，我想和你聊会儿天，有时间吗？"

"你看你，客气什么？反正我也不着急回宿舍，我请你吃晚饭，咱们边吃边聊吧！"

"好啊！"

剧团后面的小街上有几家特色小饭馆，两人找了一间人少的，选了个角落的位置坐下来。

叶知秋撑着下巴看着唐锦心，眨巴眨巴眼睛问："锦心，我也想学海派青衣，你在京剧团的这几天，能不能挤时间教我点儿东西？"

第75章

　　唐锦心看了她一眼，没回答，点完菜以后才绷着一张小脸，严肃地说："你这是要拜我为师吗？我可还没做好收徒的准备呢！"

　　叶知秋一时拿不准她是不是在开玩笑，就那么直直地瞪着她，不知道这话该怎么接。

　　最后还是唐锦心先绷不住，扑嗤一声笑了，笑得肩膀都颤个不停，银铃般的笑声很快引起了其他几桌客人的注意。叶知秋觉得不好意思，扯了扯她的袖子，对她使了个眼色，她这才勉强收住了笑。

　　"知秋，我在你们团待不了多久，而且时间实在是太紧，我恐怕很难教你什么。不如这样吧，等你什么时候不忙了，或者有机会去上海，我带你去见我师父林琳。你喜欢海派，真心想学，我师父一定会很高兴的。她那里没那么多说道，只要你愿意跟着她学，她一定会倾尽全力教你的。"

　　听她这么一说，叶知秋的眼神亮了亮，不过很快又暗了下去。

　　就算是以后有机会去上海，也不太可能有大段时间可以停留，拜林琳为师几乎不可能。可是叶知秋太喜欢海派唱腔了，特别想系统地学习一下。对上唐锦心的视线，叶知秋只好敛去心底的遗憾和失落，努力笑了笑说："嗯，以后有机会再说吧。"

　　原本叶知秋还以为这个话题就到此为止了，没想到唐锦心话锋一转问道："知秋，你有没有想过去上海发展？上海毕竟是国际大都市，机会多，也会有更好的发展。如果你有意向，我可以跟我们院长提一下！"

　　叶知秋疑惑地反问："更好的发展？现在京剧市场在各地应该都差不太多吧？"

　　起码在她的心里，一直都是这样的认知。戏曲界的大环境不好，放眼全国的话，虽然有一定的差异。可单就京剧来说，应该还是北方的受众群会更大一些。南方有很多剧种，比如昆曲、粤剧、滇剧，在相当程度上会分流一部分戏迷，当然也不排除一个戏迷同时喜欢好几个剧种的可能。大概也是叶知秋没去过南方，并没有实地了解过，不熟悉情况，所以看到唐锦心提起，便很想听她多说一说。

唐锦心继续说："我们京剧团三年前就完成转企改制了，剧团成功引入外资，转型成大型演艺集团。从那以后，我们剧团几乎呈现出脱胎换骨的变化，演出机会多，再加上宣传部门非常给力，媒体力量又肯加持，演员们挣得比那些外企白领还多呢。最关键的一点是，我们剧团特别注重培养青年演员，你唱得这么好，过去之后一定能很快被包装成明星演员。到时候，你就等着被鲜花和掌声包围吧！"

她说着说着就激动起来，几乎已经给叶知秋描绘出未来的大好事业蓝图。

叶知秋怔怔地看着她，一脸茫然。

她前不久刚刚接触到"跳槽"这个词，唐锦心是第一个建议她跳槽的人。她说不清楚心里是什么感觉，各种情绪交织在一起，只是唯独没有喜悦。去上海的话，名和利，很可能接踵而至，可是，她从不在乎那些。当初和剧团签劳动合同的时候，人事部门的工作人员还感叹说，合同工跟临时工差不多，说不定什么时候哪里没做好就得卷铺盖走人。那时候她的心一直是悬着的，每天忧心忡忡，生怕哪天被开除了，学戏的机会就彻底失去了。她甚至还想过自己万一被开除了怎么办，大不了回师父赵文云的老年剧团。只要没人强迫她离开京剧，什么样的生活她都能接受。眼下，转企改制开展以后，她依旧没有编制，却早已把剧团当成了自己一生的家。

唐锦心确实是为她考虑，她怕唐锦心失望，原本毫不犹豫要脱口而出的答案还是被她硬生生咽了下去。

"嗯，我考虑一下！"

"事关前途的大事，当然要慎重考虑，理解！"

两个人又聊了好久，直到夜深如墨。唐锦心实在太喜欢叶知秋了，和她聊不够，两人离开排练厅以后，唐锦心干脆又拉着叶知秋一起回宿舍接着聊。叶知秋给二哥打了电话，说要留宿在同事这里，让他放心。唐锦心在她眼前展开了一个全新的世界，海派青衣的绝妙、艳丽、华美，通过唐锦心生动活泼的语言描绘出来，叶知秋心里只剩下惊叹。

身边已经传来唐锦心均匀悠长的呼吸声，她睡熟了，可叶知秋还瞪着一双大眼睛，嘴角含着笑意，一遍一遍地回忆着刚刚唐锦心说过的话。京剧艺术博大精深，先不说梅程尚荀，光是海派青衣就那么多的门道，唐锦心说的话多是深入浅出的，可是有些内容叶知秋还是一知半解，总有一种隔行如隔山的感觉。以前还是了解得太少了，越是有这样的认识，她就越着急，翻来覆去睡不着觉，直到天快亮了才迷迷糊糊地睡了一会儿。

唐锦心上午照常去排戏，问叶知秋要不要一起去，她说还有别的事要去办，晚一点儿再去。她的手机虽然早就换成了智能机，可一直用的是最便宜的套餐，流量太少，平时基本上不用。这次她特地跑了一趟营业厅，换了一个流量更多的套餐，一向节俭的她虽然有点儿心疼钱，不过一想到以后可以随时随地上网，想查什么资料也很方便，心里还是觉得很值得的。

她又坐到一号排练厅，安静地看唐锦心排练，偶尔会低头看一眼手机，她在利用碎片化的时间系统了解海派青衣。为了让自己印象更深刻，她一边看一边还小声地读了出来："京剧艺术的'海派'诞生于清末民初的上海，它与坐镇北京的'京派'分庭抗礼，相互媲美。20世纪二三十年代是海派京剧的鼎盛期，周信芳享誉戏坛的麒派演剧，盖叫天独步天下的武生艺术，林树森技艺精湛的关老爷戏，郑法祥和张翼鹏各领风骚的猴戏表演，共同成就了一个时代的京剧辉煌。必须指出的是，海派京剧首先姓'京'，它在体现京剧艺术之'本'的程式化、虚拟性、舞蹈性表演特征方面与京派并无区别……"

刚读到这儿，她的视线范围之内突然出现了一双女式坡跟皮鞋，那人站得很近，大衣的前襟几乎碰到了她握着的手机。

第76章

叶知秋慢慢抬头，对上萧若兰的视线。

"萧老师……"

萧若兰的脸色很严肃，眼神里却偏又带着一丝说不清道不明的情绪，像是愠怒，又像是疑惑，还像……叶知秋不知道是不是自己太敏感了，才会在萧老师的眼里看到这么多内容。不过她没有立刻明白萧若兰老师突然站到她面前的原因，静默了一会儿，看萧若兰老师没有要开口的意思，她这才站起来，小声问："萧老师，您找我有事？"

萧若兰转头瞥了一眼唐锦心所在的方向，目光转眼又落回到叶知秋的身上，脸色有点儿冷。

"不是让你回家反省吗？"

她似有若无地把"回家"两个字咬重了一些，叶知秋反应过来，立刻面露惭愧："对不起，萧老师，我马上就回家！"

叶知秋看得出来萧若兰还在生她的气，不敢再多说什么，把摆在旁边座位上的东西胡乱收进包里，看都没敢看萧若兰一眼，垂下头就朝门口走去。

"等一等！我有话要跟你说！"

萧若兰从背后叫住叶知秋，待她顿住脚步才快步走过去和她肩并肩一起走。

下楼梯的时候，萧若兰的右腿不知怎么软了一下，叶知秋即使没看她，眼睛的余光也注意到了，第一时间便伸手把她扶住。

萧若兰的心软了一下，她稳住身形，看着叶知秋的眼睛说："知秋，有人说你要离开京剧团去上海发展，是吗？"

"啊？"

叶知秋只觉得脑子轰的一声,好一会儿才反应过来。

"萧老师,您听谁说的呀?没有的事!"

"谁说的不重要!我就问你有没有?"

萧若兰的眼神很锋利,像是能透过叶知秋的眼睛看到她的灵魂。

这种锋利让叶知秋很不自在,不过她并没有闪躲,直直地迎上萧若兰的目光,很认真地说:"没有!"

萧若兰似乎并没有完全相信,又继续追问:"从来没有考虑过?"

叶知秋不知道她为什么这么问,又为什么抓住这个问题不放,不过依旧很有耐心地说:"我不用考虑!"

她以为这下萧若兰老师该放心了,没想到,萧若兰的脸色微微一变,眯起眼睛,好像很失望的样子。

"知秋,你不诚实!"

说完,还没等叶知秋回应就先她一步快速下楼了。

直到她的身影彻底消失在楼梯拐角处,叶知秋的脑子还是蒙的。

昨晚,唐锦心和她聊天的时候并没有别人在,唐锦心绝对不会把她们的聊天内容透露给别人,那萧老师又是怎么知道的呢?而且,她答应唐锦心考虑一下,明明只是敷衍,不想唐锦心太失望罢了,其实她从没有想过要离开剧团的。转念一想,既然她们的对话经过了第三个人的转述,难免会有偏差,萧老师因此误会也可以理解。

叶知秋立刻下楼去追萧若兰,好在,很快就追上了。她很认真地跟萧若兰老师解释,可萧若兰的眉头始终紧锁,好像完全听不进去。叶知秋急得额头上都冒出了一层薄汗,就差赌咒发誓了。

"知秋,以前我确实很看好你。可是你变了,变得我都快不认识了!我不想再听你说话了,你好自为之吧!"

"好自为之"这四个字太伤人了,本就委屈的叶知秋一时之间怔住,眼泪像断了线的珠子一样落下来,止都止不住。

待到萧若兰走远,叶知秋呆呆地站了很久才慢吞吞地朝剧团大门口走去。就在她身后不远处,于玲玲从一个角落里闪身出来,嘴角弯起,露出一丝得意的笑。

叶知秋,等了这么久,我终于抓到你的小辫子了,真是太不容易了!

于玲玲上次昏倒,其实身体没什么大碍,在医院住了一天就回家了。不过,她自己也觉得丢脸,迟迟没有回剧团。昨天晚上,她从后门进了剧团大院,本想拿几本之前放在休息室的书回家去看,无意中看到一号排练厅的灯还亮着,就想着过去看看,无意中听到叶知秋和唐锦心的对话,回去以后立刻就给萧若兰发了短信。

萧若兰和叶知秋的关系一直很好,于玲玲其实也不太确定萧若兰会是什么反应。不过,刚刚看到萧若兰拂袖而去,她的心总算是踏实下来了。她若无其事地回了传统剧小组,好像以前所有的不快都不曾发生一样。柳敏然给她安排了一个戏份不重的角色,原本以为她会拒绝,没想到她毫不犹豫就接受了。人人都看得见于玲玲的变化,她眉眼温和、谦虚有礼,待人客气,和原来比,俨然像彻底变了一个人。不过有明眼人看得出来,于玲玲是想重塑形象,毕竟,她还想在京剧团待下去,而周团长怕是不会再像从前那样毫无顾忌地替她撑腰,那么夹起尾巴做人就是于玲玲现在唯一能做的了。

叶知秋回到家,心情灰暗到极点。自始至终,她都不知道自己做错了什么,萧老师对她的态度怎么会变成这样?她无论如何想不明白。她想给洛会芳师父打电话,可是好几次把手机拿起来,盯着那个号码好久,最终都没有拨出去。

洛会芳师父腰伤发作,前几天住进了郊区的疗养院,叶知秋实在不忍心打扰她。而且,叶知秋早就提醒自己,不能什么事都依赖洛会芳师父,得学着自己去面对问题,解决问题。她是个闲不下来的人,即使情绪非常糟糕,也依然没有消沉,不是上网继续了解海派唱腔,就是一遍一遍地观看林琳的表演视频。思考、记笔记、学唱,反反复复,乐此不疲。

她几乎每天都给萧若兰发短信,道歉的话说了一遍又一遍,无非就是希望她早点儿消气,好让自己快些回到团里。三天过去了,萧若兰一直没有理会她。她打电话过去,也始终没有人接。叶知秋时不时地站在阳台上望着对面的剧团大门出神,只隔着一条马路而已,却仿佛隔着千山万水。昨天晚上蒋菲告诉她,第二批课本剧的剧本已经出炉了,他们正在试排,其中只有一本青衣戏,萧若兰已经把角色安排给于玲玲了。

第77章

　　于玲玲出演女主角，首先跳出来反对的就是文姗。
　　"萧老师，您这么做什么意思啊？"
　　她说话明显带了情绪，萧若兰看看表情淡然的于玲玲，又看看满脸怒气的文姗，微微不悦。
　　"没什么意思啊！我倒要问问你是什么意思？我安排角色还需要经过你的同意不成？"
　　在传统剧小组那边，她费尽心机，百般周旋，都没办法让那帮老戏骨彻底买她的账，心里已经很憋屈了，没想到这边也有人和她叫板。年纪轻轻，胆子倒是不小！萧若兰一直想好好教训这帮年轻人一次，机会来得刚刚好。
　　文姗脾气直，张口就接过了话茬："您知道我不是这个意思！以前的课本剧，青衣都是知秋来演的，为什么突然换于玲玲演？"
　　萧若兰淡淡地说："我这么安排自然有我的道理，你现在要做的就是演好你自己的角色，其他的闲事，你不要管！"
　　文姗更气了，角色安排怎么是闲事呢？以前都是叶知秋带着他们讨论，然后少数服从多数，按多数人的意见分配角色。叶知秋莫名其妙地被撵回家，萧若兰突然跑来安排他们小组的事情，还这么专制独裁，她原来的温柔慈爱都去哪儿了？文姗简直要怀疑眼前站着的根本不是萧若兰本人了。
　　萧若兰的目光从小组所有成员的脸上滑过，沉声问："还有人有意见吗？"
　　她以为没有了，正要宣布就这么定了，却不想蒋菲又站了出来。
　　"我有意见！我要求换知秋来演！"

"我也要求换知秋来演！"

"还有我！"

在场的人，有一个算一个，没有一个站于玲玲那边。

于玲玲的脸色有点儿僵，一部课本剧的角色，根本就没几场戏，她原本是看不上眼的。不过萧若兰找到她的时候，她还是同意了。毕竟，不让叶知秋演让她演，这种感觉是极舒适的。没想到，这帮人居然组团反对。

萧若兰的脸色沉下来，来来回回地踱了几步，目光落在蒋菲的脸上。

"蒋菲，你带这个头，是看我不顺眼，想和我对着干是不是？"

蒋菲直直地迎向她的目光，认真地说："不是！"

"那是为什么？"

"知秋演得好好的，为什么要换掉她？您要是想让我们安心演戏，就请给我们一个满意的答复！"

"蒋菲，你是在威胁我？"

"我不敢！"

刚才文姗替叶知秋说话的时候，蒋菲的心里有过纠结。从她进剧团到现在，萧若兰老师对她的帮助很多，几乎等于半个师父。也许真的如萧老师所说，她有自己的考量和安排，可是蒋菲实在无法说服自己接受于玲玲来代替叶知秋的位置。她前几天和传统剧小组的一个演员聊了几句，已经明白萧老师为什么对叶知秋的态度有那么大的转变，可是她始终觉得以萧若兰对叶知秋的了解，就算暂时对她有点儿误会，早晚也能解开。蒋菲是真没想到，萧若兰老师会这么做。这摆明了是不想在小组里给叶知秋留位置了，可叶知秋是犯了什么大错吗？这么对她实在是太过分了！

在萧若兰看来，这帮人一致针对她，就是搞小团体主义。她甚至觉得，当初李副团长把课本剧小组交到叶知秋手里本身就是一个错误，他们这是拉帮结派，全然不把她这个演艺部部长放在眼里。如果这次她让步了，以后还有什么威信可言？小年轻不服她管教，动不动和她作对，传统剧那帮老戏骨会更加不把她放在眼里，那她以后的工作还做不做了？

"我已经决定了,你们开始排练吧!玲玲,加入他们!"

谁都没有想到,她直接无视大家说的话,自作主张地坚持自己之前的决定。

得到课本剧小组罢工的消息时,李副团长正在和兄弟剧团一行人座谈,交流转企改制的经验教训。于玲玲给周团长发了短信,周团长瞅了个空当把手机短信拿给李副团长看。李副团长很是惊讶,送走客人之后,他立刻第一时间赶到二号排练厅。萧若兰不在,演员们坐的坐,站的站,三三两两地聚在一起闲聊,看到他出现才陆陆续续站起来。

刚才于玲玲等在门口,已经把事情的经过详细告诉了他。当然,她的讲述难免会带上一点个人感情色彩,好在李副团长不是偏信之人,又找了几个演员问了一通,这才比较客观地了解了整件事情的来龙去脉。

他给萧若兰打电话,口气平淡却强硬:"马上来二号排练厅!"

萧若兰有点儿为难,沉默片刻才说:"李团长,我正在指导培训,实在走不开!"

"马上来!"

"好!"

萧若兰风尘仆仆地赶来之后,才知道课本剧小组罢工的事。她以为自己交代完工作,他们纵然心不甘情不愿也不会真的撂挑子不干,没想到,一个一个的都挺任性,连李副团长都惊动了。

李副团长问:"萧老师,你打算让叶知秋什么时候回来参加排练?"

萧若兰原本还担心一向欣赏叶知秋的李副团长会当着演员们的面质问她,为什么让叶知秋回家反省。没想到,他第一个问题居然是这个。

她立刻回答:"本来想让她今天过来的……"

"那就现在给她打电话,让她马上过来!这孩子,也太老实了,让她回家反省几天她就真的猫到家里去了。团里一大摊子事呢,她还真就放得下心!等她来了,让她直接来找我,我得好好敲打敲打她!"

谁都听得出来,李副团长表面上是在批评叶知秋,实际上却是在指责萧若兰。不过,他已经最大程度上保全了萧若兰的面子,没让她下不来台,已经很不错了。李副团长一向看人很准,由萧若兰来当这个演艺部的部长,其实也是无奈之举,而事实证明,萧若兰的工作能力确实有限。可现在能怎么办呢?团里正是用人之际,各方面衡量下来,也只能先让她暂时当着这个部长,以后再慢慢物色更合适的人选了。

接到萧若兰的电话时,叶知秋激动得差点儿跳起来。

她几乎是一路跑出了家门,横穿马路的时候突然觉得脚冷,低头一看才发现自己还穿着拖鞋,只好又折返回家换鞋。

第78章

蒋菲等在二号排练厅门口,看到叶知秋一路狂奔而来,眼眶有点儿发热。几天不见而已,蒋菲却觉得仿佛有几个月甚至几年那么长。等到叶知秋气喘吁吁地出现在面前时,蒋菲一把紧紧抱住她。

"蒋菲姐,你再不松手,我就要被你勒死了!"

"哦!"

蒋菲赶紧松开她,摸了摸她的脑袋,笑着说:"李团找你,你先去他那里一趟!"

叶知秋敲门走进李副团长的办公室时,他正一边抽烟一边打电话,看到叶知秋,他立刻把烟摁灭在烟灰缸里,对叶知秋笑笑,示意她坐下等一会儿。

叶知秋有点儿忐忑,不知道李副团长找她要谈什么。

李副团长挂了电话看向叶知秋时,刚才还很严肃的脸立刻铺满了笑容。

"这几天在家有没有好好休息?"

"啊?"

叶知秋之前惹得萧若兰老师那么生气,她还以为李副团长会劈头盖脸骂她一顿,没想到,他问的却是这个。

叶知秋是个老实孩子,很认真地回答:"嗯,还行吧!"

"你看你,黑眼圈这么重,这叫还行?别仗着自己年轻,就不把身体当回事,等到你老了,头疼胳膊疼腿疼,浑身上下都是病,有的是你后悔的时候。我知道你在家也是闲不住的,一定在坚持钻研业务。唉,真是对不住你啊!这次的事,我代表团领导班子和萧若兰老师郑重向你道个歉!"

叶知秋一时有点儿慌，赶紧摆摆手说："李团，您别这样，是我做得不对，该道歉的是我……"

李副团长压低了嗓门，无奈地说："知秋，其实你一直做得都很好，我们都看在眼里。可是你也知道，人多的地方事儿就多，想法也多，你不用太在意，做自己就好了。这事就算过去了，你就当什么都没有发生过，好不好？"

团里上上下下这么多人，李副团长最心细，说话也是客气周到。叶知秋性格好，能力强，谦虚有礼，又得到团里重用，难免会引起一些人的嫉妒。所谓"众口铄金，积毁销骨"，很多话李副团长也不好对叶知秋说得太白，怕她有压力，干脆就没说。人的成长都是需要一个过程的，叶知秋这么聪明，他相信有些东西，不用别人和她讲太多，她也能慢慢悟出来。

叶知秋回到课本剧小组以后，于玲玲的处境就变得颇为尴尬。萧若兰是想把那个青衣的角色还给叶知秋的，叶知秋顾虑到于玲玲的感受，坚决不要。后来还是于玲玲试排的时候发现自己实在演不好，才最终拒绝这个角色的。课本剧的角色本来就少，又有行当的差别，暂时没有于玲玲可以演的角色，叶知秋也很无奈。萧若兰找过于玲玲，希望她再回传统戏那边去，起码有角色可演，于玲玲就是不肯再回去。她几乎每天都是第一个到，就那么默默地坐在角落里看书，等到大家开始排练以后她才抬起头来看，看得很专注，偶尔还会低声跟唱几句。

蒋菲觉得简直不可思议，昔日那个高傲不可一世的孔雀真的变了？

江山易改，本性难移，反正她是抱怀疑态度的，偶尔还会提醒叶知秋防着于玲玲一点儿。叶知秋每次都是笑而不语。

叶知秋一向如此，除了业务上的事，其他什么都不愿意花精力去关注。她始终觉得，大家聚在一起，那就是一个团体，大家团结起来劲儿往一处使才能马到成功。

课本剧的排练渐入佳境，传统剧那边也新出炉了两部新编戏，借调来的演员迅速投入其中。剧团大院里，每个部门的人都忙得四脚朝天。李副团长更是几乎天天吃住在团里，从一睁开眼就开始忙。再加上周团长身体越发不好,已经打算提前退休,全团上下的大事小情统统都汇总到他这里来,好在程旭经过这段时间的历练,很多业务都能迅速上手,做得也越来越好。李副团长第一次深刻地感受到,有一个得力的助手是多么重要。

其实程旭也有自己的苦恼,他已经很长时间没有唱戏了,做管理工作越多,就越怀念唱戏的日子。他是一个很自律的人,不管多忙多累,都坚持挤出时间来练基本功。学了那么多年戏,可不能就这么荒废了。他跟李副团长提过,想回到剧组继续演戏,每次李副团长都说"等忙过了这阵子再说",可是这事一拖再拖,便渐渐没了下文。

程旭偶尔戏瘾犯了,也会忙里偷闲跑去排练厅待一会儿,帮着演员搭搭词,跟在武生演员的身后走走场,也算是一种安慰了。有一次叶知秋有事过来找萧若兰,无意中看到程旭悄悄站在角落里低声哼唱戏词,以为他已经回来排戏了,一问才知道并没有。程旭的眼神充满无奈,叶知秋不太会安慰人,不过还是劝了他几句,无非就是说革命分工不同,先做好眼下的工作才是最重要的。

程旭接到李副团长的电话,匆匆忙忙地走了。叶知秋望着他的背影微微发怔,肩膀上突然被轻拍了一下,她转头一看,唐锦心正看着她,笑得意味深长。

"知秋,这是有情况啊!"

"什么情况啊?程旭是我在戏校时的师兄,我们是很要好的朋友!"

"有多要好?"

叶知秋瞥了唐锦心一眼,硬是被她气笑了,这种问题怎么答?

演员们排了一上午的戏,都有点儿累,眼看着快到饭点了,便都陆陆续续坐下休息。老戏骨们和叶知秋也熟,好不容易看到她过来,都热情地和她打招呼。叶知秋和唐锦心还没说上几句话就被另外一位演员拉过去聊天。不知不觉中,大家都纷纷聚拢起来一起和她聊。萧若兰进来的时候,看到这一幕微微愣了一下。她把手里拿着的一沓表格分发到演员们手里,本来清了清嗓子准备交代一下填表的注意事项,可是大家的话头却丝毫没停,萧若兰三番五次想找个空当开口却始终没有找到,一时之间非常郁闷。

第79章

还是叶知秋先意识到萧若兰的尴尬,匆匆起身,推说还有别的事情,和众人打过招呼之后就快步离开了排练厅。她笑着跟萧若兰说再见,萧若兰只是淡淡地看了她一眼,没有说话。叶知秋以为是自己刚才和大家聊天耽误了她的时间,马上说了声对不起。下午萧若兰给课本剧小组的演员开完会之后,特意把叶知秋叫了出去,说要单独和她谈谈。

叶知秋明显感觉到,萧若兰老师当上演艺部部长以后似乎更加敏感了,脾气也不好了,有些话很难听进去。刚开始,她以为是自己的错觉,后来听到同组的其他演员也在悄悄议论,才意识到真是这么回事。于是,她和萧若兰相处起来便格外小心,尽量多听少说。尤其是上次莫名其妙被赶回家反思之后,她更是有点儿怵萧若兰,和萧若兰单独相处的时候尤其紧张,两只手都不知道要往哪里放。

萧若兰在楼下的长椅上坐下,跷起二郎腿,眯起眼睛打量着叶知秋,像是不认识她一样。

"萧老师……您找我……什么事?"

"没事就不能和你聊聊天?"

这话怎么听怎么别扭,像是在赌气。

叶知秋一时之间语塞,勉强笑了笑。

沉默片刻之后,萧若兰的脸色比刚才缓和了一些,不过笑容却微微有点儿僵硬。

"知秋,你在那边和这边都很混得开嘛!"

那边,当然指的是传统剧小组,而这边,就是课本剧小组了。叶知秋听到"混"这个字,心里有点儿不舒服。不知道为什么,她不自觉地就把"混"这个字放到了"混江湖"和"混社会"这两个词汇之中。她把剧团当成自己的家,那朝夕相处的同事就是她的家人,她和他们相处得好不是应该的吗?为什么她却从萧老师的口气里听出了讽刺呢?

叶知秋也是有脾气的,她看着萧若兰的眼睛说:"我和大家都是朋友!"

萧若兰冷笑:"都是朋友?要真是那样,为什么你不肯给于玲玲安排角色呢?我和她以前也闹过矛盾,可过去的事情就过去了,我从没有放在心上。可你是怎么做的呢?不给她安排角色,就那么让她一天天坐在排练厅里无所事事?"

"萧老师,不是我不给她安排角色,是她觉得自己演得不好,坚持不演……"

"她演得不好?她专业过硬,舞台经验也比你丰富,怎么会演得不好?我看,是你觉得她演得不好,故意不让她演的吧?"

刚刚萧若兰注意到于玲玲坐在角落里,一脸落寞的样子。她是发自内心的心疼,虽然以前总是有人时不时拿她和于玲玲对比,可光是年轻这一点,于玲玲就远胜过她,这些年,她的心里有多憋屈,只有她自己知道。如今看到于玲玲这样,作为演艺部部长,她总觉得把于玲玲晾在那里是一种对人才的极大浪费,她的矛头自然而然就对准了叶知秋。

人就是这样,当自己的位置越来越高的时候,很多事会不如原来看得清,她现在就是这样,只是她自己没有发觉而已。柳敏然很会溜须拍马,萧若兰刚开始的时候有点儿排斥,可后来慢慢也开始吃那一套。以前她最看不惯别人巴结领导,可当她真的成了领导,别人来巴结她的时候,她竟然渐渐也觉得那些人说的是实话。柳敏然对叶知秋颇有微词,又时不时似有若无地点出团领导对叶知秋的偏袒和叶知秋对演艺部部长这个职位的潜在威胁,萧若兰不知不觉便有了危机感,这种危机感最外化的表现就是对叶知秋的诸多挑剔和无端揣测。

叶知秋不太敢相信自己的耳朵,萧若兰老师怎么会这么想她?她是那种小肚鸡肠的人吗?

如果说上次萧若兰莫名其妙罚她只是误会的话,那这次,她是真真切切地感受到萧老师的敌意了。这种敌意,她很熟悉,以前于玲玲也是这么对她的。

"萧老师，您对我有意见！"

不是疑问句，是肯定句。

因为肯定，萧若兰才脸色微变，换了一副柔和的口气说："没有啊，我对你没有意见！我看待问题一向客观，从不掺杂个人感情，你想太多了！"

"萧老师，您为什么对我有意见？您直说好不好？"

"知秋，你才多大？就以为可以猜到我的心思？收起你的自以为是吧，有时间的时候多研究研究专业，不要把时间浪费在一些无聊的事情上面！"

甩下这几句话之后，萧若兰冷冷地看了叶知秋一眼，起身离开。叶知秋在后面连着喊了好几声"萧老师"，她都没有应。叶知秋本来想借这个机会和她好好谈谈的，无奈，还是惹她生气了。

傍晚，剧团因为线路故障停电了，唐锦心不敢一个人回宿舍，便让叶知秋留下来陪她。两个人秉烛夜谈，一直聊到后半夜两点多才睡着。叶知秋一向习惯早起，不管睡得多晚都跟脑子里装了闹钟一样准时在早上六点钟醒来。看唐锦心还睡着，叶知秋轻手轻脚地起床，一个人出去做晨功、吊嗓子。等她再回来的时候，唐锦心已经洗漱完了，正坐在床边盯着手机屏幕发呆。

叶知秋心头一紧，以为她家里出了什么事，赶紧坐到她身边，搂住她的肩膀，柔声问："怎么了？"

"下周三就要演出了！刚才我师父打电话过来，说我们团里准备排一部新戏，她想让我唱A角。所以，演出完我就得马不停蹄地赶回去，本来还想着再多留几天呢，我真是舍不得你啊！"

原来如此！叶知秋拍拍胸脯松了一口气，盯着唐锦心的侧脸，口气更加轻柔，完全像是在哄小妹妹："小唐同学，海内存知己，天涯若比邻，不管我们能不能再见到面，都是一辈子的好朋友，心永远都是在一起的，对不对？"

唐锦心转头和她对视，眨眨眼说："跟我去上海的事，你都考虑这

269

么久了,到底想好了没有？"

　　这件事,叶知秋当时说了以后没多久就忘了,被唐锦心一提起,她不由有点儿心虚,不动声色地躲闪开唐锦心的视线,小声嘟囔了一句:"对不起……"

第80章

当时叶知秋说要考虑一下的时候,唐锦心就有思想准备。这些日子以来,唐锦心深深地感受到叶知秋对京剧团这个大家庭的热爱,即使有人对她羡慕嫉妒恨,有人误会她,她还是坚持初心,默默地奉献着自己的青春和力量。

"知秋,不去上海发展,去上海看看也好啊。我始终觉得,想要把戏唱好,还是要多出去走走看看。虽然说心有多大,舞台就有多大,可多去看看外面的世界,终归是有好处的,反正我是这么觉得的。"

"嗯,我考虑一下!"

这次不是敷衍,叶知秋是真的要考虑一下。

唐锦心说得对,上次去戏曲学院进修,她接触到了京剧团之外的一群人,也和他们去过很多剧院听戏,确实有很多收获。去上海的话,一定又是一种全新的体验,她内心激荡,渐渐有了向往和期待。

《云芝赋》再次隆重上演,比第一次还要轰动,课本剧的第二轮展演也很成功,得到小学生们的广泛喜爱之外,也得到了媒体更多的关注。总结大会上,李副团长发言的时候,越说越激动,说到最后眼眶都泛红了。

"虽然对我们剧团而言,转企改制还有很长的路要走,可是万里长征我们已经顺利踏出了第一步。我们有理由相信,我们剧团的未来一定会更加美好。京剧是国粹,是我们中华文明的瑰宝,我们必须努力,把它好好传承下去,让越来越多的人了解京剧,爱上京剧!这是我们每个人的责任,我们一定要承担好这份责任,好好地做下去!"

雷鸣般的掌声响起,甚至有很多人还激动地站了起来,紧接着,越来越多的人站了起来。

李副团长环顾整个会场,目光从一张张热情洋溢的脸上扫过,最后停在文姗旁边的空座上。那个位置是叶知秋的,可是她没有来。就在总结大会的前一天,叶知秋收到林琳老师的私人邀请,要她去上海交流学习三个月。叶知秋激动万分,立刻找李副团长请假。李副团长本不打算放人的,可是看了林琳老师写给叶知秋的亲笔信之后,又实在没办法拒绝,只好勉强答应。

叶知秋倒是想得周到,在最短的时间内安排好了小组内部的各项工作,还特意嘱咐蒋菲凡事多替她担着点儿,这才依依不舍地离开。叶知武得知妹妹要去上海学习,也替她高兴。上海可是大城市,多好的见世面的机会啊。妹妹临走的时候,他悄悄地往她的背包里塞了两千块钱,就怕妹妹因为舍不得花钱委屈了自己。叶知秋给程旭打了个电话,没有人接,只好在临上飞机的时候给他发了一条短信:我去上海学习三个月,保重!

程旭看到短信已经是几个小时以后了,剧团对外招聘青年演员,他在招聘现场正忙得不可开交。之前借调来的演员虽然可以勉强应付接下来几个新剧目的排演,可到底不是长久之计,所以团领导班子研究之后决定,把培养青年骨干人才作为下一阶段工作的重中之重。剧团现有的青年演员有机会成为骨干,新招聘进来的演员也同样有机会,大戏中的主要角色通过竞演的形式决定最终人选,然后集中培训,优中选优,再有新戏,依旧采用这种形式。有压力才有动力,业务过硬才能过关斩将,站到舞台上发光发热。这样一来,所有青年演员都在同一起跑线上,跑得多远全看个人本事,绝对公平公正。论资排辈这一不成文的规则在剧团彻底成为历史,有人拍手称快,也有人黯然神伤。

周团长内退,再加上青年骨干人才的选拔机制出台,于玲玲的处境尴尬到极点。"一老带一新"的改编戏,没有她的位置,毕竟她不算老也不算新,高不成低不就。新剧目倒是有新出炉的,可到底没有经过市场检验,谁都不知道反响如何,有思想包袱的演员都不太愿意上,于玲玲也是如此。至于课本剧,倒是一直红红火火,可是他们属于固定班底,彼此磨合得很好,积累了不少经验,再加上角色也不多,即使叶知秋临走的时候把角色让给了她,她也始终演得吃力,最后只好给了蒋菲。她对课本剧本来就没什么兴趣，之前进入小组不过就是和叶知秋较劲，叶知秋走了，她也实在无心再待下去。

她悄悄跟柳敏然抱怨过，说现在团里被升任团长的李建业搞得乱七八糟，搞得她都没有容身之地了。柳敏然建议她还是去演经典老戏，虽然都是选段，可是参加各大晚会和综艺节目的机会比较多，说不定哪天就一炮而红了。可于玲玲早就没有当初的冲劲，再加上业务能力很明显已经开始走下坡路，对"一炮而红"这种小概率事件已经不抱希望。

"我不如辞职算了，感觉在剧团里有点儿待不下去了！"

这是于玲玲的心里话，实在无人可以诉说，正好和柳敏然聊天，顺口就说了出来。

柳敏然惊讶地瞪大了双眼："玲玲，你学了这么多年戏，又这么年轻，怎么会想到辞职呢？再说了，你除了唱戏还会做什么？辞了职以后你怎么养活自己啊？"

于玲玲转头看向别处，不想让柳敏然看到她的眼泪。

她后悔了，可是具体后悔什么，她一时有点儿说不清。她只是觉得很迷茫，想找一条适合自己的路，可是为什么找着找着，却慢慢发觉四处都是死胡同呢？

和她的茫然形成鲜明对比的是，叶知秋似乎永远都知道自己想要什么，并且不遗余力地去实现它。在上海浦东国际机场落地的那一刻，叶知秋激动得展开双臂，笑着对自己说："上海，我来了！"

她和唐锦心手拉着手，肩并着肩，踏着夕阳细碎的余晖大步向前。两人时不时地相视一笑，开心得像刚刚得到糖果的孩子。

叶知秋见到林琳老师时，眼睛瞪得大大的，大脑一片空白，愣了好久才结结巴巴地说出一句话："老师……您长得……也……也太漂亮了……"

第81章

话一出口显得自己未免太浅薄，叶知秋脸颊微红，窘得恨不得找个地缝钻进去，求助的目光随即飘向唐锦心。

唐锦心会意，亲昵地挽住林琳的胳膊，柔声细气地说："师父，知秋看到您惊为天人，一时之间词穷，您别介意！她平时不这样的，怪只怪您容貌气质都太好了……"

林琳笑眯眯地点了一下唐锦心的鼻尖，慈爱的目光转向叶知秋。

"有人夸我漂亮，我怎么会不高兴呢？我确实很漂亮啊，你只是说出了事实而已！"

林琳这么一说，叶知秋也忍不住扑哧一声笑了，心里那点儿紧张和尴尬立刻烟消云散。

林琳和唐锦心许久不见，自然有很多话要说，叶知秋乖巧地站在一边听她们说话，脸上始终挂着淡淡的笑意，眼神却有点儿怅然。她这才刚到上海，就开始想念赵文云和洛会芳两位师父了，她们俩待她都像亲生女儿一般。想到她们，叶知秋的心越来越踏实，两位师父对她寄予厚望，她无论如何都不能让她们失望。

叶知秋跟着唐锦心见过了团长郭庆学，又在剧团大院里转了一大圈，这才跟着唐锦心去了宿舍。

叶知秋还沉浸在剧团优美宜人的环境和齐全的现代化设施之中，站在宿舍楼前不经意地抬头一看，再次忍不住惊叹。这宿舍楼也太豪华了吧？光是看外观，就是五星级大酒店的水准，走进去以后更是别有洞天。简洁时尚的装修风格之中融合了很多京剧元素，看着亲切又好玩。叶知秋穿过一楼大厅的时候，忍不住这里看看那里瞧瞧，感觉眼睛都不够用。

唐锦心终是忍不住，开起了她的玩笑："亲爱的，你看你，一副没见过世面的样子！"

叶知秋眨眨眼说："我也觉得我自己像刘姥姥进了大观园！你们剧团怎么这么大，这么漂亮啊？相比之下，感觉我们剧团还停留在上个世纪！"

"效益好了，各方面就都好了！我们剧团最亮眼的就是福利制度，所以，最近三年，我们剧团的演员从来都是只进不出的。这么好的发展环境，谁来了都舍不得走，就是撸起袖子大干一场！如果说这个世界上存在奇迹的话，我们剧团就是创造奇迹的地方！"

浓浓的自豪感在胸腔中燃烧起来，唐锦心的声调不自觉地拔高，眼神也越来越亮。

他们剧团是全国转企改制大潮中的成功典型，不少兄弟剧团慕名而来，找团领导取经、交流经验。虽然剧团已经发展得很好，可是郭庆学团长从来没有停下过探索的脚步，剧团每年以肉眼可见的速度继续发展，简直可以说是芝麻开花节节高。

叶知秋之前不止一次听唐锦心提起过郭庆学团长，刚才见过一面之后，她很是惊讶，原本还以为他怎么也得六十岁往上，没想到听他本人一说才知道，他才四十五岁。叶知秋不由得对他更加钦佩。叶知秋还想着给李团长打个电话，让他找机会也来上海一趟，相信他一定会有很大的收获。

叶知秋大大的眼睛，满满的好奇，这里的一切对她来说都是陌生的，不过同时又是新鲜的，动人的。

来上海之前，她在网上看过林琳老师的很多表演视频，也看过不少海派青衣的相关资料，可那些了解都只是平面的。真的近距离接触海派艺术，她才明白为什么唐锦心一定要让她来上海看看。

她每天和唐锦心一起去参加排练，林琳每次给徒弟们讲课她都在旁边认真地听。有时候林琳老师考虑到她对海派青衣的了解比较有限，还会单独给她开小灶。林琳老师平时挺平易近人的，一说话就笑，可是在专业上对徒弟们的要求却非常严格，叶知秋有好几次看到她把徒弟训哭了。

林琳老师气极了就会冒出几句上海话来，叶知秋听不懂，后来问过唐锦心之后才知道是比较重的话。训完之后，林琳老师是最难受的，她总是自己找个地方平复一下情绪，再回到排练场时，又去安抚刚刚挨她训的徒弟。她说得最多的一句话是："严师出高徒，我对你们严了，不指望你们感激我，可是我敢保证你们将来不会后悔拜我为师！"

每天早上八点，排练准时开始，叶知秋总是坐在一个安静的角落里认真地看演员们排戏，有时候也会忍不住跟着唐锦心小声哼唱几句。不光是青衣戏，她还看别的行当的演员怎么表演，有时候看到精彩的地方连眼睛都舍不得眨一下。林琳不过来指导的时候，叶知秋就那样一动不动地一直坐到十二点，旁边的保温杯里装满了水，她却总是忘了喝。新戏、新配乐、新唱法，叶知秋的眼睛和耳朵都不够用，四个小时，一转眼就过去了。刚来没几天，她就想告诉林琳老师，三个月太短了，她想在这里待上半年、一年，甚至更久。海派艺术博大精深，短时间之内只怕也只能学个皮毛。

叶知秋和唐锦心中午一起吃饭的时候聊的话题也都是戏，也只有在聊这个的时候，叶知秋才会滔滔不绝，俨然一个小话痨。唐锦心很喜欢听她说话，偶尔和她有不同意见时才会插上一两句。两人吃得都很快，吃完以后就马不停蹄地赶回排练厅。

叶知秋通常会利用大家都不在的时候唱几句戏词给唐锦心听，让她给自己提提意见。刚开始唐锦心还建议她直接去找她师父林琳，可叶知秋说什么都不肯。她刚开始学，问题一定很多，林琳老师又那么忙，她实在不好意思耽误林琳老师的时间。唐锦心是内行，唱得好不好她是能听得出来的。每次得到唐锦心的表扬，叶知秋从来都不骄傲，被唐锦心批评，她也从不气馁。唐锦心深切地感觉到叶知秋的进步，而且是那种跨越式的进步。

这天中午，唐锦心悄悄约了师父过来听叶知秋唱戏，还特意交代她在门外听，不要进来。到了约定的时间，走廊里隐隐传来皮鞋叩击大理石地板的声音，唐锦心微微一笑，嘿，师父来了！

第82章

"自古多情空留恨,千盼万盼泪湿衣……"

叶知秋的轻吟浅唱徐徐而起,如泣如诉,犹如一支细细的羽毛随风飘落进人的心里,软软的,痒痒的,似是瞬间就能带起伤感和惆怅之意。

林琳静静地听着,眉头微微蹙起,片刻后又坦然舒展,紧抿的嘴角勾起一个极小的弧度。

几句词,顶多就三分钟,林琳却觉得像是跟着一个哀怨的女子走完了十年的少女时光。岁月峥嵘,犹如白驹过隙,只有细腻饱满的情感如涓涓细流一般经久不息。

"啪——啪——啪——"

最后一个尾音缓缓收起时,门外传来有节奏的拍掌声。

叶知秋怔住,缓缓转头去看,见林琳老师红着眼眶走进来,她这才意识到林琳老师刚才在外面听到了自己的演唱了。

脸颊一阵阵发烫,叶知秋局促地扯了扯衣角,不知道该作何反应。戏唱出来就是给人听的,她好歹也有两年多的舞台经验,可好像从来没有像现在这么紧张过,心脏扑通扑通跳个不停,震得她头皮都开始发麻。她觉得自己唱得不好,完全没有做好唱给林琳老师听的准备。林琳老师是鼓掌了,可应该只是想鼓励她一下吧。

林琳老师心里是怎么想的?会对她失望吗?应该不会吧,毕竟她正式接触海派唱腔还不到一个月。不不不,这么想也不对,她只有三个月时间可以跟着林琳老师学戏,自己应该对自己要求高一点,不敢说一定要日行千里,起码也应该唱得有模有样吧。可是最近两天她问过唐锦心的评价,唐锦心一直含糊其词,很少正面回答。大概是她唱得太差,人家不好直说吧。连唐锦心都觉得她唱得不好,那在林琳老师那里离及格线一定特别远。

在林琳笑盈盈地朝这边走过来的时候,叶知秋的心情像坐过山车一样时上时下。林琳还没开口说话,叶知秋已经快要崩溃了,好像下一秒就会直接哭出来。

林琳看到她苦着一张小脸,一时间非常疑惑:"知秋,你怎么了?"

唐锦心立刻就猜出了叶知秋的心思,看她绷着小嘴不说话,干脆替她说了:"师父,她不确定自己唱得好不好,很忐忑,怕您失望。"

林琳摸了摸叶知秋的头,一脸慈祥的笑容,温声说:"说真心话,我觉得你刚才唱得……"

她说到这儿,突然停下了,刚刚垂下头的叶知秋猛地抬眼对上林琳的视线,说不出的复杂情绪尽数敛去,只剩了期待:"林琳老师,您说吧,我承受得住!"

这孩子,不唱戏的时候实在是娇憨又可爱,林琳笑意更深,柔声说:"你唱得太好了,完全出乎我的意料!刚接触海派唱腔,就能抓住精髓,实在是难得。甚至可以说,你就是个天才……"

意识到自己说话未免太满,林琳顿了一下,收起自己过分激动的情绪,接着说:"嗯,也不算是天才,就是天赋比较高。"

唐锦心了解师父,上前一步挽住她的胳膊,小声说:"您都已经承认知秋是天才了,怎么立刻又否定了呢?哦,我知道了,您是怕她骄傲自满对不对?我告诉您吧,在知秋的字典里从来都只有谦虚!您知道她多可爱吗?我当然知道她唱得好,可她问我唱得怎么样,我故意不说,她看起来越来越灰心,都开始怀疑自己不会唱戏了。"

叶知秋还没缓过神儿来,愣愣地看着眼前这对师徒。

林琳说:"知秋,我没骗你,你唱得特别好!地道的海派唱腔,水平在锦心之上。如果一定要让我提点儿什么意见的话,那就是你不够自信!学了这么多年戏,其实自己唱得如何,心里应该有数。别人觉得你唱得不好,你就觉得不好,这哪行啊,对不对?"

"林琳老师,谢谢您!"

叶知秋很感动,不由鼻尖发酸,下意识地伸出双臂想要抱一下林琳老师，可一时之间又有点儿犹豫，生怕自己这么做显得太唐突。倒是林琳老师立刻发觉了她的小心思，一把搂住她，给了她一个大大的拥抱。

"知秋，你唱得很好，就这么好好唱下去吧，唱一辈子！"

"我会的，林琳老师！"

唐锦心悄悄对叶知秋使眼色，叶知秋瞥见了，不过还是没好意思说出口。

林琳老师看着叶知秋，脸上笑意不减，目光如炬。

"有话想跟我说？"

"林琳老师，您能收我为徒吗？"

其实叶知秋早就做好被拒绝的准备了，毕竟她只在上海待三个月，以后恐怕也很难再有机会和林琳老师见面。没办法一直跟着她学戏，这样的徒弟也太不够格了，这也是她迟迟不敢开口的原因。

林琳没有立刻回答，而是眯起双眼上下打量了她一遍，若有所思的样子。

叶知秋的心都提到了嗓子眼，感觉全身的神经都紧绷起来，都不敢正眼看林琳老师。

她低头摆弄着自己的手指，小声嘟囔："林琳老师，我知道您对徒弟的要求很高。听锦心说，做您的徒弟至少得全心全意地跟着您学三年戏。没关系的，您不收我，我也是您的学生。我以后也会通过各种可能的渠道学您的戏……"

"我说了不收你吗？"

清脆悦耳的声音钻进叶知秋的耳朵里，她以为自己听错了，慢慢抬起头，对上林琳老师笑意盈盈的眼睛。

"林琳老师，您答应了？"

"还叫林琳老师？"

"师父！"

叶知秋激动得差点儿跳起来，她笑着笑着，眼泪就莫名其妙地掉下来，越擦流得越多。

她也不知道自己这是怎么了，从小到大，自己的运气怎么会这么好呢？启蒙老师安老师从一开始就认定她是难得的大青衣，鼓励她去学戏，在戏校里她碰到了那么多的良师益友，毕业以后，又遇到赵文云师父和洛会芳师父，现在，林琳老师又收她为徒。她的人生真是太美好了。相比之下，在戏曲这条路上曾经经历过的困难，遭受过的委屈，似乎都像过眼云烟一样根本不值一提。

第83章

三个月，一眨眼的工夫就过去了，李团长打了好几次电话催她回剧团，陆陆续续跟她说了很多事情。不过，她还是坚持到约定的最后一天。她不想走，一点儿都不想走。全身心地去做一件事情，生活变得简单、美好、充实，每天早上醒来，心里满满的都是阳光，这种感觉，已经很久没有过了。虽然她知道，每个人都无法拒绝长大，生活中哪有那么多诗和远方，该面对的琐事还是要面对的。在回省城的飞机上，叶知秋靠在椅背上紧紧闭着双眼，却没有丝毫睡意。

演艺部作为整个剧团的核心部门，内部出现的矛盾已经影响到整个剧团的日常运作，李团长手头上有很多事情要忙，没时间分出精力去管演艺部，其他团领导又不太了解演艺部的具体情况，不知不觉就帮了倒忙，所以演艺部现在的状态，用李团长的话来说就是"乱七八糟"。直到走进剧团的前一刻，叶知秋还抱着一丝侥幸，也许事情并没有李团长说的那么糟糕，毕竟，她走的时候，一切都还好好的。

李团长和程旭都出差了，不在团里，叶知秋去找了一趟李书记，他也不在办公室。她先去了一号排练厅，团里最近正在排两部新戏，一部传统戏《龙探》，另一部是现代戏《落锦江》。看上去，每个演员都很投入，热热闹闹的，可叶知秋只在角落的座位上坐了一会儿就感觉到气氛有点儿压抑。因为还没到响排阶段，所以演员们基本是三五成群聚在一起排戏，可是偶尔有些演员动作幅度稍大一些碰到别组演员时，基本上连声对不起都没有，彼此对看一眼之后便冷漠地移开目光。这很不正常，起码在叶知秋进入剧团以后的两年多没有见到过。她转身离开，想着再去二号排练厅看看，还没走到那里，就看到文姗迎面走过来，看上去气呼呼的，像是刚和谁吵过架。

叶知秋轻声喊了她的名字，文姗先是一惊，然后飞奔过来紧紧地抱住了她。

"你这丫头，回来怎么也不说一声啊，我好去接你！"

"现在很忙吧？你哪里有空去接我？"

"不忙！起码，没有你想象中那么忙！"

她转头回望了一下二号排练厅的方向，表情颇为无奈。

叶知秋一头雾水，干脆拉着文姗坐到旁边的长椅上细说。传统戏那边的情况，文姗不太清楚，不过还是了解个大概。萧若兰上个月急性阑尾炎住院，演艺部的日常工作暂时由柳敏然主持。一周以后，等到萧若兰再回来的时候却发现，所有人都只听柳敏然的了，而她则成了一个有名无实的部长。两人之间没有爆发过激烈的争吵，却暗暗较上了劲，暗自在传统戏小组那边拉帮结派，整个小组的气氛越来越微妙。课本剧这边起初并没怎么受影响，可是自从蒋菲被萧若兰单独叫走谈了一次话之后，课本剧这边几乎成了三不管地带，萧若兰不管，柳敏然也不管。前阵子李团长和程旭偶尔会过来一趟，问问剧本排练的情况，他们出差以后，课本剧小组又成了老样子。

叶知秋和蒋菲经常通电话，可是从来没有听她提起过这些情况，每次叶知秋问起，蒋菲总是说一切都好，从没有细说过。叶知秋真的以为一切都好，直到李团长打电话时表现得越来越忧心，她才跟着忐忑起来。可她觉得真要有什么大事，蒋菲一定会第一时间告诉她，既然蒋菲没说，那说明情况没那么严重。可事实证明，她还是太乐观了。

"蒋菲姐怎么说？"

"她的火气一直挺大的，小组里的事也不太愿意管了。我刚才和她吵架了，心里憋闷，所以出来透透气！你去找她谈谈吧，有些话，她可能更愿意跟你说！"

叶知秋蹙起眉头，深吸一口气，轻拍了一下文姗的肩膀，然后大步朝二号排练厅走去。

在她的心目中，蒋菲开朗活泼，性子直，人也爽快，心里从不装事。可是这次蒋菲闷了这么久，团里的事儿一点儿都不和她说，实在是有点儿奇怪，难道是有什么难言之隐？

叶知秋见到蒋菲，还没想好从哪里说起，蒋菲倒先开口了："知秋，我不想干了，想回家带孩子！"

她的话太突然了，叶知秋愣了愣，一时不知道该怎么接。

蒋菲进剧团之后一直都是业务骨干，就算一直没有机会唱到A角，她对京剧的热爱也从来没有改变过。可是这次，叶知秋却深深感觉到她的沮丧和失望，哪怕她看起来再平静，眼神也是骗不了人的。那么热情开朗的一个人，怎么突然就变得这么颓废呢？对，就是颓废！目前只有这个形容词可以准确形容出蒋菲此时的状态。

叶知秋沉默了一会儿才试探着问："遇到不开心的事了？工作上的？"

蒋菲苦笑："有些夫妻，只能共苦不能同甘，我现在发现，套用到同事和朋友关系上也同样适用。以前剧团没有这么红火的时候，大家都是兢兢业业做着自己分内的事，哪有那么多的心思琢磨别的。可是现在不一样了，算不算个领导的，都可以牛气冲天地对演员们指手画脚。一会儿这个过来，要求你这么做，一会儿那个过来要求你那么做，没有人把戏好不好放在第一位。你一提出反对意见，她立刻拿身份压你，拿老资格压你，唱戏这件事都不纯粹了，唱着还有什么意思？"

因为刚才和文姗聊过，叶知秋一听就明白蒋菲想表达什么。

"蒋菲姐，就因为这个就想放弃唱戏？你真是让我失望！"

叶知秋的口气淡淡的，却让蒋菲不自觉地变了脸色，她定定地看着叶知秋，依旧是苦笑："知秋，我努力过了，没用！大家的心思都不全在戏上了，这种感觉，很压抑很痛苦！你很快就能明白我的感受，我给你三天时间，你一定会收回刚刚的话。"

第84章

　　叶知秋想和蒋菲再多聊一会儿，蒋菲却说她跟萧若兰请过假了，最近半个月都只上半天班，她婆婆身体不好，全天带孩子太累，下午她要回家照顾孩子。

　　下午又陆续有三个演员请假，剩下的几个演员虽然按计划在排练，可多少有点儿心不在焉。叶知秋感觉得到，如果说她离开之前，全团上下都是劲儿往一处使，只想着努力排出好戏的话，那现在的氛围，几乎可以用四个字来形容，那就是"军心涣散"。冰冻三尺，非一日之寒，有些问题其实早有端倪，只是谁都没有当回事而已。

　　接下来的两天，叶知秋没有干别的，一直在找人聊天，聊天的对象包括传统戏那边的老戏骨，还有课本剧和新成立的现代戏小组的演员们。大家都在排练，没什么空闲时间，叶知秋看到谁有空就凑过去，通常都是先主动讲起自己学习海派青衣的经历。

　　海派艺术在京剧演员们中间已经颇具影响力，大家都很想了解，所以愿意听叶知秋说。叶知秋一打开话匣子总是能自然而然地把话题转到京剧团的现状上来。她人缘很好，待人真诚有礼，即使有人刚开始不想说，可不知不觉还是会发表一些意见。等到萧若兰把叶知秋叫到办公室质问她这么做的目的到底是什么时，叶知秋很诚实地告诉她，她发现了问题，想解决问题。萧若兰生气地拍了桌子，眉眼间都是讽刺。

　　"知秋，你这么积极地唱高调，别以为我不知道你想干什么！"

　　"您认为我想干什么？"

　　"你自己心里清楚！"

　　萧若兰是剧团的老人儿了，以前李团长对她从来都是尊敬客气的，可是自从叶知秋去了上海，李团长对她的态度明显就不好了，有时候压不住火气的时候干脆直接训斥她几句。虽然他没明说，可萧若兰感觉得到，李团长是后悔让她当演艺部部长了。他说她变了，可是她并不觉得，她明明觉得是叶知秋变了，变得会讨好李团长了，而李团长也变得偏听偏信了，叶知秋说什么他就信什么。

萧若兰和李团长的关系闹得很僵，和副部长柳敏然的相处也很不愉快。她甚至觉得柳敏然就是小人，把想当部长的野心都写在脸上，两人的冷战影响了很多人。下面的演员或主动或被迫地开始站队，演艺部的以前井然有序的工作安排变成现在的混乱不堪。有人还在坚守，有人得过且过，剩下的就是像蒋菲那样已经决定放弃。转企改制的过程中本就容易出现人心浮动，现在演艺部已经不是人心浮动那么简单了。

叶知秋心里很难受，可一直想说的话，她还是要说出来。

"萧老师，您记得您以前对我说得最多的一句话是什么吗？是勿忘初心！我很感激您一路对我的支持和帮助，您总是对我寄予厚望，觉得我将来一定会成为最优秀的青衣演员。我敢拍着胸脯说，我一直在朝着这个目标努力，从来没有犹豫过，也从来没有想过要放弃。这辈子，我只想好好学戏，好好唱戏，其他的我不关心，也从不在乎。如果我说过什么做过什么让您产生误会的话，是我的错，我真诚地向您道歉。在我心里，您一直是我的老师，我永远尊重您，不管您怎么想我！我的话，您可以不信，来日方长，您看我的行动！"

叶知秋说得很慢，到后面，微微有点儿哽咽。

她说的都是真心话！

萧若兰的脸色迅速变幻着，目光转向别处，张了张嘴，却没有说出话来。

叶知秋感觉得到，萧若兰对她的敌意究竟来自哪儿。她无心做什么领导，只想好好唱戏，不管以前强调过多少遍，也不管萧若兰老师能不能听进去，她都要再认真地说一遍。

"萧老师，我觉得人都会变的。我承认我变了，变了很多。您仔细想想，您是不是也变了？变了，很正常，考虑问题的立场和角度不同了，得出的结论自然也就不同了。您是演艺部的部长，您的态度会影响我们

285

整个演艺部。我们所有演员都在看着您，等着您带我们走更远的路。您是我们的主心骨，这一点从来没有变过。这两天我找过很多人，这不是我一个人的心声，是大多数演员的心声。我们小组的事，我负责，我不会辜负您的期望，一定给您交出满意的成绩！其他的，则是您的责任！"

叶知秋不是一个善于表达的人，她其实觉得萧若兰作为部长，确实有做得不好的地方，可她最终没有说出来。洛会芳师父跟她说过，任何时候说话，都要三思而后行，说出的每句话都要负责任。她一直记在心里，每次开口之前都会反复斟酌，这次也不例外。萧若兰是整个演艺部的主心骨，确实是大多数人认可的，她没有撒谎。不管到了什么年龄，人总会有茫然的时候吧。叶知秋觉得，以她对萧若兰的了解，萧若兰不是那种任性妄为的人，只要耐心和她讲道理，完全可以说得通，只是，应该还需要一点儿时间。

夜深了，剧团大院里静悄悄的，只有萧若兰的办公室里还亮着灯。放在桌上的茶水早就凉透了，萧若兰呆呆地坐在办公桌前，一动不动，脑子里却似有千军万马奔腾不息。她眼前的笔记本上，写了几个年份。她一笔一画地写上去的时候，一幕幕往事像过电影一般在脑海里闪过，进戏校以后的第一堂课、第一次登台、第一次获奖……她的眼神始终是亮的，眼眶湿了又干，干了又湿，反反复复。

第二天一早，她给柳敏然打电话约她一起吃早餐，地点是她们以前经常一起去的那家早餐店。柳敏然的心里惴惴的，刚开始还以为萧若兰终于沉不住气了，要宣布和她正面开战了，甚至当她坐在萧若兰面前时还保持着警惕，生怕下一秒就会有一碗滚烫的豆浆泼到自己的脸上。当萧若兰柔声开口，并且一直保持温柔的语调把话说完后，柳敏然惭愧地低下了头。

第85章

两个人都已经过了五十岁,渐渐步入老年,可是,她们怎么会都把初心给弄丢了呢?

到了她们这个年龄,不是应该给年轻的演员们做榜样吗?不是应该无私地把自己的舞台经验、所思所得都分享给他们吗?不是应该承前启后,做好"传帮带"吗?她们怎么会越活越倒退,怎么会为了那么一点儿职权斗到水火不容的地步呢?

萧若兰为自己找过很多理由,想把自己的所作所为合理化,可是找着找着自己都觉得羞愧了。错了就是错了,她得认,继续自欺欺人下去,她永远都无法原谅自己。

她说出的话,不求柳敏然能全部听得进去,可事实上,柳敏然真的全都听进去了。萧若兰那句"想当年,我们也是和知秋一样意气风发、青春洋溢的孩子"一出口,柳敏然就已经被打动。

岁月一定会改变一个人,而她和萧若兰的感受一样,她们不知何时已经变得面目全非,早把从前那个自己彻底丢了。

人都是有嫉妒心的,嫉妒心也是需要土壤的,就比如柳敏然,她原来唱老旦的时候,也是每天只想着把戏唱好,很少关注别的。后来萧若兰推荐她当了副部长之后,心态的变化微妙而迅速。她很快适应了新职位,也很快开始用新的立场和角度去看待周围的一切。萧若兰的领导才能并不突出,关键时候又总是不够果断,她觉得如果让自己来当这个部长,一定比萧若兰做得更好。

叶知秋这丫头,实在太优秀太有才华,人缘也太好了,说不定什么时候李团长就会提拔她当部长。毕竟现在领导班子越来越年轻化,尤其是剧团正处于转企改制的关键时期,年轻人更能跟上时代,更有魄力和冲劲，她和萧若兰的年龄摆在那儿，改变不了。所以她对萧若兰并没有太大的敌意，直到叶知秋去了上海，有传言说李团长有意提拔柳敏然当正部长，她刚刚想要压下去的那点儿野心突然又膨胀起来。争斗一旦开始，就会不知不觉走向失控，于是越来越多的人被卷入其中，几乎变成一场混战。

"敏然，我已经向李团长提交了提前内退的申请，我推荐了你做下一任部长。"

萧若兰的脸色很平静，连眼神都是真诚明亮的。说完这句话，她长长地舒了一口气，压在心上的重担也消失于无形。

演艺部的工作一团乱，作为部长，她有不可推卸的责任。她也不知道自己怎么就那么糊涂，为了维护自己的那点儿权力，舍弃了所有，只为争个输赢。责任心去了哪里，她想都不想。那种感觉，就像斗红眼了的公鸡，现在想想，萧若兰都觉得毛骨悚然。

一想到叶知秋，她就更加惭愧，人家小小年纪，知礼知节，进退有度，眼里心里从来都是目标坚定的，任何诱惑对她而言都不算什么。以叶知秋的唱功，去上海发展，功成名就的时间只会大幅缩短，可她还是毫不犹豫地放弃了。

反观自己，一把年纪了，却还在赌气任性，争一时长短。她没有脸再做这个演艺部部长，甚至都没有脸继续留在剧团里。她仔细考虑过了，叶知秋做演艺部部长完全够格，可是她太年轻了，而且她志不在此，干脆也不为难她了。至于柳敏然，平心而论，她倒是很适合做行政工作，雷厉风行，遇事果断，由她来做这个部长，萧若兰是放心的。

"师姐，你怎么……"

柳敏然红着脸，哽咽着说不下去了。

之前是萧若兰推荐她当副部长的，可她是怎么做的呢？当初那点儿淡薄的感激之情早早地就被嫉妒心取代。不疯魔不成活，她的疯魔没有体现在对专业的热爱上，反而用到了不该用的地方。就在今天之前，她还在沾沾自喜，觉得自己已经压过萧若兰一头。她万万没有想到，萧若兰大度如此，竟然以德报怨，又推荐她当部长。萧若兰越是如此，她越是想找个地缝钻进去。

两个人约了一起吃饭，可是饭菜早就凉透了，她们却一口都没有动。她们从认识以来，这还是第一次静静地坐在一起说了这么多的话，过去、现在、未来……越说越觉得其实彼此是心灵相通的。她们希望京剧团越来越好的心愿是一样的，希望京剧实现真正意义上的复兴的心愿也是一样的。她们都不记得是谁先伸出了手，总之，两人的手到最后紧紧地握在了一起，然后默契地相视一笑。

演艺部的内部会议上，萧若兰和柳敏然先后做了深刻的检讨，说到动情处，两人都是眼眶微红，越到最后越说不下去。演员们也都纷纷低下头去，各自反省自己的行为。他们不是始作俑者，却不知不觉卷入了不必要的矛盾之中，迷失了自我。她们两人之后，几个老戏骨也陆续发言，有的平日里便沉默寡言，说得最多的就是"对不起"。时隔三个月，这是演艺部氛围最和谐的一次会议。它更像一道分界线，以前是灰暗，以后只有光明，每个人都像是经历了一场暴风雨，雨后初霁，只剩晴空万里。

春去秋来，又是三年，弹指一挥间，剧团的改制工作经历了艰难的初级阶段，终于渐渐进入了平稳期。演艺部下设六个小组，每个小组负责一个剧目类型，演出行程都已经排到了第二年。公益演出、送戏下乡活动、商业演出、世界巡演，几乎都安排得严丝合缝，每个人都像陀螺一样转啊转，根本就停不下来。忙归忙，可剧团里每个人的脸上都洋溢着欢乐的笑容，他们满足于现在的状态，也越来越热爱剧团这个温暖的大家庭。

午后的阳光透过窗户照进副团长办公室，程旭连续熬了几个通宵做项目策划，早已经筋疲力尽。他只觉得眼皮越来越沉，本想趴在办公桌上打个盹，没想到刚闭上眼就睡了过去。因为手里还有工作没有忙完，他睡得并不沉。

隐隐约约的，好像有开门的声音传来，紧接着，伴随着细碎的脚步声，有什么东西盖到了他的后背上。

心里莫名闪过一丝温暖甜蜜，他迷迷糊糊地出声："小秋，你回来了……"

289

第86章

"小秋？呵，叫得这么亲热，这是关系定下来了？"

是个熟悉的男人的声音，程旭睁开惺忪的睡眼，迷茫地抬起头，见是李团长，这才放下心来，打了个哈欠说："没有呢！革命尚未成功，同志仍需努力！刚才梦到跟着知秋一起回她的老家了，她家里人都喊她小秋，我也就跟着一起叫了。梦里，她好像出门买东西了，我见她回来就招呼了一声。"

程旭每年都会对叶知秋表白一次，虽然每次都是红着脸，说话也结结巴巴，可心意到了，他倒也从没因为表达得不完美而自责。当然，叶知秋应该也不介意。她每次都说忙，不过却答应会认真考虑，可考虑考虑着就没了下文。要不是叶知秋身边从来没有出现过别的年轻异性，程旭真要怀疑她不喜欢自己了。没有拒绝，那就是还有希望，反正两个人都还年轻，程旭倒是没那么着急。家里催着他去相亲，他统统拒绝，每次都说心里有人了，只是打死不说那个人是谁。叶知秋现在忙得脚不沾地，他不希望自己的家人去打扰她。

李团长拍了拍程旭的肩膀，低声问："要不我跟老秦打个招呼，让他以组织的名义和知秋谈谈你们俩的个人问题？"

秦维是李书记退休之后调过来的新书记，也是个改革派，和李团长很对路子，两人合作之后，转企改制的步子迈得更大更稳。京剧团的变化日新月异，两人的默契配合很得人心，得到剧团上下所有职工的交口称赞。

李团长觉得思想工作交给秦维最合适，所以首先想到的就是他。一对优秀的年轻男女，明明怎么看怎么般配，怎么关系进展就这么缓慢呢？他看着都跟着着急，不想办法给他们添一把火实在不合适。

程旭毫不犹豫地拒绝了，个人的事，他不好麻烦领导。而且，他也知道叶知秋的顾虑，她现在是剧团的当家青衣，一轮一轮演出下来，只要是交给她的角色，没有一个是不出彩的，她的名声越来越响，工作行程也越来越满。演出任务最繁重的时候，她经常每晚睡不够两个小时，根本没时间考虑个人问题。

最近《铿锵》剧目新编版已经进入响排阶段，叶知秋从早到晚泡在排练厅里，连吃饭都是随便对付几口。团里对这次巡演寄予厚望，叶知秋作为A角压力自然很大，再加上她还要兼顾指导新人演员排练的任务，就更是累上加累。

看叶知秋这样，程旭很心疼，可无奈手上堆积着大量工作，连去看她一眼都没时间，只好发了一条短信给她：工作没有做完的时候，别太累了，注意身体！过了很久，叶知秋才回了短信，只有三个字：你也是！

原本叶知秋想多说一点儿，程旭经常打电话或者发短信嘘寒问暖，她怎么也不能冷落了人家，可是她实在太忙了，连吃饭睡觉都是随便凑合，时间几乎都精确到一分钟，根本没那么多时间。发这条短信的时候，她刚写了第一个字，蒋菲就带着一个叫罗绮的新人演员过来找她。罗绮有一句戏词怎么都唱不好，蒋菲越教她，她反而唱得越糟，无奈之下只好来向叶知秋求助。叶知秋细细地听罗绮唱了三遍，稍稍指点了她一下，罗绮试唱完了，蒋菲立刻心服口服，对叶知秋竖起大拇指。当家青衣，果然名不虚传！还没来得及称赞几句，又有别的演员过来找她指点迷津。

蒋菲轻叹一声，低声对罗绮说："还有很多地方要向叶老师请教是吧？现在她没空，等回头她有时间了再说吧。"

罗绮倒是认真了，忍不住追问："那叶老师什么时候有时间啊？"

"这个嘛，我还真说不好！"

蒋菲说完，无奈地摇了摇头。

已经后半夜两点了，叶知秋还在排练厅里，给几个表现不够理想的新演员开小灶做辅导。唱着唱着，脑袋突然有点儿发沉，紧接着，眼前的一切景致都像是被调暗了几度。她想后退几步靠墙站一会儿，可是还没靠稳就双腿发软直接跌坐到地上。演员们大惊，七手八脚地上前扶她，她还没有站起来，眼前就一黑直接昏了过去。

凌乱的杂音模模糊糊地传入耳朵里，隐隐地有刺鼻的消毒水味钻进鼻子里，叶知秋想睁开眼，可是眼皮实在太重了，刚刚撑开一条缝就被头顶一闪而过的白色灯光刺得又闭上了。她只觉得困，只觉得累，转眼之间又陷入混沌之中。

叶知秋醒来时，触目所及皆是纯白，她意识到自己已经在医院里。她转头一看，程旭正坐在床边的椅子上专心致志地削苹果。

"我身体没事吧？"

叶知秋沙哑着嗓子一开口，程旭怔了一下，激动之下差点儿把快削好的苹果扔到地上。

"你可算醒了！放心吧，医生给你做了检查，主要是劳累过度。刚才李团长来的时候，主治医生训了他一顿，说他太不把自己下属的健康当回事了，简直是把人当奴隶使！"

"这和李团长有什么关系啊，是我自己太不注意了！"

"那个医生是你的铁杆粉丝，心疼你，才会冲李团发火！"

听到"粉丝"这个词，叶知秋微微一愣，虽然听过，可到底觉得陌生。还是"戏迷"听着顺耳，因为喜欢一部戏而喜欢一个角色，进而喜欢扮演这个角色的演员。而粉丝，多少带了追捧明星的色彩，她可不是什么明星，也从来没有想过要做明星。

程旭看出她的心思，帮她掖了掖被角，柔声说："让观众买票走进戏院，总要有一个理由嘛。你来做这个理由，带动更多的人走进戏院，这有什么不好啊？"

叶知秋想了想，若有所思地点了点头。

她有时候确实一根筋，脑子不够灵活，程旭和她不一样，他看问题的角度总是很全面，解决问题也是一针见血。以前程旭在例会上就提过，京剧团的品牌效应源自演员的品牌效应，演员有了名气，改编戏和新戏才有机会出现在更多的观众面前，才有被打造成经典的可能。

叶知秋看着程旭，笑笑说："程旭，我真佩服你！"

第87章

"佩服我?我有什么好佩服的!"

"你年纪轻轻就当上了副团长,各方面工作都做得那么好,大家都夸你能干呢!"

"怎么?羡慕我?"

叶知秋笑了笑没说话,她还真不羡慕。比起行政工作,她还是喜欢站在舞台上唱戏。台上一分钟,台下十年功,虽然台下需要付出无数的辛劳和汗水,唱腔、动作,都要一遍一遍地重复,一点点地打磨,可她从来不曾厌倦过。她深知自己不擅长与人打交道,和同事们相处也只凭一颗真心。如果真把她放到副团长的位置,每天千头万绪,不把她逼疯才怪。

她嗓子发干,不客气地从程旭手里抢过削好的苹果,埋头啃了起来,因为咬得太大口,不小心噎住,直咳得脸红脖子粗。程旭一边倒了水递给她,一边轻拍她的后背,忍不住嘟囔了一句:"急什么?又没人跟你抢!"

病房门被人从外面推开了,两个男人一边说话一边走进来。看到眼前温暖甜蜜的画面时,他们都怔住了。

叶知秋止了咳,看到他们,立刻轻轻推开程旭的手。

"秦书记,李团,你们怎么来了?"

李团长看了看程旭,又看看叶知秋,含笑问:"没打扰你们吧?"

秦书记倒是没说话,一脸慈祥的笑容,眼睛闪闪发亮。

被他们盯得有点儿不自在,叶知秋一时不知所措,红着脸低下头,小声说:"当然没有!怎么会打扰呢?"

程旭大方地起身,招呼两位领导坐下。

他们带来了一个好消息,京剧团刚刚接到欧洲艺术协会的邀请,希望他们派出代表团去做一场巡演。叶知秋看到邀请信时，激动得不知道该说什么好。带着京剧走出国门去做巡演，以前是她想都不敢想的事，真没想到居然说实现就实现了。

李团长说现在网络实在是太发达了，老外在网上看到他们京剧团的演出视频，越来越多的人开始感兴趣，慢慢喜欢上京剧。艺术无国界，语言也不是障碍，唱、念、做、打，一招一式都是真功夫，精彩绝伦。病房里的四个人满怀激动，很快就商量出代表团名单和表演曲目。至于演员们的档期，协调起来确实麻烦，不过程旭主动把这个任务揽了过去，答应会尽早敲定出国巡演的日期。秦书记和李团长都向他投去赞赏的目光。

这个小伙子，不怕苦不怕累，真是后生可畏！

叶知秋人在医院里，心却早已飞回剧团大院。主治医生希望她做完全面检查再走，可她说什么都不肯，当天下午就出了院。回到剧团以后，叶知秋立刻去找了柳敏然。

叶知秋把出国巡演的事情安排得妥妥当当的，柳敏然倒是省事了，直接组织召开了动员会。

一听说要出国巡演，演艺部立刻沸腾了。叶知秋宣布剧目和演员名单之后，大家都没有异议，全票通过。会议结束之后，叶知秋才意识到自己太过激动，有点儿自作主张了，在医院的时候就越过柳敏然这个部长，和秦书记、李团长就巡演事宜达成一致。

等到会议室里只剩下她们两个人时，叶知秋主动向柳敏然道歉，承认自己的错误，柳敏然哪里会和她计较。演艺部每天事务繁杂，她已经忙得焦头烂额，就算叶知秋没有提前安排，这件事她也会交给叶知秋去做。

看到柳敏然是真的不介意，叶知秋这才放下心来。虽然她不擅长也不愿意花心思去猜测别人的想法，可是进剧团这么多年，经历过很多人和事之后，她渐渐明白，任何时候都不能太自我，适当考虑别人的感受是非常必要的，这是起码的尊重。在做人方面，她也许永远做不到圆滑，可知错就改从来都是她的准则。

柳敏然拉着叶知秋的手，柔声说："知秋，以后你在我面前不用这么小心翼翼的。你年轻，脑子好，想得周到。有些事情，能安排起来就直接安排。剧团是大家的，我们有多大的劲就使多大的劲，不用在意细节，不重要！"

　　看得出来，她说的都是心里话。叶知秋笑了笑，动情地说："柳老师，谢谢您！"

　　路遥知马力，日久见人心，叶知秋的表现，柳敏然是看在眼里的。她心里清楚，要不是叶知秋年纪太轻，做这个部长实在是很合适。看清了差距，柳敏然也豁达了很多。所谓部长，只是一个头衔而已，自己太把自己当回事了，不但自己苦恼，还会给整个演艺部带来负面影响。她能做的只有"俯首甘为孺子牛"，努力做好大家长和坚实后盾即可，至于其他的，交给叶知秋，她一百个放心。

　　一个月以后，巡演代表团一行集结完毕，登上飞机去往欧洲。叶知秋每天都会通过微信发现场视频给程旭，即使隔着时差，秦书记和李团长依旧希望第一时间看到。

　　第一个晚上，副团长办公室的灯几乎彻夜亮着，程旭实在困得不行，干脆和衣在沙发上打盹。两位领导却仿佛不知疲倦，捧着程旭的手机，眼睛一眨不眨地盯着屏幕，边看边讨论，有时候说着说着还会因为意见分歧吵上几句，不过很快又因为担心错过精彩片段自觉地偃旗息鼓，继续头挨着头一起看。

　　程旭睡不实，被他们吵醒过几次以后，建议他们各自回家去看，还郑重承诺，叶知秋一发来视频，他一定第一时间转发给他们。可他们的回复却出奇地一致，三个人必须一起看视频，这样的话，发现什么问题可以第一时间反馈给叶知秋，也好在下一场演出时避免类似的问题再次出现。

　　三天过去了，程旭这么年轻都快熬不住了，两位领导却好似超人，晚上不睡，白天依旧生龙活虎，丝毫不受影响。不过，他们确实没有发现任何问题，每场演出都堪称完美，而且台下的观众几乎每次都是全体起立鼓掌。他们对京剧的赞叹全都写在脸上，每当镜头扫过他们，三个人都会忍不住心潮澎湃，浓浓的自豪感也随之油然而生。

"程旭啊，这次知秋回来以后，你小子得赶紧跟她求婚了！这么优秀的女孩，眼看着就要被别的男人抢走了！"

李团长这话来得太突然，秦书记和程旭一时没反应过来，呆呆地看着他，眼神里尽是茫然。

第88章

程旭严重怀疑李团长熬夜过度，精神有点儿恍惚了，他是哪只眼看到有别的男人对叶知秋有想法了呢？

李团长继续忧心忡忡地说："程旭，你没发现每次演出完合影的时候，那个叫约翰的小伙子都紧紧挨着知秋吗？我看知秋好像对他也并不反感，有好几次还转头对他笑。这么危险的事，你们两个都没有发现吗？万一我们知秋看上那个约翰，和他结了婚，那岂不是要定居国外，到时候怎么办啊？"

程旭有点儿无语，以前他怎么就没发现李团长的想象力这么丰富呢？而且，这想象力未免也太天马行空了。

"李团，你想多了！"

程旭转头看向秦书记，秦书记神色凝重地点了点头说："程旭，我觉得老李的话有道理！知秋这么好又这么有才华的孩子，嫁给一个外国人，那就太可惜了！"

这俩老头，真是一个比一个不靠谱。程旭懒得再听他们说下去，揣了包烟去了外面，连着抽了好几根之后，心情不但没有平静下来，反而越发烦躁了。

接下来的几个晚上，他没有再打瞌睡，而是和两位领导一起盯着手机屏幕。只不过，他的眼神多数时候是空的，代表团的每个演员都是剧团的骨干，他们的表现丝毫不用担心。他的注意力全部都放在演出结束时的画面。

不知道是不是先入为主的观念，他好像也发现那个约翰有点儿不太对劲。虽然这次出国巡演是欧洲艺术协会邀请的，可约翰也没必要每次演出都跟过去吧？不过就是一个普通的理事而已，不同的国家不同的城市,他就这么一路跟着代表团飞来飞去,机票是自己掏钱还是单位报销?

程旭做梦都没想到,自己有一天会关心一个和他没有丝毫关系的外国人,而且还满怀愤怒。

为期一个月的巡演,因为各国的观众实在太热情,几乎每到一站都会加演一两场,等到叶知秋带着代表团回国,已经是两个月以后了。秦书记和李团长特意亲自去机场迎接,叶知秋没有看到程旭,以为他有别的事情在忙就没有在意。她把行李放回家以后就回了剧团,之前演员们好不容易挤出来的档期因为加演耽误了很多演出,只好安排别的演员去演。现在他们回来了,之前的计划表还要重新拟定,柳敏然正好出差不在团里,李团长便让叶知秋去找程旭商量,她这才知道程旭这两天其实并不忙。

叶知秋和他商量演出安排的时候,程旭倒是一如既往的认真,不过叶知秋看得出来,他的心情似乎并不是很好,眉头一直紧锁着。商量得差不多了,叶知秋收起笔记本,正要起身离开,程旭却一把拉住了她的胳膊。

"还有什么事?"

"坐下!"

叶知秋看他的表情比刚才还要严肃,不由心头一紧,乖乖地重新坐下来。

"知秋,我们的事,你到底是怎么考虑的?"

刚刚还在谈工作,怎么突然一下子就转到私事上来了呢?

叶知秋深吸一口气,对上程旭期待焦灼的眼神,小声说:"程旭,对不起,让你等了这么久!我说过会考虑,可是连我自己也没想到,这一考虑就是三年。我也没想到,三年了,你居然一直都没有放弃……"

程旭的眼神渐渐变得温柔,耐心地等着她继续说下去。

"我从来没有想过自己将来要和什么样的人结婚,脑子里一直都是乱的。我承认我对你有好感,可我不知道这种好感算不算喜欢。我对待感情的态度很传统,我想你也和我一样,谈恋爱一定是奔着结婚去的。可是结婚的话,就不是两个人的结合,而是两个家庭的结合。我来自农村,你来自城市,还是梨园世家,我不确定,假如我们将来生活在一起,会不会出现这样那样的摩擦,会不会有很多观念上的分歧。总之,我有各种各样的担心,甚至一想到将来要面临的家庭生活,就会特别焦虑……"

程旭反问:"你的意思是,你担心将来会出现问题,所以压根不想开始,对不对?"

他看待问题一向如此,犀利,一针见血。

自从他认识叶知秋,她在他心目中几乎一直是完美的化身,这一刻,他才发现,原来叶知秋也有优柔寡断的一面。不过恰恰因为这个,他反倒觉得她更真实,更动人。

叶知秋沉默了一会儿才说:"大概是演了太多悲情的角色了,所以有点儿人戏不分了。我一直很苦恼,也很茫然。我总是莫名其妙地害怕,想克服,却总也克服不了。程旭,对不起,我还没有想好,要不……"

她从不是一个自私的人,可是在这件事上,她觉得自己实在是太自私了。本来她也是想着这次回来就和程旭好好谈谈的。他是一个优秀的男人,可以有更好的选择。

"你没有对不起我,我愿意等,直到你想明白为止!"

"程旭……"

气氛有点儿微妙,又有点儿伤感,对话进行不下去了。好在,一阵有节奏的敲门声打破了这份难言的沉寂。

是李团长过来了,省电视台来人了,想和剧团合作一档戏曲节目。秦书记觉得这是一个很好的普及京剧的机会,李团长便想着过来和程旭再商量一下,没想到叶知秋也在。他干脆打电话叫柳敏然也过来一趟,正好几个人开个碰头会。

节目制片人沈世昀把策划书分给大家看,仔细地讲解了节目的创意来源、呈现形式和环节设置,听上去确实很有吸引力。程旭首先点头,李团长和秦书记也很快表示同意,叶知秋和柳敏然却颇有点儿犹豫。

程旭不解,年轻人尝试新事物、接受新事物应该是最快的,而且以前叶知秋在专业创新方面从来都是走在前面的,这次是怎么了呢?

"知秋,说说你的看法!"

叶知秋看了他一眼，眉头微皱："戏曲类节目，以前我只接触过比赛，像这种类似于脱口秀形式的，我总感觉和京剧不搭边。想让更多的人了解京剧爱上京剧，我们可以有很多方式，像以前那样搞巡演，送戏进社区什么的就挺好的！"

第89章

实在不是她观念守旧,而是制片人说得太天花乱坠了,叶知秋隐隐觉得,节目组分明就是只拿京剧当噱头而已。她最担心的是最后弄成挂羊头卖狗肉,好好的京剧沦为陪衬,引起戏迷们的口诛笔伐,到时候起了反作用。

程旭反驳:"知秋,咱们可以先试一试嘛!现在说什么都是纸上谈兵,没有看到节目呈现出来,谁都不知道效果如何是不是?"

叶知秋针锋相对:"怎么试?策划书上写着呢,签了合同以后就得连续录下去,至少录十二期,到时候效果不好,你难道毁约吗?而且,上面虽然只写着由知名京剧演员做主持人,却又标了'即兴'两个字,这个节目明明就想做成脱口秀,做这档节目的初衷根本就不是普及京剧知识,你看不出来吗?"

原本她不想把话说得这么白,可是程旭的话实在气人,什么试一试?一旦签了合同,白纸黑字,那是你想放弃就能放弃的吗?

沈世昀面露尴尬,轻咳几声说:"叶老师,这只是策划书,具体的细节咱们可以慢慢商量再定。您不必这么激动的,有什么想法可以提出来,我们可以再协商!"

这次碰头会不欢而散,除了沈世昀还保持着得体的微笑,大家的脸色都不太好看。

柳敏然和叶知秋一前一后走出会议室,一路上都很沉默。

快走到排练厅了,柳敏然才轻叹一声开口:"知秋,节目的事,你来做主吧!我这老脑筋确实有点儿跟不上时代了,我真怕自己的意见错了,实在担不起这个责任。你想得比我周到,比我细致,到时候好好跟节目组谈,别搞得剑拔弩张的,把人家给吓着了!"

叶知秋这才意识到刚才自己的态度有点儿太强硬了，人家找上门来谈合作，她却搞得好像人家是来害他们剧团一样。

"柳老师，对不起，我刚才有点儿过火了！"

"你应该跟程旭道个歉，他也是为了剧团好！"

叶知秋折返回会议室，程旭还没走，手里把玩着一个打火机，脸上隐隐还带着怒气。看到叶知秋进门，他只是冷冷地扫了她一眼又低下了头。

"程旭，我们好好谈谈！"

"没什么好谈的！"

程旭起身要走，经过叶知秋身边时，被她轻轻扯住袖子。

"谈一下嘛，开诚布公地谈，好不好？"

叶知秋的声音很柔软，像是在撒娇，程旭竟突然就没了火气。

"好！谈吧！"

两人面对面坐下，一谈就是两个小时。

这是他们第一次安静地坐下来，心平气和地去谈宣传京剧这件事。

转企改制以来，京剧团经历了太多的浮浮沉沉，程旭一直冲在一线，感触颇深。他看到了丰硕的成果，也发现了很多问题。不过，他那颗热爱京剧的心从未改变过，他能做的就是尽自己所能，努力地去解决每一个问题。

叶知秋说得对，剧团前期搞的巡演、大戏进社区、送戏下乡活动的确产生了很大的影响力，可影响力，谁会嫌多呢？所谓一鼓作气，大概就是这个道理，如果能借着现在京剧团发展的好势头，再加上一把火，让更多的人了解京剧，爱上京剧，不是更好吗？

现在大众的娱乐方式很多，各大电视台的综艺节目的收视率一直很高。做节目这条路是全新的探索，又没有太大的风险，为什么不能试一试呢？程旭这些年一直做行政工作，已经习惯只看结果了。叶知秋和他想问题的角度完全不同，她有自己的坚守，而这种坚守是极谨慎的，就好像怀抱着无价之宝，稍有人靠近就会让她不自觉地产生敌意。这种习惯已经形成，很难在短时间内迅速改变。

程旭说服不了叶知秋，有点儿灰心，看了看手表说："你看这样行不行，我让他们写出第一期节目的脚本给你看看。你觉得行，我们就签，觉得不行，我们就不签！"

"那好吧！"

"我还有事，先去忙了！"

目送着程旭高大的背影远去，叶知秋心里很不是滋味。

这次，她的坚持是对的吗？

刚才那沈世昀虽然没有明说，可是提到主持人要知名京剧演员来担任的时候，目光不自觉地飘到了她身上。让她做一个脱口秀主持人？开什么玩笑？京剧是一门极严肃的艺术，让她打着宣传京剧的旗号耍风趣耍幽默，她不会做也不想做。京剧想要发展就得迎合市场需求，这也是转企改制的原因，可是凡事有个底线，一想到那份策划书，她就觉得心里难受。

团领导班子内部会议上，和电视台合作综艺节目的事得到了多数成员的支持。第一期节目的台本送过来以后，程旭又去找了叶知秋一次。他有思想准备，因为制片人已经明确表示这档节目一定要让叶知秋来做主持人，团领导提出了很多相对苛刻的条件，比如录制时间要叶知秋的档期来，比如台本必须提前让叶知秋过目，哪里她觉得不合适，节目组必须全力配合修改，比如片头和片尾一定要有京剧团的名字，再比如节目成片出来之后必须给叶知秋把关，制片人都代节目组一一爽快答应了下来。这样一来，程旭就很为难了，明知道叶知秋十有八九不会答应，还是得绞尽脑汁地说服她。这是他进剧团以来碰到的最难完成的任务，他几乎是怀着无比悲壮的心情出现在叶知秋面前的。

叶知秋正在排练，有人提醒她程旭过来找她了，她猜到他此行的目的，只是淡淡地看了程旭一眼，却没有要停下来和他细谈的意思。

程旭找了把椅子坐下，安静地等着叶知秋。想要让她答应，他首先要做的就是放低姿态。一会儿怎么跟叶知秋开口呢？他想了不下十种开场白，可是等到叶知秋冷着一张脸站到他面前时，他却感觉嗓子里像是塞了一团棉花，一时之间不知道该怎么开口了。

叶知秋居高临下地看着他，沙哑着嗓子问："我听说那个制片人又来了，你是来做说客的，对吧？"

第90章

消息还挺灵通的!

不说也得说,程旭只好硬着头皮说:"是!"

叶知秋用手背随意擦了擦额头上的汗,转头看了看热火朝天的排练场面,目光缓缓收回来,重新落到程旭的身上。

"你不用试图说服我……"

程旭了解叶知秋的脾气,她很固执,一旦决定的事情就会坚持到底。这场硬仗要怎么打?还没开始,他就有点儿慌了,定定地看着叶知秋,轻叹一声,笑得很无奈。

"你不用试图说服我,因为,我已经说服了自己!"

"什么?"

叶知秋把刚才的话重复了一遍,后面又接了半句,这神转折来得太突然了,程旭以为自己耳朵出了问题,一时之间怔住。

就这么……同意了?

这么快?

怎么可能?

喜悦,从程旭的心底蔓延开来,爬上他的眼角眉梢。

他紧紧地抱住叶知秋,连声音都因为激动微微发哑:"真的吗?你同意了?我本来还准备了很多话想要说服你,我甚至已经做好了和你打持久战的准备。你根本没当过主持人,也一定没有兴趣当主持人。可是我们团领导班子都觉得你可以试一试。这下好了,谢谢你! 也许会有争议,不过我会一直陪着你,我们一起承担好不好?"

程旭当上副团长之后,给人的印象从来都是成熟自持的,每天正装加身的他由内而外散发的都是严肃的气质。这是他第一次抛下了副团长的身份，尽情表达自己的激动之情。作为戏曲界冉冉升起的一颗新星，叶知秋在综艺节目上的出镜有着划时代的意义。综艺和娱乐从来都是紧密相连的，谁能想象得出严肃艺术里走出来的青衣主持综艺节目的时候会是什么样子？

身后的热闹突然停止，仿佛时间凝固，所有人的目光都转向这里，好奇他们两个在说什么。叶知秋只觉得脸颊一阵阵发烫，轻轻推了推程旭，缓缓低下头，语速极快地说："注意场合！具体的，回头再谈！"

她转过身，几乎是盯着自己的脚尖一路走回刚才的位置，善意的笑声和掌声响起，还有吹口哨的声音，她的脸红得仿佛能渗出血来。

"别闹了！抓紧时间排练！"

程旭迅速平复好心情，吼了一嗓子之后逃也似的离开了。

刚才叶知秋红着脸看她的模样，真是太好看了。他勾起唇角，笑得欢快。

文姗立刻凑到叶知秋身边，很八卦地问她，刚才程旭是不是向她求婚了。叶知秋忍住翻白眼的冲动，斜眼看着她，嗔怒："没有，你想太多了！时间这么紧，还不抓紧时间去排练！"文姗还是不死心，抓起她的左手看了看，确定她的无名指上没有戴戒指，这才失落地放下，小声嘟囔了一句："程旭这家伙一点儿都不浪漫，还有比求婚成功更能让他欣喜若狂的事吗？"叶知秋看文姗赖着不走，干脆把自己答应要上一档戏曲节目的事告诉了她，文姗惊得下巴差点儿掉下来。

"你开玩笑的吧？你上综艺节目？还当主持人？"

"确切地说，不是主持人，而且说是综艺节目，其实就是京剧普及类节目，只是以综艺的形式呈现。最近不是有几部挺火的剧吗？都是京剧题材的，我的主要任务是通过分析和解读剧里的京剧唱段，让观众了解京剧知识和更深层次的底蕴内涵……"

说着说着，她觉得这个节目的创意其实挺好的。刚开始的时候，她也和文姗一样，一听是综艺节目，第一反应就是排斥。现在有太多节目是拿京剧当噱头，实际内容早已离题万里，不过就是哗众取宠而已。不过这次来的制片人倒是很有诚意，团里提的那么多条件都一一答应了下来，虽然对她来说有点儿赶鸭子上架的意味，可冷静下来想想，就算一开始的时候就答应也未尝不可。只要对京剧的传承和发展有帮助，她有什么理由不去做呢？

文姗的眼神亮了亮，笑着说："听上去不错，我支持你，好好去做吧！"

好好去做是一定的，叶知秋一向是个在专业上极认真的人，要么不做，要做就做到极致。虽然她每天忙得不可开交，可还是尽量多抽出时间和节目组沟通内容方面的各个细节。一次一次的大会小会，反复商量磨合，第一期节目的正式台本总算是成形了。

可是录制日期刚刚敲定却又横生变数，沈世昀说情况有变，让叶知秋耐心等一等。原来是广电的限娱令出台，各大卫视的综艺节目数量都要大幅压缩，节目就这样夭折了。叶知秋很失落，不过还是很快调整好了心情继续忙自己的事情。

《铿锵》现在已经成为剧团的王牌剧目，这次已经是第四次全国巡演了。每演一次，剧本就会重新修订一次，几轮打磨下来，用李团长的话说，《铿锵》距离列入京剧经典曲目只有一步之遥了。这部原创剧本最开始的时候不温不火，要不是李团长坚持，恐怕早就压箱底了，谁都没有想到这部戏会梅开二度，几乎可以说是红透了大半个中国。

即使唱过了很多次，叶知秋还是像第一次接触这部戏一样，每天认真地排练，从来都是第一个到排练厅，最后一个走。一招一式，一曲一调，叶知秋都力求完美。她是这么要求自己的，也是这么要求新人演员的。所有人都演好了，这部戏才算是真正成功。剧组的每个人都是发自内心地敬佩叶知秋，努力让这部戏好上加好。

巡演如期拉开帷幕，第一站设在上海，当天演出结束后，叶知秋正要去看望林琳师父和唐锦心。还没出发，沈世昀便风尘仆仆地出现在她面前。

原来他们的团队一直在四处奔走，不想让节目就这么被搁置下来。最终节目被救回来了，只是要改为网播。他们听说有同类型的节目也在紧张筹备当中，为了抢占先机，决定采用"边录边播"的形式，根据观众的反馈来调整时长和播出时间。当然,如果开播收视率达不到标准,最多录制十期,之后就不录了。虽然叶知秋早就听说现在很多节目都是只看收视率的,可真的从制片人嘴里听到这样的话,心尖还是忍不住颤了一下。

第91章

  这可是弄不好就会砸自己招牌的事,叶知秋犹豫了。巡演刚刚开始,后面她还有的忙呢,看沈世昀的意思,他们很重视这档节目,而且一定要做出花儿来,她一时之间不知道怎么答复。
  虽然播出形式改成了网播,可合同是签了的,对上沈世昀期待的眼神,她实在也说不出别的话来。无非就是再忙点儿,再累点儿,她年轻,咬咬牙,完全能扛得住的。程旭原本还担心她不愿意,特意打电话问她要不要再考虑一下,叶知秋说已经答应下来了,让他放心。接下来的几天,叶知秋每次演出完就埋头看资料,做一期节目哪是那么容易的啊,要做的准备工作实在太多了。
  上次沈世昀给她的京剧题材的电视剧早已经播完,热度也下去了,这次他们又换了一部新的同类题材的电视剧做素材,男女主都是一线大咖,刚刚开播两集就热度极高。这档节目以叶知秋的名字命名,叫《一叶知秋》。
  把京剧做成综艺节目并不容易,叶知秋几乎是硬着头皮挤出时间跟着幕后团队做完全部的前期准备。首期节目四十五分钟,叶知秋第一次出镜,却从容优雅,台风稳健。她的表现完全就像是科班出身,从热播电视剧《红粉海棠沉如霜》切入,讲述京剧名角儿的成长。她看上去就是一个普通的剧迷,可剧中角色的身份、台词、唱腔却是信手拈来。
  "京剧名角儿在舞台上的高光时刻从来都不属于他一个人。他们之所以会成名成家,一定先是德才兼备,然后被前辈提携,而后渐入佳境,唱成名角儿,最后再成就他人。"
  叶知秋一句话就点出京剧传承数百年的门道,也只有内行的人才能听出其中况味。

她嗓音轻柔，侃侃而谈，整个讲述过程中还穿插着许多京剧小知识和专业名词。有的是她直接说出来，并加以详细解释，有的是在屏幕上弹出小贴士，什么叫"水牌子"，什么叫"倒仓"，每一条标注都是深入浅出，通俗易懂，就算是小孩子也能一目了然，轻松理解。

看上去很简单的节目，内行人也许会觉得知识太过浅薄，但对叶知秋和身后的整个团队来说却是非常不容易的。节目中的台词百分之八十以上都是叶知秋写的，京剧是一门严肃的艺术，容不得半点儿不严谨的地方。她是唱青衣的，对其他行当的知识也只是知道个皮毛，想要解释得准确就要下功夫。她把各种老资料、大百科和文集翻了又翻，反复推敲，确定写出来没有偏颇和失格才最终定稿的。

节目录制之前的最后一次碰头会上，沈世昀就反复强调，节目一定要接地气。叶知秋很认同，所以在节目内容设计上，她也始终把"接地气"贯穿始终，比如她把名角的艰难成名之路比喻成"打怪升级"，把鼓师的即兴发挥称作"freestyle"，从当今的饭圈文化说到过去的观众追京剧名角儿时的痴迷疯狂。做这样的节目，最难的不是体力和脑力的付出，而是心态。既然节目做出来是让人看的，那万一费尽千辛万苦，观众还是觉得不好看怎么办？最糟糕的结果是什么？万一收视率不好，接下来他们这个团队要何去何从？叶知秋的压力并不比沈世昀小。

成片出来的第一时间，沈世昀就发给了叶知秋，当时程旭正好也在旁边，两个人反反复复看了好几遍，都没有发现什么问题。即使如此，叶知秋还是很忐忑，这种感觉就像等待审判结果，一颗心始终悬着，总也落不了地。程旭觉察到她的情绪，语调轻松地安慰了她很久。

他和叶知秋的心情倒是完全不同，叶知秋在镜头前的表现实在太让他惊喜了。一个平时不太爱说话的女孩，淡妆，简单的衬衫长裙，清丽超然，举手投足之间完全不输专业主持人。他暗暗在想，叶知秋真是十八般武艺随便拿起一样都像模像样，怪不得团里那些老戏骨总是夸她一人千面，什么行当都能拿捏到几分神韵，这和她的天资与勤奋是密不可分的。

反观自己，这几年他不知不觉已经离老生这个行当越来越远了。虽然很遗憾，但他也渐渐发现，自己其实更适合做行政，因为他清楚自己资质有限，就算一直唱老生，专业水平也达不到叶知秋的高度。做行政摸出门道来以后，处理各项工作时他也越发游刃有余了。眼看着剧团的变化日新月异，这种成就感是无法用语言来形容的。事实证明，他现在走的这条路更适合他。

"知秋，这档节目一定能大火！"

"你怎么这么确定？万一不成呢？"

叶知秋下意识的反应暴露了她最真实的情绪，刚才还不承认，她就是害怕失败。做节目和在舞台上唱戏不同，没办法直接得到观众的反应，这种感觉很憋屈。虽然她不断提醒自己，有些事，不是你努力了就一定会有好的结果。连沈世昀都说，她是跨界，成功了当然好，没成功也情有可原，毕竟隔行如隔山。

程旭看着她，淡淡地说："打赌！"

叶知秋来劲了，挑眉问："赌什么？"

"如果我赢了，你就嫁给我！"

他的眼睛里有星辰大海的波光，明明像是在开玩笑，却让叶知秋瞬间红了脸。她又羞又窘的模样，真实灵动，恍如当年戏校报到时那个十几岁的懵懂少女。程旭从来没有告诉过叶知秋，那时候他第一次看到她时就觉得她明亮得像九月的阳光，仿佛能一直照到人的心里。此去经年，她还是她，从来没有变过。

叶知秋转头看向别处，唇角勾起，低声嘟囔："那如果你输了呢？"

"如果我输了……"

停顿片刻之后，程旭眯起眼睛看着叶知秋，一字一顿地说："你嫁给我！"

到叶知秋缓过神来发现程旭真是在开玩笑时，她的脸更红了，伸手要打他，却被他紧紧握住手指动弹不得。

第92章

"尽力而为,不问结果,未来不管还会遇到什么,好或者不好,我都在你身边。"

程旭不是一个爱说甜言蜜语的人,他的话永远都是真诚的、朴实的,却又直击人心,温暖动人。叶知秋的慌乱烟消云散,她微微仰起头看向程旭,两人相视一笑,一切尽在不言中。

收视率数据出来了,虽然没有大爆,可也远远超过了预期。直到挂掉沈世昀的电话,叶知秋才明白自己为什么这么在意这档节目的反响如何。她一直认为,京剧最难的是普及和传播,让更多的人了解和喜欢上京剧,才会有更多的人去学习和研究京剧,而综艺节目的效果几乎立竿见影,说不定比连开十场巡演影响力大。因为太在乎,所以才会这么计较成败。

这样的先锋节目,没有扑街,其实已经算是一个很好的开始,更何况,成绩还说得过去。叶知秋信心倍增,干劲十足,巡演之余,一心扑在节目上,后面每一期的主题和素材几乎都是她一人包揽,工作量会有多么庞大可想而知,可叶知秋从不觉得苦不觉得累,甚至甘之如饴。第二期节目播出时,播放量直线上升,一路突破五千万。

"我一直对京剧没什么兴趣,听朋友推荐以后看了一眼,谁知道不知不觉竟然看完了一整期。怎么说呢,很独特的一档节目,耳目一新,还能学到很多知识,特别有趣!"

"这节目太有意思了,还蛮有深度,唯一的不足就是时长太短,期待下一期!"

"京剧和脱口秀相结合,我刚开始并不看好,是抱着吐槽的心态去的。京剧可是我们国家的国粹,我还真担心他们给整得面目全非,没想到，节目做得那么好！"

"以前我听过叶知秋的名字，看了这档节目以后才真正成了她的粉丝。她是唱青衣的，没想到，说起别的行当来也头头是道，太厉害了！"

叶知秋坐在沈世昀的办公室里看街头采访视频，采访对象都是90后、00后的年轻人，他们来自不同行业，不过对这档节目的热情却完全相同。

他们的评价太高了，尤其是对叶知秋，简直把她捧到了一个神一般的高度。她越看越觉得不好意思，自己的表现哪有那么好，观众谬赞了。

叶知秋转头看向沈世昀，话锋一转问："没有别的不同意见吗？"

沈世昀笑了笑，把视频上的进度条往后拖了一截。

他是故意的，把溢美之词放在前面，也好多给叶知秋一些鼓励。他不知道，叶知秋最在意的其实是批评的声音。对节目不太满意的多是老年人，他们觉得节目太花哨了，有哗众取宠之嫌，虽然对叶知秋的批评还没到人身攻击的程度，不过，难听是一定的。

叶知秋面色淡然，没有一丝不快。第一期节目播出的时候，林琳师父给她打过电话，表示支持叶知秋把这档节目做下去。她说过，创新就会有争议，可争议算什么呢？走一条前人没有走过的路，这是必须经历的，只要无愧于心，初心不改，只管放心大胆地往前走就是了。她的话给了叶知秋极大的精神力量，后者已经下决心要好好把这档节目做下去。

"师父……"

叶知秋没想到视频最后出现的人竟然是洛会芳师父，这对她来说简直是个天大的惊喜。她目不转睛地盯着电脑屏幕，眼角眉梢尽是激动。

沈世昀笑着说："我们节目组联系了她老人家，本来没抱什么希望，以为她根本不会搭理我们，没想到……"

洛会芳开始说话了，叶知秋对制片人做了一个"嘘"的手势，凝眉认真倾听。

"前两期节目我都看了，很惊喜！四十几分钟的时长，全程硬核高能，以短平快的方式高频输出有价值的精彩的内容。有强烈的个人观点，也有和现场观众的精彩互动，很吸引人，我非常喜欢！叶知秋是我的徒弟，我为她感到骄傲！"

记者问她能不能提点儿意见，洛会芳摆摆手，爽朗一笑说："目前很满意，我给十分，没有意见！"

叶知秋抓起鼠标点了暂停，久久凝视着洛会芳师父的脸，视线不知不觉变得模糊。她已经半年多没有见过洛会芳师父了。没想到，老人家一直在默默地关注着她，这给了她更大的动力。

"登台唱戏千锤百炼，一招一式都是真功夫，就算闭着眼也不会有失误。可是脱口秀不一样，我第一次做，最大的收获就是学会更耐心更好地去控制自己的情绪。就算做不到超然，起码也要淡然！"

这是她在个人专访里对记者说的话，简单，平实，可句句都是肺腑之言。

巡演结束后，大多数演员都有短暂的休整时间，可叶知秋没有。节目每天录制三期，不管晚上收工多晚，上午九点半她都必须到达录制现场，一直录到晚上十点。成片是四十五分钟，可实际录制至少要一个半小时，讲稿至少六七千字。叶知秋对自己要求极高，虽然舞台前方放着提词器，可她基本上不看，她怕自己会不自觉地依赖上机器。但她也会有大脑一片空白的时候，即便如此，她也从不慌乱，一句半句玩笑话就可以轻松化解尴尬。她没学过主持，又不是脱口秀演员，观众不会对她要求太高，她没有思想负担，在台上才能收放自如。

她从不避讳谈及自己的出身，儿时的趣事也经常被她拿来举例，戏校苦学七年，毕业即失业，曾经让她陷入从未有过的彷徨和绝望，她的话引起了很多观众的共鸣。沈世昀曾觉得她说这些有点儿离题，可弹幕里都是支持的声音，叶知秋也从未想过要改变自己的说话方式。既然节目最开始的定位就是接地气，那她这么做简直太合情合理了。

各种各样的节目邀约接踵而至，叶知秋经过慎重考虑之后只接下一档，做一个京剧选秀节目的评委。现在的选秀节目遍地开花，京剧类选秀却少之又少，她希望自己的加入能让节目多一点儿关注度，也算是为京剧的发展略尽绵薄之力。

第93章

　　叶知秋难得有时间参加剧团演艺部的例会，却没想到，会议刚开始，她就成了某些人攻击的目标。

　　自从周团长退休，于玲玲在团里的存在感就变得越来越低，尤其是她担纲的角色在演出中有过几次小失误之后，她几乎就变成了一个沉默的影子。柳敏然怜惜她，也给过她一些机会，无奈她自己不积极上进，别人又能有什么办法呢？谁都没有想到，她会突然跳出来批评叶知秋，而且很快就有几个人对她的意见表示了支持。

　　"叶知秋，你现在是不把团里的事当回事了吗？例会每周一次，你算算最近这三个月，你参加过几次？以前也不知道是谁口口声声说自己不想成名成家，不想当明星，现在呢？还不是又开微博又上节目的！人一出名，脸皮好像也跟着变厚了，你自己感觉不出来吗？"

　　她的话实在太难听，叶知秋还没还口，柳敏然气得不轻，先对于玲玲拍桌子了。

　　"于玲玲，你怎么回事？你说的这是什么话？你哪只眼睛看到知秋不把团里的事当回事了？那档节目，是团领导先答应下来的，和知秋有一毛钱的关系吗？她不来开例会是什么原因你心里不清楚？她每天忙得要死，是故意不来开的？还有当明星这事，咱们更要好好说道说道，制片人一来，是谁一听到消息就先跑到李团那里毛遂自荐的？人家制片人又是点名要的谁？"

　　柳敏然可没有前任部长萧若兰那样的好脾气，自从当上部长，她一直雷厉风行，对事不对人。你做得对她立刻表扬，你做得不对她能骂到你哑口无言为止，因此演员们都有点儿怕她。在其位谋其职，这种行事风格也是她吸取萧若兰在任时的教训慢慢摸索出来的。

搞艺术的人多少都有点儿清高,小脾气一定会有,老是对他们抬着哄着惯着,谁都不会乖乖听从安排。端着部长的架子,更不会有人买账,她也是听取了叶知秋的建议,简单想,简单做,抛开那些乱七八糟的顾虑,反而能把这帮自由散漫的人管住。就比如此刻,她瞥一眼叶知秋,就知道她打算认真解释,可是解释起来太浪费时间了,还未必能堵住于玲玲的嘴。由她出面,三言两语就撑了于玲玲一顿。看于玲玲的脸白一阵红一阵,柳敏然知道达到效果了,心里踏实多了。

于玲玲是不吭声了,可立刻有另外几个演员出头,虽然没有明着指责叶知秋,可任谁都听得出来,他们对叶知秋做综艺节目这事非常不满。柳敏然正要接着撑她们,叶知秋扯了一下她的胳膊,笑着摇摇头,示意由她自己来说。

从会议一开始,叶知秋的表情就是淡淡的,即使于玲玲话锋那么犀利她都丝毫没有变过。经过几期综艺节目的历练,她的口才出现了质的飞跃,剖析起问题来也是一针见血。她的口气不疾不徐,把自己做综艺节目前后的心路历程用最简短的语言表达了出来,她说得在情在理,在场的所有人听了都为之动容。她热爱京剧的心从未改变,满腔赤诚可见一斑,长时间的沉默已经说明了一切,刚刚提出反对意见的那几个演员都羞愧地低下了头。他们的境界和叶知秋根本没法比,白白比她多唱了几年的戏。叶知秋何曾有过私心,她的心里从来只有剧团,只有对京剧的热爱。

这次例会主要是讨论最近要开始排的几部戏的角色人选,其中有两部是青衣戏,所有人都以为会是叶知秋唱A角。新编戏从来都是交给她来唱,她唱得好,又有名气,很容易把戏唱红。虽然叶知秋从来没觉得自己是所谓的角儿,别人也没有公开讨论过,可她是剧团的台柱子,舞台表演不但零失误,而且每次都很出彩,引得台下一片叫好声,雷鸣般的掌声总是经久不息。

"柳老师,这两部青衣戏的A角,我推荐姚一涵和董悦!"

叶知秋的声调不高,却足以震惊所有人。

这两部戏都是国宝级编剧亲自操刀,剧本一出来就引得业内同行竞相期待。那两位编剧都在接受媒体采访时提过,他们的剧本是为叶知秋量身打造的。她可优雅从容,可玲珑剔透,也可冷酷飒爽,角色的成长经历伴随的正是性格的微妙变化。一个出身书香门第,一个出身寒门,却同样经历了坎坷壮阔的人生,有异曲同工之妙。媒体都说这两部戏就像姊妹篇,两位编剧倒也赞同。

量身打造的戏竟然不演!

就算叶知秋愿意给新人机会,两位编剧会同意吗?观众会买账吗?

柳敏然面露难色:"知秋,这么做恐怕……"

姚一涵和董悦都是剧团新招进来的演员,一个进团三个月,一个刚刚一个月,算是新人中的新人。被点到名的她们同时惊愕,嘴巴久久合不上。天上掉下来的机会太过突然,她们被砸晕了。

她们都没什么信心演好 A 角,可是立刻拒绝又很不甘心,所以众人的目光落在她们身上时,她们都是欲言又止的样子。

叶知秋笑了笑,语气坚定:"柳老师,编剧那边我去说,至于观众反应如何,我相信会很好。姚一涵和董悦都唱得不错,我看好她们!B 角我建议的人选是于玲玲和蒋菲。当然,这只是我的建议,我尊重大家讨论后的结果。"

刚刚平静下来的会场因为叶知秋的话再次掀起波澜,多数人不同意。他们的理由非常充分,句句在理,叶知秋始终静静地听着,面带微笑,不发一言。就在柳敏然觉得叶知秋可能要被迫收回自己的建议时,她才环顾一周,缓声开口:"如果这两个新人演员演砸了,我负全责!"

有一个演员激动地站起来,指着她的鼻子反问:"你怎么负责?"

这位演员叫严艳,也是唱青衣的,专业扎实,只是表演太中规中矩。叶知秋给过她机会,无奈观众的反应一直非常一般。

第94章

剧团的队伍在不断壮大，不乏年轻、唱功好的演员。机会面前人人平等，既然剧团已经在市场机制下运作，那就应该由市场来决定角色人选。叶知秋拿出几份分析报告给大家传阅，图表结合，数据精确，哪位演员更适合，一目了然。

叶知秋做这份报告的灵感来自她做的那档综艺节目《一叶知秋》，什么都用数据说话，很公平也很科学。两位新人演员在之前进小剧场演出时，得到观众的鼓掌和叫好次数遥遥领先于别的演员。之所以现在才拿出来，不是她故意要卖关子，既然是开会，来一场头脑风暴有什么不好呢？如果谁能说出更合理的理由不用这两位新人演员，那她只会悄悄收起这份报告，就当从来没有拿出来过。

于玲玲一直沉默，直到例会结束都没有说一句话。刚才叶知秋特意强调了，这两部戏，A角和B角各演半场。于玲玲不由想起以前自己唱A角，次次都要压着叶知秋的那些日子，悔恨像细细的铁丝紧紧缠住她的心。叶知秋公私分明，倒显得她有点儿尖酸刻薄了。叶知秋起身离开时不经意撞上于玲玲的目光，最先移开视线的是于玲玲，她有点儿心虚，怕叶知秋看穿她的情绪。

两位新人演员等在会议室门口，看到叶知秋出现，立刻迎上去。她们心里没底，压力太大，本想表达一下对叶知秋的感激之情，却不想说着说着就偏题了。她们真怕自己演砸了，不敢面对最糟糕的后果，眼神越发慌乱。叶知秋拉住她们的手，柔声说："不要给自己留后路，拼一下，我相信你们！"

她的话平实有力，眼神坚定如炬，像温暖的风拂过两位新人演员的心田。

响排的时候，姚一涵表现得并不理想，董悦倒是不错，不过离叶知秋的要求还有一定差距。演员们开始议论纷纷，甚至有人抱着看热闹的心态默默等待。叶知秋小小年纪就在业界有现在这么高的知名度，在演艺部也颇有话语权，可是人在高处难免骄傲自负，叶知秋顺风顺水的时间太久，是该吃一点儿苦头了。

要是放在那次例会之前，于玲玲一定会幸灾乐祸，恨不得今天就公演，两位新人演员都演砸了才好，看打了包票的叶知秋以后还怎么好意思耍威风。可是于玲玲现在不会了，得来不易的B角，说不定是她最后一次证明自己的机会，她很感激叶知秋能为她争取到这次机会，排练的时候从未有过的认真。

这次演出非常成功，两位新人演员进入戏迷们的视野，主流媒体对她们的演技给予了很高的评价。那些等着看热闹的人也只能乖乖承认，叶知秋选人的眼光实在是太好了。

叶知秋往返于剧团和综艺节目录制现场之间，她看上去活力满满，昂扬自在，像是永不疲倦的样子。文姗悄悄给她起了个绰号，叫"太阳能永动机"，只要每天太阳照常升起，她就可以立刻热火朝天地投入工作。

可是叶知秋怎么会不累呢？尽管程旭不止一次提醒她，不要透支身体去超负荷运转，不然代价就是后半辈子疾病缠身。连他那样的拼命三郎都开始适当放缓脚步，提高效率，叶知秋明明也可以做到。只是，她不愿意，她恨不得全部生活都是工作。京剧是她的命，很多事她都要早做安排，一分钟都不能浪费。以前她从不在乎名气，可是她现在却觉得，如果名气是助力，那么她完全可以利用名气达到更高的目标，这没什么不好。

她自己的综艺节目还在继续录制，第一次担任评委的《青春梨园秀》也已拉开帷幕。

第一期节目还没播出，网上就莫名其妙地掀起一场骂战，而且迅速发酵，直到叶知秋被推到风口浪尖，她才意识到，原来存在于传说中的网络暴力真的发生在了她身上。

在花絮视频里，她说了一句话："你唱得实在不怎么样，我都不屑于评价你！"

从视频画面上来看，叶知秋的确很嚣张，眼角眉梢都带着傲慢，表情近乎扭曲。没有人在意这句话的前后语境是什么，没有人在意她的表情为什么如此夸张，越来越多的人开始变得愤怒，愤怒于叶知秋的嚣张和不可一世。京剧名家那么多，叶知秋算不上顶尖，她凭什么口出狂言？

叶知秋始终觉得清者自清，节目组想要制造噱头，为第一期节目预热，无可厚非。等到正片出来，真相大白以后，观众一定能回过味来，到时候对她的误会自然能消除。可事实证明，她还是太天真了，等正片出来，她这句话作为一个青衣演员完成表演之后的评价出现。

那位演员是程派传人，表现出色，基本挑不出毛病来。叶知秋当时对她给予了很高的评价，全程都面带微笑，而她说出那句嚣张的话完全是转述别人的话，因为另一位选手提及自己多次参加选秀却屡战屡败的经历时表现得颇为伤感，尤其是提到有评委直言她唱功不好时，她更是当场崩溃痛哭。叶知秋觉得她太脆弱了，便提到了自己当初参加比赛时经历的一件事，选手刚唱完就有一位评委恶语相向，说的正是那句话。她举这个例子就是想告诉那位选手，既然参加比赛就不要玻璃心，越挫越勇才是一个参赛者最应该具备的素质。

节目组没有给出任何解释，一直保持沉默，而叶知秋的境况却以肉眼可见的速度变得越来越糟糕。

剧团之前谈好的几场商业演出，投资方宁肯付违约金也要解约，叶知秋作为主持人的那档综艺节目也被迫下架，不明真相的剧团同事私底下议论纷纷，对叶知秋敬而远之，有个别脾气直的看到她还会直接讽刺上几句。短短几天，叶知秋由戏曲界的一颗冉冉升起的明星变成过街老鼠，虽然没到人人喊打的地步，可也实在好不到哪里去。

第 95 章

　　李团长知道内情，不过以剧团的名义发布澄清声明时，已经错过了最好的时机，没有人再买账了。真相是怎么样的已经不重要，键盘侠们亢奋激昂，各种添油加醋，真假难辨的所谓黑料铺天盖席卷而来，叶知秋的人生陷入低谷，演艺事业面临停滞。

　　叶知秋是剧团的王牌，这样一来，她的演出全面暂停，同组演员也受连累，无戏可演。好在，叶知秋很早以前就开始力推一些优秀演员挑大梁，她们的舞台经验越来越丰富的同时，人气也跟着水涨船高，剧团的公益和商业演出还是可以正常进行。

　　时间一天天过去，"网暴"事件的热度慢慢降下来，很快就被各种新的爆炸性新闻覆盖。叶知秋的生活节奏难得地慢了下来，朝九晚五，上班打卡，练晨功，吊嗓子，研究剧本，看各种理论书籍。她内心很平静，每分每秒对她来说都是美好动人的。以前忙得脚不沾地的时候，她也希望能好好休息一下，只是没有想到会是以这么莫名其妙的方式。

　　文姗说，一切都是最好的安排，让她不要想太多。其实文姗低估了叶知秋的心理承受能力，因为这对她来说根本不算什么大事。名利对她来说从来都不重要，她的目标一直是成为中国最好的青衣演员，从来没有变过。她甚至想过，就算以后都没有登台的机会，她还可以去戏校做老师，教书育人，把自己学到的一切教给学生，也算不枉此生了。

　　家人、朋友和领导的支持给了她很多的温暖，林琳师父为她鸣不平，还在一次接受媒体专访时评论了这次"网暴"事件。她语调平缓，可字里行间皆是愤怒。她相信叶知秋的人品，矛头直指做京剧选秀的那家卫视频道。像是为了应和她，那档节目陆续有评委退出，演员身份造假、关系户被特殊照顾等负面新闻接连被爆出，收视率直线下跌。紧接着，又有节目内部员工爆出第一期节目的完整录制过程,真相水落石出,网络上一片哗然。

风头急转,之前骂叶知秋的人都跳出来道歉了。某戏迷论坛上,一则向青衣演员叶知秋道歉的帖子下面,评论区的楼盖了一层又一层,曾经误解过叶知秋的人齐刷刷地开始向她道歉。他们有的写藏头诗,有的写现代诗,有的写歌,热闹非凡。蒋菲三番五次催叶知秋去看,叶知秋却不肯,别人怎么骂她,她不感兴趣,别人怎么夸她,她更不在意。真相会迟到,但绝不会缺席,她知道会有这么一天,唯一没有想到的是,它来得比预想中要快。商业演出的合作再次蜂拥而至,李团长的电话差点儿被打爆,他慎重考虑之后筛选了一些合适的和叶知秋商量,最终叶知秋应下了三场。

"知秋,你确定只演这三场?"

实在不是李团长嫌场次少,而是拼命三娘叶知秋的转变让他一时之间很难适应。

叶知秋以前说过,她要尽可能多地上台,反复唱,反复磨,反复尝试创新才能把好的东西刻进肌肉记忆里,成为身体的一部分。她像一台精密运转的机器,可以日夜无休。现在是怎么了?一朝被蛇咬,十年怕井绳?心灰意冷了?所以只唱三场?

叶知秋看出了李团长的心思,笑得有点儿不好意思:"一张一弛,文武之道嘛,像原来那样,早晚会掏空自己。我需要了解更新鲜的市场,需要读更多的书,这些都需要时间,而且有时候做这些事比上台唱戏更重要。"

李团长看着叶知秋由内而外散发出的和年龄极不相称的沉稳气质,点点头说:"好!我支持你!"

叶知秋联系了沈世昀,问他节目是否要继续做下去,他百感交集,差点儿哭了。他和叶知秋早就已经成为朋友,叶知秋的人品如何,他很清楚,那么和气又谦逊的人怎么可能说出那样的话来?他是做电视节目的,自然知道很多同行把收视率当成命根子,恶意剪辑随处可见,可他们让叶知秋来当炮灰,这般没节操没底线的行为实在令人不齿。他是真担心叶知秋对综艺有了偏见，再也不肯和任何综艺节目合作，没想到她会主动打电话给他。

"叶老师，你真的愿意和我一起把节目做下去？"

叶知秋坚定地说："嗯，是。"

在没有得到上级部门正式许可之前，沈世昀就已经带着团队全体成员复工了。当叶知秋再次站到镜头前时，不由微微恍了一下神，总觉得上次录制好像就在昨天。一切都还是老样子，可一切看起来又是那么崭新如画。她更加从容，更加自信，语言风格也更加风趣幽默。节目解封的第一时间，在没有常规预告的前提下，节目一连更新三期，评论区直接就沸腾了。

沈世昀读了两条留言给叶知秋，她听着听着，忍不住红了眼眶，久久说不出话来。

她从不觉得这些忠实观众的坚守是因为她的人格魅力，自始至终，她都只是一个表达者，是一座桥梁，观众爱上京剧是因为京剧这门艺术实在太吸引人了。有一位著名的京剧老生演员曾经这样说道："世界上只有两种人，一种是喜欢京剧的人，一种是还没有发现自己喜欢京剧的人。"听上去很拗口，却是真理。通过综艺节目的形式让更多的人了解并爱上京剧，对叶知秋来说是一件功德无量的事，现实意义大于一切。

她开始把更多的时间和精力投入这档节目之中，除了定下来的几场戏，她几乎一直在片场待着。程旭来看过她几次，偶尔碰到她正坐在休息室里边吃饭边化妆，总是会忍不住心疼。叶知秋又瘦了，这么忙这么累，怎么可能不瘦呢？有时间的时候他会买一些点心和饭菜过来，哪怕叶知秋只是忙里偷闲吃上两三口，他的心里也是高兴的。即使只能远远地看她一眼，他也觉得心满意足。叶知秋偶尔回团里，也会给程旭带好吃的，两人即使有机会单独待在一起，说的话也不多，可叶知秋的心里却是甜蜜蜜的。她喜欢这样的感觉，两人像并肩作战的战友，感情越来越深厚，心与心的距离也在不知不觉之间慢慢靠近。

第96章

他们成了团里公认的金童玉女，偶尔有人看到他们在一起，还会忍不住开开他们的玩笑，他们通常都会羞涩地低下头，什么都不说。

所有人都认为，两人早晚会结婚，这是太自然而然的事了。可是，叶知秋万万没有想到，她的生活中会突然出现情敌，并且还需要她花时间和精力去对付。

程旭长得帅，性格好，年纪轻轻就当上了副团长，这样的人很容易让女孩产生好感，不过大多数女孩知道他心里只有叶知秋，只是把这份好感放在心里。不过也有例外，比如程旭的新秘书金若溪。

她年轻漂亮，重点大学毕业，全身上下洋溢着自信和青春活力，走到哪里都是一道亮丽的风景。她对程旭是一见钟情，原本对这份工作并没有势在必得的决心，可是因为程旭，她拿出全部实力，甚至不惜降低薪资期望值。

近水楼台先得月，她和程旭朝夕相处，配合默契，这样的俊男靓女组合实在太养眼，让人不自觉产生很登对的感觉。金若溪从不反驳别人无意中的玩笑，总是笑而不语，好像她和程旭之间真的有什么暧昧似的。不久，团里就开始传她和程旭的绯闻，当蒋菲委婉地向叶知秋提起，并且提醒她多花点儿心思看紧程旭时，叶知秋先是震惊，然后便是不知所措。

以前她从来不觉得私人感情会影响到自己的工作，可是当她录节目时越来越多地去瞄提词器，排戏的时候一而再再而三地唱错词时，才不得不承认，她对程旭的感情已经很深。她以为她可以一直安心地往前走，心无旁骛，而程旭会一直在她身边默默守护，毫无怨言。所以，是她太自私了，总以为他们都还年轻，来日方长，感情的事可以放到一边。可是当她看到金若溪的时候，从未有过的危机感扑面而来。

金若溪看她的眼神总是意味深长，甚至有意无意带了一丝得意。叶知秋和她的交集并不多，可金若溪似乎总是能找到接近她的理由，有意无意地炫耀她和程旭的关系是多么亲密。她只说私底下和程旭是好朋友，是知己，会分享很多秘密。叶知秋心里酸溜溜的，好几次碰到程旭都欲言又止。

怎么问呢？她又以什么立场去问？她应该还算不上是程旭的女朋友，起码两个人从来没有正式界定过他们的关系。

金若溪主动和叶知秋交朋友，偶尔还会去看她排练，或者去节目录制现场探她的班，叶知秋从心里是排斥她的，而且和她聊得越深越发现两人三观不同。可是叶知秋无法拒绝金若溪的示好，她也不知道自己是出于什么心理，金若溪约她一起吃饭或者干别的，她几乎都是满口答应。她们的相处看上去和谐亲密，不过又有说不出的别扭，程旭第一次看到她们在一起说说笑笑的时候有点儿发愣。他就算再迟钝，也能感觉得到金若溪在追求他。她不戳破，他也只能假装不知道。至于他和金若溪的绯闻，他觉得谣言止于智者，从来没有理会过，可他的沉默在叶知秋看来却等同于默认。再加上金若溪若有似无地挑拨，叶知秋对程旭便渐渐冷淡起来。

叶知秋的身边也不乏追求者，只是每每有人表白，她总是笑着说句"对不起"，直接就给打发了。有一次程旭刚好在场，叶知秋改了说辞，说会考虑一下再答复，程旭当时就黑了脸，转身就走。

两个人陷入冷战，这场冷战无声无息，却又像是看不到尽头。先是蒋菲、文姗，后来是柳敏然，再后来连李团长和秦书记都出马了，两个人却都像是吃了秤砣铁了心，谁都不肯先低头。

叶知秋变得郁郁寡欢、沉闷忧郁，这种悲情悄无声息地融进了角色之中，渐渐有点儿人戏不分的苗头。蒋菲心细，觉察出不对，建议她好好调整一下心态。可是没人知道叶知秋心里有多痛苦，和程旭的感情问题其实只是个导火索，叶知秋早就感知到自己的情绪越来越糟糕。她太忙太累，所有的正能量都给了别人，负面情绪却悄悄藏在了心里。她的身体和精力被消耗得很厉害,常常陷入自我怀疑之中。

　　为什么自己在专业上再难突破和进步?难道是演艺事业进入了瓶颈期?手里那档综艺收视率有小幅下降,是不是自己江郎才尽或者观众已经出现审美疲劳?团里越来越多的人开始叫她叶老师,她越来越觉得这种称谓有点儿刺耳,她当不起"老师"这个称谓,恨不得找个地缝钻进去。

　　叶知秋开始整夜整夜地睡不着觉,人也越来越清瘦,眼神再不复从前的清澈明亮。她感觉自己像是被困在一口枯井之中,没有出路,只能仰头看着井口大的天空自怨自艾。这是她二十几年的人生中第一次觉得茫然,如果不能唱得越来越好,那她还有必要坚持下去吗?综艺节目一直伴随着争议,她已经心力交瘁,要不要干脆果断放弃?她被剧团捧到一个前所未有的高度,她对得起这份荣耀吗?

　　每天无数个问题在脑海之中缠绕,她心里的那根弦绷得紧紧的,她觉得,这些问题再不解决,她真的要疯魔了。

　　程旭出差在外,收到蒋菲的短信以后立刻决定和叶知秋好好谈谈,可是他给叶知秋打电话她不接,发短信她不回,自己也只能干着急。蒋菲和文姗轮流劝解叶知秋,她表面上眉眼含笑,好像别人说的话她都能听进去,事实上并不是这样。叶知秋觉得自己很分裂,外表看上去是一个人,内心又是另外一个人。阳光和黑暗,彩虹和阴霾,天使和魔鬼,矛盾对立,时时在撕扯着她的灵魂。

　　叶知秋努力让自己变得更忙,忙得没有时间吃饭,没有时间睡觉,仿佛只有这样才能得到内心的安宁。在舞台上她演任何人物都是惟妙惟肖的,唱腔委婉动听、清润优雅,台下的她温柔随和、活泼明媚,连几个好朋友都以为她调整过来了,可只有她自己心里明白,她比以前更加痛苦,甚至已经陷入绝望。

第97章

她做出了一个惊人的决定，原定的三场演出结束后，她找李团长请了三个月的长假。李团长实在无法理解，刚刚在戏曲界闯出点儿名堂，正是如日中天的大好时光，叶知秋是哪根筋搭错了，居然要休息三个月？

李团长拍着桌子，怒声说："叶知秋，以前我叫你戏疯子，那是欣赏你敬业！现在是怎么着？下了舞台也要做疯子？"

叶知秋笑着说："李团，我不休息才会疯！您答应过我，会尊重我的所有决定。"

李团长几乎气结。

他一直不愿走原来周团长的老路，一个偌大的剧团，关键时候只能指望洛会芳一个人。他就任团长之后一直注重培养青年人才，可这是个慢工出细活的漫长过程，毕竟像叶知秋这样有天赋有想法并且一直坚持博采众长的人实在太少，几乎可以用凤毛麟角来形容。这几年，团里的老戏骨和青年演员之间的"传帮带"做得很好，很多年纪很轻的演员已经可以在大戏里独当一面，不过真正称得上中流砥柱的也就那么几个。青衣行当里，叶知秋首屈一指，蒋菲、姚一涵、董悦也算拔尖，不过和叶知秋之间还有距离。一想到叶知秋要走，哪怕只有三个月，也足以让李团长心慌。他是见过大风大浪的人，几乎没有在人前失态过，这还是第一次，他把情绪直接挂到了脸上。

"知秋，为什么一定要三个月呢？三个月也太久了！你就算不为剧团考虑，也得考虑一下自己啊！连那些歌星、影星都拼命保持曝光率，就是怕被歌迷影迷忘记，更何况是戏曲行业！你不怕别人后来者居上，不怕再回来的时候戏迷们已经把你忘了？你这么做，是不是也太任性了？简直是在拿自己的事业开玩笑！"

叶知秋笑意不减，只是声音低沉了一些："李团，我已经决定了！"

李团长的担忧，她怎么可能想不到？即便如此，她还是做出了这个决定。尽管她心里也没底，不知道三个月之后她要面对的是什么，也不知道自己将来会不会后悔，可是当下，她只想这么做，而且她会为自己做的这个决定负责。

"知秋，你一直是个公私分明的人，这次你怎么就因为程旭……"

"李团，不是因为他，希望您不要责备他！我没有您想象的那么脆弱，这是我深思熟虑后的结果。"

程旭回到剧团时，叶知秋已经走了。他问过很多人，谁都不知道她为什么要请长假，去了哪里。不是叶知秋故意要搞神秘，实在是连她自己都没想好这接下来的三个月要怎么度过。节目组那边，叶知秋只签了二十期，虽然他们强烈要求续约，可她几乎是毫不犹豫地拒绝了。她想要表达的东西已经表达完了，没有什么可说的，可以告一段落了。而且人的时间和精力何其有限，她只想花在研究专业和舞台表演上面。

叶知秋走了，李团长起初还有很多担心，可担心有什么用呢？他的工作还要继续做，只能走一步看一步了。情况比预想中好得多，以蒋菲为代表的实力派青衣表现亮眼，其他行当也是人才济济，剧团的演出活动非常顺利。如果一定要说有什么变化的话，那就是三四场大型商业演出因为叶知秋无法出演而彻底黄了。不过剧团是一艘大船，绝不会因为少了这几场演出受到什么大的影响。

李团长意识到，叶知秋其实早在请假之前就已经开始行动，她具体做过哪些工作不得而知，可一定是在竭尽所能降低她的暂时离开对剧团造成的损失，比如她早前谈下来的与茶馆、艺术馆和小剧场的合作。他们当初爽快答应，完全是因为小有名气的叶知秋愿意做常驻演员，这次都没有因为她缺席提出过什么异议。

三个月，弹指一挥间，可是对程旭来说是度日如年。虽然叶知秋临走之前让蒋菲转告他，她休长假和他无关，可他哪里会相信？叶知秋明明是因为生他的气才走的。以前两个人各忙各的，很少有机会待在一起，可那时候叶知秋有时候在团里，有时候在节目录制现场，他知道她始终在不远的地方,看不到却感觉得到。不像现在,他觉得整颗心都是空的,四处透风。他的自律不允许他把私人情绪带到工作当中,所以不管他心里多难受,表面上却是看不出来的。

金若溪认为这是个很好的机会,对程旭各种嘘寒问暖,约他一起看电影一起喝咖啡,一次不成就再约下次,程旭直截了当地告诉她,他已经有女朋友了,让她不要再追求他了。

还没有表白就被男人拒绝了,这在金若溪的人生中还是第一次。她很难过也很沮丧,不过爱面子的她还是顺利找了台阶下,她说自己只是把程旭当知己好友,没有把握好分寸,让他误会了。

程旭点了点头,什么都没说。这样很好,两人还可以继续做上下级,做朋友,丝毫不会尴尬。金若溪和一个要好的同事闲谈,说到叶知秋和程旭的事,对叶知秋满满都是鄙视,门不当户不对,她又不会体谅程旭的感受,怎么看都觉得叶知秋配不上他。蒋菲凑巧听到,狠狠骂了金若溪一顿,直骂得她羞愧得抬不起头来。蒋菲是真替这两个关键时候都是闷葫芦的人着急,明明彼此相爱,程旭不肯厚着脸皮去追,叶知秋更是迟钝又被动,这样一来可不就给了别有用心的人可乘之机了吗?

程旭几乎每天都给叶知秋发短信,说不出口的话源源不断地发送到她的手机上。即使她从不回复,他的热情也从来不减。其实并不是叶知秋故意不理他,有些话,她还是想回到剧团之后当面和程旭说。

叶知秋几乎一直在路上,穿梭于各个城市之间。以前她从没有旅行过,没想到真的有机会旅行了,竟也爱上了旅行。世界真的很大,出去看看也确实是很明智的。一个半月以后,蒋菲告诉叶知秋一个消息,她几乎立刻就决定,提前结束休假,马上回团里。

第98章

  文化和旅游部举办的第一届戏曲大会启动报名，主要以竞技答题方式，将戏曲背后的知识性、趣味性、故事性进行巧妙联动，旨在带领观众领会戏曲的博大精深，唤起大众对戏曲艺术的兴趣。这样的比赛形式和以往以唱为主的传统比赛截然不同，没有门槛，没有行当划分，只要有兴趣都可以参与。蒋菲给叶知秋打电话的时候正好看到电视上在播这条新闻，就顺便跟她说了一声，没想到她立刻毫不犹豫地决定参加。

  叶知秋一向如此，不鸣则已，一鸣惊人，参加这样的比赛其实风险极大，万一答题答得不好，被人认为不专业，对不起自己现在的名气，而且那么多台摄像机对着舞台，一言一行，一举一动都会被无限放大。在三百六十度无死角的情况下，说的话太容易被人断章取义，上次做戏曲节目的评委就是前车之鉴。蒋菲后悔得肠子都青了，她的嘴怎么这么大，好像无意中就把叶知秋推进了火坑。可是说出去的话泼出去的水，收也收不回来了。蒋菲也不怕打脸，试探着劝了劝叶知秋，看她心意已决，只好由她去了。

  叶知秋一回来就一头扎进图书馆，谁都不见。报完名之后，剩下的准备时间非常有限，她得抓紧每分每秒，争取多储备一些知识。

  程旭听说叶知秋回来了，忙完手里的工作就过来找她。图书馆的工作人员说，她把自己反锁到电子阅览室，不知道什么时候才会出来。程旭得空了就过来等一会儿，始终没有机会见到叶知秋。夜色已深，眼看着快十二点了，叶知秋才拉开门走了出来。她不是要回家，而是去书架上找几本书。她走得急，也没有看路，一头就撞到了程旭的身上。她茫然抬头，缓了半天神儿才认出眼前的人是谁。

  叶知秋勾了勾干裂的嘴唇，笑了笑问："你也过来看书？"

问完以后，她又觉得自己这个问题太傻了，谁会半夜过来看书呢？当然是来找她的。她知道程旭要和她谈什么，她避开他的目光看向别处，低声说："我已经决定了，不用劝我！"

程旭只觉得心头一紧，下意识地抬手钳住她的肩膀。

"你决定什么了？你告诉我！"

他的情绪有点儿激动，叶知秋眨了眨眼，茫然反问："决定参加戏曲大会呀，不然还能是什么？"

哦，原来如此！

程旭尴尬地收回手，苦笑了一下，看叶知秋要离开，他又有点儿着急，猛地抓住她的胳膊，深吸一口气才沉声说："知秋，做我女朋友吧？好不好？"

叶知秋离开之后他一直在打腹稿，想过不下十种表白的方式，可惜现在都没有用上。他从来都不是一个浪漫的人，肉麻的话根本说不出口，干脆咬牙直说，答应不答应就看叶知秋的了。她要是让他解释自己和金若溪的关系，他一定会耐心地解释给她听，她要是拒绝做他的女朋友，他虽然会很难过，不过还是会尊重她的选择。等了这么多年，他从来都是心甘情愿的，他不在乎再等几年，只要她身边没别的男人出现，他总归是有机会的。

叶知秋看着程旭的眼睛，眼神温柔而坚定："好！"

一个字，抵过千言万语，对程旭来说，宛如天籁，美妙动听。自从转行做行政工作以来，程旭早就习惯了严肃平和，喜怒不形于色，可是当叶知秋说出这个字时，他再也按捺不住涌动不息的情绪，把叶知秋紧紧搂到怀里，说出的话都不像是从自己嘴里发出来的，像哭像笑，又带着深深的喜悦。

"知秋，谢谢你愿意和我在一起！以前是我错了，大错特错了，我以为你懂我，不会听信那些谣言，不会觉得我和金若溪真的有什么。可是你对我越来越冷淡，我很难过，真怕从此彻底失去你。我怕你再也不回来了，我想去找你，我想永远守着你，不管你愿意不愿意。知秋，不要再走了，不要离开我，好不好？"

叶知秋被他大力勒着,几乎透不过气来,不过还是认真地说:"好!"

她其实是想多说一点儿的,可无奈鼻子发酸,喉咙哽咽,生怕多说几个字就会忍不住孩子似的号啕大哭起来。程旭不会甜言蜜语,她也不是一个善于表达的人,可是此时此刻,两人心意相通,根本无须多言。

这一个多月,叶知秋几乎一直在路上,她去过很多地方,听了很多原汁原味的地方戏,豫剧、越剧、黄梅戏、川剧、吕剧、河北梆子。她很少去戏院,基本都是去公园,除了听老票友们唱戏,还听他们聊戏。全新的视角,不变的是情怀,是感动。看着那些白发苍苍的老人一开唱,精气神便提起来,眼角眉梢都是对戏曲的热爱,她就觉得心里暖暖的。这辈子能和戏曲结缘,能一直从事这一行,她觉得自己真是太幸运了。

她喜欢和那些票友聊天,聊着聊着就会忘了时间。戏剧是一座桥梁,她和那些老人很快就成了很好的朋友。原本,她制定了详细的行程,想要去的地方还有很多,不过中途折返,虽有遗憾,可到底年轻,想着以后还有机会再去,心里便没有那么难受了。她现在终于理解,为什么洛会芳师父一直说,好戏在民间,那些一辈子没有成名成家的专业演员和业余演员,他们平凡着,却又伟大着,有太多值得学习的地方。

很多人都知道叶知秋回来了,可是几乎没有人见过她。剧团里传统戏、新编戏和课本剧都在排演,排练厅里热闹非凡。往常在这个时候,叶知秋是待在排练厅时间最多的人,可是现在到处不见她的影子。有人已经在悄悄议论,是不是团里因为她一时任性已经不愿意再重用她了。这种传言越传越真,很多人都相信了。

第99章

剧团现在发展得越来越好,虽然暂时还没有出现可以和叶知秋比肩的演员,可拿得出手的还是一抓一大把的。李团长现在在业界是先锋式的人物,甚至可以说是个神话。洛会芳之后,剧团很快就捧出叶知秋这样的新秀,而且迅速在全国范围内有了知名度,想要再捧出几个叶知秋应该也不是难事。这样的流言对叶知秋来说实在不算什么,她也算是经过风浪的人,即使到现在也能做到两耳不闻窗外事,只专注做一件事。

她无数次地问自己,为什么一定要参加这次比赛,是想忘记过去的成绩从头开始吗?好像有点儿,不过又不全是。内心激情奔涌着,斗志昂扬着,她甚至已经在畅想拿到冠军时要发表什么样的感言了。想说的话实在太多,可最想要说的,她心里是有数的,她希望有这样的机会可以站在镜头前对全国的电视观众说。

叶知秋参加海选的时候,现场人挤人,密不透风,站在人群中等待队伍一点一点往前移动时,她突然想起自己当初去剧团参加替场选拔时的情景。几年过去了,一切还是像原来的样子,她心态平和,前前后后排队的年轻人怀抱着对戏曲这门艺术的热爱从五湖四海赶来,她和他们一样。和这么多志同道合的朋友在一起,那种喜悦和自豪感是无法用语言来形容的。

素颜,马尾辫,白衬衫,黑色长裤,她的打扮简单朴素,面色淡然,眼神坚定,给评委们留下很深的印象。评委们都是戏曲学院的教授,有的第一眼看到叶知秋就觉得她眼熟,是那个以博采众长出名的青衣小花,把戏曲综艺做得风生水起的叶知秋?

像,又不像!

报名表上也只是简单地填了名字、所在单位和行当,从业经验里只写着参加过本团的对外演出。

参加海选的人实在太多，时间有限，有的评委出于好奇想多问叶知秋一些问题，无奈现场导演已经在催，只好作罢。叶知秋离开现场时长长舒了一口气，好在那些评委老师没多问。这样很好，她就是一个普通的戏曲演员，如果说以前的那点儿成绩可以算得上成绩的话，那现在也已经清零了。重新出发，前面有太多的未知，也正是因为如此才让人满怀期待。叶知秋很久没有像现在这么兴奋了，刚刚从评委手里拿到晋级卡的时候，她差一点儿跳起来。很久没有参加这种竞技类的活动，虽然成败不是最重要的，可成功的话当然最好。

一轮一轮地笔试，然后又是模拟考，叶知秋心态平和，却又有着从未有过的自信，过五关斩六将带来的巨大成就感，让她整个人激情洋溢，连给程旭打电话的时候都调皮地改了称呼，"小程同学""程老师""小程子"，叫得那叫一个随意。程旭倒是不在意，每次都乐呵呵地应下，然后就是嘱咐她好好吃饭按时睡觉，就像一个操心的老父亲，絮叨起来就没个完，可叶知秋却从不觉得烦，总是耐心地听他说，眼角眉梢都是笑意，心里暖洋洋的。

来参赛之前，秦书记和李团长都找过她，他们虽然说得很委婉，可叶知秋听得出来，他们不太希望她来参加这个比赛。虽然她现在在戏曲界还没到功成名就的程度，可知名度是有的，尤其在年轻观众心中占据着一席之地。如果在这次比赛中表现不好，她在综艺节目里树立起来的"行走的戏曲百科书"的形象就毁了，哪怕只是万一的可能，也实在不是明智之举。作为为数不多的有深厚年轻观众基础的青衣演员，这么做实在有点儿冒险了。两位领导知道叶知秋的脾气，她决定的事很难再改变，不过他们还是要试一试。看着他们叹气离开的时候，叶知秋心里很不好受。那时候她就默默地对自己说，叶知秋，加油，不要让支持你的人失望！

走进全国最大的演播厅的那一刻，她挺直腰背，面带微笑，一颗心却在胸腔里狂跳不止。炫目的灯光，华丽的舞台，恢宏的百人后备团阵容，再配上舒缓悠扬的戏曲音乐，让人仿佛置身梨园，豪情万丈。

叶知秋是第一个出场的选手，她迈着坚定的脚步向竞技台走去，灯光一路追随着她，紧密的鼓点像冲锋的号角给予她前行的力量。作为一名戏曲人，油然而生的自豪感让她越发淡定从容。她的自我介绍依旧轻描淡写，即使百人后备团里早有不少人认出了她，已经开始悄悄议论，她的表情依旧没有丝毫变化。

比赛正式开始，叶知秋表现得太过出色，首期冠军被她轻松收入囊中。作为一个青衣演员，她没有机会展示唱功，不过这并不妨碍她谈吐幽默，妙语连珠。她的知识面很宽，几乎每道题都是秒答，即使碰到偏冷门的题，她也毫不迟疑。现场观众惊叹声不断，连主持人都开玩笑说叶知秋可能提前拿到了试题。

接下来的车轮战、半决赛，叶知秋发挥稳定，每次都拔得头筹。节目完成后期录制后在综艺频道播出，表现最亮眼的叶知秋成为万众瞩目的明星选手。她是知名青衣演员，却抛下属于她的舞台，和戏曲爱好者及相关从业者同台竞技，一般人大概是做不到的。

有赞赏就会有争议，尤其是在信息高度发达的今天，出名不仅意味着鲜花和掌声，也意味着嫉妒和非议。不管什么样的负面评价，叶知秋都能坦然面对，一笑置之。她甚至还会在闲暇时翻看网上关于她的评论，好的坏的，她都看得津津有味，有时候还会把网友写的调侃她的段子发给程旭、蒋菲和文姗，也算是在高强度的比赛日程期间苦中作乐了。高手在民间，果然如此，有的网友实在太有才华了，她真是发自内心地佩服。

第100章

蒋菲对叶知秋又是佩服又是心疼，有时候会打电话过来和她聊几句，虽然知道她心理素质好，可既然参加比赛哪会没压力？作为朋友，她能做的就是尽量让叶知秋的心态更放松一些。而文姗作为团里力捧的闺门旦，最近忙着公益演出，还要见缝插针地参加商业演出，赶场似的，忙得晕头转向。叶知秋发的短信她都会看，回复的时候一般都力求言简意赅。

"叶大姐，彪悍的人生不需要解释；你就是彪悍本人哪！"

"叶老师威武，叶老师牛牛牛！"

"小叶同学，你的心理素质怎么这么好？这都笑得出来，特殊材料制成的吧？"

叶知秋喜欢翻看文姗的短信，这丫头说话的风格太像微博评论区留言的网友了，很有意思，留着也有纪念意义。即使朋友们不在身边，可是她们彼此之间却心贴着心，叶知秋时时都能感受到温暖和力量。

总决赛之前，叶知秋频繁出现在新闻报道之中，俨然成为人气最高的选手。她的微博粉丝几乎是以光速增加了近十倍，眼看就要朝着千万发展而去。放眼整个戏曲界，她几乎可以算是一骑绝尘了。

她走了一条前辈没有走过的路，做综艺，做评委，现在又来参加戏曲大会。有人说她丢份儿，好好的艺术家不当，偏要去做网红，而且这样的声音越来越多。赵文云和洛会芳两位师父先后打电话来，担心她无法承受舆论压力影响临场发挥，叶知秋谈笑风生，还反过来劝她们不要太在意。她争取更多的曝光率不是为自己，而是为了让更多的人接受并且爱上京剧，她自己知道就好，别人是否会误解，她管不了那么多。

总决赛在万众期待中拉开帷幕，竞技台上，戏曲爱好者已经所剩无几，叶知秋的对手几乎都是硕士、博士，他们研究戏曲多年，理论知识的底子比叶知秋厚得多。叶知秋不禁暗暗感慨，选手之中真是藏龙卧虎，看来这个冠军不太好拿。不过走到这一步，除了竭尽所能也没有别的可以做的了。大家都很厉害，最后谁拿到冠军或多或少都会有运气的成分在里面。十进八、八进六、六进四，车轮战、守擂战、个人战，每一关都在考验着选手的知识储备和心理素质。时间就是生命，答题速度极为重要，不允许有一秒的迟疑。台上的选手神经紧绷，台下的观众也都为自己喜欢的选手捏着一把汗。总决赛是现场直播，吸引了很多观众守在电视机前观看。

桂花村的村民们聚在叶知秋家院子里看直播，尽管人挨着人，动一下都困难，可是大家都看得很专注，用落针闻声来形容一点儿也不为过。

剧团的院子里扯起了巨型幕布播放比赛实时画面，职工和演员们自发前来，默默地为叶知秋加油助威。

赵文云、洛会芳和林琳，还有叶知秋在戏曲学院进修时拜的那几位师父也都静静地守在电视机前，目不转睛地盯着电视屏幕上从容自信的叶知秋，替她紧张着。

秦书记、李团长和程旭在加班开碰头会，讨论下一阶段的工作安排，会议室角落里的电视开着，他们一心二用，边讨论工作边竖起耳朵听着电视里的动静。

叶知秋的粉丝们有的守着电视，有的守着电脑，焦急着，期待着，满心煎熬着。

人人都觉得过程比结果重要，可结果真的快要出来了，大家还是希望精彩的过程之后能有一个圆满的结果。

在万众期待之中，叶知秋顺利进入终极对决，她的对手是一个戏剧管理专业的女博士。

叶知秋一脸淡定，而那位博士却明显有点儿紧张，说话的声音都微微发颤。问题问到谁，镜头就会给谁脸部特写。每次镜头给到叶知秋，开始读秒倒计时的时候，电视机前的观众比叶知秋还紧张。程旭有好几次说着说着话就停了下来，眼神不自觉地飘向电视机那边，秦书记和李团长也会面带微笑和他一起看过去。比赛进入最后几题时，他们干脆暂停了会议，专心地看比赛。

题目越来越冷门，叶知秋和那位女博士思考的时间也越来越长。

两个人势均力敌，积分一路齐头并进。

最后一题答完，平局！

主持人现场调出备用题库，随机选择了十题，采用轮流答题的方式。

前八题，两位选手各得四分。

最后两题，女博士先答，对了。最后一题轮到叶知秋，如果她答对了，就得再加试一轮。

题目很长，主持人念着念着眉头都不自觉地皱了起来，这一题实在太冷门了，和戏曲只沾一点点边。

叶知秋深吸一口气给出答案，主持人扬起嘴角，很认真地反问："确定吗？"

"这一题我不会，蒙的！对与错，只能看运气了！"

她倒是坦然，不会就是不会。

主持人凝视着她，脸上的笑容渐渐放大，停顿了几秒之后，徐徐地吐出四个字："回答……错误！"

镜头依旧是叶知秋的脸部特写，她的表情丝毫未变，下一秒便把目光转向身边的那位女博士，随即露出和她的年龄非常相符的明亮灿烂的笑容。

"恭喜你！"

音乐声响起，彩色亮片漫天飞舞，剩下的时间，镜头几乎一直跟随着那位女博士，叶知秋默默地退后几步，脸上始终挂着淡淡的微笑。

电视机前的无数观众为叶知秋感到遗憾，唯独程旭盯着电视屏幕上的叶知秋，淡淡地吐出一句话："知秋真是太厉害了！"

在很多人的眼里，亚军就意味着技不如人，意味着失败，可程旭从来不这么认为，叶知秋的理论基础没有那位女博士深厚，但她能拿到亚军已经是最大的突破了。叶知秋也是这么认为的，虽然没有机会发表自

337

己打了无数次腹稿的获奖感言，可人生难免会有遗憾，她倒是能很坦然地接受。赛后在接受采访的时候，她一直面带微笑，认为自己很享受整个比赛的过程，收获远比遗憾多得多。

第101章

记者问:"叶老师,您是戏曲界的知名青衣,能否给电视机前的观众清唱几句?"

叶知秋笑笑说:"当然可以!"

她没想到,她的清唱片段被戏迷上传到短视频平台,一夜之间成为点击率最高的视频。如果说以前她做戏曲综艺《一叶知秋》的时候只能算是知名网红的话,那她现在就是红遍全国的超级网红了。

在省城国际机场下飞机之前,虽然叶知秋早有心理准备,可她真的走出闸口时还是被眼前汹涌的人潮吓了一跳。清一色的年轻男女,男的举着各式各样的牌子,什么"一叶知秋粉丝后援团",什么"知秋全球后援会",女的看到叶知秋的身影,异口同声大喊:"叶知秋叶知秋……"此起彼伏的喊声中还夹杂着高分贝的尖叫。叶知秋被这阵势吓了一跳,在她二十多年的人生中从来没有设想过自己会成为偶像明星,此时此刻,她恨不得找个地缝钻进去。要不是机场保安拦着,她真担心这群年轻人冲过来把她生吞了,实在太吓人了!她愣了好一会儿,才挤出一个生硬的笑容,拉着行李箱朝着人少的地方飞奔而去。

"知秋,跟我来!"

一个熟悉的声音传来,紧接着她的行李箱就被拿走了。

程旭说了一句什么,她没听清,他干脆直接握住她的手,转身朝着斜后方跑去。接机的人群中传来一片惊呼,大概是没料到叶知秋会落荒而逃。不过程旭拉着她拐过两个转角之后,声浪渐渐听不见了,叶知秋狂跳的心这才稍稍平复。

"程旭,我真的这么红了?"

这个问题一点儿都不像叶知秋会问的问题,程旭愣了一下,笑了笑,反问:"不高兴?"

叶知秋摇摇头,无奈地说:"不高兴!"

昨晚比赛完以后,叶知秋大大地松了一口气,回到酒店后立刻关掉手机倒头大睡,醒来时看看表,飞机快起飞了。她匆匆收拾了东西就往机场赶,到了机场才想起来打开手机,短信提示有几十个未接来电,时间太紧,她根本就顾不上回。

一个晚上的时间,她把自己和外面的世界彻底隔绝了,根本不知道发生了什么,直到现在她的脑子还是懵的。戏曲大会成为现象级的爆款节目,她在参加节目之初就已经有预感,可她没想到自己可以红成这个样子。一回想起刚才遇到的那些粉丝,她就觉得头皮发麻,浑身都不自在。

上了车,叶知秋转头望着窗外怔怔出神,脑子有点儿乱,一时之间理不出头绪。

程旭告诉她,她爆火的原因是清唱青衣选段的视频,又或者说,她前期在戏曲界的知名度、《一叶知秋》积攒下的高人气和这次获得戏曲大会亚军都只能算是量变,而几分钟的清唱引起的是实实在在的质变。戏迷基础,综艺节目和戏曲大会的粉丝基础,为她的爆红提供了强大的助力,这种强大带着一种令人震惊的所向披靡之势把叶知秋推到了一个前所未有的高度。

叶知秋心里很矛盾,一方面,她觉得成名可以让她有机会更好地宣传京剧,这是好事;另一方面,她又觉得诚惶诚恐,她在青衣这个行当里绝不算唱得最好的,根本不配有这样的知名度。而且她很怕这样一来,会令自己离最优秀的青衣演员这个目标越来越远。经历的事情越多,想的也就越多,她又一次陷入迷茫之中。

剧团门口也聚集了大量粉丝,交警一早就出动来维持秩序,不然附近的交通大概会瘫痪。程旭载着叶知秋绕到后门进了剧团,叶知秋一路上东张西望,有点儿像做贼。程旭看她这副样子觉得很好玩,努力憋着笑。

叶知秋无意中扫到他憋得通红的脸,好奇地问:"你怎么了?"

程旭一秒破功,哈哈大笑起来。

"不知道的还以为你偷偷摸摸来剧团干什么坏事呢!"

他这么一说，叶知秋才意识到自己的表现是有点儿夸张了。来到剧团了还有什么好紧张的？外面粉丝是很多，可门房张大爷肯定不会放他们任何一个人进来。想到这儿，叶知秋这才挺直了脊背，开始昂首阔步地向前走。路上遇到的同事都用羡慕和崇拜的眼神看着她，看得她很不好意思。甚至还有同事开玩笑直接喊她"大明星"，叶知秋笑得比哭还难看，心里也是说不出的苦涩。她骨子里并没有多自信，可是现在，不管她情愿不情愿，都已经是明星了，这是改变不了的事实。

叶知秋想了想，拿出手机发了一条微博：戏迷朋友们，不管你们是在机场还是在京剧团门口，请回去吧。该学习学习，该工作工作！我不是明星，心理承受能力有限，你们再这样下去，我都要抑郁了。各位，拜托！

微博倒是很有效果，程旭去剧团大门口看了看，回到办公室的时候告诉叶知秋，人差不多都散了。叶知秋这才松了一口气，整个人恨不得直接瘫到沙发上。

李团长很快快进来了，看他愁眉不展的样子，叶知秋以为他遇到了什么难事，赶紧问怎么了，李团长刚要回答，手机就响了。他坐在叶知秋身边连着接了十几个电话，一直没有找到机会和她说几句话。程旭低声告诉叶知秋，一定是找上门的商业演出太多了。果然，李团长告诉她，来找叶知秋的个人专访、综艺节目和商业活动实在是太多了，而且有的催得太急，一个电话接一个电话打过来，简直应接不暇。后来，他干脆把手机交给了秘书，这才空出时间来和叶知秋谈接下来的工作安排。

叶知秋提出自己的想法，专访和综艺节目一律不接，商业演出根据团里的安排有选择地接，公益演出能参加的都参加。她和那些演艺圈的明星不一样，更不会像一夜爆红的网红那样趁着人气高抓紧时间捞金，她只是一个青衣演员而已，原来怎么安排工作现在还怎么安排，不应该也不能有什么变化。

叶知秋几乎一天一条微博，要么是为公益演出做宣传，要么就是呼吁粉丝们理智追星。她对粉丝的称呼一直都是"戏迷"，她观念传统，时刻不忘自己京剧演员的身份。偶尔，她也会发几句生活感悟，内容虽

341

然简短，但句句都充满了正能量。她的戏迷们各个年龄层的都有，以年轻人居多，所以她时刻注意谨言慎行，虽然不敢说要做年轻人的榜样，可起码，她不能让他们对她失望。

第 102 章

叶知秋的工作还是按部就班地进行着,剧团里的人都发现,她一点儿都没有变,还是老样子,甚至比以前更加刻苦和努力。

剧团的公益演出她几乎一场不落,参加的为数不多的商业演出也很少演 A 角,总是想尽办法和主办方谈,把本团的其他青年演员推上去。沈世昀找过她很多次,想和她一起把《一叶知秋》继续做下去,叶知秋都委婉拒绝了。她的时间和精力实在有限,近期只想在专业上有所突破,别的事情只能以后看时间再说。沈世昀也很无奈,可自知无法说服叶知秋,只好转而去找别的戏曲演员。为了让观众接受新的主持人,叶知秋客串了两期嘉宾,虽然后期收视率并没有她在的时候高,可也相对稳定,叶知秋也算是对节目组有了个交代。

她代表京剧团参加了全国戏曲界的三个专业性最强的赛事,并且连夺三个金奖,成为戏曲界最年轻的大满贯得主。

应国际艺术节主席团的邀请,叶知秋带着剧团新创排的几部戏第二次走出国门,这次他们去的是北美。这几部戏都是根据世界名著改编的,是中国传统京剧与西方戏剧文化的碰撞与融合。叶知秋带着代表团走访了十几个国家,即使在边境小城的小剧场演出,每次台下也都是座无虚席,演出结束也都无一例外地赢得观众经久不息的掌声。

其中有一部戏是根据莎士比亚的著名悲剧改编的,剧本刚出来的时候,所有演员都承受了巨大的压力。为了使这部作品更好地以京剧的方式表现出来,演员们在排练时付出了不少艰辛。为了还原莎翁笔下的经典角色,叶知秋一开始就提出这部戏的定位应该是:莎翁的魂,京剧的形。有了这个指导思想,叶知秋和演员们竭尽所能在京剧传统的表演中寻求突破,更多的是从电影、话剧、歌剧甚至舞剧等艺术形式中吸取营养，力求表现出一个与众不同，但又能被全世界观众接受的经典形象。

两个小时的演出中，观众都认真投入，目不转睛，并为演员令人拍案叫绝的唱腔和动作惊呼。最后一场演出结束时，所有演员谢完幕回到后台，拥抱在一起，哭成一团。决定担纲这几部戏的角色时，演员们就已经做好了失败的准备。

京剧这门古老的传统艺术还能搞中西结合？别到时候弄得四不像，外国人看不懂，中国人又不爱看！

这样的质疑声一直不绝于耳，但是叶知秋一直在给他们加油打气。

"凡事都有先行者，失败了又如何？此路不通，那就再走别的路！时代在变，市场在变，只唱老剧本，京剧没办法走上可持续发展之路。经典作品是怎么一点点打磨出来的？我们这点儿失败算得了什么呢？我们要自信起来，把那些多余的担心都踩到脚底下去！"

自始至终，叶知秋都是那个压力最大的人，可她从来都是从容自若的。她觉得，担心、忧虑、害怕都没有用，既然做了，就要尽力，想得太多只会徒增烦恼。并不是她的心有多大，而是她从来都是一个简单的人，甚至可以说是一根筋。李团长经常说，叶知秋这样的性格，才是闷头干大事的。而这次，她第一个提出改编世界名著，当时团里大多数人都反对。直到巡演顺利结束，而且好评如潮，那些反对的人才算是彻底服了气。

带着中国传统艺术"走出去"，说起来容易做起来难，可是不迈出第一步，一切想法都只是空中楼阁。叶知秋一直坚信，实践是检验真理的唯一标准，她敢想，也从不怕付诸实践。这次巡演产生了极大的轰动，陆续登上各大主流媒体的头版头条，风头一时无两。作为代表团团长，在和媒体记者们面对面的时候，她一直都以一个普通的戏曲演员自居，呼吁更多的人关注戏曲，关注中国的传统文化艺术。

接下来的三年间，叶知秋带着代表团走进五大洲六十多个国家，把京剧艺术的种子撒向所到的每一片土地，几乎场场演出都是爆满。她和很多戏曲界同仁一起，默默地努力着，不但让这门古老的艺术在国内逐渐焕发出强大的生命力，影响着越来越多的人，还在国外的主流舞台上也慢慢占据了一席之地。

叶知秋接到国际文化艺术交流论坛主办方的邀请时刚刚回国，原定的一周休息时间被压缩成两天。她和程旭匆匆领了结婚证，便登上了飞往欧洲的国际航班。别说度蜜月了，两个人连好好在一起待几天都没能实现。程旭毫无怨言，把她送到机场时，只是轻轻搂了搂她，嘱咐她注意安全，照顾好自己。叶知秋走出好远，再回头去看，程旭还站在原地，默默地注视着她。她看不清他的脸，可心里却是暖暖的。这辈子能遇到这么一个志同道合的爱人，是她此生之幸，而能一直从事自己热爱的戏曲行业更是如此。

作为国际交流论坛第一个成为大师班主讲人的华人戏曲演员，叶知秋内心的激动和自豪根本无法用语言来形容。

她站上讲台，表面上优雅淡定，笑容洋溢，可放在桌面上的微颤的两只手却暴露了她的小紧张。

"女士们，先生们，我是来自中国的京剧青衣演员叶知秋，很荣幸能站在这里和大家分享我从事青衣表演这十几年以来的心得体会……"

她的眼神扫过台下的每一个人，口气坚定从容，似一个沉静的诉说者，不疾不徐，娓娓道来。

时光如梭，从十四岁的小女孩到年近三十的著名青衣，叶知秋一直在青衣这个行当里摸爬滚打，有欢笑，有眼泪，有磨难，也有雨后初霁的惊喜和愉悦。她凭着自己对戏曲的一腔热爱，一步一个脚印，用一个戏曲演员的操守和坚持，走出一条属于自己的灿烂之路。

酸、甜、苦、辣、咸，五味尝尽，如今再回头去看，她依旧满怀感恩，激情四溢。

"最后，我想说的是，戏曲是我们中国的国粹，是中华文化的瑰宝。不管时代如何发展，如何变迁，这门艺术只会像钻石一样恒久弥新。我衷心希望越来越多的人走进中国，走近中国戏曲，感受戏曲无穷魅力的同时，为戏曲的发展和传承贡献自己的一份力量！"

雷鸣般的掌声响起，叶知秋的目光清澈如昔，眼底是万千星辰，仿佛能瞬间照亮整个世界。

脑海里有无数个画面一闪而过。

她第一次站在戏校门口时，手里拎着一个硕大的行李包，天真而懵懂。

她第一次站在阳光大剧院的舞台上，自如地舞动着水袖时，激动得无以言表。

她第一次拿到象征着戏曲界最高荣誉的金梅花奖时，喜极而泣。

她第一次在国际文化艺术交流论坛上发言时，紧张又兴奋……

无数个第一次融合在一起，最终汇聚成苍劲有力的几个大字：追逐梦想，我在路上，而且有幸一直在路上！